# MORDSÄRGER

Barbara Edelmann ist in Mindelheim geboren und aufgewachsen. Seit Jahrzehnten lebt sie glücklich und zufrieden im Allgäu. Ihre Erfahrungen und Beobachtungen verarbeitet sie in ihren Allgäu-Krimis. Außerdem liebt sie Rothenburg ob der Tauber und widmet der Stadt ihre zweite Krimireihe.

BARBARA EDELMANN

# MORDSÄRGER

*Allgäu Krimi*

emons:

**Bibliografische Information der Deutschen Nationalbibliothek**
Die Deutsche Nationalbibliothek verzeichnet diese Publikation
in der Deutschen Nationalbibliografie; detaillierte bibliografische
Daten sind im Internet über http://dnb.d-nb.de abrufbar.

© Emons Verlag GmbH
Alle Rechte vorbehalten
Umschlagmotiv: mauritius images/Westend61/Achim Sass
Umschlaggestaltung: Pia Sperl, nach einem Konzept
von Leonardo Magrelli und Nina Schäfer
Umsetzung: Tobias Doetsch
Gestaltung Innenteil: DÜDE Satz und Grafik, Odenthal
Lektorat: Julia Lorenzer
Druck und Bindung: CPI – Clausen & Bosse, Leck
Printed in Germany 2024
ISBN 978-3-7408-2313-9
Allgäu Krimi
Originalausgabe

Unser Newsletter informiert Sie
regelmäßig über Neues von emons:
Kostenlos bestellen unter
www.emons-verlag.de

Dieses Buch widme ich meiner geliebten Oma,
die mir als Kind eingeschärft hat, ich müsse,
wenn ich erwachsen sei, unbedingt als Nachrichtensprecherin
zum Fernsehen. Stattdessen schreibe ich Bücher.
Aber das hätte ihr bestimmt auch gefallen.

# 1

»Zefix! Wenn's mir einmal pressiert!« Erschrocken bremste Rainer Fröhlich seinen Schwung und starrte ungläubig auf die lange Reihe von Menschen, die vor den Toilettenhäuschen in einiger Entfernung vom Bierzelt stand. Er warf einen flehenden Blick in den sternklaren Augusthimmel über dem Lehenbühl in Legau im Unterallgäu, aber als er anschließend wieder auf die Schlange schaute, war sie nicht kürzer geworden.

Seit knapp einer Woche fand das Musikfest statt, und im Zelt nebenan hatten unüberhörbar Hunderte gut gelaunter Menschen bei den Auftritten verschiedener Kapellen ihre Gaudi. Verwirrt kraulte er seinen stattlichen schwarzen Vollbart, der trotz seiner gerade mal vierzig Lenze bereits einige graue Strähnen aufzuweisen begann. »Was mach ich jetzt?«, überlegte er laut, denn er wollte schnellstmöglich zurück ins Gewühl. Da wartete ein halb voller Maßkrug auf ihn, außerdem jede Menge Spaß, gute Musik und hübsche Frauen.

Alles, was Rang und Namen hatte, amüsierte sich im bis auf den letzten Platz gefüllten Festzelt. Einträchtig schunkelte Bauunternehmer Reichelt mit seinem früheren Erzfeind Pfarrer Sommer, während sie von Erna Dobler und Anita Hoff, die ihnen gegenübersaßen, ungnädig beobachtet wurden. Vor allem Erna Dobler, rüstige Rentnerin, Brieftaube des Ortes und unbestechliche moralische Instanz, ließ die beiden Herren um die sechzig nicht aus den Augen. Das lag aber daran, dass sie einen festen Punkt zum Fixieren brauchte, weil sie sonst umgekippt wäre, hatte sie doch zu Hause einer alten Tradition folgend kräftig mit Melissengeist vorgeglüht, damit sie hinterher nicht so viel fürs Bier bezahlen musste. Denn aus dem Alter, in dem man wegen eines gut gefüllten Dirndls ein Getränk spendiert bekam, war sie seit ein paar Jahrzehnten raus. Sie trug ein rotes Trachtenkleid mit weißen Biesen und hatte ihr schütteres graues

Haar mittels kleiner Hornkämme und Nadeln mehr oder weniger kunstvoll zu einer Krone aufgetürmt, die wie ein verlassenes Vogelnest wirkte. Tatsächlich hatte schon vor zwei Stunden ein übermütiger Mittzwanziger boshaft einen Kronkorken inmitten dieser Haarpracht deponiert, ohne Ernas Aufmerksamkeit zu erregen. Unablässig fixierte sie Pfarrer Sommer und Jürgen Reichelt.

Eigentlich hätte sie schon länger die Toilette aufsuchen müssen, aber Anita, die sich von diesem Abend etwas mehr versprochen hatte als zwei Bier mit ihrer Busenfreundin, weigerte sich, Erna zu begleiten, um nicht ein einziges fesches Mannsbild in Lederhosen zu verpassen, das an ihrer Bank vorbeikam. Darum blieb Erna eisern sitzen und hoffte das Beste.

Das Publikum im Zelt bestand aus einer bunten Mischung aus Menschen in Tracht und Jeansträgern mit T-Shirt. Jede Stilrichtung war vertreten, elegant, leger oder so lässig, dass Erna, als sie noch nüchterner gewesen war, die Nase gerümpft hatte. Echte Krachlederne konnte man genauso ausmachen wie phantasievolle Landhauskleider oder Dirndl vom Discounter. Ab einem gewissen Alkoholpegel waren Kleiderfragen ohnehin obsolet. Aber wer etwas auf sich hielt, kam stilgemäß in einem eher zugeknöpften Dirndl, die Herren in Lederhosen und hellen Strümpfen, die sich um mehr oder weniger kräftige Waden schlossen.

Rainer Fröhlich überlegte krampfhaft, was er tun sollte, denn die Schlange vor den Toilettenhäuschen wurde einfach nicht kürzer.

In dem mit ungefähr achthundert Personen gefüllten Festzelt in unmittelbarer Nähe ertönte gerade, begleitet von Hunderten Kehlen, »Skandal im Sperrbezirk« von der Spider Murphy Gang. Rainer wollte mitgrölen, aber der Text fiel ihm ums Verrecken nicht mehr ein.

Weil er schon den ganzen Abend eine Maß nach der anderen geleert hatte, schwankte er wie ein Schiff im Sturm, und ihm war schwindelig. Da er befürchtete, demnächst umzukippen, tastete er in seiner Panik blindlings nach einem Halt.

»Spinnst du?«, rief die junge rothaarige Frau in dem eng anliegenden Dirndl, das keine Fragen offenließ, empört und schmierte ihm sicherheitshalber eine.

Rainer hatte in seinem alkoholgeschwängerten Zustand nach dem Erstbesten gegrapscht, das er zu fassen bekam, und das war eine der hervorstechenden Eigenschaften der hübschen Rosi gewesen, die sie mehr oder weniger notdürftig in ihrem Trachtenkleid verpackt hatte.

»'tschuldigung«, nuschelte Rainer, aber aufgrund seines angetrunkenen Zustandes war er leider außerstande, ein betroffenes Gesicht aufzusetzen. Hastig nahm er seine Hände weg. »Schönesch Dirndl, schteht dir gut.«

»Hau bloß ab, du besoffenes Wagscheitle«, zischte Rosi. »Sonst hol ich meinen Bruder, den Bernd, der zeigt dir, wo der Barthel den Most holt. Wenn der einmal einatmet, hängst du dem quer unter der Nase.«

Leider bemerkte Rosi in ihrer Empörung nicht, dass sich durch Rainers verzweifelten Versuch, sich an ihr festzuhalten, die aus einer dünnen silbernen Kette bestehenden Schnüre ihres Mieders gelöst hatten, die die ganze Pracht zusammenhielten. Es war ein warmer Sommerabend, und Rosi war auch nicht mehr ganz nüchtern.

Rainer, dessen Gedanken mittlerweile nur noch von zwei Dingen beherrscht wurden, nämlich seiner vollen Blase und dem blöden Erdboden, der ständig unter ihm wegzurutschen drohte, drehte sich langsam um und schlingerte ohne Abschied in die Nacht Richtung Parkplatz. Da standen ein paar Bäume, die sich nicht beschweren würden, wenn er sie umarmte.

»Depp, blöder.« Rosi stellte sich in all ihrer blanken Herrlichkeit als Letzte in die Schlange vor der Toilette. Irgendjemand würde ihr sicher noch sagen, woher der ungewohnte Luftzug an ihrem Dekolleté kam, aber das konnte dauern. Schließlich war sie ausgesprochen attraktiv.

»Jessas!«, entfuhr es Rainer, als er auf dem Weg zum Parkplatz unversehens über seine eigenen Füße stolperte. Unsanft landete er auf den Knien und verzog das Gesicht.

»Und i fliag, fliag, fliag wie a Flieger«, tönte es nun vom Festzelt, während er sich aufrappelte und weiter in die Dunkelheit taumelte, bis er endlich einen stattlichen Baum am Rand des Parkplatzes entdeckte, der ihm garantiert keine schmieren würde.

Während er mit einem Seufzer der Erleichterung an der vorderen Klappe seiner Krachledernen nestelte, hörte er plötzlich ein Geräusch, das nicht zur Musik passte, und zuckte zusammen. Vorsichtig hielt er sich an der prächtigen Linde fest und lugte um sie herum. Nicht weit von ihm entfernt kniete eine Silhouette und hielt etwas in der Hand, das Rainer nach jahrelanger Kampftrinkererfahrung mühelos als Bierkrug identifizierte. Außerdem sah Rainer etwas auf dem Boden liegen, das ihm vorkam wie ein menschlicher Körper.

»Wasch isch da los?«, lallte er.

Die schattenhafte Silhouette erschrak und ließ den Bierkrug fallen.

»He du!«, schrie Rainer. »Wart amal, wasch machsch du da?«

Die Gestalt sprang hoch und rannte davon.

»Hä?« Rainer vermutete in seinem vom Alkohol vernebelten Hirn, dass er soeben heldenhaft eine Schlägerei verhindert hatte. Mit geöffneter Hosenklappe schwankte er auf die Stelle zu und erkannte im schimmernden Mondlicht das Gesicht eines Mannes, der auf dem Bauch lag, den Kopf zur Seite gedreht. »Julian!«, rief er überrascht. »Ich binsch, der Rainer. Erkennsch du mich? He, Julian, schlafsch du? Wach auf!«

Ungelenk ließ er sich auf die Knie fallen und packte den Mann an den Schultern. Doch der bewegte sich nicht.

In Rainers Kopf rumorte es, und er versuchte verzweifelt, sich daran zu erinnern, was er beim Erste-Hilfe-Kurs in der Firma gelernt hatte, aber es fiel ihm nicht mehr ein.

»Julian«, wiederholte er leise mit Blick auf die blutende Kopfwunde, die er soeben wahrgenommen hatte, »bisch du tot?« Da er keine Antwort bekam, hielt er dem regungslosen Mann seinen Zeigefinger unter die Nase, um festzustellen, ob er noch atmete. Kein Hauch.

»Jetsch weisch ich auch nimmer.« Er tastete nach seiner Gesäßtasche und fieselte sein Smartphone hervor, während drinnen im Festzelt die Gäste sangen: »Heut is so a schöner Tag, la-la-la!«

Mit zitternden Fingern wählte er eine Nummer. Während er darauf wartete, dass sich jemand meldete, dämmerte ihm, dass für Julian Weidner wohl nie mehr ein Tag schön sein würde.

Wäre er nicht so betrunken gewesen, hätte er vielleicht geheult.

## 2

Durch das gekippte Fenster des schmucken Einfamilienhauses in der Pfarrpfründe in Legau leuchtete sanft der Sommermond und tauchte das aufgeräumte Schlafzimmer in geheimnisvolles Licht. »Oh, verdammt.« Schlaftrunken wälzte sich Peter Sommer auf die andere Seite, als das Telefon seiner Frau vibrierte. »Wach auf, das ist deins. Sissi!« Peter Sommer rüttelte seine Frau an den Schultern. »Du musst rangehen.«

»Bin wach«, flüsterte sie und schwang sich aus dem Bett. »Du kannst weiterschlafen.«

Peter rieb sich die Augen und richtete sich auf, während seine Frau sich ihr Smartphone schnappte, das griffbereit neben dem Bett auf dem Nachttisch lag.

»Sommer?« Sissi, die hübsche Kriminalkommissarin Ende dreißig vom K1 in Memmingen, setzte sich auf die Bettkante. »Hallo, Chef. Nein, wir haben geschlafen.« Sie lauschte eine Weile, während Peter, nur zur Hälfte wach, aus dem Zimmer tapste und gähnte.

»Im Bierzelt? Im Lehenbühl? Ist Klaus schon unterwegs? Okay. Haben Sie noch weitere Informationen? Alles klar.«

Hastig schlüpfte sie in ihre Jeans und streifte sich ein T-Shirt über. Dann eilte sie in die Küche, wo ihr Mann sie bereits erwartete.

Peter blinzelte müde und schaltete den Kaffeeautomaten ein. »Bloß gut, dass wir gestern Abend nicht ins Bierzelt gegangen sind. Sonst wären wir noch gar nicht zu Hause.«

»Im Gegenteil«, widersprach seine Frau. »Da wäre ich momentan genau richtig.«

Peter schaute ungläubig auf die Uhr am Backofen. »Himmel, es ist nach Mitternacht. Welch unchristliche Zeit für einen Mord. Worum geht es?«

»Ich weiß nichts Genaues, und wenn ich was wüsste, dürfte ich es dir nicht sagen.« Sissi nahm den dampfenden Kaffee entgegen, den Peter ihr reichte. »Geh wieder ins Bett, Liebling.«

»Wenn ich schon wach bin, kann ich auch gleich nach meinem Teig sehen.« Er öffnete den Kühlschrank und lupfte den Deckel einer riesigen Plastikdose.

»Wir haben dir extra einen Kühlschrank mit Innenkamera gekauft«, tadelte Sissi ihren Mann und nahm vorsichtig einen Schluck von dem heißen Getränk. »Du kannst sogar vom Bett aus den Inhalt kontrollieren. Was gibt es da überhaupt zu sehen?«

»Das nennt sich ›kalte Teigführung‹, und ich probiere es zum ersten Mal aus.« Er schloss die Kühlschranktür wieder. »Keine Ahnung, ob es klappt.«

Sissi rollte entnervt mit den Augen, während Peter im Hängeschrank über der Spüle kramte, und huschte nach draußen, um in ein Paar bequeme Slipper zu schlüpfen.

»Ich gebe dir noch einen für die Fahrt mit.« Ihr Mann füllte gerade einen großen Becher Kaffee ab, als sie zurück in die Küche kam. »Vermutlich wird es länger dauern.«

»Du bist ein Schatz.« Sie ließ ihr Handy in die große Umhängetasche gleiten und hängte sie über die Schulter.

»Soll ich für Klaus auch einen machen? Ach, wie dumm von mir. Klar.« Peter nahm einen zweiten Becher aus dem Schrank. »Also, wer ist tot?«

»Frag unsere Erna Dobler morgen, wenn du sie triffst«, schmunzelte seine Frau. »Sie wusste es vermutlich schon vor dem Täter.«

Als es an der Tür klingelte, sprintete sie durch die Diele. »Bin schon fertig«, begrüßte sie ihren Kollegen Klaus.

Erstaunt musterte Peter, der Sissi gefolgt war, Klaus von oben bis unten.

»Wenn ich das gewusst hätte, hätte ich den Kaffee geschüttelt, nicht gerührt.« Er grinste. »Wie siehst du denn aus, und wo ist Miss Moneypenny?«

»Ab ins Bett mit dir, mein Lieber.« Sissi ergriff die beiden Becher, die Peter ihr entgegenstreckte, und hauchte ihm einen Kuss auf die Lippen. »Deine Frau muss jetzt arbeiten.« Sie schob ihn resolut zurück in den Flur.

Während im Inneren des Hauses das Licht wieder erlosch und Klaus den Wagen startete, ließ Sissi sich auf den Beifahrersitz plumpsen.

»Ich weiß ja, dass du die Zusammenarbeit mit mir schätzt. Aber dieses Doppelagenten-Outfit wäre doch nicht nötig gewesen. Du kannst mir deine Wertschätzung auch anders zeigen.« Sie deutete auf den eleganten dunkelblauen Anzug aus leichtem Stoff, den ihr Kollege trug.

»Ich wurde dazu gezwungen«, beklagte sich Klaus. »Und zum Umziehen hat die Zeit nicht mehr gereicht. Schon vergessen? Immer im Einsatz.«

»Ach, und ich hätte schwören können, dass du in deinem früheren Dezernat in Berlin täglich so rumgelaufen bist.« Sissi schmunzelte.

»Mach nur so weiter, dann bin ich bald wieder dort. Da werdet ihr aber jammern, wenn euer Preuße fehlt, den ihr ärgern könnt«, drohte Klaus und konzentrierte sich wieder auf den Verkehr.

Klaus kam tatsächlich aus Berlin und war nach einem überhasteten Versetzungsgesuch aufgrund einer leidenschaftlichen Affäre mit einer schönen jungen Allgäuerin beim K1 in Memmingen gelandet. Aber die Liaison mit der atemberaubenden Blondine war mit einem kürzeren Haltbarkeitsdatum versehen gewesen als eine Packung Camembert, und die Dame hatte ihn schon bald für einen anderen sitzen lassen.

Im Unterallgäu gestrandet, ohne Aussicht auf baldige Rückkehr nach Berlin, hatte Klaus es sich in der ersten Zeit mit der halben Belegschaft wegen seiner ständigen Lästereien über die intellektuelle und kulturelle Diaspora verdorben, in der er seinen eigenen Worten zufolge gelandet war. Von den Frauen wurde er angehimmelt wie ein Filmstar, denn er sah aus wie eine Mischung aus dem jungen Brad Pitt und einem noch jüngeren Antonio Banderas.

Seine männlichen Kollegen hingegen verstanden nicht, was an dem eingebildeten Schönling mit Großstadtallüren dran sein sollte, der allen mit seinem überbordenden Selbstbewusstsein auf die Nerven ging. Klaus' Anfänge im K1 waren von größeren und kleineren Missverständnissen geprägt gewesen, und mehr als einmal war ihm in der Cafeteria deswegen eine original bajuwarische Watsche angedroht worden, wenn er den Mund wieder einmal zu voll genommen hatte. Das konnte man übrigens teilweise wörtlich nehmen, denn an der Allgäuer Küche hatte Klaus von Anfang an großen Gefallen gefunden. Ob Kässpatzen, Maultaschen oder Rostbraten, Klaus fraß sich durch die Speisekarten wie ein Wildfeuer durch die australische Steppe. Er hatte sich im Laufe der Zeit halbwegs an seine neue Heimat gewöhnt, auch wenn er das niemals offen zugegeben hätte.

»Jetzt sag doch«, bohrte Sissi, »weshalb du so aufgedonnert bist. Ich dachte, so verkleidest du dich nur am Wochenende.«

»Wenn ich es dir erzähle, wirst du es nicht glauben«, wich Klaus ihrer Frage aus. »Gib mir doch bitte meinen Kaffee.«

Sie reichte ihm seinen Becher. »Das ist eine wundervolle Nacht heute, aber Schlaf wäre mir lieber gewesen. Was wissen wir bisher?«

»Nicht viel.« Klaus steuerte den Wagen durch die Pfarrpfründe in Richtung Marktplatz. »Musikfest, Bierzelt, leblose Person, Tatwaffe vermutlich ein Bierkrug. Leider ist der einzige Zeuge in Wirklichkeit keiner, da zu wenig Blut im Alkohol.«

»Herrje.« Sissi seufzte. »Das Musikfest. Wir wollten morgen Abend hingehen, damit Peter seine neue Lederhose vorführen kann. Spurensicherung und Streife sind vor Ort?«

»Seibold ist schon dort«, informierte Klaus sie. Er bog links zum Legauer Marktplatz ab und fuhr weiter Richtung Bad Grönenbach.

»Voilà, hier sind wir«, verkündete er. »Alles zugeparkt.« Er deutete hinter sich auf die Straße, an deren Rand rechts und links dicht an dicht Fahrzeuge standen. Ziemlich weit hinten in der Reihe erkannte Klaus sogar zwei Traktoren.

»Mann, das fasse ich nicht«, murmelte er. »Die fahren mit dem Trecker zum Bierzelt?«

»Glaub es ruhig, du Großstadtpflanze«, tadelte ihn Sissi. »Zugmaschinen sind Fahrzeuge, wenn auch keine schnellen. Und halt bei der Zufahrt zum Parkplatz an. Wir sind die Polizei, schon vergessen? Die Streife wird sich darum kümmern, dass andere passieren können.« Sie hatte bereits die Hand am Türgriff.

»Kannst es wohl gar nicht erwarten«, stichelte Klaus, stoppte den Wagen und stieg aus. Er folgte seiner Kollegin, die zielstrebig zu einer kleinen Gruppe von Menschen neben einem großen Baum eilte, von denen etliche weiße Papieranzüge trugen.

Ein wie ein Schiff im Sturm wankender Mann in Trachtenkleidung zwischen zwei Streifenbeamten starrte ihnen mit geröteten Augen entgegen.

»Der einzige Zeuge«, raunte Klaus. »Landleben in 3-D. Klasse.«

»Weil in Berlin ja nie einer zu viel trinkt, 007«, tadelte ihn Sissi.

»Hallo, Frau Sommer«, grüßte der Streifenbeamte. »Das ist Herr Fröhlich. Er hat den Toten entdeckt.«

»Wir kennen uns. Hallo, Rainer.« Sissi lächelte freundlich. »Kannst du uns erzählen, was du gesehen hast?«

»Net viel«, nuschelte der betrunkene Mann. »Ich wollt doch blosch pinkeln. Und da hab ich wasch gehört.« Hilfesuchend klammerte er sich an dem Streifenbeamten zu seiner Rechten fest, der davon nicht begeistert war.

»Was gehört?«

»Irgendwasch halt«, brummte Fröhlich unwillig. »Weisch ich nimmer. Und da war wer. Ein Schatten.«

»Ein Schatten? Männlich oder weiblich? Groß oder klein? Rainer, bitte reiß dich zusammen«, bat Sissi.

Fröhlich schüttelte den Kopf. »Schatten halt.«

»Und dann?«

»War er weg. Hat den Krug fallen lassen. Mei isch mir schlecht.« Er rülpste.

Klaus trat sicherheitshalber einen Schritt zurück. »Wie viel haben Sie getrunken? Sorry, blöde Frage. Sie haben also den Umriss einer Person gesehen. Und dann?«

Rainer war deutlich anzumerken, dass er angestrengt nachdachte. »Isch jemand weggerannt«, nuschelte er.

»Das wird heute nichts mehr«, gab Sissi auf. »Hier hast du

meine Nummer.« Sie griff in ihre Umhängetasche und zückte eine Visitenkarte.»Bitte komm morgen aufs Revier, melde dich bei Hans Dollinger und gib deine Aussage zu Protokoll.« Fröhlich schaute sie verständnislos an.»Schon gut, ich lasse dich abholen. Morgen!« Resigniert drückte Sissi ihm die Karte in die Hand.

Fröhlich versuchte zu salutieren, traf aber versehentlich dabei mit dem Finger sein rechtes Auge und zuckte zusammen.»Schind mir fertig?« Umständlich fieselte er in seiner Hosentasche und zog triumphierend einen Autoschlüssel heraus.»Ah, da ischer ja.«

»Nicht Ihr Ernst.« Klaus war fassungslos.»Wir sind die Polizei, guter Mann. Ist euch denn gar nichts heilig hier im Auenland?«

»Du lieber Himmel, Rainer, was ist denn da hinter dir?« Sissi tat, als hätte sie etwas hinter Rainers Rücken gesehen. Schwerfällig drehte er den Kopf. Sie entwand ihm blitzschnell den Autoschlüssel und ließ ihn in ihrer Tasche verschwinden. Erst starrte Rainer entgeistert auf seine leere Hand, dann auf Sissi. Sie blinzelte ihn unschuldig an.»Keine Bange. Ich sorge dafür, dass du sicher nach Hause kommst«, versprach sie ihm.»Folge einfach diesem freundlichen Herrn.« Sie gab dem Beamten ein Zeichen, der setzte sich zusammen mit Fröhlich in Bewegung.

»Mann, bist du gerissen«, entfuhr es Klaus.

»Nur besorgt um meine Mitmenschen. Rainer ist ein ganz Lieber und verdient sein Geld als Lkw-Fahrer bei Jürgen Reichelt. Er braucht seinen Führerschein, und wir brauchen ihn. Guten Morgen, Herr Seibold«, grüßte Sissi einen älteren, griesgrämig dreinblickenden Mann, der ihr erwartungsvoll entgegensah.

»Frau Sommer.« Seibold von der Spurensicherung war schlecht gelaunt wie immer.»Und der Herr Vollmer muss wahrscheinlich nachher noch ins Fernsehstudio, oder? Machen Sie beim Bachelor mit?«

»Lassen Sie ihn lieber in Ruhe, er leidet schon genug«, bat ihn Sissi.»Sie sind ja mal wieder schnell.«

»Nicht mal zu Hause mit Freunden grillen kann man in Ruhe, ständig bringt irgendjemand irgendeinen um«, beklagte sich Seibold. »Ich hab nur einen Krug mit Blutspuren für Sie.« Er zeigte auf die regungslose Person am Boden. »Ihr Kunde. Wir arbeiten, so schnell wir können. Ihnen ist schon klar, dass hier eine Million Menschen rumlaufen und dass es eigentlich ein Ding der Unmöglichkeit ist, eine valide Spur zu finden? Immerhin kommen alle, die vom Bierzelt zu ihrem Auto wollen, hier vorbei.«

»Der Weg zum Parkplatz ist weiter links«, korrigierte ihn Sissi. »Diese Stelle hier wird normalerweise nicht von Fußgängern frequentiert. Haben Sie außer dem Krug noch was für mich?«

»Wir sind dran«, versicherte ihr Seibold. »Hexen kann ich nicht.«

»Wieder der Magen?«, erkundigte sich Sissi mitleidig.

Seibold verzog das Gesicht zu einer Grimasse. »Wird wohl erst besser, wenn ich in Pension bin. Der Notarzt musste übrigens dringend weg. Konnte nur noch den Exitus bestätigen. Da das Opfer auf dem Bauch liegt, ist die schwere Verletzung am Hinterkopf unübersehbar. Legen Sie los!«

»Wir machen so schnell wie möglich, dann können Sie ihn wegbringen«, versicherte ihm Sissi. »Ehe hier noch ein Volksauflauf entsteht.«

Sie streifte sich Einweghandschuhe über, kniete sich vorsichtig neben den Toten, griff behutsam in seine Gesäßtasche und holte ein teuer aussehendes echtledernes Portemonnaie heraus. Mit spitzen Fingern öffnete sie die Börse und langte ins Kartenfach.

»Julian Weidner«, las sie betroffen. »Er war fünfunddreißig Jahre alt. Letzte Woche bin ich im EDEKA an ihm vorbeigelaufen.«

»Du kennst ihn. Natürlich.« Klaus ging neben ihr auf die Knie.

»Nur vom Sehen und dem, was ich beim Friseur Reisacher gehört habe. Großgrundbesitzer, sehr charmant, außerordentlich attraktiv. Das kannst du ja selbst erkennen. Er bewirtschaftete zusammen mit seinem Bruder Max einen riesigen Hof, und sein Frauenverschleiß war spektakulär.«

»So einen Fall hatten wir doch schon mal.« Klaus kratzte sich am Kinn. »Florian Schütz, erinnerst du dich? Werden diese Platzhirsche bei euch in einer unterirdischen Scheune gezüchtet?« »Nix unterirdisch, Freilandhaltung«, korrigierte Sissi ihn. Sie sah sich den Geldbeutel näher an. »Soweit ich das überblicke, ist noch alles da: knapp fünfhundert Euro in bar, zwei Kreditkarten, zwei Girokarten, Ausweis, Führerschein. Ausgeraubt wurde er jedenfalls nicht. Und was ist das?« Zwischen zwei Geldscheinen zog sie eine kleine Plastiktüte hervor, die eine weiße Substanz enthielt.

»Ja, da schau an.« Klaus, der sich nun ebenfalls Einweghandschuhe übergestreift hatte, nahm ihr vorsichtig die Tüte aus der Hand. »Er war also ein Genussmensch. Auf was tippst du?«

»Zu neunundneunzig Prozent Kokain«, sagte sie. »Mit diesem Mist haben wir in letzter Zeit öfter zu tun, obwohl das Zeug verdammt teuer ist.«

Sie hatte sich an der zweiten Gesäßtasche des Toten zu schaffen gemacht und holte ein iPhone mit gesplittertem Display heraus. »So ein Käse«, ärgerte sie sich. »Vielleicht gab es eine Rangelei, und er ist auf das Ding in seiner Tasche gefallen.« Behutsam überreichte sie Klaus das Handy. »Da wird wohl nicht mal mehr Hans was ausrichten können. Hilf mir doch bitte, ihn umzudrehen.«

Sachte bewegten sie Julian vom Bauch auf den Rücken.

»Mehrere Hämatome im Schlüsselbeinbereich, ein großes über dem Jochbein und eine massive Wunde am Hinterkopf.« Klaus zeigte auf das Gesicht des Opfers. »Es hat sehr wahrscheinlich ein Kampf stattgefunden, dabei ist vermutlich auch das Telefon zu Bruch gegangen. Abschürfungen an den Fingerknöcheln deuten auf eine Schlägerei hin. Andere äußere Verletzungen kann ich nicht feststellen.«

Sissi richtete sich auf und gab Seibold ein Zeichen. »Wir sind so weit fertig. Schönen Gruß an Heinzelmann von der Rechtsmedizin. Ich brauche baldmöglichst die Laborwerte inklusive einer Haaranalyse. Dürfte interessant werden.«

Seibold winkte seinen Leuten. »Bringen wir ihn weg.«

»Merkwürdig.« Klaus sah sich aufmerksam um. »Normalerweise müssen die Kollegen von der Streife dafür sorgen, dass uns die Schaulustigen nicht auf die Finger treten. Was stimmt nicht? Hier ist es wie ausgestorben.«

»Da sind doch welche.« Sissi beobachtete ein älteres Paar, das stehen geblieben war und jetzt von einem der Streifenbeamten weitergeschickt wurde. »Der Rest ist im Bierzelt. Und wir gehen da jetzt auch rein. Bist ja genau richtig angezogen, du Doppelagent.« Sie setzte sich in Bewegung.

»Mir bleibt heute auch nichts erspart.« Klaus verzog das Gesicht.

»Wahnsinn, warum schickst du mich in die Hölle?«, sang gerade jemand. Klaus nickte ergeben, als er die Worte hörte und hinter Sissi das voll besetzte Zelt betrat.

»Grundgütiger!«, rief er laut, um die Musik zu übertönen. »Hier kann man die Luft ja schneiden.«

Es war der Teufel los. Mindestens ein Drittel der Gäste stand auf den Bänken und wiegte sich im Takt. Der Rest grölte lautstark mit.

»Davor hat mich keiner gewarnt, als ich damals mein Versetzungsgesuch nach Memmingen eingereicht habe!«, brüllte Klaus Sissi ins Ohr.

»Hätte dich nicht interessiert, du warst ja verknallt!«, schrie sie zurück.

Von allen Seiten folgten ihnen neugierige Blicke, als sie sich durch das Gewühl kämpften.

»Warum gucken die so komisch?« Klaus drehte sich ein paarmal um, weil er sich beobachtet fühlte. »Hat von denen noch keiner einen gut sitzenden Anzug von Hugo Boss gesehen?«

»Weil du daherkommst wie einer der ›Men in Black‹, der gleich jemanden blitzdingsen wird«, rief Sissi. »Ignorier es einfach!«

Sie waren bis zur Mitte des Zeltes gekommen, als jemand Sissi am Ärmel ihres Shirts zupfte. Überrascht drehte sie sich um und starrte in die funkelnden Augen von Erna Dobler.

»Elisabeth!«, rief Erna. »Ist was passiert?« Missbilligend musterte sie Sissis Jeans und T-Shirt. Ihre Augen waren gerötet, und sie machte einen nicht mehr ganz nüchternen Eindruck. »Hast du kein Dirndl im Schrank? Alleweil diese Hosen.«

»Hallo, Frau Dobler. Ihnen geht es ja gut, wie man sieht«, brüllte Sissi gegen die Musik an. »Ich will mich nur mal umschauen.«

»Jetzt hast alles gesehen, kannst wieder gehen.« Ernas Stimme durchdrang mühelos die laute Musik. »Oder was ist los?« Sissi hatte den Eindruck, dass Erna sich nur mit Mühe auf den Beinen halten konnte. Aber ihr Gesichtsausdruck war boshaft wie immer, also war offenbar alles in Ordnung. »Schönes Kleid.« Sissi zeigte auf das schlotternde Trachten-Outfit. »Haben Sie was getrunken?«

»So gut wie nix.« Erna entblößte zwei Reihen perfekt sitzender Zähne. Zwei Maß waren ja auch so gut wie nichts, wenn man es genau nahm.

Sie war Mitte siebzig und seit dem Tod ihres Ehemannes Schorsch, der auf dem Heimweg vom »Mohren« im Straßengraben unglücklicherweise einem Kreiselmähwerk zum Opfer gefallen war, äußerst interessiert am Leben anderer und überhaupt an allem, was sie nichts anging. Wenn sie nicht gerade ihre Nachbarn ausspionierte oder sich nach dem neuesten Tratsch umhörte, pflegte sie Hobbys wie das Herstellen von hochprozentigem Likör, den sie unter der Hand verkaufte, und das exzessive Gucken von amerikanischen Krimiserien wie zum Beispiel »CSI: Miami«. Sämtliche körperliche Zipperlein, die es wagten, sie zu belästigen, bekämpfte sie wirksam mit Melissengeist. Aber am allerliebsten steckte sie ihre scharf geschnittene Nase in Angelegenheiten der Kripo, weil das in ihren Augen viel besser war als fernzusehen. Sozusagen interaktiv und in Farbe.

»Herr Vollmer!« Erna hatte Klaus entdeckt, der sich unter den belustigten Blicken der anderen Gäste unwohl fühlte. »Endlich zieht sich mal einer von euch bei der Arbeit anständig an. Ihr seids doch bei der Arbeit?«

»Zum Vergnügen bin ich garantiert nicht hier«, versicherte ihr Klaus laut. »Freiwillig sowieso nicht.«

»Die Anita sitzt da drüben, Herr Vollmer.« Erna zeigte auf eine Bank. »Gehen Sie doch mal rüber, die freut sich bestimmt.«

»Da ist ja auch mein Onkel«, rief Sissi, die Ernas Zeigefinger gefolgt war. Auf einer Bank am Rand des Trubels saß Pfarrer

Sommer und starrte resigniert in sein Bier, während Anita Hoff, die sich zur Feier des Tages in die Variation eines Landhauskleides gezwängt hatte, das für eine Frau mit zwei Kleidergrößen weniger entworfen worden war, unentwegt auf ihn einredete.

Gerade machte die Band eine Pause.

»Hallo!« Sissi nahm neben ihrem Onkel Platz, einem grauhaarigen Mann, unter dessen weißem Haarkranz wache blaue Augen funkelten. »Schön, dich zu treffen.« Sie umarmte ihn.

»Liebe Sissi, mit dir habe ich heute nicht mehr gerechnet«, freute sich Pfarrer Sommer. »Jetzt hast du knapp Jürgen Reichelt verpasst, aber der kommt bald wieder.«

»Bist du schon länger hier, Onkel Andi?«, fragte Sissi.

»Seit Frau Doblers erstem Bier«, bejahte Pfarrer Sommer. »Hallo, Herr Vollmer. Dass Sie beide hier auftauchen, ist kein gutes Zeichen.«

»Leider stimmt das, Onkel Andi«, bestätigte Sissi. »Und die Ausgangsbedingungen für Ermittlungen waren auch schon mal besser.«

»Herr Vollmer!« Anita beugte sich in ihrem tief ausgeschnittenen Kleid über den schmalen Bierzelttisch und strahlte ihn an. »Kommen Sie grad von einer Beerdigung?«

»So ganz falsch liegen Sie damit nicht«, verriet ihr Klaus geheimnisvoll.

»Aha. Raus damit! Mir ist langweilig.« Ihr Kleid spannte an strategisch wichtigen Stellen, aber es hielt. Immerhin.

»DEFCON 1, hilf mir, Sissi«, bat Klaus. »Höchste Alarmstufe. Hol mich hier raus!«

»He, ich bin da oben!«, schimpfte Anita und deutete anklagend auf ihr Gesicht. »Ihr seids wirklich alle gleich, ihr Mannsbilder. Na, Frau Sommer, schaust wieder amal beim Plebs vorbei?«

»Anita, dir geht es ja blendend, wie man sieht«, begrüßte Sissi sie scheinheilig. »Die paar Kilo mehr auf den Rippen stehen dir hervorragend.«

»Gar net!«, fauchte Anita. »Ich trag alleweil noch Größe sechsunddreißig. Net zweiundvierzig, so wie gewisse andere Leut, die bloß noch in weite Jeans passen.«

Irgendjemand am Tisch kicherte. Es kam von Erna. Pfarrer Sommer, der gerade einen Schluck von seinem abgestandenen Bier getrunken hatte, begann zu husten, bis sein Gesicht sich bedenklich verfärbte. Sissi klopfte ihm auf den Rücken.

»Jetzt musst du mir nur noch das Land verraten, in dem das Größe sechsunddreißig ist«, konterte Sissi. »Arbeitest du noch bei der Firma Wohlgeruch?«

»Logisch. Bin da die rechte Hand«, verkündete Anita schnippisch. »Und die linke.«

»Selbstverständlich. Du legst dich bestimmt richtig ins Zeug«, erwiderte Sissi zweideutig. »Onkel Andi, können wir uns unterhalten? Draußen?«

»Die Geheimnistuerei wird dir nix helfen«, rief Anita. »Ich krieg's ohnehin raus.« Argwöhnisch beobachtete sie, wie Sissi mit Pfarrer Sommer nach draußen verschwand. »Soso, mir zwei Schönen also.« Sie zwinkerte Klaus verheißungsvoll zu. »Wenn Sie nachher fertig sind, schauen Sie doch noch mal bei mir vorbei«, bot sie ihm an. »Dann zeig ich Ihnen mein Kreuz des Südens. Ich hab sogar eine winzige Tätowierung drauf, die dürfen Sie suchen.«

»Danke für das Angebot, aber ich habe schon jemanden mit Größe sechsunddreißig«, lehnte Klaus amüsiert ab.

»Na dann.« Anita rümpfte die Nase. »Gut sehen Sie aus. Aber so würd ich nicht in ein Festzelt gehen. Gell, Erna?«

Erna reagierte nicht. Sie war vor ihrem Bier im Sitzen eingeschlafen. In ihren Haaren hing immer noch der Kronkorken.

»Onkel Andi, war heut Abend irgendwas?«, wollte Sissi von ihrem Onkel wissen, als sie etwas abseits im Freien standen. »Du hast doch ein waches Auge.«

»Nur das Übliche.« Pfarrer Sommer schüttelte den Kopf. »Ein paar Reibereien, aber soweit ich das einschätzen kann, nichts Ernsthaftes. Zwischen dem Julian Weidner und dem Patrick Brandstetter gab's einen handfesten Händel, ich glaube, es war wegen einer Frau. Aber das hat nicht lange gedauert.«

»Interessant. Wann war das?«

»So ungefähr vor einer Stunde. Beide waren ziemlich betrunken, du kennst das ja. Sag mir lieber, warum du hier bist. Es ist etwas Schlimmes passiert, oder?«

»Du weißt, dass ich nicht komme, wenn jemand die Batterien seiner Taschenlampe verloren hat, Onkel Andi. War das die einzige Auseinandersetzung, die Julian Weidner heute hatte?«

Pfarrer Sommer nickte. »Soweit ich mich erinnere, ja. Hab ihn vor einer knappen Stunde das letzte Mal gesehen. Auf mich hat er einen äußerst nervösen Eindruck gemacht, anscheinend hat er Streit gesucht. Brandstetter sitzt wieder an seinem Platz unter der Tribüne, wo es schrecklich laut ist. Das weiß ich, weil ich vorhin auf dem Weg zurück von der Toilette an seinem Tisch vorbeikam. Aber bei seinem Alkoholpegel stört ihn das vermutlich nicht mehr. Warum fragst du?«

Sissi schwieg.

»Um Gottes willen.« Sommer bekreuzigte sich. »Wann?«

»Wissen wir nicht. Behalt es für dich.«

»Der arme Bub.« Sommer blickte sie betrübt an. »Hast du seinen Freund schon befragt, mit dem er hier war? Anscheinend waren die nicht gut aufeinander zu sprechen, es wirkte auf mich, als würden sie gleich anfangen zu schlägern.«

»Welcher Freund?«

Sommer kratzte sich am Kopf. »Mir fällt der Name nicht ein. Die beiden waren ständig zusammen unterwegs und sind mir auch im ›Mohren‹ öfter begegnet. Ein merkwürdiges Gespann, der attraktive Julian und der, äh, untersetzte … Menschenskinder, ich komme einfach nicht drauf.«

»Schon gut, Onkel Andi. Ist dieser angebliche Freund noch hier?«

»Keine Ahnung. Zu Beginn des Abends saßen die zwei am selben Tisch beim Sportverein und schienen zu streiten. Später dann nicht mehr.«

»Ein wenig hilft mir das, danke. Ich muss leider wieder rein. Alles okay bei dir und deiner Kirche?«

»Meine Gottesdienste werden immer beliebter«, schwärmte Sommer. »Du könntest auch mal wieder zu einem erscheinen.«

»Wenn ich am Wochenende mal freihabe, sollte ich das wirklich tun«, gab Sissi zerknirscht zu. »Was meinst du mit ›immer beliebter‹? Als ich das letzte Mal in der Kirche war, saßen da höchstens zwanzig Leute.«

»Wie ich es sage«, bekräftigte er. »Seitdem ich mir diese App runtergeladen habe, die mir bei meinen Predigten hilft, besuchen auch andere Menschen den Gottesdienst. So etwas spricht sich eben herum.«

»Eine App?«, staunte Sissi.

»So eine künstliche Intelligenz«, bestätigte ihr Onkel. »Ich lebe nicht hinterm Mond. Man gibt ein Thema vor, und dieses Ding verfasst für dich einen Text. Muss nur noch meine persönliche Note reinschmuggeln, aber die KI erledigt die Hauptarbeit.«

Mit »persönlicher Note« meinte Pfarrer Sommer einprägsame Begriffe wie Hölle, Verdammnis oder Fegefeuer, denn seine Schäflein waren seiner Meinung nach starrsinnig und nicht leicht von der Gnade Gottes zu überzeugen, wenn man ihnen nicht drohte. Ein bisschen Apokalypse wirke bei seiner verstockten Herde argumentationsverstärkend, hatte er festgestellt und wandte diese Technik seit Jahren erfolgreich an.

Sissi schmunzelte. »Freut mich für dich. Ich gehe jetzt. Aber wir sehen uns, versprochen.«

»Viel wirst du nicht erfahren«, warnte Pfarrer Sommer. »Die meisten haben was getrunken.«

»Ich riskiere es. Bis bald.«

Klaus sah Sissi erleichtert entgegen und erhob sich hastig. »Hast du etwas herausbekommen? Ich glaube, es geht schon los mit dem Tratsch.« Verstohlen zeigte er auf Anita, neben der eine junge, stark geschminkte Frau Platz genommen hatte. Eine der künstlichen Wimpern über ihrem rechten Auge hing auf Halbmast. Als sie Sissi erkannte, huschte sie davon.

»Soso.« Anita verschränkte die Arme vor der Brust und starrte Sissi an. »Der Julian also. Deshalb bist du da. Eine riesige Sauerei ist des.«

»Finden wir auch.« Sissi setzte sich neben sie. »Und? Weiß

es schon das ganze Zelt? Frau Dobler schläft, also musst du das übernehmen.«

Erna schrak kurz hoch, ließ aber sofort den Kopf wieder sinken. »Scheißbier«, nuschelte sie und döste weiter.

Anita überhörte Sissis Stichelei. »Ich geb dir einen Tipp. Der Julian hat vorhin mit dem Patrick geschlägert, mitten im Zelt. Wegen der Katja Weißenhorn.«

»Weiß ich schon«, winkte Sissi ab.

»Aber dass der alte Maier dem Julian gestern alles Mögliche angedroht hat, mitten auf dem Marktplatz in Legau, des weißt net, gell?« Anita lächelte triumphierend.

»Solltest du nicht traurig statt boshaft sein?«, fragte Sissi. »Immerhin warst du doch mal kurz mit Julian Weidner zusammen.«

»Ach, des ist ewig verjährt«, grinste Anita. »War nix Ernstes. Hat's schon jemand dem Max gesagt? Und wo ist der Markus?«

»Sein Bruder ist hier? Und wer ist Markus?«, wollte Sissi alarmiert wissen.

»Aha, alles weißt du also auch net.« Boshaft funkelte Anita Sissi an.

»Aber mit Kleidergrößen kenne ich mich aus. Wo ist denn nun Max Weidner?«, wiederholte Sissi.

»Sitzt da drüben mit seinen Freunden«, verriet ihr Anita mürrisch.

»Klaus, wir gehen kurz nach draußen.« Sissi griff sich an die Schläfen. »Ich krieg schon wieder diese Kopfschmerzen, gegen die keine Tabletten helfen. Und ich muss zwei Kollegen von der Streife anfordern.«

»Weil du die Wahrheit net vertragst! Ich schau einfach besser aus als du«, schrie Anita den beiden hinterher.

Die nächste Band hatte mittlerweile angefangen zu spielen, und es war entsprechend laut, als sie in Begleitung von zwei Streifenbeamten wieder das Zelt betraten. Sie brauchten nicht lange nach Patrick Brandstetter zu suchen.

Mitten im Trubel, direkt unterhalb der Tribüne, dort, wo der Geräuschpegel am höchsten war, saß ein blonder Mann Mitte dreißig, der sein Gesicht im Ausschnitt einer üppigen Blondine im grünen Dirndl vergraben hatte. Ab und zu tastete er nach einem Maßkrug, hob den Kopf, nahm einen Schluck und stellte ihn wieder auf den Tisch, ohne hinzusehen.

»Physikalisch unmöglich, dass der noch Luft kriegt«, rief Klaus Sissi ins Ohr. »Wir sollten ihn retten.«

Sie wandte sich an die beiden Streifenbeamten. »Kollegen, Sie greifen erst auf meinen ausdrücklichen Befehl ein«, ordnete sie an. »Egal, was passiert. Wir wollen nicht eskalieren.«

Die beiden Polizisten postierten sich, wie ihnen geheißen, mit etwas Abstand vor der Bank, auf der Brandstetter saß.

Ein Teil des Publikums war mittlerweile auf sie aufmerksam geworden, und es hagelte nicht zitierfähige justiziable Bemerkungen, die hauptsächlich mit »Bullen« und »Spaß verderben« zu tun hatten, aber die beiden Männer von der Streife blieben gelassen.

»Patrick Brandstetter?« Sissi tippte auf die Schulter des blonden Mannes, der aber nicht reagierte. Die hübsche Blondine namens Katja Weißenhorn, an deren Ausschnitt Patrick klebte, zwinkerte Sissi zu. »Er ist a bisserl mies drauf«, kicherte sie. »Aber des wird wieder, gell, Schnucki?«

Sissi beugte sich hinab und begutachtete das mit roten Spritzern gesprenkelte weiße Hemd. »Herr Brandstetter?«

Der streckte gerade wieder seine Hand aus, um einen Schluck aus dem Maßkrug zu nehmen.

Sissi hielt sie fest. »Herr Brandstetter! Wir müssen mit Ihnen reden«, sagte sie laut.

Unwillig hob er den Kopf und schaute sie mit rot geränderten Augen an, von denen gerade eines zuschwoll. Sein Blick fiel auf Klaus. »Wer bist du denn? Kommst von der Gebühreneinzugszentrale?« Er lachte dreckig.

»Sommer und Vollmer vom K1 in Memmingen.« Sissi zückte ihren Dienstausweis und hielt ihn Brandstetter unter die Nase. »Bitte folgen Sie mir nach draußen. Sie möchten doch nicht, dass hier jeder alles mitbekommt?«

»Ich glaube nicht, dass hier irgendjemand noch was mitbekommt.« Klaus widerstand dem Drang, sich die Ohren zuzuhalten. »Schau dich doch mal um!«

»Hey, Magic Mike!«, brüllte ihm jemand zu. »Ausziehen!«

»Ich hasse wirklich alles an diesem Abend«, murmelte Klaus resigniert in seinen Dreitagebart.

»Hä? Was wollts ihr von mir?« Unwillig richtete sich Brandstetter zu seiner vollen Größe von hundertneunundachtzig Zentimetern auf. Obwohl er unsicher auf den Beinen war, wirkte er bedrohlich.

»Kommen Sie bitte mit, sonst müssen wir Sie festnehmen«, bat Klaus unbeeindruckt.

Mittlerweile verfolgten noch mehr Festbesucher das Geschehen. Das lag daran, dass die Band genau in dem Moment eine kurze Pause zwischen zwei Liedern eingelegt hatte, als Klaus mit der Verhaftung drohte.

»Sagt wer?«, raunzte Brandstetter. Er war ein wohlhabender Jungbauer und nicht gerade für sein sanftmütiges Naturell bekannt. »Da müssen schon Metzger kommen und keine Wursträdle. Dich hau ich ungespitzt in den Boden, du Schauspieler, du.«

»Mitkommen«, befahl Klaus ungerührt. »Sofort!«

»Tatä, tatä, tatä«, erschallte es plötzlich über ihnen. Klaus zuckte unwillkürlich zusammen und konnte gerade noch einer riesigen Faust ausweichen, die auf ihn zukam.

Blitzschnell griff er zu und packte Brandstetters Arm, der ein zweites Mal ausholen wollte.

»Haben Sie ein Glück, dass ich nicht nachtragend bin!«, schrie er gegen den nun wieder aufbrandenden Lärm an und hielt den Betrunkenen fest. Dieser riss unerwartet seinen Arm, den Klaus umklammert hatte, nach hinten, was zur Folge hatte, dass Klaus mit dem Bauch voran auf dem Bierzelttisch in einem Pappteller mit fettigen Gockelresten landete. Brandstetter, der trotz seines Alkoholpegels erstaunlich behände war, warf sich mit einem Kampfschrei auf ihn.

»Patrick«, kreischte die hübsche Katja. »Ich helf dir, Schatzi!« Hektisch sprang sie hoch, um sich ins Getümmel zu stürzen, aber Sissi zog sie am Kleid weg.

Das alles war in wenigen Sekunden passiert, hatte aber genügt, dass jetzt mindestens hundert Augenpaare und fünfundsechzig Smartphone-Kameras auf die beiden Ermittler und Patrick gerichtet waren. Die Musik verstummte. Mit einem Mal erhoben sich auf den Nachbarbänken acht Männer in Trachtenkleidung und machten Anstalten, ins Geschehen einzugreifen. Es war nicht klar ersichtlich, für wen sie Partei ergreifen würden.

Sissi wollte den Streifenpolizisten ein Zeichen geben, als plötzlich eine sehr laute Stimme brüllte:»Schluss jetzt, ihr Deppen! Alle wieder hinsetzen! Aber pronto! Des gilt auch für dich, Bernhard. Wird's bald? Oder brauchst eine Ordnungsschelle?«

Murrend nahm der Angesprochene, ein grobschlächtiger Mann in den besten Jahren, wieder Platz. Die anderen taten es ihm gleich.

Jürgen Reichelt, Bauunternehmer, lokale Größe und seit vielen Jahren beinahe erfolgreicher Bürgermeister-Kandidat, packte Patrick am Kragen und zerrte ihn unsanft von Klaus herunter. Dieser rappelte sich auf, wischte sich einen Hühnerknochen von seiner Brusttasche und zog seelenruhig ein paar Handschellen unter seinem Sakko hervor.»Ich habe darüber nachgedacht und bin jetzt doch nachtragend, Herr Brandstetter.« Routiniert legte er Patrick die Handschellen an.»Kommen Sie bitte mit.«

»Danke, Jürgen.« Sissi lächelte dem Bauunternehmer zu.»Die Lage war aber zu keiner Zeit außer Kontrolle.«

»Wirklich, Sissi?« Reichelt zeigte auf die voll besetzten Bierzeltbänke, von denen aus sie argwöhnisch beobachtet wurden. »Du weißt doch, was ein paar Halbe Bier ausrichten können.« Dann wandte er sich in Richtung der Kapelle und brüllte:»Weitermachen!«

Der Dirigent stutzte und gab dann ein Zeichen. Prompt setzte die Musik wieder ein.

»Na also.« Reichelt nickte zufrieden.»Sissi, dir hätt ich zugetraut, dass du dem Brandstetter zeigst, wo der Hammer hängt«, rief er ihr ins Ohr.»Bei deinem Kollegen aus Beverly Hills, der im ganzen Allgäu anscheinend keine Rasierklingen auftreiben kann, bin ich net sicher. Wieso läuft der eigentlich rum wie a Pharmareferent?«

Sissi stellte sich auf die Zehenspitzen. »Morgen ziehe ich ihn normal an, Jürgen, versprochen«, antwortete sie. »Danke dir, wir müssen los.«

»Logisch.« Reichelt reichte ihr zum Abschied die Hand und drückte sie fest. »Wenn ich noch amal helfen kann, gib mir Bescheid.«

Sissi folgte Klaus, der Brandstetter zusammen mit den beiden Beamten aus dem Zelt führte.

Er wehrte sich heftig. »Was glaubts ihr, wer ihr seids?«, brüllte er. »Ich verklag euch alle, bis einer heult!«

»Puh.« Klaus betrachtete betrübt seinen Anzug, als die Kollegen mit dem widerspenstigen Landwirt verschwunden waren, erstaunt beäugt von ein paar angeheiterten Festzeltgästen, die von den Toiletten zurück ins Zelt strömten. »Das wird teuer.«

»Das mit deinem Outfit tut mir leid«, bedauerte ihn Sissi. »Aber ich hatte volles Vertrauen in deine Fähigkeiten. Hast du nicht irgendeinen Gürtel in einer asiatischen Kampfsportart?«

»Er hat mich überrascht«, rechtfertigte sich Klaus. »Außerdem trainiere ich seit einigen Jahren nicht mehr. Diesen Reichelt hätte ich allerdings nicht gebraucht, das hätte ich auch allein geschafft.«

»Weiß ich doch«, tröstete ihn Sissi. »Die Kollegen befragen gerade Patrick Brandstetters Begleitung Katja. Und wir müssen jetzt zu Max Weidner, dem Bruder des Toten. Ich habe ihn aus dem Zelt holen lassen.«

Sie zeigte auf zwei Polizisten, die ungefähr fünfzig Meter vom Zelteingang entfernt mit einer männlichen Person auf sie warteten.

»Was für eine Nacht«, entfuhr es Klaus, als er das leichenblasse Gesicht des Mannes mit dem dichten dunklen Haar sah, der zitternd neben den Polizisten stand.

»Und sie ist noch lange nicht zu Ende«, flüsterte Sissi. »Hallo, Herr Weidner.«

# 3

Schon längst waren die meisten Lichter in Legau erloschen. Wer jetzt nicht schlief, amüsierte sich noch im Bierzelt oder spekulierte über die Festnahme von Patrick Brandstetter und den tragischen Tod von Julian Weidner. Gelegentlich hörte man auf einer Weide das melodische Läuten einer Kuhglocke. Leise plätscherte die Iller in ihrem Flussbett vor sich hin, wie sie das seit Jahrtausenden tat. Still ruhte die Nacht.

Nur in einem Fenster der luxuriösen Seniorenresidenz Moserhof, die sich nicht weit entfernt von Legau in die hügelige Landschaft schmiegte, brannte noch Licht. Imposant zeichnete sich die Silhouette des weitläufigen, vor etlichen Jahren zum Ruhesitz für solvente Rentner und Pensionäre umgebauten ehemaligen Bauernhofs zwischen saftigen Weiden und blühenden Feldern ab.

Die breiten, mit teuren Teppichböden ausgelegten Gänge wurden um diese Uhrzeit lediglich von wenigen Energiesparlampen mit Bewegungssensor erleuchtet und waren menschenleer. Hinter jeder schlichten, nur mit einer Nummer versehenen Zimmertür verbarg sich ein prätentiöses Appartement für den gehobenen Geschmack mit jedem erdenklichen Luxus: Smart-TV, italienisch gefliestem barrierefreiem Bad mit Dampfdusche, elektrisch verstellbarer Couchgarnitur und vollwertig ausgestatteter Küche inklusive hochwertiger Geräte.

Wer im Moserhof residierte, durfte das Beste von allem erwarten und bekam es auch – und dazu an klaren Tagen einen atemberaubenden Blick auf die Alpen. Hier wohnte ausschließlich zahlungskräftige Klientel vorwiegend aus dem Norden Deutschlands, und ein Appartement war mittlerweile schwerer zu bekommen als eine Privataudienz beim Papst. Wenn man es denn überhaupt auf die Warteliste schaffte. Diese wurde von der klapperdürren rothaarigen Renate Reismann, ihres Zeichens gar nicht so stille Mitinhaberin und ebenfalls Bewohnerin der Anlage, und ihrer Freundin Frauke unbarmherzig überwacht.

Es war ein herrlicher Sommertag gewesen. Etliche Bewohner des Moserhofs hatten das Festzelt besucht und lagen nun, müde geschunkelt und abgefüllt mit König Ludwig Dunkel, in ihren bequemen Boxspringbetten, wo sie den Schlaf der Gerechten schliefen und einem neuen, unaufgeregten Tag entgegendämmerten.

Inmitten des gepflegten Gartens spiegelte sich der Mond im gekräuselten Wasser des Pools. Auf einem der massiven Liegestühle aus Teakholz, die allmonatlich mit Öl poliert wurden, lag zerknittert ein vergessenes, noch feuchtes Handtuch. Jeder einzelne der bequemen Korbsessel, auf denen die Bewohner morgens auf der riesigen Terrasse ihr opulentes Frühstück einnahmen, stand vor einem mit einer Glasplatte versehenen Tisch akkurat an seinem Platz. Alles wirkte aufgeräumt und idyllisch. Das Quaken der Frösche in dem großen Zierteich am Ende des Gartens war mittlerweile verstummt.

Nur aus einem gekippten Fenster im Erdgeschoss drang gedämpft das Jaulen einer Bassgitarre, gefolgt von einem langen Schlagzeugsolo. Die Töne bildeten mit den Geräuschfetzen der Stimmungsmusik vom einige Kilometer entfernten Bierzelt, die durch die laue Sommernacht waberten, ein surreales, atonales Gemisch, während ein paar verirrte Glühwürmchen über dem Pool einen Tanz aufführten.

Auch die geräumige Edelstahlküche im Moserhof lag im Dunkeln.

»Na warte.« Helga Exner, eine stämmige Mittfünfzigerin mit halblangem grau meliertem Haar, das zu einem strengen Dutt frisiert war, drückte sich, bewaffnet mit einer schweren gusseisernen Pfanne, in die schmale Nische neben dem doppeltürigen Kühlschrank. Angestrengt versuchte sie, durch die Nase zu atmen, was angesichts ihrer Gräserallergie um diese Jahreszeit aussichtslos und bei ihrer Tätigkeit als Köchin des Moserhofs oft hinderlich war.

In ihrer schwarzen Jerseyhose und dem kurzärmeligen, ebenfalls schwarzen T-Shirt, kombiniert mit dem grimmigen Gesichtsausdruck eines englischen Fleischerhundes, wirkte sie wie eine CIA-Agentin, die sich demnächst mit Arnold Schwarzenegger und Sylvester Stallone zu einer allerletzten Mission aufmachen würde, um einen gefangenen Armee-Kumpel in Nordkorea zu befreien.

Während sie in ihren praktischen Halbschuhen nervös von einem Fuß auf den anderen tippelte, wurde sie immer wütender. Das Maß war voll.

Seit Monaten verschwanden aus dem Kühlschrank in der Küche und der Kühlkammer nebenan Vorräte, wobei die dreisten Diebe nicht einmal vor einem für den nächsten Tag vorbereiteten Vanillepudding mit kandierten Walnüssen zurückschreckten. Sie nahmen einfach alles mit, klauten Biskuitrollen mit handgerührter Erdbeercreme, geeiste Kokosriegel an Kiwimus, selbst gemachtes köstliches Stracciatellaeis – ja, sogar Helgas geheimer Privatvorrat an Keksen und Schokolade wurde regelmäßig dezimiert, obwohl sie sich ständig neue Orte ausdachte, an denen sie ihre Schätze deponierte. Einmal hatten die Diebe wie zum Hohn die leere Verpackung einer großen Tafel Milka-Schokolade in einem solchen Versteck zurückgelassen und Helga damit an den Rand eines Nervenzusammenbruchs gebracht.

Heute krieg ich euch, ihr Bazis, dachte sie zornig und erschrak trotzdem, als sich endlich leise Schritte näherten. Die Tür öffnete sich sehr langsam mit einem unmerklichen Quietschen.

Helga hielt unwillkürlich die Luft an, als auch schon ein dürrer Schatten an ihr vorbeischlich. Sie drückte sich noch tiefer in die Nische, die Pfanne fest umklammert.

Die Gestalt schlüpfte in die Kühlkammer. Man hörte ein Klirren und Scheppern, dann kehrte sie wieder zurück. Deutlich konnte Helga erkennen, dass sie eine Auflaufform in den Händen hielt.

»Stehen bleiben!«, rief sie und betätigte den Lichtschalter.

Der Dieb erstarrte mitten in der Bewegung.

»Schau an, schau an.« Grimmig musterte sie den Eindringling. »Sie sind des also, der mir seit Monaten mein Essen klaut.« Hans-Joachim Münnemann, Universitätsdozent im Ruhestand, ein dünner Mann Mitte siebzig mit schulterlangem schneeweißem Haar, der aussah wie ein Ex-Mitglied der Kommune 1, strahlte sie durch eine runde Nickelbrille aus rot geränderten Augen an. Die Auflaufform hielt er weiter fest umklammert.

»Hallo.« Mit verwirrtem Gesichtsausdruck erkannte er die Pfanne in ihrer Hand. »Es gibt schon Frühstück? Wow. Wie lange war ich denn da drin?« Er drehte sich in Zeitlupe zur Kühlkammer und schien nicht zu begreifen.

»Ham Sie einen Schlaganfall?« Hastig stellte Helga die Pfanne ab, um die Auflaufform mit der kostbaren Nachspeise auffangen zu können, falls der dürre Mann, der kaum merklich schwankte, umfallen sollte.

»Keine Panik. Alles gut.« Ein breites Grinsen überzog sein Gesicht. »Wie sind Sie denn drauf? Sie sind ja vielleicht verkniffen. Ich habe mir nur einen Nachtisch geholt.«

»Essen gibt's von achtzehn Uhr dreißig bis zwanzig Uhr«, fauchte Helga. »Und wenn ich mich recht erinnere, ham Sie zweimal Dessert gehabt gestern Abend. Das da drin …«, sie deutete auf die Form, die Münnemann offensichtlich nicht loszulassen gedachte, »… hab ich für morgen vorbereitet. Her damit.«

»Aber ich hab jetzt Hunger, nicht morgen«, jammerte Münnemann und platzierte die Form im Schneckentempo neben der Edelstahlspüle. »Wahnsinn, wie egoistisch Sie sind. Was ist das? Kokoscreme? Mousse? Haben Sie wenigstens noch irgendwo Schokolade? Eigentum verpflichtet.«

Helga lachte bissig. »Meine Schokolade ist an einem sicheren Platz, die finden Sie nie. Sind Sie net vor ein paar Tagen mit einer Tüte vom EDEKA an mir vorbeigegangen? Warum kaufen Sie sich net selber was Süßes?«

»Tja.« Münnemann hob die Schultern. »Ich hatte sieben Packungen Oreo-Kekse. Aber die sind weg. Alle aufgegessen.«

»Und dann rumjammern, wenn man Diabetes kriegt«, sagte Helga bissig. »Typisch.«

I. L. CALLIS

# DOCH DAS MESSER
# SIEHT MAN NICHT

KRIMINALROMAN

emons:

emons: **Tel. 0221-56977-0 · info@emons-verlag.de**

**Bitte senden Sie mir das aktuelle Verlagsprogramm zu**

**Ich möchte den Newsletter von** emons: **per E-Mail erhalten**

**Ich habe Interesse an Krimis aus folgender Region:**

**f Besuchen Sie uns auch auf www.facebook.com/EmonsVerlag**

Name

Straße

PLZ/Ort

E-Mail

emons: **verlag**
**Cäcilienstraße 48**

**50667 Köln**

»Tiramisu vielleicht?« Münnemann zeigte auf die Auflaufform. »Verraten Sie es mir?«

»Tirami… was?« Misstrauisch kniff Helga die Augen zusammen. »Sind Sie betrunken? Sie waren doch gar net im Festzelt.«

»Steh da nicht so drauf.« Er schüttelte den Kopf. »Besoffene Proleten, die sich an reaktionärem Liedgut berauschen. Dafür war ich 69 nicht auf der Straße. Na gut, gehe ich jetzt eben mit leerem Magen ins Bett. Ihre Schuld.«

»Sie geben also zu, dass Sie mir seit Monaten den Nachtisch aus der Kühlkammer klauen?«, versuchte Helga es noch mal.

Diese Unterhaltung ähnelte dem Versuch, in der Badewanne ein glitschiges Stück Seife zu fangen.

Er warf ihr einen verschmitzten Blick zu. »Das ist eine hypothetische Annahme von Ihnen, die Sie keinesfalls mit validen Beweisen unterlegen können, nicht wahr? Nun ja, ich gehe jetzt. Gute Nacht.« Er schickte sich an, den Raum zu verlassen.

»Von wegen.« Helga stellte sich ihm in den Weg. »Mir klären des jetzt.«

»Jetzt kommen Sie doch bitte mal runter«, riet ihr Münnemann in vertraulichem Ton. »Heute schon gelebt?«

»Ich bin ein anständiger Mensch und mach so was nach Feierabend«, erklärte ihm Helga bissig. »Warum grinsen Sie eigentlich so blöd?« Ihr kam ein Verdacht.

Münnemann gähnte ausgiebig, ohne sich die Hand vor den Mund zu halten. Er hatte tadellose Zähne. »Mann, Mann, Mann, Sie sind ja kein bisschen Zen.«

Helga dämmerte allmählich, dass diese Debatte an Sinnlosigkeit nicht zu überbieten war. »Wissen S' was? Sie gehen jetzt in Ihre Suite. Und mir reden morgen drüber.«

»Suite«, wiederholte Münnemann gedankenverloren. »Suiiiite. Ein Wahnsinnswort. Wie ein Geigenstrich. Haben Sie da schon mal drüber nachgedacht?«

»Ich bring Sie hin.« Kurz entschlossen packte Helga ihn am Arm und schob ihn auf den Flur. »Zweihundertsiebzehn, gell?«

Münnemann gähnte erneut. »Legen Sie mich einfach irgendwohin. Ich kann überall schlafen.«

»Jesus, Maria und Josef«, schnaubte Helga und zog ihn hinter sich her, bis sie in der langen Diele des ehemaligen Kuhstalls ankamen, der mittlerweile zu einem zweckmäßigen flachen Gebäude umgebaut worden war.

»Da ist es ja schon. Rein mit Ihnen.« Sie öffnete die Tür. Zwei verdatterte Gesichter starrten sie an.

»Was riecht denn da so komisch?« Helga hob ihre Nase in die süßlich riechende Nebelwolke, die ihr entgegenwaberte, und verzog das Gesicht. »Eine Opiumhöhle!«

# 4

»Ist Sissi noch nicht da?« Klaus fläzte sich in seinen Bürostuhl und nahm einen Schluck von seinem Kaffee.

Hans Dollinger, IT-Experte, Recherche-Spezialist und Gemütsmensch, ein grauhaariger Mittfünfziger mit leidendem Gesichtsausdruck, schüttelte den Kopf. »Schon was rausbekommen? Wie ist es denn so gelaufen im Festzelt, Karate Kid?«

»War ja klar.« Klaus zog eine Grimasse. »So was spricht sich schnell herum. Aber die neunundneunzig Prozent Festnahmen, bei denen gar nichts passiert, natürlich nicht.«

Dollinger kicherte. »Gibst doch alleweil damit an, dass du Klimbim gelernt hast. Dann darfst es einmal anwenden und machst es net.«

»Taekwondo heißt das«, korrigierte Klaus ihn gekränkt. »Du warst ja auch mal schlank und wendest es nicht mehr an. Nicht nett, was ihr da jetzt schon wieder mit mir abzieht.«

»Was denn?«, wollte Dollinger unschuldig wissen.

»Als ob das nicht von dir käme«, warf Klaus ihm vor. »Ich laufe an der Pforte vorbei, und die Kollegen benehmen sich mit einem Mal wie Statisten in einem Bruce-Lee-Film, machen Karate-Bewegungen, stoßen Kampfschreie aus und lachen. Nicht witzig.«

»Mir ham nur gehört, dass du gestern Nacht in einem James-Bond-Outfit losgezogen und in einen Gockel gefallen bist.« Dollinger kicherte. »Also, habts ihr schon was in Erfahrung gebracht?«

»Natürlich nicht«, verneinte Klaus mit verdrossener Miene. »Versuch du doch mal, in einem Pulk von angeheiterten Menschen effizient zu ermitteln. Wir haben später noch die Bedienungen befragt, allerdings hatten die den ganzen Abend über keine Zeit, um sich um die Fluktuation der Besucher zu kümmern. Und die Personen im unmittelbaren Umkreis von Patrick Brandstetter haben alle Stein und Bein geschworen, dass dieser sich mindestens eine Stunde lang nicht von seinem Platz bewegt hat.«

»Und als er sich bewegt hat, war's auch wieder net recht.« Dollinger lachte.

»Pah.« Klaus winkte ab. »Der hatte keine Chance gegen mich.«

»Für einen Fettfleck auf deinem guten Zwirn hat's gelangt. Du bist jedenfalls schon berühmt.«

»Ich bin was?«, entfuhr es Klaus.

»Im Internet.« Dollinger lugte hinter seinem Bildschirm hervor. »Ein paar Leute ham mitgefilmt. Ist schon auf Instagram und Facebook. Hashtag ›fightclub Allgäu‹. Dein Anzug sieht gut aus. Du weniger.«

»Lass sehen.« Klaus eilte hinter Dollingers Schreibtisch. »Verdammt. Ich hatte tatsächlich vergessen, dass heutzutage jeder filmt. Das wird dem Boss nicht gefallen.«

»Schau, einer hat das Video sogar bearbeitet. Ein echtes Kunstwerk.« Dollinger klickte auf »Play«.

Zu der Musik von »Kung Fu Fighting« sah man, wie Klaus in Zeitlupe an Brandstetters Arm hängend auf dem Teller mit den Gockelresten landete und dieser sich auf ihn stürzte.

»Sorg dafür, dass das wieder verschwindet«, verlangte Klaus stinksauer. »Und zwar schnell.«

»Es braucht leider seine Zeit«, bedauerte Dollinger verschmitzt. »Ich hab schon jemanden drauf angesetzt. Meine runtergeladene Kopie behalt ich natürlich. Ausschließlich im Rahmen der Ermittlungen.«

»Wenn du meinst.« Klaus zuckte mit den Achseln. »Ich habe ja auch ein Video von dir, wie du einen riesigen Pizzakarton öffnest und die Calzone mit der Schere zerteilst. Deine Frau wird sich freuen. Sie ist doch so um deine Ernährung besorgt.«

»Niemand mag Verräter«, belehrte ihn Dollinger beleidigt.

»Damit kann ich leben.« Klaus zwinkerte vielsagend. »Ich verlasse mich darauf, dass diese Clips innerhalb kürzester Zeit von den Betreibern der Plattformen gelöscht werden.«

»Geht klar«, beschwichtigte ihn Dollinger. »Hier, ich hab was für euch.« Er kramte in dem Papierberg auf seinem Schreibtisch.

»Warum druckst du eigentlich den ganzen Krempel trotz Digitalisierung aus?«, fragte Klaus.

»Ich bin halt alte Schule. Das hier«, Dollinger wedelte mit einem Blatt Papier, »löscht keiner, weder versehentlich noch mit Absicht. Widersteht jedem Cyberangriff.«

»Apropos Angriff.« Klaus schmunzelte. »Ich habe gestern Anita Hoff getroffen. Du hättest mal ihr Kleid sehen sollen.«

»Kann's mir vorstellen«, grinste Dollinger. »Die Frau hat was.«

»Ziemlich viel davon sogar. Und sie teilt es gerne.« Klaus lächelte säuerlich. »Also, was ist mit diesem Brandstetter?«

»Die Blutspuren auf seinem Hemd stammen von ihm selber.« Dollinger reichte ihm einen Ausdruck. »Der Laborbericht. Hat vermutlich eins auf die Nase bekommen. Der Kollege Hoffmann hat ihn heut Morgen verhört. Brandstetter ist mittlerweile halbwegs ausgenüchtert und schwört, dass Julian Weidner ihm eine Blondine namens Katja ausspannen wollte, mit der er unterwegs war. Deswegen ham sich die zwei geprügelt. Aber er ist ihm nicht aus dem Zelt gefolgt, beteuert er. Passt zu den Zeugenaussagen und der Tatsache, dass seine Fingerabdrücke nicht auf dem Maßkrug sind. Heute Vormittag um elf Uhr ist Haftprüfung. Er wird garantiert auf freien Fuß gesetzt. Wiederholungsgefahr besteht keine, Fluchtgefahr auch net, weil er arbeiten muss auf dem Hof. Und Verdunkelungsgefahr … na ja, die Verdunkelung hat der sich schon selber zugefügt. Julian Weidner muss mindestens genauso betrunken gewesen sein wie er. Alkohol und viel Testosteron sind eine ungute Mischung.«

»Es war garantiert nicht nur Alkohol bei Weidner«, widersprach Klaus. »Der Typ hatte Kokain dabei. Bier plus Koks plus Allgäuer Brauchtum ergibt eben so was.«

»Mach nur so weiter«, drohte ihm Dollinger scherzhaft. »Dann geben wir dir dein Brauchtum. Unsere Kampfsportarten kennst du ja jetzt. Schade, ich wär auch gern im Festzelt gewesen.«

»Du kannst doch immer noch hingehen«, eröffnete ihm Klaus. »Die machen laut Sissi noch bis Sonntagabend Bumsfallera.«

»Keine Chance.« Dollinger seufzte tief. »Meine Holde und der alte Drachen mögen des net.«

Das ganze Revier wusste, dass Dollinger sich – euphemistisch ausgedrückt – etwas gegängelt fühlte, seitdem seine verehrte Schwiegermutter in dem adretten kleinen Haus am Rand von Memmingen eingezogen war. Die beiden Damen bildeten eine geschlossene Front gegen ihn, erlegten ihm alle naselang neue Diäten auf und überzogen ihn mit Vorschriften, gegen die die deutsche Kleingartenverordnung wie ein auf einen Bierdeckel geschmierter Steuerentwurf wirkte. Apropos Bierdeckel: Auch das edle Hopfengebräu war im Hause Dollinger nicht gern gesehen, höchstens alkoholfrei, ersatzweise möglich war bestenfalls Karamalz. Genauso wie Kartenspielen, Zigarren, Fußball oder andere Dinge, die angeblich der Erbauung dienten, würde ihn auch das Bier ins frühe Grab bringen, behauptete seine Frau und verbot ihm deswegen sicherheitshalber gleich alles.

Dollinger liebte seine Arbeit einschließlich der Überstunden, bot diese ihm doch eine willkommene Gelegenheit, seinem Zuhause und den dort vorherrschenden Regeln zu entfliehen und ein wenig über die Stränge zu schlagen.

»Wo bleibt sie bloß? Die Besprechung mit dem Boss geht gleich los.« Dollinger klopfte mit dem Fingerknöchel nervös auf seine Schreibtischunterlage.

In diesem Moment öffnete sich die Tür, und Sissi trat ein. Sie schleppte eine riesige Plastiktasche, die sie ächzend auf den Schreibtisch wuchtete. Man sah ihr nicht an, dass sie – genau wie Klaus – letzte Nacht kaum geschlafen hatte. Fröhlich ringelten sich ihre dunkelbraunen Locken auf den Schultern. In ihrem maisgelben Shirt und der schwarzen Jeans wirkte sie frisch wie der junge Morgen.

»Hier, meine Lieben.« Sie griff in die Tasche und holte zwei riesige Brotlaibe heraus, die sie Dollinger und Klaus auf den Schreibtisch knallte. »Gern geschehen.«

»Schon wieder?«, erkundigte sich Dollinger vorsichtig. »Wir ham noch von vorgestern. Was ist es denn diesmal?«

»Chiasamen und Oliven«, verkündete Sissi mit resignierter Miene. »Den Rest verteile ich woanders.«

Dollinger versuchte, das Brot in seinem Schreibtisch zu verstauen, aber es war zu groß für die Schublade, also holte er es wieder heraus und legte es vor sich auf den Tisch.

»Herrgott, ist das ein sperriger Prügel«, beschwerte er sich.

»Warum macht der net mal Zimtschnecken? Des geht jetzt schon ziemlich lang.«

»Drei Monate.« Sissi kniff die Augen zusammen. »Meine Schuld. Ich hätte ihm niemals den Brotbackautomaten schenken dürfen. Mittlerweile haben wir bereits zwei. Und der Backofen ist auch ständig belegt. An eurer Stelle würde ich schnell essen, die nächsten Laibe sind nämlich schon in Arbeit. Im Kühlschrank steht eine riesige Schüssel mit Teig.«

»Wenigstens sauft er net. Ist doch bloß ein liebenswertes Hobby«, versuchte Dollinger sie zu trösten.

Klaus reichte ihr den Ausdruck mit den Laborergebnissen. Sissi studierte ihn kurz und legte ihn zurück auf den Tisch.

»Brandstetter war also eine Fehlanzeige. Gehen wir. Der Chef mag keine Unpünktlichkeit.«

Im Besprechungsraum waren bereits alle Mitglieder der neuen Soko »Bierzelt« versammelt, als sie eintraten. Der Boss, ein grau melierter Endfünfziger mit wachen Augen unter einem akkuraten Bürstenhaarschnitt, zog seine Kreise und sah nur kurz hoch, als sich die Tür öffnete.

»Ah, die Stars kommen zuletzt«, begrüßte er die Ermittler. »Guten Morgen, Sommer, Dollinger, Vollmer.« Kurz verweilte sein Blick auf Klaus, der in seinem kurzärmeligen schneeweißen Hemd und der perfekt sitzenden Jeans aussah wie ein Filmstar im Inkognito-Modus. Dann bemerkte er Sissis Tasche.

»Sommer, ich hoffe, da drin sind Beweise von der Durchsuchung der Räume von Julian Weidner heute Nacht.«

»Nein, Chef.« Sissi nahm zusammen mit Klaus und Dollinger in der ersten Reihe Platz. »Ich hab wieder Brot dabei für alle.«

Ein Raunen ging durch die Reihen.

»Nur die Ruhe«, bat sie. »Jeder kriegt eines.«

»Ist uns bekannt, Sommer.« Der Boss schmunzelte. »Und was bringen Sie außer Backwaren noch mit?«

»Leider nicht viel, Chef«, berichtete Sissi zerknirscht. »Wir waren heute Nacht auf dem Hof von Julian und Max Weidner. Das glauben Sie nicht: Ich habe eine Schublade voller Dessous entdeckt. Von Größe sechsunddreißig bis zweiundvierzig, von Seide bis Baumwolle, von ...«

»Schon gut«, unterbrach der Boss sie. »Und sonst?«

»Keine Waffen, keine Bankunterlagen, keine aussagekräftigen Briefe. Blöde Handys.« Sie seufzte. »Früher war es einfacher, niemand außer Hans notiert sich noch was auf Papier.«

»Keine Computer?«, wollte der Boss wissen.

»Merkwürdigerweise nicht«, berichtete Sissi. »Weder Laptop noch PC, auch kein Tablet-Computer. Andererseits ist das heutzutage nichts Besonderes mehr. Man kann ja mit den Smartphones beinahe alles erledigen. Wir haben den Rest der Durchsuchung den Kollegen überlassen. Konntest du mit dem Handy was anfangen, Hans?«

»Wir arbeiten dran, ich kann aber nix garantieren, Sissi. Julian Weidner ist anscheinend mit seinem vollen Gewicht auf das Mobiltelefon gefallen, sodass nicht nur das Display zerbrochen ist«, bedauerte Dollinger. »Vermutlich lag da ein größerer Stein. Das Gelände ist ja net asphaltiert, ich hab's mir im Internet angeschaut. Eventuell komm ich an ein paar Daten ran. Aber versprechen kann ich nix.«

»Mist. Mich interessieren vor allem Fotos oder Chatverläufe.« Sissi seufzte. »Bitte besorg uns dringend auch Aufzeichnungen über seine Telefonate. Was ist mit seinem Fahrzeug?«

»Bisher nichts Auffälliges«, informierte sie der Boss an Dollingers Stelle. »Ein langes rotes Frauenhaar. Und ein kurzes schwarzes. Dazu noch Körperflüssigkeiten, wie Sie dem Bericht entnehmen können.«

»Verstehe.« Sissi schmunzelte. »Er war ja schließlich einem Ruf verpflichtet. Aber wenn man an seine Wohnung auf dem Weidner-Hof denkt, fragt man sich, wozu er das Fahrzeug gebraucht hat. Da gibt's eine Badewanne mit lauter Knöpfen, Düsen und Hebeln, die sieht aus wie das Kommandopult vom Raumschiff Enterprise. Haben die Kollegen dort noch was ausgegraben?«

»Fotos und Bericht liegen auf dem Server«, erklärte Dollinger. »Bis auf eine außerordentlich gut bestückte Hausbar, drei Päckchen Kokain mit insgesamt eins Komma fünf Gramm und vier fertig gerollte Joints war da nichts. Meine Erfahrung nach Jahrzehnten beim Kriminaldauerdienst sagt mir, das war für den Hausbedarf.«

»Also noch mehr Drogen«, staunte Sissi. »Wo?«

»Unter dem Bett. Total einfallslos. Da hat sich wohl jemand ziemlich sicher gefühlt. Chef, ham Sie das schon gesehen?« Dollinger holte eine zusammengefaltete Zeitung hervor und deutete auf die Schlagzeile.

»›Bierzelt-Mord‹?«, las der Boss laut vor. »Lassen Sie mich raten. Robert Steinmeier, der rasende Reporter vom Tagblatt.«

»Wer sonst«, bestätigte Dollinger. »Ich sag Ihnen, Chef, der hat einen Informanten. Die Mitteilung an die Presse ist nämlich noch gar net raus.«

»Warum kaufen Sie eigentlich die Printausgabe, Dollinger?«, wollte der Boss wissen. »Kein Mensch liest heutzutage noch Papierzeitungen.«

»Ich schon«, gestand Dollinger. »Weil ich beruflich so viel mit digitalem Kram zu tun hab, dass ich mich freu, wenn was zwischen meinen Fingern raschelt.«

»Geben Sie mal her.« Der Boss nahm ihm die Zeitung aus der Hand und überflog den Artikel. »›Eskaliert die Gewalt im idyllischen Legau? Wann wird der Bierkrug-Mörder wieder zuschlagen? Warum tappt die Polizei im Dunkeln?‹ Sauber«, knurrte er. »Vage formuliert, nichts Konkretes. Nur Vermutungen und Andeutungen, die mit einem Fragezeichen enden. War der etwa vor Ort?«

»Uns ist er heute Nacht nicht aufgefallen, Chef«, beteuerte Sissi.

»So eine Hyäne«, ärgerte sich der Boss. »Sie haben gestern noch ein paar Zeugen befragt? 'tschuldigung, aber mir pressiert es, muss gleich weg. Konnten Sie was in Erfahrung bringen?«

»In dem Bierzelt herrschte ein ständiges Kommen und Gehen. Die Bedienungen haben nichts mitbekommen. Nur die Auseinandersetzung zwischen Brandstetter und Weidner erregte kurzzeitig Aufsehen, aber nicht sonderlich lange. So eine Schlägerei kommt vor.«

»Das habe ich befürchtet.« Der Boss runzelte die Stirn.

»Brandstetter ist raus.«

»Schon gehört, Chef«, bestätigte Sissi.

»Und dabei sollen Sie sich so richtig ins Zeug gelegt haben, Vollmer, mit vollem Körpereinsatz«, fuhr der Boss fort. »Es ist nicht unbedingt klug, sich in einem Bierzelt nach Mitternacht zu benehmen wie der Sheriff von Dodge City. Ganz abgesehen von der Tatsache, dass Aufzeichnungen von dem Vorfall bereits im Netz kursieren.«

»Ich habe mich nur verteidigt, Chef«, protestierte Klaus gekränkt.

»Schon gut.« Der Boss winkte ab. »Kann passieren. Aber tun Sie das das nächste Mal auch wirklich. Sie repräsentieren unser gesamtes Dezernat.«

»Ich passe auf ihn auf.« Sissi lächelte. »Wir haben gestern von Anita Hoff erfahren, dass Julian Weidner vor Kurzem von einem Georg Maier öffentlich bedroht wurde.«

»Kennen wir den Herrn?«, fragte der Boss.

»Wird geprüft.« Dollinger machte sich eine Notiz.

»Außerdem wäre da noch ein gewisser Markus, ein Freund, der am gestrigen Abend angeblich Streit mit ihm hatte. Wir sind dran.«

»Das ist ja schon mal etwas.« Der Boss griff nach einer pinkfarbenen Mappe. »Hier habe ich den Bericht der Rechtsmedizin. Julian Weidner, fünfunddreißig Jahre alt, ledig. Soweit ich den Fotos entnehmen kann, ein gut aussehender Mann. Ausgezeichneter Gesundheitszustand, nicht gerade arm. Ein begehrter Junggeselle also. Der Schädel des Opfers weist zwei Verletzungen auf, von denen die zweite laut Heinzelmann tödlich war. In Blut und Urin wurden Abbauprodukte von Tetrahydrocannabinol, also Cannabis, und außerdem welche von Kokain gefunden. Vergleichsuntersuchungen werden noch gemacht. Auf jeden Fall sind das Indikatoren für den Konsum psychoaktiver

Substanzen plus einem Blutalkoholwert von zwei Komma drei Promille.«

»Herrjemine«, entfuhr es Sissi.

Der Boss nickte. »Da wollte jemand anscheinend herausfinden, wie viel er verträgt. Weiter. Unauffälliger Mageninhalt. Der Schlag auf den Hinterkopf verursachte eine Hirnrindenprellungsblutung mit anschließendem Regulationsversagen. Dieser Heinzelmann.« Er runzelte die Stirn. »Auf Deutsch: Der Schlag auf den Kopf hat ihn getötet.«

»Wirklich tragisch«, meldete sich Klaus zu Wort. »Der Schädelknochen wirkte äußerlich unversehrt.«

»Das hat nichts zu bedeuten«, belehrte ihn der Boss. »So ein subdurales Hämatom muss man von außen nicht sehen, innen kann es aber gewaltigen Schaden anrichten. In der Hirnrinde sitzen die Nerven, und somit erfolgt quasi ein Systemversagen. Wussten Sie, dass die Stärke des Schädelknochens bei Männern und Frauen unterschiedlich ist?«

Klaus schüttelte den Kopf.

»Staunen Sie ruhig.« Der Boss verzog sein Gesicht zu einem kaum wahrnehmbaren Lächeln. »Stirn, Hinterkopf und Schädeldach sind bei Frauen dicker als bei Männern.«

»Das darf ich meinem Mann nicht erzählen.« Sissi schmunzelte.

»Machen wir weiter«, bat der Boss. »Bei der sichergestellten Substanz im Portemonnaie von Julian Weidner handelt es sich um Kokain von ausgezeichneter Qualität. Keine Beimischungen irgendwelcher Art. Seine Hände weisen Spuren von Abwehrverletzungen auf, außerdem gibt es Hämatome im Bereich des Schlüsselbeins.«

»Die Hämatome könnten auch bei der Schlägerei im Bierzelt entstanden sein«, meldete sich Sissi zu Wort.

»Richtig, Sommer«, räumte der Boss ein.

»Das könnte jeder gewesen sein, so wie die drauf waren«, feixte Klaus. »Nach dem, was ich gestern bei der Festnahme erlebt habe, saßen die Fäuste locker. Das hätten Sie sehen sollen.«

»Reicht ja, wenn es die halbe Welt gesehen hat«, erinnerte ihn der Boss. »Dollinger, was haben Sie noch für mich?«

»Leider nicht allzu viel.« Dollinger räusperte sich und erhob sich.

»Laut Grundbucheintrag war Julian Weidner zusammen mit seinem Bruder Maximilian Weidner, achtunddreißig, Eigentümer des Weidner-Hofs«, begann er. »Den haben beide von ihren Eltern Carola und Hermann Weidner geerbt, weil diese bei einer Kaffeefahrt tödlich verunglückt sind. Sie wissen schon, der Busunfall vor fünfundzwanzig Jahren im Dezember, bei dem der Bus die Böschung runter ist, in Tirol.«

»Nein, weiß ich nicht, Dollinger. Wie sieht's finanziell aus?«

»Hab erst eine einzige Bankauskunft, die ist recht positiv. Ich lass den Kollegen aber noch drüberschauen, nicht dass wir was übersehen.« Dollinger blätterte in seinen Unterlagen. »Soweit ich bisher rausbekommen habe, gibt es einen größeren Kredit für ein Nutzfahrzeug, der in zwei Jahren abbezahlt ist. Keine sonstigen Verbindlichkeiten.«

»Nicht schlecht«, brummte der Boss. »In der heutigen Zeit. Respekt.«

»Aber«, unterbrach ihn Dollinger, »es wurden immer wieder größere Barabhebungen vorgenommen.«

»Was bedeutet ›größer‹, Dollinger?«

»Zwischen fünftausend und sechstausend Euro, Chef. Und das ziemlich oft«, berichtete Dollinger.

»Finde ich nicht ungewöhnlich, Viehkäufe zum Beispiel werden oft noch in bar abgewickelt«, wandte Sissi ein. »Gibt es Verwandte?«

»Einen Onkel, Matthias Weidner, sechsundsechzig. Eine Tante, Elvira Weidner, siebenundsechzig«, informierte Dollinger sie. »Der Onkel wohnt in Memmingen und ist ehemaliger Brauereibesitzer, die Tante lebt in Legau. Die Anschriften stehen im Bericht.«

»Eine Tante?« Sissi dachte nach. »Ich glaube, der bin ich schon einige Male begegnet. Wir werden sie aufsuchen.«

»Werden Sie heute noch mal ein paar Festzeltbesucher befragen?«, wandte sich der Boss an Klaus.

Der schüttelte den Kopf. »Wir haben dazu aufgerufen, uns

eventuell vorliegendes Video- und Bildmaterial zukommen zu lassen. Heutzutage hat doch jeder ein Smartphone in der Tasche.«

»Ich hab schon was bekommen, Chef«, meldete sich Dollinger zu Wort. »Sieben Personen ham uns ihre Clips zur Verfügung gestellt. Zwei kennen Sie ja schon. Ich bin am Analysieren, aber soweit ich bisher gesehen habe, ist nicht viel Verwertbares dabei.« Er klang verärgert. »Es kann doch net so schwer sein, des Telefon ruhig in der Hand zu halten. Und warum zum Geier filmen die Leute den Boden oder wedeln hektisch hin und her?«

»Du warst gestern Abend nicht dabei und hast die Leute nicht erlebt.« Sissi grinste. »Aber Klaus und ich werden uns die Videos auch ansehen. Vielleicht kommt mir ja das eine oder andere Gesicht bekannt vor.«

»Jedenfalls hat dieser Julian Weidner einen guten Schlag«, erzählte Dollinger anerkennend. »Der hat diesen Brandstetter auf die Bretter geschickt, ehe man ›Sind die besoffen‹ sagen konnte.«

»Kann man erkennen, worum es in dem Streit ging?«, fragte der Boss.

»Keine Chance«, verneinte Dollinger. »Die Musik war viel zu laut. Aber im Hintergrund hat eine hübsche Blondine die beiden angefeuert.«

Der Boss seufzte und wandte sich wieder seinen Unterlagen zu. »Von der Spurensicherung habe ich bisher nichts Relevantes: sieben unterschiedliche Fingerabdrücke auf dem Maßkrug, zweiundzwanzig Zigarettenkippen diverser Marken, vier gebrauchte Papiertücher, eins davon mit Lippenstift, ein zerbrochenes Lebkuchenherz mit der Aufschrift ›Mogst mit mir kuscheln?‹ und eine Plastikrose. Hilft uns alles nicht weiter, wenn wir keine Vergleichsproben haben. Wer weiß, durch wie viele Hände der Krug an diesem Abend gegangen ist. Nur beim Blut, das sich daran befand, handelt es sich nachweislich um das von Julian Weidner. Wie werden Sie vorgehen?«

»Wir werden den Bruder des Opfers noch mal befragen«, verkündete Sissi. »Er war ziemlich durch gestern Nacht, als wir ihn mit der Nachricht konfrontiert haben. Ich hasse so was.«

»Wer nicht«, seufzte der Boss. »Das war's für heute, ich habe es eilig und muss. Halten Sie mich auf dem Laufenden.«

»Machen wir. Vergessen Sie Ihr Brot nicht.« Sissi stand auf und langte in die Tüte unter ihrem Stuhl.

Der Boss machte eine abwehrende Handbewegung. »Danke, Frau Sommer, aber ich habe noch von gestern.« Dann sah er ihren Blick. »Na gut, geben Sie her.«

Sissi sah sich suchend im Raum um, in dem allgemeine Aufbruchsstimmung herrschte.

»Keiner verlässt den Raum«, befahl Klaus. »Jeder nimmt eins mit. Einer für alle, alle für einen.«

»Ich bin ziemlich sicher, dass sogar d'Artagnan besser rasiert war als Sie, Vollmer«, brummte der Boss und verschwand aus dem Raum.

# 5

»Ja, leck mich doch. Du schaust ja geil aus!« Anita Hoff, die gerade dabei war, einen Karton Prosecco im Kofferraum ihres zerbeulten roten Kleinwagens zu verstauen, drehte sich um. Sie trug einen eng anliegenden roten Minirock, der sogar in den freizügigen siebziger Jahren bestenfalls als breiter Gürtel durchgegangen wäre, dazu ein furchterregend tief ausgeschnittenes knallgelbes Top mit Spaghettiträgern und goldene Sandaletten mit hohen Absätzen. Eine einzelne Strähne ihrer wallenden schwarz gefärbten Mähne hing ihr in die Stirn. »Glaubst du wirklich, dass des schön ist?«, hatte ihre Mutter, eine leidgeprüfte, hart arbeitende Landwirtin in der Früh gefragt, als sie sah, in welchem Outfit ihre Tochter das Haus verlassen wollte. »Reg dich net auf, Mama, ich muss repräsentieren, heut kommen nämlich ein paar Herren von der Sparkasse zum Chef. Über Mode weißt du ja gar nix, so wie du immer rumlaufst.« Mit diesen Worten war Anita lachend aus der Küche gestöckelt.

Dank ihres tolldreisten, mit grandioser Selbstüberschätzung und dem Fehlen jeglicher moralischer Bedenken gepaarten Auftretens hatte sich Anita eine gut dotierte Stelle bei der örtlichen Seifenmanufaktur Wohlgeruch als Assistentin des Geschäftsführers geangelt. Auch dieser war wie Anita durch geschicktes Taktieren und Opportunismus zu seinem Job gekommen, weshalb die beiden sich hervorragend ergänzten und in stiller Inbrunst von der gesamten Belegschaft einträchtig gehasst wurden. Leider standen Anitas Fähigkeiten in Sachen Büromanagement, halbwegs fehlerfreie Korrespondenz und höfliche Telefonie ihrem gigantischen Selbstbewusstsein diametral entgegen. So was konnte keine Körbchengröße wettmachen und keine Firma verkraften, weshalb ihr Boss heimlich den Plan gefasst hatte, sie zu feuern. Nur hatte er sich bisher noch nicht getraut. Anita war zwar attraktiv, aber auch äußerst emotional, garantiert würde sie nicht ohne einen Paukenschlag verschwinden, und das konnte er gar nicht gebrauchen.

Nun stand die hübsche Schwarzhaarige auf dem Parkplatz vom EDEKA, nachdem sie den Alkohol für eine Firmenfeier besorgt hatte.

»Du schaust ja echt scharf aus. Wie immer halt. Servus, Mausi. Kennst mich noch?«

Vor Anita stand ein Mann Mitte fünfzig mit schulterlangem, von ziemlich vielen grauen Strähnen durchsetztem Haar. Er trug ein graues Stirnband mit weißen Punkten, eine uralte enge Lederhose mit verrosteten Nieten, Bikerstiefel und ein ausgewaschenes Shirt mit einer verblichenen Südstaatenflagge.

»Ich werd nimmer!«, rief sie überrascht. »Der Manni Gschwendner. Ham die dich endlich wieder rausgelassen?«

»Ja, vor einer Woche. Wegen guter Führung.« Er taxierte sie von oben bis unten. »Hast mich vermisst, Schnecke?«

»Eigentlich net«, eröffnete sie ihm völlig empathiefrei. »Aber freut mich für dich. Die Zeit ist ja echt schnell rum gewesen, oder?«

»Net wirklich.« Manni zog eine Grimasse. »Aber is des net Schicksal, dass mir zwei uns über den Weg laufen? Wie schaut's aus? Hast ein bissle Zeit für einen alten Freund?« Vertraulich zwinkerte er ihr zu.

Manni Gschwendner, Lebenskünstler, eingeschworener USA-Fan und alternder Selbstdarsteller mit einem Hang zum unanstrengenden Revoluzzertum, war aufgrund eines schwunghaften Handels mit bewusstseinserweiternden Drogen, die er über einen renommierten Hofladen, in spezielle Kekse eingebacken, vertrieben hatte, vor einigen Jahren von Sissi festgenommen und anschließend zu einer mehrjährigen Haftstrafe verurteilt worden. Das hatte seinen besten und einzigen Kumpel Schucki Herrmann – Kampftrinker und wie Manni eine Lilie auf dem Felde – sowie seine treuen Bestandskunden im gesamten Landkreis damals kurzfristig in eine schwere emotionale Krise gestürzt. Aber weil das Verbrechen niemals schlief, konnte der Mangel an Betäubungsmitteln nach Mannis Verhaftung schnell behoben werden, und bis auf Schucki, der mit einer Art kindlicher Ergebenheit an seinem Kumpel hing, hatte schon nach einigen Monaten niemand mehr den in die Jahre gekommenen Lebenskünstler mit dem geschmeidigen Rechtsempfinden vermisst.

Auch Anita war damals in den Fall verwickelt gewesen, aber weil der liebe Gott Narren, Betrunkene und gelegentlich auch Tolldreiste schützt, blieb sie auf freiem Fuß und konnte weiterhin unbehelligt ihren strapaziösen Lebenswandel fortsetzen.

»Ob ich Zeit hab?«, wiederholte sie jetzt gedehnt. »Nein. Muss schaffen. Es hat's ja net jeder so gut wie du. Ich bin eine berufstätige alleinerziehende Mutter.«

»Berufstätig?«, wunderte sich Manni Gschwendner, der Arbeit für etwas hielt, das einem nur das Leben versaute. Darüber war er sich mit seinem Freund Schucki einig. Vor seiner Verhaftung waren die beiden so gut wie jeden Abend am Ufer der Iller gesessen, wo sie gemütlich einen oder zwei durchgezogen, unzählige Dosen Pils geleert und tiefschürfende philosophische Gespräche geführt hatten, an die sie sich am nächsten Tag nicht mehr erinnerten.

»Ich hab's überhaupt net gut«, widersprach er jetzt und schob sein Stirnband hoch, das ihm über die Augen gerutscht war. »Muss schaffen, genau wie du. Eigentlich wollt ich mir bloß noch schnell eine Brotzeit holen.«

»Schaffen? Du? Wo denn?« Anita tat sich schwer damit, die Begriffe »Arbeit« und »Manni« in einem Satz zu nennen.

»Auf dem Weidner-Hof«, erzählte er. »Die brauchen dringend Leut, und ich brauch dringend Geld.«

»Beim Weidner? Und was sagst du zu der Story?«, wollte sie wissen.

»Hä?« Manni starrte sie verständnislos an. Erst jetzt bemerkte Anita, die an einer kleinen Sehschwäche litt, sich aber lieber die Augäpfel herausgerissen hätte, als das zuzugeben oder eine Brille zu tragen, die vielen Krähenfüße um Mannis Augen. Auch die Kerben um seine Mundwinkel wirkten wesentlich tiefer, als sie es in Erinnerung hatte. War vielleicht doch nicht so toll gewesen im Knast.

»Na, der Julian ist tot«, verriet ihm Anita. »Du kriegst wirklich gar nix mehr mit, oder? Gestern Nacht beim Festzelt ist des passiert. Die doofe Sommer und der schöne Vollmer waren schon da beim Schnüffeln. Ham alle ausgefragt.«

»Der Julian ist tot?« Manni erschrak. »Scheiße. Kann ich gar net glauben. Gestern war der noch ganz normal. Was ist denn passiert?«

»Ich kenn einen, der wo einen kennt«, verriet Anita ihm im Flüsterton. »Und der sagt, der Julian ist erschlagen worden.«

»Wahnsinn.« Manni war blass geworden. »Schad um ihn. Ehrlich. Der war mir lieber als der Max. Net so verklemmt. Zum Lachen geht der ja in den Keller. Der Julian, mit dem hast auch mal einen Witz machen können.«

»Schon.« Anita blickte versonnen. »Der war net übel. Hat was übriggehabt für reife Frauen. Schaust eigentlich net viel anders aus wie vorher.« Sie taxierte Manni von oben bis unten. »Schlank wie immer. Tätowiert bist auch net. Schad eigentlich. Und? Wie war's so ganz ohne Frau im Knast?«

»Furchtbar, ganz furchtbar.« Manni musterte sie lüstern. »Musst du gleich wieder zur Arbeit, oder hast doch ein bissle Zeit?«

Anita checkte ihr Handydisplay und zog eine Schnute. »Na, sorry, geht net. Ich hab noch eine … Besprechung mit meinem Chef. Und dann wollt ich ins Festzelt. Heut spielen die Bösen Burschen. Ich steh auf die. Kannst ja mitkommen.«

»Nix für mich«, lehnte Manni verdrossen ab. »Die Leut schauen so komisch, wenn ich irgendwo auftauche, weil ich im Gefängnis war. Obwohl so was ja jedem passieren kann.«

»Genau, heutzutag ist des doch fast schon normal«, pflichtete Anita ihm bei. »Sag amal, hast eigentlich deinen Hof noch?«

»Hof« war im Grunde ein Euphemismus, denn das ehemalige landwirtschaftliche Anwesen, das Manni seinerzeit geerbt und bewohnt hatte, war – um es im Maklerjargon auszudrücken – »ein individuell geschnittenes Liebhaberobjekt in unverbaubarer Alleinlage mit Sanierungsstau«. Sprich: ein verwinkeltes, halb verfallenes Gebäude am Ende der Welt, das bestenfalls für

Schrottsammler noch interessant gewesen wäre, die auf herum-
liegende Autoreifen oder verrostete Fahrräder standen.

»Den Hof hab ich noch«, bejahte Manni. »Aber ich schlaf
grad beim Schucki in Lautrach auf dem Kanapee. Muss erst anständig Geld verdienen, weil mir die Schweine Wasser und Strom
abgestellt ham.«

»Unverschämtheit, diese Geldgeier!«, regte sich Anita auf.
»Beim Schucki also. Mist. Dann könnten mir gar net zu dir, ich
wohn nämlich noch immer daheim bei der Mama und beim Papa.
Der Papa bringt dich um, wenn er dich sieht. Da kannst dich net
blicken lassen, am Ende schmeißen die mich noch raus, und ich
muss wieder fremden Leuten Miete zahlen, und um den Kevin
kümmert sich auch keiner mehr, wenn ich mich mit einem Kri-
minellen rumtreib.«

»Also, des tut jetzt aber schon weh«, beklagte sich Manni eingeschnappt. »Ich hab doch bloß ein bissle Gras verscheppert, alle
waren glücklich. Und jetzt ist es sowieso erlaubt. Ich bin ganz
umsonst gesessen. Eigentlich war ich a politischer Gefangener
und müsst von denen Schmerzensgeld kriegen.«

»Kannst ja mal probieren.« Anita klang desinteressiert. »So,
ich muss jetzt los.«

»Mir könnten ein Feuerle machen, an der Iller unten. Ist warm
genug«, schlug Manni hastig vor, der seine Augen nicht von Anitas Dekolleté abwenden konnte. »Ich bring eine Decke mit. Und
du deinen Luxuskörper.«

»Pah, du schleppst garantiert wieder den Schucki an. Ist ja wie
dein Schatten«, weigerte sich Anita. »Kann ich drauf verzichten.
Der nervt total.«

»Ich schärf ihm ein, dass er daheimbleiben soll«, versprach
Manni. »Der macht alles, was ich sag. Hast du was zum Rauchen?«

Sie schüttelte den Kopf. »Hab gedacht, du hast vielleicht was.
Früher hast auch immer was gehabt. Ich geb für des Zeug kein
Geld aus.«

»Die Plantage ist doch von der Polizei plattgemacht worden«, beklagte sich Manni. »Gras wird ein bissle schwierig auf die

Schnelle. Ist alles anders, seit ich weg war. Und ich bin doch erst seit ein paar Tagen wieder da und hab noch keine Verbindungen. Aber mir könnten eventuell a Line ziehen, da wüsst ich wen.« Er überlegte kurz. »Okay, ich schau, dass ich was zum Schnupfen herkriege. Hast a bissle Geld? Des ist nämlich net billig.«

Anita kramte in ihrem Geldbeutel und drückte ihm fünfzig Euro in die Hand. »Ausnahmsweise. Mehr darf's net kosten. Gras wär mir aber lieber.«

»Mit fünfzig Euro komm ich net weit«, wand sich Manni verlegen. »Ich brauch hundert. Kennst du die Preise net?«

»Dann gib's mir zurück.« Anita entriss ihm den Schein. Sie wirkte immer noch unentschlossen. »Ich weiß eh net so recht. Mein Chef hat auch noch was zu tun für mich nach Feierabend.«

»Du musst echt drüber nachdenken, ob du lieber mit deinem Chef zusammenhockst, statt dich mit einem alten Freund zu treffen?«, warf Manni ihr betrübt vor.

»Hast du wirklich die ganze Zeit mit keiner Frau mehr was gehabt?«, vergewisserte sich Anita skeptisch.

»Wenn ich's doch sag.« Er funkelte sie aus grünen Augen treuherzig an. »Grausam war des, ich sag's dir. Könntest ruhig mal was Gutes tun für einen politischen Gefangenen. Zu Unrecht eingesperrt ham die mich. Dabei bin ich bloß meiner Zeit ein bissle voraus gewesen.«

»Meinetwegen«, stimmte sie halbherzig zu. »Des mit dem Chef kann ich auf morgen verschieben. Und die Bösen Burschen spielen am Abschlusstag noch mal. Also gut. Ich bring Sekt mit.« Sie drückte ihm den Geldschein wieder in die Hand. »Und du schaust, dass du was zum Rauchen auftreibst. Koks nur im Notfall, da steh ich echt net so drauf, weil ich hinterher net schlafen kann. Aber wehe, der Schucki lasst sich im Umkreis von zwei Kilometern blicken. Dann kannst was erleben.«

»Geht klar. Also bis heut Abend«, strahlte Manni. Er machte einen Schritt auf sie zu und wollte ihr ein Küsschen geben, aber sie wich ihm aus.

»Spinnst du?«, fauchte sie. »Des ruiniert mir meinen guten Ruf.«

»Ja, da schau her. Romeo und Julia beim EDEKA. Wenn ich's net selber sehen tät, würd ich's net glauben.«

Manni und Anita zuckten zusammen. Hinter ihnen war wie ein Geist Erna Dobler aufgetaucht, in einem Outfit, für das man eine Sonnenbrille brauchte. Sie trug einen großen Weidenkorb, der mit ihren Einkäufen gefüllt war, und musterte die beiden streng.

»Erna!« Anita schlug die Hände über dem Kopf zusammen. »Wie kommst du denn daher? Da platzen einem ja die Augen.«

»Des sagt die Richtige«, schnaubte Erna. »Und selber? Gehst als Verkehrsampel?«

Manni Gschwendner kicherte.

»Was gibt's denn da zum Lachen?«, fuhr Erna ihn an. »Bist also wieder draußen, hä? Ist ja schnell gegangen. Und jetzt fallt dir nix Besseres ein, als das Mädel vom Arbeiten abzuhalten?«

»Mir sind uns bloß zufällig über den Weg gelaufen, ich hab nix gemacht«, stotterte Manni.

»Wird net lang dauern, bis du was machst«, schimpfte Erna. »Dir glaub ich net amal die Uhrzeit.«

»Wo hast denn die neuen Klamotten her, Erna?«, versuchte Anita ihre Busenfreundin abzulenken.

»Der Flori, mein Enkel, hat mir des bestellt«, verriet Erna stolz. »In China. Er hat gesagt, ich soll mich ruhig mal was trauen. Hundert Prozent Polyester. Bügelfrei.«

»Möchte ich wetten.« Anita zupfte an Ernas Ärmel und rümpfte die Nase. »Halt dich besser von offenem Feuer fern. Lieber Gott, da sind ja wirklich alle Farben drin, die wo es auf der ganzen Welt gibt. Vielleicht sogar mehr.«

»Wieso? Schaut doch gut aus.« Erna blickte an sich hinunter und zuckte mit den Achseln. Sie trug eine Kombination aus weiter Hose mit Gummizug, weißem Shirt und einem Cardigan, der das gleiche Muster aufwies wie die Hose. Die Farben leuchteten um die Wette, angefangen von Gelb über Violett und Knallgrün bis hin zu Pink, Feuerrot und Orange. Es sah aus, als hätte Vincent van Gogh betrunken seine Palette über ihr ausgekippt.

»Na ja, des Outfit ist vielleicht gar net schlecht.« Anita merkte, dass Erna verärgert war, und bemühte sich hastig, die Wogen zu glätten. »Seitdem du dein E-Bike hast, bist du ja noch mehr unterwegs als früher, und in dem Ding sieht man dich sogar in der tiefsten Nacht. Hast noch was rausgekriegt? Vom Julian?« »Nix«, antwortete Erna grantig. »Aber weißt, wen ich grad in der Metzgerei getroffen hab? Du bist ja alleweil noch da«, wandte sie sich jetzt an Manni, der gebannt lauschte. »Musst du net irgendwohin? Schleich dich!«

Manni zwinkerte Anita zu und trottete langsam auf einen uralten braunen Jeep zu, auf dessen Seitentür eine amerikanische Flagge lackiert war.

»Du wirst dich doch net wieder mit dem da einlassen, Mädel?«, erkundigte sich Erna besorgt. »Der taugt nix. Ja wirst denn du gar net gescheit? Ich hab gedacht, dein Chef mag dich ganz gern? So einen musst heiraten. Der hat a schöne Wohnung in Lautrach, da bist versorgt und dein Bub auch.«

»Was du gleich denkst«, verteidigte sich Anita in gespielter Empörung. »Meinen letzten Chef hätt ich auch heiraten sollen, wenn's nach dir gegangen wäre. Du hast wirklich kein Gespür für Mannsbilder. Na ja, woher auch. Warst ja alleweil bloß mit einem einzigen zusammen. Ich hab doch bloß Hallo zum Manni gesagt. Kann nix dafür, wenn man mich überall erkennt. Er hat gemeint, ich schau noch genauso aus wie früher.«

»Der erzählt Märchen, weil er dich rumkriegen will«, sagte Erna bissig. »Mei, bist du naiv.«

»Willst behaupten, ich schau alt aus?«, zischte Anita beleidigt. »Was war denn beim Metzger? Los, sag schnell, ich muss gleich wieder in die Firma. Heut kommen drei Leute von der Sparkasse, da muss ich repräsentieren.«

Erna verkniff sich eine Antwort. »Die Exner Helga«, vertraute sie Anita an. »Weißt, die wo jetzt Köchin ist im Moserhof. Der ihre Rouladen solltest mal probieren.«

»Erna?« Anita deutete auf die Zeitanzeige ihres Handydisplays. »Mir pressiert's.«

»Stell dir vor, die Helga hat heut Nacht drei Leut beim Kiffen erwischt«, erzählte Erna ihr im Flüsterton. »Drei! Im Moserhof.«

»Du solltest des Wort eigentlich gar net kennen«, wurde sie von Anita getadelt. »Für so was bist du zu alt. Außerdem kifft heutzutage jeder. Ist ja nimmer verboten.«

»Hä?« Erna starrte sie fassungslos an. »Alle? Du auch?« »Ich doch net, Erna«, log Anita, dass sich die Balken bogen. »Würd ich nie machen, als alleinerziehende Mutter. Ich bin alleweil nüchtern. Also, wie geht's weiter?«

»Heut trifft sich die Leitung vom Moserhof, um zu bereden, was man unternimmt. Drogen! In einem Seniorenstift!« Ihre Stimme war vor Empörung laut geworden.

»Na, des geht wirklich net. Die sollen gefälligst in Ottobeuren Golf spielen«, bekräftigte Anita ihre Worte. »Oder in die Kirche gehen.«

»Würd dir auch net schaden, Mädel«, riet ihr Erna patzig. »Du findest also, ich sollte Golf spielen oder den ganzen Tag in der Kirche hocken?«

»So war des net gemeint«, beeilte sich Anita ihrer besten und einzigen Freundin zu versichern. »Sag amal, wo ham die des Zeug denn eigentlich her? Des kriegt man ja net im Supermarkt. Irgendwer muss des denen ja verkauft ham.« In ihrem Tonfall schwang echtes Interesse mit.

»Weiß ich net.« Erna schüttelte den Kopf. »Herrgott, ich schwitz jetzt schon. Und heut soll's noch heißer werden. Jetzt fahr ich erst mal heim und mach Schinkennudeln. Wenn du magst, kannst vorbeikommen, ich heb dir eine Portion auf.«

»Na danke, Erna«, lehnte Anita ab und klopfte sich auf den Bauch. »In den Rock passt höchstens noch ein Becher Joghurt.«

»Wie du meinst.« Erna war ein wenig eingeschnappt. »Und heut Abend ins Festzelt gehst auch net mit?«

»Muss länger schaffen«, log Anita. »Der Chef will was mit mir besprechen.«

»Mei, du machst noch richtig Karriere«, rief Erna begeistert. »Des freut mich so für dich, Mädel. Ich hab alleweil an dich geglaubt.«

»Weiß ich doch«, versicherte ihr Anita mit treuherzigem Augenaufschlag.

»Und du tätest mich nie anlügen, gell? Wegen diesem Sauhund, dem nixigen Gschwendner?« Erna sah ihr direkt in die Augen. »Im Leben net«, versicherte ihr Anita. »Du kennst mich doch.«

Aber sie fühlte sich nicht ganz wohl dabei und hatte tatsächlich so was wie ein schlechtes Gewissen. Vermutlich wurde sie krank.

# 6

Als sie in Legau links zum Marktplatz abbogen, zeigte die Kirchturmuhr erst zehn Uhr an. Trotzdem war die nahende Mittagshitze bereits zu spüren. Auf ihrem Weg zum Weidner-Hof überholte Klaus elegant zwei bunt gekleidete Radler und einen Traktor, dessen Fahrer von seinem hohen Sitz herab mit einem gelassenen Nicken grüßte. Sissi winkte zurück.

»Die Luft ist klar heute.« Klaus deutete zum Horizont, an dem sich imposant die Kette der Alpen abzeichnete.

»Ich wünschte, unser Fall wäre es auch«, stöhnte Sissi. »Kippen und ein Lebkuchenherz. War's ein verliebter Kettenraucher?«

»Das muss nichts mit der Tat zu tun haben«, erinnerte er sie. »Aber wir könnten die Standbetreiber vor dem Zelt fragen.«

»Herzen und Süßigkeiten gibt es nur an einem einzigen Stand, könnte klappen«, pflichtete Sissi ihm bei. »So, wir sind da.«

Klaus parkte vor der geschnitzten, mit Bauernmalerei verzierten massiven Eingangstür und schaute an der Fassade hoch. »Bei Tageslicht wirkt das Haus noch beeindruckender als in der Nacht. Warum hat man damals eigentlich so riesige Häuser gebaut?«

»Na, fürs Gesinde und die eigene Familie«, klärte Sissi ihn auf. »Knechte und Mägde wohnten meistens im obersten Stock, darunter die Besitzer samt Nachwuchs. Es waren andere Zeiten als heute, so eine Bauernfamilie konnte ohne Weiteres bis zu zwölf Mitglieder umfassen. Und alle mussten mit anpacken.«

»Ich werde nie herausfinden, wie die das machen.« Klaus zeigte auf die üppigen Geranien, die vom Balkon leuchteten. »Bei meinem braunen Daumen geht alles mit einer Blattgröße von unter zehn Zentimetern innerhalb von wenigen Wochen ein. Oder sind die nicht echt?«

»Natürlich nicht«, grinste Sissi. »Immer wenn du vorbeikommst, hängen sie die künstlichen raus. Wirklich ein schönes Anwesen. Aber es bedeutet auch ungeheuer viel Arbeit.«

Rings um sie herum wurde gewerkelt. Eine junge Frau mit Nasenpiercing und einer auffälligen Tätowierung am Oberarm trug einen Korb mit Eiern an ihnen vorbei und grüßte lächelnd. »Himmel hilf!«, erschrak Klaus. Eine Herde von Kühen kam auf sie zu. Sie wurde gerade von einem älteren Mann im grauen Kittel auf die Weide getrieben.

»Verhalte dich einfach ruhig«, riet ihm Sissi.

Die Kühe trotteten unter lautem Muhen am Wagen vorbei. Eine blieb direkt neben der Fahrertür stehen, beäugte neugierig das geöffnete Seitenfenster und wollte ihren Kopf durchstecken. Klaus drückte sich so tief wie möglich in seinen Sitz, während er versuchte, der feuchten Schnauze auszuweichen.

»Tu doch was, Sissi«, bat er.

»Hey! Weiter mit dir!« Der Grauhaarige war stehen geblieben und scheuchte das Tier vom Auto weg.

Klaus atmete auf. »Die hat reingesabbert«, beklagte er sich. »Was machst du denn da?«

»Nichts.« Sissi steckte grinsend ihr Handy zurück in den Umhängebeutel. »Nur ein bisschen Material, falls ich dich mal erpressen muss. Jetzt steig aus. Die kommen so schnell nicht wieder.«

Nur widerwillig verließ Klaus den Wagen und ging zusammen mit Sissi zur Eingangstür, als ein schwerer Traktor in die Hofeinfahrt fuhr. Ein Mann Ende vierzig saß am Steuer.

»Hier ist ja einiges los«, wunderte sich Klaus. »Ich dachte, die Brüder bewirtschaften den Hof nur zu zweit.«

»Wahrscheinlich sind das landwirtschaftliche Lohnarbeiter, es könnten auch Studenten oder Schüler sein, die sich in den Sommerferien etwas dazuverdienen möchten«, klärte Sissi ihn auf. »Es gibt spezielle Portale, bei denen man sich für Ferienjobs melden kann.«

»Nichts für mich«, sagte Klaus. »Ein Misthaufen mit Hahn ersetzt mir keine Eckkneipe oder die Nachtclubszene.«

»Das alles haben wir hier auch. Außerdem bist du kein Berliner mehr«, erinnerte ihn Sissi. »Niemand kauft dir deine Lästereien übers Allgäu noch ab oder die Sprüche darüber, dass du wieder weggehst. Dafür schmeckt dir unser Essen viel zu gut. Und unsere Frauen sind auch nicht zu verachten.«

»Mag sein.« Klaus verzog das Gesicht zu einem säuerlichen Lächeln. »Meistens.«

»Wieder mal Streit mit deiner Freundin?«, triezte ihn Sissi. »Selbst schuld.«

»Bin ich nicht«, widersprach Klaus.

»Worum ging's denn? Ich weiß immer noch nicht, warum du gestern angezogen warst wie ein Vertreter.«

»Annalena ist seit Neuestem der Meinung, wir bräuchten mehr Kultur, weil ich angeblich zu viel Netflix gucke«, verriet Klaus mit grimmiger Miene. »Also besorgt sie uns seit einigen Wochen Karten fürs Theater. Auf meinen Vorschlag, uns die Liveübertragung einer Oper im Internet anzusehen, ist sie gar nicht eingegangen.«

»Theaterbesuch find ich gut, Klaus. Das wollen Peter und ich auch schon lange mal wieder machen, aber es scheitert meist daran, dass ich keine Zeit habe.«

»Ist bei mir doch genauso«, verteidigte er sich. »Was glaubst du, wo ich gestern Nacht hergekommen bin?«

»Na, aus dem Theater, so wie du aussahst.«

Klaus schüttelte den Kopf. »Ich habe tatsächlich mal eine Vorstellung bis zum Ende durchgehalten. Worum es ging, kann ich dir nicht sagen. Irgendwas mit Kapitalismus, keine Ahnung. Anschließend sind wir schick essen gegangen. Wir waren gerade beim Nachtisch, als der Anruf kam. Kann ja schlecht zum Boss sagen: ›Tut mir leid, ich habe heute Quality Time mit meiner Freundin, schicken Sie jemand anderen.‹ Und jetzt ist mein Anzug hin.«

»Tja, das war Pech«, tröstete ihn Sissi. »Leg dir doch ein paar Klamotten zum Wechseln in den Kofferraum. Problem gelöst.«

»Sollte ich vielleicht«, stimmte Klaus ihr zu. »Aber diese Theaterbesuche nerven mich. Wenn es nach Annalena geht, soll ich jedes Mal mit voller Takelage auslaufen. Netflix oder Prime Video akzeptieren mich auch in der Trainingshose. Sissi, wir beide sind wegen unserer Arbeit so viel unterwegs, dass ich schon gar nicht mehr weiß, welche Farbe mein Sofa hat. Und jetzt schleppt sie mich auch noch zu irgendwelchen Szene-Events.«

»Zu einer Beziehung gehören eben Kompromisse, Kollege«, erklärte ihm Sissi. »Du musst auch mal nachgeben.«

»Mag sein. Aber der Intendant ist anscheinend der Meinung, dass Hausmannskost wie zum Beispiel ein Musical den Charakter verdirbt, und bringt nur Avantgardestücke. Neulich waren wir in einer Vorstellung, da krochen fünf Frauen mit zerzausten Haaren auf Plastikfolie über die Bühne und kreischten die ganze Zeit ›I hate you‹. Ich habe nicht verstanden, warum. Also bin ich in der Pause geflüchtet. Der Garderobier sah aus, als würde er mich gleich zu Boden werfen, um mich davon abzuhalten.«

»Du bist gegangen? Allein?«, fragte Sissi ungläubig.

Klaus nickte. »Ich hatte Annalena angeboten, sie mitzunehmen, aber sie wollte nicht. Später habe ich sie gefragt, ob es wenigstens ein Happy End gab, doch sie hat mich ignoriert.«

Sissi kicherte. »Da mische ich mich nicht ein. Vielleicht gibst du dem Intendanten noch eine Chance. Oder ihr geht mal zusammen ins Bauerntheater.«

»Ja klar. Bauerntheater. Träum weiter. Da lasse ich mich lieber von Peter Handke mit einem nassen Handtuch verprügeln.«

Er klopfte an die Tür, die sich kurz darauf öffnete.

»Hab mir schon gedacht, dass Sie des sind.« Vor ihnen stand Maximilian Weidner, ein großer, schlanker dunkelhaariger Mann, der über Nacht um Jahre gealtert schien. Er trug eine fleckige Arbeitshose und knöchelhohe Stiefel zu einem abgewetzten T-Shirt. Tiefe Furchen durchzogen sein Gesicht, seine Augen waren gerötet.

»Guten Morgen, Herr Weidner. Nochmals unser aufrichtiges Mitgefühl. Dürfen wir bitte hereinkommen?«, fragte Sissi. »Ich verspreche Ihnen, es dauert nicht lange. Und bitte entschuldigen Sie die Störung heute Nacht wegen der Durchsuchung. Das musste sein.«

»Versteh schon. Kommen Sie.« Sie betraten eine lang gezogene, mit quadratischen Kacheln gefliste Diele, deren Wände mit zahllosen Familienfotos behängt waren. Max öffnete eine

Tür und bat sie in sein Büro. Er nahm hinter einem wuchtigen Schreibtisch aus Massivholz Platz und klappte das Notebook zu. »Herr Weidner, wir wollten Sie noch ein paar Dinge fragen«, begann Klaus. »Ich komme gleich zum Punkt. Hatte Ihr Bruder Feinde? Wenn ja, um wen handelt es sich?«

»Wie viel Zeit ham Sie?« Max Weidner fuhr sich durch das dichte dunkle Haar. Er hatte große Ähnlichkeit mit einem jüngeren Hugh Jackman und war auf eine düstere Weise attraktiv. Sissi versuchte sich daran zu erinnern, ob diese einzelne graue Strähne über seiner Stirn gestern schon da gewesen war. »Gab es denn Drohungen gegen Ihren Bruder?«, fragte sie.

»Julian ist … äh, war bei den Frauen recht beliebt. Da macht man sich nicht immer Freunde.« Er überlegte einen Moment. »Einen hat, äh, hatte er aber. Bis vor Kurzem zumindest. Der kann Ihnen mit Sicherheit mehr sagen als ich, denn mein Bruder und ich haben privat wenig miteinander gesprochen in letzter Zeit. Der Typ heißt Markus. Und die beiden haben viel zusammen unternommen, eigentlich ständig.« Das klang ein wenig missbilligend.

»Markus wer?«, wollte Klaus wissen.

»Graf. Auch aus Legau. Ein … wie drückt man es höflich aus … Frauenheld, genau wie mein Bruder. Obwohl man es nicht glauben will, wenn man ihn sieht.« Max schien nicht sonderlich viel von diesem Markus zu halten. »Die zwei kennen, äh, kannten sich seit der Schulzeit.«

»Von ihm haben wir bereits gehört, Herr Weidner. Gab es eine feste Partnerin im Leben Ihres Bruders?«

Max schüttelte den Kopf. »Eine hätte ihm net gereicht. So war der schon als Kind. Wenn uns die Tante Elvira eine Tafel Schokolade gegeben hat, hat er die allein gegessen, damit ich nichts abkriege, auch wenn ihm hinterher schlecht war.«

»Aber Sie arbeiteten hier zusammen?«, erkundigte sich Klaus.

»Ja. Ich hab zusätzlich zur Feldarbeit noch den ganzen administrativen Krempel erledigt, weil der Julian auf so was keinen Bock hatte. Er war mehr fürs Grobe zuständig, der will mit Buchführung …« Er stoppte mitten im Satz. »Jetzt ist's mir wieder passiert. Entschuldigung. Er wollte mit Buchführung oder Behördenkram nix zu tun haben. Es hat ihn halt net so interessiert. Er wollt alleweil lieber in die Stadt und hat schon länger seinen Auszug geplant gehabt.«

»Das Anwesen gehörte Ihnen gemeinsam. Sind Sie nun der Alleinerbe?«

»Bin ich«, bestätigte Max.

»Andere Verwandte haben Sie nicht?«

»Ich hab noch einen Onkel und eine Tante. Des ist Ihnen doch bestimmt bekannt. Glauben Sie vielleicht, ich hab was damit zu tun?«

»Wir versuchen nur, ein wenig Licht ins Dunkel zu bringen«, versicherte ihm Klaus. »Können wir mit Ihrem Onkel und Ihrer Tante sprechen?«

»Die Tante Elvira wohnt net weit weg«, antwortete Max. »Im Austraghaus. Wenn Sie aus der Einfahrt rausfahren und rechts abbiegen, sehen Sie es nach gut anderthalb Kilometern. Es ist das einzige Haus dort. Beim Onkel Matthias wird's schwieriger.«

»Warum denn? Ist er weggezogen?«

»Liegt im Bürgerstift im Sterben«, offenbarte Max leise. »Gehirntumor. Die Ärzte sagen, es dauert nicht mehr lang. Er ist nimmer ansprechbar. Bald gibt's bloß noch die Tante Elvira und mich.«

»Herr Weidner«, begann Klaus, »wir haben bei Ihrem Bruder Drogen sichergestellt. War Ihnen bekannt, dass er welche konsumierte?«

Max wurde leichenblass. »Nein. Aber ich hätt's mir denken können. Ihm war ja nie was genug. Er wollt immer mehr und mehr.«

»Sie hatten also keine Ahnung?«, wiederholte Sissi. »Dann wissen Sie auch nicht, ob Ihr Bruder Kontakte ins Drogenmilieu hatte? Oder woher er sie bezog?«

»Nein«, beteuerte Max kalkweiß. »Ich hör zum ersten Mal, dass er so was gemacht hat. Aber ich hab mich in der letzten Zeit schon gewundert, wie aufgedreht und gereizt er gelegentlich gewesen ist. Noch aggressiver als ohnehin schon. Die kleinste

Kleinigkeit hat gereicht, und er ist hochgegangen. Seine Hände ham auch manchmal schlimm gezittert. Drogen würden einiges erklären. Ich hab net genug auf ihn aufgepasst.« Er senkte den Kopf.

»Nicht Ihre Schuld. Drogen können einen Menschen verändern«, versuchte Klaus ihn zu trösten. »Wir haben bei der Durchsuchung heute Nacht keinen Computer bei ihm gefunden, nicht mal ein Tablet. Ist es möglich, dass Ihr Bruder so etwas gar nicht besaß?«

Max nickte. »Er hat so gut wie alles mit seinem Handy gemacht. Banksachen, E-Mails, alles.«

»Hat er Ihren Computer genutzt?«

»Das Büro war meine Sache«, verneinte Max. »Und weil ich nie absperre, ist der Computer passwortgeschützt. Er hat mich nie danach gefragt. Büroarbeit war halt gar net sein Ding.«

»Wie war Ihr Verhältnis zu ihm?«

»Mal besser, mal schlechter«, wich Max aus. »Wir waren net so was wie beste Freunde, falls Sie des meinen, ham uns auch net oft gesehen außer bei der Arbeit, seitdem die Tante Elvira hier nimmer für uns Essen macht. Oft war ich schon lang draußen auf dem Feld, wenn der Julian grad erst heimgekommen ist. Manchmal sind wir uns ein paar Tage net über den Weg gelaufen.«

»War das immer so?«, fragte Klaus.

»Der Julian hat früher schon Flausen im Kopf gehabt, aber des tagelange Rumsaufen oder späte Heimkommen hat erst vor ein paar Jahren so richtig angefangen. Aber wenn er da war, hat er angepackt. Der hat arbeiten können wie ein Pferd«, verteidigte Max seinen Bruder jetzt. »Die Tante Elvira hat ihn halt verzogen, weil er der Jüngere von uns beiden war. Und so was kommt dann dabei raus.«

»Das Leben kann wirklich unfair sein«, bestätigte Sissi. »Herr Weidner, Sie sind nicht zu beneiden. Haben Sie ein gutes Verhältnis zu Ihrer Tante?«

Das Gesicht von Max verschloss sich. »Na ja, besonders herzlich ist es nicht«, gab er zu. »Julian war ihr Lieblingsneffe. Er war viel bei ihr und hat ihr Geld zugesteckt oder Sachen für sie erledigt. Mich mag sie, glaub ich, net so gern, weil ich ...« Er verstummte.

»Weil Sie was? Hatten Sie Streit?«, hakte Sissi nach.

»Nein.« Max schüttelte den Kopf. »Sie hat mir regelmäßig vorgeworfen, ich würde den Julian mit dem Geld knapp halten, aber das hat net gestimmt. Mein Bruder und ich hatten ja beide Zugriff auf das Konto. Hab halt öfter gesagt, dass man net alleweil bloß Geld von der Bank holen kann, sondern dass man auch mal was einzahlen muss. Ich red hier net von hundert Euro, sondern von wesentlich mehr. Sie ham mich alle zwei einen Geizkragen geschimpft. Aber ich wollt bloß zusammenhalten, was unsere Eltern uns hinterlassen ham. Der Julian ist jedes Mal zur Tante Elvira gerannt und hat sich über mich beschwert. Und sie ist auf mich losgegangen. Ganz ehrlich, ich kann sie net leiden. Schon lang nicht mehr. Gut, dass sie ausgezogen ist.«

»Ich verstehe.« Sissi nickte. »Haben Sie einen Verdacht, wer Ihrem Bruder das angetan haben könnte? Immerhin waren Sie gestern auch im Festzelt. Sie haben uns erzählt, dass Sie nichts mitgekriegt haben, weil Sie am anderen Ende saßen.«

»Ja, das stimmt«, bestätigte Max. »Ich hab net amal mitbekommen, dass der Patrick und der Julian gerauft ham. Die Musik war so laut, und ich bin mit ein paar Kumpels vom Maschinenring am Tisch gehockt, ganz hinten. Mir ham gefeiert und uns net darum geschert, was um uns los war. Ich komm net viel unter Leute, und das wollt ich ausnutzen. Hab den Julian bloß einmal kurz gesehen, als er an mir vorbei ist. Er hat wohl jemanden gesucht und mich net erkannt.«

»Sie leben hier jetzt ganz allein?«, erkundigte sich Klaus. »Oder gibt es eine Frau in Ihrem Leben?«

»Ja. Ich wohne hier allein. Für Liebschaften hab ich die letzten Jahre keine Zeit gehabt.«

»Erstaunlich«, wunderte sich Klaus.

»Da waren schon ein paar Frauen. Früher«, gestand Max. »Und die Mia.« Sein Gesicht verdunkelte sich. »Eine Mähne hat die gehabt wie Rapunzel. Große blaue Augen. Gescheit war sie auch noch. Ich hab sie wirklich mögen. Nach einem Jahr wollt ich sie fragen, ob sie mich heiraten will. Tja ...« Er schwieg.

»Ist sie gestorben?«, entfuhr es Klaus. Sissi trat ihm sachte gegen das Schienbein.

»So gut wie«, antwortete Max zögernd. »Für mich. Sie hat sich in den Julian verknallt. Einfach so. Nach über einem Jahr mit mir. Ich weiß net amal, wann oder wie des passiert ist. Sie hat's mir nie erzählt. Der Julian hat noch nie ertragen können, dass ich was hab, was er wollte.«

»Ihr Bruder war also anschließend mit dieser Mia zusammen?«, fragte Sissi mitfühlend.

»Net lang«, sagte Max mit bitterem Unterton. »Zwei Wochen. Danach hat er sie zum Teufel geschickt. Hab nie mehr was von ihr gehört.«

»Sind Sie deswegen mit Ihrem Bruder in Streit geraten?«

»Was hätt ich da streiten sollen?«, antwortete Max resigniert. »Er hat's mir einfach net vergönnt. So war er halt. Und sie hat freiwillig mitgemacht.«

»Tut mir wirklich leid«, sagte Sissi bedauernd. »Haben Sie von dem Vorfall zwischen Georg Maier und Ihrem Bruder gehört? Herr Maier soll Julian auf dem Marktplatz angegriffen haben.«

»Nein. Aber der alte Maier kann heut noch recht gut zulangen, wenn man ihn wütend macht, obwohl er schon älter ist. Seine Tochter hat meinem Bruder gefallen. Hat er mir oft erzählt. Wenn der Julian sich was in den Kopf gesetzt hat, konnte er hartnäckig sein.«

»Kennen Sie die junge Frau?«, wollte Sissi wissen.

»Klar«, bejahte Max. »Sie wohnt ja auch in Legau. Und sie wollt nix vom Julian. Er war schon länger hinter ihr her.«

»Hat er Ihnen das gesagt?«

»Mehr als einmal«, bejahte Max. »Die Lisa auch. In ihrer Not hat sie mich einige Male angerufen und gemeint, ich soll mit ihm reden, damit er sie in Ruhe lässt. Aber der Julian hätt nicht auf mich gehört. Widerstand hat den nur noch mehr angestachelt.«

»Haben Sie eine Ahnung, ob er ihr gegenüber zudringlich geworden ist?«

»Nein. Tut mir leid, Frau Sommer, Herr Vollmer, aber grad wächst mir alles über den Kopf.« Max deutete auf die Tür. »Es wär gut, wenn Sie jetzt gehen würden«, bat er. »Man hat mir gesagt, dass ich den Julian noch net beisetzen lassen kann, sondern dass ich warten muss, bis … seine Leiche freigegeben ist. Und da draußen geht's Leben normal weiter, das Zeug auf dem Feld wachst wie blöd. Ich kann mich net ins Bett legen und mir die Decke über den Kopf ziehen.«

»In Ordnung.« Sissi stand auf. »Vielleicht müssen wir wiederkommen, Herr Weidner. Nochmals danke für Ihre Zeit.«

Max wartete, bis Sissi und Klaus sein Büro verlassen hatten. Stocksteif saß er in seinem Bürostuhl und beobachtete durch das offene Fenster, wie sie in ihren Wagen stiegen und wegfuhren. Dann klappte er sein Notebook wieder auf und suchte nach der Telefonnummer des örtlichen Bestattungsunternehmens. Sein Gesicht war wie versteinert.

»Hast du das eben mitbekommen?« Sissi schnallte sich an und deutete auf den Stall. »Da drinnen ist jemand verschwunden, der es offenbar sehr eilig hatte oder nicht gesehen werden wollte.«

»Ist mir entgangen, entschuldige.« Klaus startete den Motor.

Sissi kniff die Augen in der prallen Sonne zusammen. »Nicht schlimm. Vielleicht komme ich noch drauf, wer das war. Gib Gas. Wir haben einiges vor.«

## 7

»Dieser Julian Weidner hat wirklich einen sauberen rechten Haken gehabt«, murmelte Hans Dollinger mit einem anerkennenden Grinsen, während er das Videomaterial von der Rauferei der vergangenen Nacht checkte.»Mein lieber Schwan, der Brandstetter fliegt ja einen halben Meter durch die Luft, ehe er auf die Bretter geht.« Aufmerksam suchte er Bild für Bild nach Hinweisen ab, als sein Telefon klingelte.

»Die Sissi ist unterwegs, mit dem Klaus, des kann dauern, bis sie wieder zurück ist«, informierte er seinen Kollegen von der Pforte.»Sie soll später wiederkommen. Was? Warum net?« Er lauschte und verzog das Gesicht.»Meinetwegen«, gab er nach. »Schick sie hoch. Aber net sofort, erst in ein paar Minuten. Ich will noch schnell was essen. Sie soll ein bissle warten, ich geb dir Bescheid.« Er legte auf.

Mit einem Stück Küchenkrepp tupfte er sich den Schweiß von der Stirn.»Himmel, ist des jetzt schon warm«, stöhnte er.»Und da wollen meine Weiber auch noch in den Süden in Urlaub.«

Er öffnete die Schublade seines Schreibtischs, wo ihm eine weiße Kartonbox entgegenleuchtete, und klappte den Deckel hoch. Vorsichtig entnahm er dem Behälter einen gepuderten Krapfen und wollte gerade genüsslich hineinbeißen, als es an der Tür klopfte, die sich unmittelbar darauf öffnete.

Im Rahmen stand eine klapperdürre Frau Anfang siebzig mit feuerrotem Haar und strengem Blick, hinter ihr ein sehr schlanker Mann Mitte siebzig mit schulterlangem grauem Haar, dessen graues Shirt mit der Aufschrift»Keine Macht den Doofen« am Körper schlotterte. Er betrachtete Dollinger amüsiert und ein bisschen geistesabwesend durch eine runde Nickelbrille.

»Mein Name ist Reismann. Ich möchte zu Frau Sommer«, stellte die dünne Frau sich vor.

»Kann mich schon an Sie erinnern.« Bedauernd verstaute Dollinger seinen Krapfen wieder in der Schublade.»Sie sind Frau

Renate Reismann, wohnhaft im Moserhof in Legau. Mir ham uns doch mal kennengelernt.«

»Möglich. Ich kann mir nicht jedes Gesicht merken.« Renate musterte ihn streng. Sie trug ein wadenlanges kariertes Landhauskleid in Olivgrün mit Dreiviertelärmeln und weißen Rüschen am Saum, in dem sie aussah wie die Leiterin eines Mädcheninternats im 19. Jahrhundert. Fehlte nur noch der Rohrstock.

»Womit kann ich Ihnen behilflich sein?«, erkundigte sich Dollinger gelassen, der diesen Tonfall von zu Hause gewohnt war.

»Niemand hat mich darüber informiert, dass Sie umgezogen sind.« Frau Reismann machte einen Schritt ins Zimmer. »Wir waren zuerst am Schanzmeister und mussten dazu quer durch die Stadt. Dort hat man uns erklärt, dass Sie jetzt am Allgäu Airport residieren. Warum teilt man uns Bürgern das nicht mit?«

»Hat man doch. Ihre Karte ist bestimmt bei der Post verloren gegangen«, log Dollinger. »Frau Sommer ist dienstlich unterwegs. Möchten Sie mir Ihr Problem anvertrauen?«

»Eigentlich nicht.« Frau Reismann blieb unschlüssig stehen. »Na gut. Vielleicht geht das auch bei Ihnen. Dieser Vorfall hat mich schon genügend Nerven gekostet. Kommen Sie rein.« Sie drehte sich um, packte den Mann hinter sich am Arm und schob ihn vor sich her in den Raum. »Das ist Hans-Joachim Münnemann«, stellte sie den großen, schlanken Mann vor. »Er ist einer unserer Bewohner.«

»Herr Münnemann, guten Tag«, grüßte Dollinger. Er schnupperte ein bisschen und setzte dann seine undurchdringlichste Miene auf. Dieser süßliche Geruch kam ihm bekannt vor. »Mein Name ist Hans Dollinger.«

»Okay.« Der grauhaarige Mann streckte ihm die Hand entgegen. »Servus. Nett hier.«

»Er lügt. Sie haben sich mit diesem Umzug nicht verbessert.« Frau Reismann schaute sich missbilligend im Büro um. Gerade startete nebenan am Allgäu Airport ein Flieger. »Und dieser Lärm!« Sie hielt sich die Ohren zu. »Bitte schließen Sie das Fenster.«

»Alles, was Sie glücklich macht.« Dollinger klappte das Fenster zu und nahm wieder am Schreibtisch Platz. »Frau Reismann, könnten wir zur Sache kommen? Ich hab wenig Zeit«, bat er. »Was hat der Herr Münnemann denn verbrochen? Obwohl ich es mir schon denken kann.«

Münnemann zwinkerte ihm zu, und Dollinger hoffte, dass ihm nicht aufgefallen war, dass er seinen Krapfen blitzschnell in der Schublade versenkt hatte. Diese Kiffer waren ja ständig hungrig. Hatte er gelesen.

»Darüber wollte ich mit Frau Sommer sprechen«, zögerte Frau Reismann. »Kennen Sie sich mit Drogenkonsum aus?«

»Net wirklich«, grinste Dollinger.

»Er ist verboten!«, entrüstete sich Frau Reismann.

»Nur der Handel, nicht der Konsum«, meldete sich Münnemann zu Wort und erntete dafür einen strengen Blick.

»Bei Ihnen geht's ja zu.« Dollinger musste lachen. »War da net mal was mit illegalem Glücksspiel auf dem Moserhof?«

»Wir hatten bis auf diesen einen Fall nie Probleme«, rechtfertigte sich Frau Reismann. »Unser Haus hat von Garmisch bis Hamburg einen hervorragenden Ruf. Und wir möchten diesen nicht aufs Spiel setzen, indem wir Anzeige erstatten. Darum will ich mit Frau Sommer besprechen, wie wir die Sache diskret in den Griff bekommen, ohne allzu viel Aufsehen zu erregen.«

»Schießen Sie los«, forderte Dollinger sie auf.

»Dieser Mann hier konsumiert jedenfalls Drogen. In unserer Senioren-Wohnanlage.« Frau Reismann zeigte anklagend auf ihren dünnen Begleiter.

»Nein«, tat Dollinger überrascht. »Das hätte ich jetzt net gedacht.« Verstohlen musterte er Münnemann, der begonnen hatte, eine Strähne seines grauen Haars um den Finger zu wickeln, und einen gelangweilten Eindruck machte.

»Außerdem wurde er heute Nacht von unserer Köchin in flagranti erwischt, als er Lebensmittel aus der Küche stahl«, fuhr Frau Reismann mit ihrer Anklage fort.

»Sie sind ja ein ganz Schlimmer.« Dollinger drohte Münnemann mit dem Finger.

»Aber Frau Reismann, da sind Sie hier falsch. Oder hat er auch jemanden umgebracht?«

»Noch nicht«, murmelte Münnemann gereizt. »Aber demnächst kann ich für nichts mehr garantieren, wenn das mit diesem redundanten Geplapper so weitergeht.«

»Sagt jemand, dessen Kleidung aussieht, als hätte er sie aus Restbeständen der IRA gekauft«, fauchte Renate. »Ich bin nicht redundant, sondern konservativ. Hüten Sie Ihre Zunge.«

»Apropos Zunge …« Münnemann lächelte sardonisch. »Glashaus, Gnädigste. Besorgen Sie sich eine Zeitmaschine und verschwinden Sie damit in Richtung 19. Jahrhundert, Sie verklemmte Suffragette.«

Frau Reismann sog empört die Luft ein und suchte nach einer passenden Erwiderung. Das kam bei ihr selten vor.

Dollinger hatte dem Dialog amüsiert gelauscht.

»Also, Herr Münnemann«, er beugte sich über seinen Schreibtisch, »Sie stehlen Lebensmittel? Kriegen Sie net genug zu essen im Moserhof?«

»Unser Menüangebot ist vielfältig, gesund und ausreichend«, verteidigte sich Renate Reismann wütend. »Aber dieser Herr hier klaut trotzdem regelmäßig die Nachspeise, die für den darauffolgenden Tag vorbereitet wurde. Ich vermute, der Grund dafür ist sein Drogenkonsum.«

»Stimmt des?« Dollinger riss sich zusammen, um nicht in Lachen auszubrechen.

»Ich habe keine Ahnung, warum ich hier bin.« Münnemann sah aus, als würde er gleich einschlafen. »Sie hat mich weichgeklopft, und ich war zu müde, um zu widersprechen. Was habt ihr denn nur alle wegen einer läppischen Nachspeise? Haben Sie eine Vorstellung davon, wie viel ich monatlich für diese Bude und den lahmen Service bezahle? Normalerweise sollte in diesem Preis ein mir täglich ans Bett geliefertes, mit Blattgold überzogenes Tiramisu inkludiert sein plus jemand, der mich damit füttert. Mindestens. Und jetzt macht sie hier ein riesiges Bohei wegen eines Puddings. Ja, es war nur Pudding«, wandte er sich an Frau Reismann. »Ich habe einen Finger reingesteckt und probiert. Ätsch.«

»Nachtisch hin oder her – vor allem ist das net mein Tisch«,
mahnte Dollinger. »Frau Reismann, was wollen Sie von uns?
Oder handelt Herr Münnemann mit dem Zeug?«

»Er hat eben gedroht, mich umzubringen!«, beschwerte sich
Frau Reismann zornig. »Sie haben es selbst gehört.«
Dollinger seufzte. »Herr Münnemann, ich weiß net, wie alt
Sie sind. Aber warum kiffen Sie? Trinken Sie doch abends ein
paar Stamperle Eierlikör. Der ist süß, und einen Rausch kriegen
Sie davon auch. Problem gelöst.«

»Und dieser haltlose Mensch ist Dozent für politische Wis-
senschaften«, informierte ihn Frau Reismann, deren Stimme vor
Verachtung triefte.

»War«, korrigierte Münnemann sie gereizt. »Können wir jetzt
gehen? Ich habe Hunger. Und Sie ermüden mich, Gnädigste.
Vermutlich sind Ihre Ehemänner an Langeweile verendet. Wie
viele waren es noch gleich, Sie schwarze Witwe?«

Das war gemein, denn Renate Reismann hatte in ihrem langen
Leben tatsächlich drei Ehemänner begraben, was ihr eine Exis-
tenz jenseits finanzieller Sorgen ermöglichte.

»Diese Beleidigungen werden Ihnen noch auf die Füße fallen,
Sie Althippie«, zischte sie. »Wir von der Heimleitung sind uns
einig, dass wir derart abartige Auswüchse nicht dulden. Über
Ihren weiteren Verbleib in der Einrichtung werden wir demnächst entscheiden. Gott sei Dank sind wir nicht auf unkoope-
rative Gäste angewiesen.«

»Wegen so einer Petitesse?«, fuhr er hoch. »Schon mal was
von dem Recht auf Rausch gehört?«

»Betrinken Sie sich gefälligst wie jeder andere normale Mensch
auch«, riet sie ihm ungerührt. »Ein Platz in unserer Wohnanlage
ist heiß begehrt. Es steht Ihnen frei, sich einen anderen Altersruhesitz zu suchen, wenn Ihnen unsere Hausordnung nicht zu-
sagt. Außerdem haben Sie zwei Ihrer Mitbewohner zu dieser
Haschrunde angestiftet. Einen ehemaligen Schuldirektor und
eine Künstlerin. Sie hinterlassen wohl gern verbrannte Erde.«

»Gott, sind Sie pathetisch. Es war doch nur Gras«, verteidigte sich Münnemann genervt. »Wo man Haschisch herkriegt,

weiß ich nicht mal. Habe aber gehört, auf einigen Kuhfladen hier wachsen Pilze.« Er klang interessiert.

»Nur Gras? Von wegen.« Frau Reismann kramte in ihrer Handtasche und legte eine kleine Tüte mit pulvrigem weißem Inhalt auf Dollingers Schreibtisch.

»Wo haben Sie das her?«, brauste Münnemann auf, der mit einem Schlag hellwach zu sein schien. »Haben Sie etwa meine Suite durchsucht? Das dürfen Sie gar nicht.«

»Niemand hat etwas durchsucht«, protestierte Frau Reismann. »Das lag deutlich sichtbar auf Ihrem Nachttisch. Wenn Sie möchten, dass etwas nicht entdeckt wird, schlucken Sie es runter wie jeder anständige Drogenkurier. Das machen Sie mit unserem Nachtisch ja auch.«

»Keiner von uns kokst«, verteidigte sich Münnemann. »Ist uns zu teuer. Sie greifen ja schon unser ganzes Geld ab. Außerdem habe ich dafür viel weniger bezahlt, als es wert ist, und es zum Preis von einem Joint bekommen.«

»Wie geht denn so was?«, entfuhr es Dollinger.

»Keine Ahnung. Da kam ich dran wie die Jungfrau zum Kind, quasi aus Versehen. Aber Sie glauben mir ohnehin nicht, darum halte ich den Mund«, erklärte Münnemann patzig.

»An einer Antwort wär ich sehr interessiert, jetzt arbeiten Sie doch mit«, bat ihn Dollinger. »Aus dem Snackautomaten ham Sie das bestimmt net gezogen.«

»Meins.« Münnemann streckte die Hand aus. »Geben Sie es mir zurück. Wenn es schon da ist, kann ich es auch mal versuchen. Sie selbst sehen ja auch nicht aus, als ob Sie irgendetwas ausgelassen hätten in Ihrem Leben.« Er musterte Dollinger von oben bis unten und lachte boshaft.

»Bis hierher war es Spaß«, drohte ihm Dollinger gereizt. »Ab jetzt wird's ernst. Wo ham Sie des her? Und warum war des ein ›Versehen‹?«

»Ich habe es doch gar nicht«, widersprach Münnemann. »Ihr habt es.«

»Aber Frau Reismann hat's bei Ihnen gefunden.«

»Kann jeder da hingelegt haben«, behauptete Münnemann,

»um mir eins auszuwischen. Frau Reismann hat nur einen schlimmen Anfall von Bourgeoisie. Einfach nicht beachten.«

»So eine Unverschämtheit!« Renate Reismann sprang erstaunlich behände hoch. »Von einem hedonistischen Kommunisten wie Ihnen muss ich mich nicht beleidigen lassen. Sie haben doch mental niemals die siebziger Jahre verlassen. Herr Dollinger, finden Sie heraus, woher er dieses Zeug hat, und sorgen Sie dafür, dass so etwas nie mehr bei uns im Haus landet.«

»Schwierig.« Dollinger hob bedauernd die Hände. »Herr Münnemann ist leider recht verstockt.«

»Wenn Sie mir einen Berliner abgeben, können wir vielleicht darüber reden«, bot ihm Münnemann listig an.

»Der ist grade unterwegs«, winkte Dollinger ab.

»Er meint die Krapfen in Ihrer Schublade«, klärte Frau Reismann ihn auf.

»Meine Krapfen?«, erschrak Dollinger.

»Rücken Sie schon einen raus«, forderte Münnemann gierig. »Ich bin hungrig.«

Dollinger rang kurz mit sich. Dann öffnete er seine Schreibtischschublade und holte mit spitzen Fingern langsam einen Krapfen heraus, den er auf einem DIN-A4-Blatt zu Münnemann hinüberschob.

Der schnappte sich freudig das Gebäckstück und biss hinein. »Ich warte.« Dollinger trommelte mit den Fingern ungeduldig auf der Schreibtischplatte. »Woher?«

»Aus Legau. Habe mif bei dew Order vertan«, verkündete Münnemann mit vollem Mund.

»Ab fünfzig Gramm im Mund wird's undeutlich. Wo in Legau?«, bohrte Dollinger.

»In Legau eben.« Münnemann grinste. Der Bereich um seinen Mund herum war weiß gepudert.

»Das soll alles sein?«, entfuhr es Dollinger. »Für einen ganzen Krapfen?«

»Ich habe doch gesagt, wir können darüber reden.« Münnemann hatte das Gebäck in Rekordzeit verzehrt. »Haben wir getan. War übrigens lecker.«

»Ihnen ist hoffentlich klar, dass ich Ihnen das Leben schwer machen kann, wenn Sie net aussagen«, drohte Dollinger.

»Schwerer als die hier?« Münnemann deutete auf Frau Reismann. »Glaube ich nicht. Von der könnte Kim Jong-un noch was lernen. Hat er vermutlich auch, sie ist ja nicht mehr die Frischeste.«

»Und das kommt von jemandem, der älter aussieht als der Gitarrist der Rolling Stones«, regte sich Frau Reismann auf. »Herr Dollinger, ich hätte mir denken können, dass nur Frau Sommer die Angelegenheit effizient behandelt. Anzeige werde ich jedenfalls keine erstatten. Das fehlte noch.«

»Ich muss des jetzt aber aufnehmen«, erklärte ihr Dollinger entnervt. »Wenn's um Kokain geht, verstehen wir keinen Spaß. Herr Münnemann, sagt Ihnen der Name Weidner was?«

Münnemann verschränkte störrisch die Arme vor der Brust und schwieg.

»Also gut.« Dollinger seufzte. »Da ich gewisse Zusammenhänge zwischen einem anderen Fall und Ihrem vermute, gebe ich Frau Sommer Bescheid. Die wird sich bei Ihnen melden.«

»Meinetwegen.« Renate Reismann tippte Münnemann auf die Schulter.

Der erhob sich und salutierte. »Ich komme schon, Drill Sergeant!«, rief er sarkastisch.

Sie würdigte ihn keines Blickes und verschwand ohne ein Wort des Abschieds.

Dollinger wartete, bis sich die Tür wieder geschlossen hatte. Dann gönnte er sich erst mal einen Krapfen.

# 8

»Das ist ja ganz entzückend.« Begeistert blieb Sissi vor einem
weiß gestrichenen niedrigen Gartenzaun stehen, um dessen Lat-
ten sich Kapuzinerkresse in verschiedenen Farben ringelte, und
warf einen Blick auf den Garten, der das einstöckige Haus mit
den grünen Fensterläden umgab.

Bunt glänzten gläserne Kugeln auf hohen Stecken zwischen
Sonnenblumen und üppigen Gladiolen, an den Rändern der Blu-
menbeete blühten unzählige dunkelrote Rosen, und in dem weitläufigen Gemüsebeet klammerten sich abgeerntete Erbsen- und
Bohnenstauden, deren Blätter bereits zu vertrocknen begannen,
trotzig an ihren metallenen Spalieren fest.

Durch das melodische Summen unzähliger Bienen drang gelegentlich der Ruf einer Amsel, und die Oberfläche eines kleinen
Zierteichs unterhalb einer Trauerweide kräuselte sich unter dem
Wasserstrahl, den ein ramponierter Frosch aus Plastik kontinu-
ierlich ausspuckte, der am Rand des Teichs auf einem großen
Stein saß. Eine einzelne blühende Seerose trieb über die Was-
seroberfläche, und die hellen Steine, die jemand als Umrandung
rings um das Wasser platziert hatte, wirkten wie frisch mit der
Zahnbürste geschrubbt.

Sissi öffnete beinahe andächtig das Gartentürchen und beschritt
zusammen mit Klaus einen schmalen Weg aus Waschbetonplat-
ten, der zum Haus führte. Nicht weit entfernt von der mit einem
Kranz verzierten Eingangstür stand eine verwitterte alte Bank
neben einem Kübel voller Geranien, die in der Sonne glitzerten.
»Siehst du.« Klaus schaute sich begeistert um. »Genau so stellt
man sich in Berlin das Allgäu vor. Nicht ›Laptop und Lederhose‹,
sondern nur Lederhose. Oder Löwenzahn und Leberkäs.«
»Du stolperst heute von einem Klischee zum nächsten.« Sissi
schmunzelte und klopfte an die Tür. »Herrje«, flüsterte sie. »Sie
weiß es schon.« Verstohlen deutete sie auf das gekippte Fenster
neben dem Eingang und klingelte.

Ganz leise hörte man von drinnen jemanden weinen. Schlurfende Schritte näherten sich langsam, dann öffnete sich die Tür. Vor ihnen stand eine höchstens hundertfünfundfünfzig Zentimeter große mollige Frau Ende sechzig. Über einer riesigen blauen Hornbrille mit Gläsern wie Flaschenböden ringelten sich vorwitzig weißblond gefärbte Löckchen, die an den Schläfen von ein paar Kämmen gehalten wurden. Die Augen der Frau waren vom Weinen verschwollen. Sie hielt sich ein zerknülltes Stofftaschentuch vor den Mund.

»Vollmer und Sommer vom K1 in Memmingen.« Sissi zückte ihren Ausweis, genau wie Klaus. »Guten Tag, Frau Weidner. Vermutlich hat Ihr Neffe Sie bereits informiert. Wir bedauern außerordentlich, Sie stören zu müssen, aber wir haben ein paar Fragen. Dürfen wir hereinkommen?«

Die Frau schaute sie irritiert durch die verschmierten Brillengläser an und bedeutete ihnen dann, ihr zu folgen. Gemeinsam betraten sie eine enge, dämmrige Diele und landeten schließlich in einer Wohnküche. Dort zeigte Elvira Weidner auf eine hölzerne Eckbank mit verschlissenen Polstern.

»Danke schön.« Aufmerksam sah Klaus sich um. Der gesamte Raum war vollgestellt mit Topfpflanzen, die alles Licht von draußen förmlich aufzusaugen schienen, was dem Zimmer die Atmosphäre eines Treibhauses verlieh. Neben dem Herrgottswinkel, in dem über einem vertrockneten Strauß Palmkätzchen ein handgeschnitztes Kreuz und ein vergilbtes Bild der Muttergottes mit Kind in einem abgeschabten Metallrahmen hingen, wucherte ein Gummibaum entlang der Wand, dessen Ausläufer sich bis zur Küchenzeile erstreckten. Jedes einzelne Blatt war mit einer dicken Staubschicht überzogen. Von einem Regal über dem Herd lächelte ein blassgrüner Buddha geheimnisvoll in die Runde, neben sich ein Schälchen mit Räucherkerzen und eine Menora ohne Kerzen. An einem der beiden Fenster war eine verblichene buddhistische Gebetsfahne angebracht, darunter standen bemalte Töpfe mit farbenprächtigen Orchideen. Auf der Arbeitsplatte neben der Spüle waren vierzehn frisch abgefüllte Gläser mit dunkelroter Marmelade ordentlich aufgereiht.

Vorsichtig, als wären ihre Knochen aus Glas, setzte sich Elvira an den Tisch.

»Tut Ihnen etwas weh?«, erkundigte sich Sissi besorgt.

»Mein Ischias«, sagte Elvira. »Aber wird schon wieder. Ich kann Ihnen nichts anbieten, mir geht's nicht gut.« Ihre Finger zitterten.

»Wir bleiben wirklich nicht lange«, versprach ihr Klaus.

Die ältere Dame begann zu weinen. »Wer hat Julian umgebracht?«, schluchzte sie. »Was ist denn das für eine Welt?«

»Eine schreckliche, Frau Weidner«, pflichtete Sissi ihr bei. »Aber wir tun alles, um herauszufinden, wer es war. Ihr anderer Neffe, Max, erzählte uns, dass Sie mit Julian ein besonders inniges Verhältnis verband. Ist das richtig?«

Elvira nickte. Über einer leichten Jerseyhose und einem Halbarmshirt aus Viskose trug sie eine geblümte dunkelblaue Schürze mit Volants und zog nun aus der Seitentasche ein frisches Taschentuch hervor, in das sie kräftig schnäuzte. »Es stimmt. Zu Julian hatte ich schon immer einen besseren Draht«, begann sie. »Er war der Jüngere, ein so positiver Mensch, großzügig und liebenswert. Hat sich sehr um mich gesorgt.«

»Dann können Sie uns sicher ein paar Fragen beantworten«, bat Sissi.

»Bitte entschuldigen Sie die Unterbrechung, aber Sie sprechen ohne den hier üblichen Dialekt«, unterbrach Klaus das Gespräch. »So etwas höre ich hier eher selten.«

»Ich habe lange in Düsseldorf gelebt«, klärte Elvira ihn auf. »Nach dem Tod meiner Schwester und meines Schwagers vor fünfundzwanzig Jahren kam ich zurück, um mich um meine Neffen zu kümmern. Mein Bruder Matthias hatte kein Interesse an der Familie und hat uns das auch deutlich zu verstehen gegeben.«

»Das war sehr nobel von Ihnen«, lobte sie Klaus.

»Ach, so toll war meine Stelle dort auch nicht«, winkte Elvira ab. »Hätte ich zulassen sollen, dass die Kinder ins Waisenhaus kommen? Julian war gerade mal zehn Jahre alt. Ein entzückender Junge.«

»Ich verstehe.«

»Nein, tun Sie garantiert nicht«, unterbrach Elvira brüsk. »Es war so hart. Ich musste den Kindern zwei Wochen vor Heiligabend beibringen, dass ihre Eltern nie mehr nach Hause kommen werden. Ich musste so schrecklich viel Papierkram erledigen, obwohl ich am liebsten die ganze Zeit geheult hätte. Ich musste irgendwie dafür sorgen, dass der Hof weiterläuft. Das hat mich komplett überfordert.«

»Das war mit Sicherheit nicht einfach«, sagte Sissi.

»Stimmt«, bejahte Elvira. »Leider hatte ich nicht viel Ahnung von alldem, weil ich bereits als junges Mädchen in die Stadt gezogen war. Es gab viele Rückschläge. Und die Kinder wurden mit den Jahren nicht einfacher.« Sie seufzte. »Aber Max konnte trotzdem in Weihenstephan Landwirtschaft studieren und seinen Bachelor machen. In dieser Zeit haben Julian und ich uns quasi allein hier durchgeschlagen. In den Semesterferien hat Max uns geholfen.«

»Hatten Sie finanzielle Sorgen?«, erkundigte sich Klaus.

»Nein, das nicht. Meine Schwester und ihr Mann hatten gut gewirtschaftet. Ich habe nur einen sehr kleinen Teil des Grundbesitzes verkaufen müssen, nach zwei Missernten in aufeinanderfolgenden Jahren.«

»Haben Sie all das unentgeltlich getan?«, staunte Klaus.

»Teils, teils«, meinte Elvira. »Als Max und Julian volljährig waren, wurde ich für kleines Geld angestellt, als Landwirtschaftshilfe und Haushälterin. Man wird nicht reich bei dieser Art von Tätigkeit.«

»Alle Achtung.« Sissi war sichtlich beeindruckt. »Ich wundere mich, dass Sie nicht mehr auf dem Weidner-Hof leben. Platz wäre dort doch genug.«

»Es war Julians Idee. Das Haus hier war für die Eltern der beiden gedacht. Er meinte, ich bräuchte nach der vielen Arbeit etwas Abstand. Wäre ich auf dem Hof geblieben, würde ich jetzt vermutlich im Stall stehen und immer noch mithelfen. Das Haus hier gehört ja den Jungs, und ich bezahle keine Miete.«

»Um noch mal auf Ihr Verhältnis zu Ihrem Neffen zurückzukommen: Wenn Sie so gut mit ihm zurechtkamen, hat er sich Ihnen vielleicht gelegentlich anvertraut«, nahm Sissi den Faden wieder auf.

»Alles hat er mir nicht erzählt«, berichtete Elvira. »Immerhin war er ein erwachsener Mann Mitte dreißig.« Ihre Stimme brach. »Entschuldigung, mir ist, als befände ich mich unter Wasser.«

Langsam tappte sie zum Küchenschrank und holte eine Flasche heraus, die mit einer durchsichtigen Flüssigkeit gefüllt war, öffnete sie, setzte an und trank einen kräftigen Schluck. Dann schraubte sie den Verschluss wieder zu und stellte sie zurück. Sissi und Klaus hatten sie ungläubig beobachtet. »Wegen so was mache ich kein Glas schmutzig«, entschuldigte sich Elvira. »Wenn es Ihnen hilft«, antwortete Sissi verständnisvoll. »Können Sie uns noch etwas von Julian erzählen?«

»Ich hab ihn öfter damit geneckt, wann er endlich heiratet«, fuhr Elvira gedankenverloren fort, nachdem sie wieder Platz genommen hatte. »Aber er hat jedes Mal gelacht und gemeint, es gebe zu viele hübsche Mädchen, heiraten könne er mit vierzig immer noch.« Sie tupfte sich wieder die Augen mit dem zerknüllten Taschentuch.

»Gab es denn jemanden, mit dem er Streit hatte?«, erkundigte sich Klaus.

»Ständig. Waren Sie denn nie jung?«, wollte Elvira wissen. »Die Frauen waren von Julian begeistert, die Männer eifersüchtig. Der arme Junge ist so oft grundlos angefeindet worden, nur weil er attraktiv und wohlhabend war.«

»Ich bin immer noch jung«, murmelte Klaus beleidigt, aber Sissi versetzte ihm warnend einen sanften Tritt mit dem Fuß.

»Es gab also gelegentlich Auseinandersetzungen. Haben Sie vielleicht Namen für uns?«, fragte sie die ältere Dame, die aussah, als würde sie bald zusammenbrechen.

»Das waren nur normale Raufhändel, die sind später alle wieder zusammengesessen und haben miteinander gefeiert«, winkte Elvira ab. »Auf Anhieb fällt mir nur einer ein, den man ernst nehmen sollte. Maier, Georg Maier, er wohnt dahinten Richtung Kaltbronn. Große Landwirtschaft. Die Frau ist vor knapp zehn

Jahren gestorben. Vor dem fürchte ich mich ein wenig. Er ist sehr cholerisch, mit ihm sollte man sich nicht anlegen, sagen auch alle anderen.«

Sissi überlegte kurz.»Herrn Maier kenne ich vage. Seine Tochter auch. Sie ist ja nur ein paar Jahre jünger als ich. Und der hatte Ärger mit Ihrem Neffen? Warum?«

»Er hat Julian angegriffen, wegen eines Hirngespinsts.« Elvira klang trotz ihrer Trauer entrüstet.

Klaus, der sich schon die ganze Zeit gefragt hatte, was ihn ständig kitzelte, schob mit den Fingern vorsichtig ein herabhängendes staubiges Blatt des Gummibaums von seiner Schulter.»Woher ist Ihnen der Vorfall bekannt?«, fragte er.

»Ich war dabei«, verriet ihm Elvira.»Mitten auf dem Wochenmarkt in Legau. Vor allen Leuten. Julian hatte mich zum Einkaufen mitgenommen. Er war so lieb und wollte nicht, dass ich schwer trage.«

»Können Sie uns davon erzählen?«, bat Sissi.

»Es ging schnell. Ich stand gerade mit Julian an dem Wagen, wo der Käse verkauft wird, da kam dieser grobe Rüpel angetrampelt, packte ihn am T-Shirt und ohrfeigte ihn. Zwei Mal.«

»Er hat ihn geohrfeigt?«, wiederholte Sissi.

»Ja«, bestätigte Elvira.»Und gebrüllt:›Wenn du noch ein Mal meine Tochter anfasst, bring ich dich um! Du hast ihr schon genug angetan.‹ Es haben einige Menschen gehört. Da können Sie jeden fragen, der dort war. Julian hat sich losgerissen und ihn ausgelacht. So war er eben.«

»Wurde sonst noch etwas gesagt?«

»Dieser Maier hat sich umgedreht und ist verschwunden. Im Weggehen machte er noch eine Handbewegung, als ob er eine Pistole abfeuern würde. Ich habe Julian gefragt, ob er nicht besorgt sei, aber er meinte, ich solle mich nicht lächerlich machen.«

»Das ist eine interessante Information«, bedankte sich Sissi.»Etwas in der Art haben wir heute Nacht schon mal gehört. Wir werden uns darum kümmern. Oh, das ist aber hübsch!« Bewundernd strich sie mit der Hand über ein mit Blumen besticktes

Zierdeckchen, auf dem eine kleine Vase mit halb vertrockneten Vergissmeinnicht stand.

»Sie sind zu freundlich«, erwiderte Elvira. »Die mache ich selbst.«

»Ach was?«, staunte Sissi.

»Damit bessere ich meine Rente ein bisschen auf. Die ist nämlich nicht allzu hoch. Julian hat mir beim Verkauf geholfen.« Eine Träne löste sich aus dem Augenwinkel der älteren Frau und tropfte auf den Tisch.

»Das ist schön«, lobte Sissi sie.

»Danke. Ich glaube nicht, dass ich damit weitermache.« Elvira zog die Decke sachte an einer Ecke glatt. »Aber das Geld konnte ich gebrauchen.«

»So schlimm?«, fragte Klaus.

»Schlimmer. Als ich jünger war, dachte ich, es hat noch Zeit, dass ich mich um meine Rente kümmere. Als ich älter wurde, hatte ich zu viel zu tun. Und irgendwann war es zu spät. Aber ich hab ein Dach über dem Kopf und was zu essen. Ich komme schon zurecht.« Elviras Gesicht strafte die Zuversichtlichkeit ihrer Worte Lügen.

»Ihr anderer Neffe wird Sie mit Sicherheit auch unterstützen«, tröstete Sissi sie.

»Ja, vielleicht«, murmelte Elvira wenig überzeugt. »Ich glaube eher, ihm ist es egal, ob ich lebe oder tot bin.«

»War das Verhältnis der beiden Brüder zueinander gut?«

Elviras Gesicht verschloss sich. »Meistens. Max ist das genaue Gegenteil von Julian. Er ist ein richtiger Bedenkenträger. Und er hat aus seinem Herzen schon immer eine Mördergrube gemacht. Ich wusste nie, was in seinem Kopf vorgeht.«

»Julian wollte nicht hierbleiben, haben wir gehört«, sagte Sissi.

»Er war nur noch wegen mir hier, hat er zumindest behauptet«, erzählte Elvira. »Er wollte in die Stadt, sobald er genügend Geld gehabt hätte. Die beiden erben ja beim Tod meines Bruders alles. Das Geld hatte Julian fest einkalkuliert.«

»Wie vermögend ist Ihr Bruder denn, wenn ich fragen darf?«

»Sehr.« Elvira senkte den Kopf. »Und jetzt wird Julian nie

mehr in die Stadt kommen. Er hat mir versprochen, mich mitzunehmen oder mich zumindest in seiner Nähe unterzubringen.«
»Das tut mir leid.« Sissi erhob sich. »Frau Weidner, danke, dass Sie mit uns gesprochen haben. Sollten wir noch Fragen haben, melden wir uns. Sollen wir jemanden zu Ihnen schicken?«
»Nein danke. Der Pfarrer kommt heute vorbei. Aber der kann mir auch nicht helfen. Lassen Sie es gut sein. Ich bringe Sie noch raus.«
»Passen Sie auf sich auf«, verabschiedete sich Sissi und drückte ihr eine Visitenkarte in die Hand. »Und melden Sie sich, wenn Sie was brauchen.«
Elvira gab ihr die Hand und schloss hinter ihnen die Tür. Ihr lautes Schluchzen hörte man bis zur Gartenpforte.

»Diese Frau sieht aus wie einer dieser Pappaufsteller im Supermarkt, die handgemachte Pasta oder Marmelade anbieten«, flüsterte Klaus auf dem Weg zum Wagen. »Ich würde ihr alles abkaufen. Das Leben kann unfair sein.«
»Das kann es wirklich«, pflichtete Sissi ihm bei und wartete, bis Klaus den Motor gestartet hatte.
»Max und seine Tante scheinen nicht besonders gut miteinander klarzukommen«, dachte Klaus laut, während er den Wagen über die schmale Straße in Richtung Legau steuerte.
»Ist ja nichts Neues«, antwortete Sissi. »So was erleben wir doch oft. Er wird sie schon unterstützen.«
»Ich hab übrigens Hunger«, beschwerte sich Klaus. »Es ist Mittag.«
»Ich auch, Klaus«, beruhigte ihn Sissi. »Wir holen uns gleich was oder schauen bei Ernestine im ›Mohren‹ vorbei. Aber erst sehen wir uns diesen Georg Maier mal genauer an.«
Ihr Telefon vibrierte. Sie blickte aufs Display und schmunzelte.
»Eine Textnachricht. Dollinger teilt uns mit, dass Frau Reismann eben bei ihm war. Zusammen mit einem Bewohner des Moserhofs. Erinnerst du dich noch?«
»Das werde ich bestimmt nie vergessen.« Klaus grinste. »Was wollte die Dame denn?«

»Du wirst es nicht glauben. Skandal im Seniorenheim.« Sissi las vor, was Dollinger ihr geschrieben hatte.

»Er hat versehentlich Kokain gekauft?« Klaus runzelte die Stirn. »Merkwürdig, Sissi. Vielleicht sollten wir uns das mal ansehen.«

»Sehe ich genauso. Gib Gas«, bat Sissi, und der Wagen schoss davon.

# 9

»Komm, Herr Jesus, sei unser Gast und segne, was du uns bescheret hast.«

Der hochgewachsene grauhaarige Mann Ende sechzig löste seine zum Gebet gefalteten Hände voneinander und langte nach einer Porzellanschüssel mit dampfendem Inhalt. Schnaufend lud er sich eine große Portion Bratkartoffeln auf den Teller, auf dem bereits ein ansehnliches Stück Rostbraten lag.

»Wann ist denn jetzt dein Termin?«, fragte er seine Tochter, die schweigend mit ihm am Tisch saß und nicht mitgebetet hatte. »Mädel, du hast eine Gesichtsfarbe wie a Kalkeimer von innen. Kannst dich nach dem Essen ein bissle hinlegen. Ich hol dich dann, wenn's losgeht.«

Am Herd nahm eine dunkelhaarige Frau mit freundlichen Augen gerade eine Pfanne von der Platte und stellte sie auf den Tisch. »Runde Nudeln fertig. Guten Appetit.« Sie lächelte kurz und verschwand nach draußen.

»Kochen kann sie gut, die Mladenka«, lobte Georg Maier seine neue Haushaltshilfe und betrachtete wohlwollend den Inhalt der schwarzen Pfanne. »Fleißig ist sie auch. Bin froh, dass wir sie gefunden ham. Schad, dass sie bloß bis September bleiben kann. Jetzt iss was, heut Nachmittag müssen mir mähen, da brauchst ein paar Kalorien, sonst hältst du des bei der Hitze net durch. Was hast du? Ist dir etwa kalt?«

»Ich frier in letzter Zeit leicht.« Lisa füllte zögernd ihren Teller mit goldbraunen Spätzle. Dann ließ sie die Hand sinken und starrte auf ihr Essen, ohne es anzurühren. Sie öffnete eine Medikamentenschachtel, entnahm eine Tablette und drehte sie unschlüssig in der Hand.

»Geht's dir net gut?«, erkundigte sich ihr Vater. »Hab dir gestern noch gesagt, du sollst daheimbleiben. Jetzt hast einen Kater. Aber deshalb brauchst doch keine Tablette. Ein Gesunder hält's aus.«

»Hast recht«, stimmte Lisa ihm zu. Sie war eine gut proportionierte junge Frau mit kräftigen Oberarmen und einem üppigen blonden Schopf, der zu einem praktischen Pferdeschwanz zusammengebunden war. Unter dem fransigen Pony funkelten zwei klare blaue Augen.

»Bin schon in Ordnung, Papa«, beruhigte sie ihn. »Ich hab ja so gut wie nix getrunken. Aber die Luft war zum Schneiden dick. Und die Sache mit der Schecke hat mir keine Ruh gelassen. Ich wollt heim und nach ihr schauen. Mir können net schon wieder eine Kuh verlieren.«

»Der Schecke geht's heut wieder prima.« Georg säbelte einen Bissen von dem zarten Fleisch ab und kaute es mit Genuss. »Hast gut gemacht. Jetzt weiß ich immer noch net, wann du den Termin hast. Was ich davon halte, hab ich dir gesagt. Aber du lasst dir ja nie dreinreden.«

Lisa schwieg und stocherte lustlos mit der Gabel in den Spätzle.

»Jetzt nimm doch a bissle Fleisch. Des ist gut für dich.« Ihr Vater spießte mit der Gabel eine Scheibe auf und legte sie ihr auf den Teller. Dann nahm er die Soßenkelle und übergoss das Gericht mit der köstlich duftenden braunen Flüssigkeit.

»Lass mich. Ich kann net.« Lisa schob das Essen von sich.

»Ist dir schon wieder schlecht?«, fragte Maier seine Tochter besorgt. »Bist wirklich ganz grün. Jetzt rück halt damit raus, wann der Termin ist. Ich könnt dich fahren. Grundgütiger, die Mama tät sich im Grab rumdrehen, wenn sie des wüsst.«

»Lass mich doch endlich in Ruh!«, schrie Lisa ihren Vater an. »Und halt die Mama da raus. Ich geh net hin. So. Bloß damit du's weißt.«

Georg Maier legte sein Besteck zur Seite und sah seine Tochter erstaunt an. »Was? Du gehst doch net hin? Seit wann denn des? Gestern hast noch gesagt …«

»Wie lang machen mir des jetzt eigentlich?«, unterbrach sie ihn.

»Wie lang machen mir was?«, wiederholte er mit vollem Mund.

»So tun, als ob nix wär«, warf ihm seine Tochter vor. »Was bist du bloß für a Mensch?«

»Zuallererst bin ich dein Vater«, erklärte ihr Georg Maier ungerührt. »Und du bist mein Kind. Wenn ich dich was frag, antworte gefälligst.«

»Wie lang?«, wiederholte Lisa. »Des ist ja wie im Irrenhaus.« Sie hörte sich an, als würde sie gleich anfangen zu weinen.

»Wie lang was?«, äffte er sie unbeeindruckt nach.

»Herrgottsakrament, des mit dem Julian!«, schrie Lisa. »Noch kein Wort ham mir drüber geschwätzt. Des ganze Dorf redet von nix anderem. Sogar beim EDEKA an der Kasse zerreißen sich die Leut das Maul. Bloß du sagst keinen Mucks. Des ist doch net normal.«

»Da gibt's net viel zum Schwätzen. Gut, dass er weg ist. Net schad drum. Ein Parasit weniger.« Georg angelte sich das nächste Stück Braten von der Servierplatte.

»Du bist so dermaßen kaltschnäuzig«, fuhr Lisa ihren Vater an. »Er war a Schwein. Des stimmt. Aber du kannst doch net einfach so tun, als wär nix passiert.«

»Was regt dich des denn so auf?«, erkundigte sich Georg. »Du solltest singen und tanzen, finde ich. Und wie meinst du des, du gehst net hin? Ich versteh dich nimmer. Wenn ich net durch Zufall dahintergekommen wär, hättest nie was gesagt. Deinen eigenen Vater hast hintergangen bei etwas, wo wirklich wichtig ist. Schämen solltest dich. So hab ich dich net erzogen. Und jetzt muss ich dir wieder jedes Wort aus der Nase ziehen.«

»Ist ganz allein meine Sach, Papa«, antwortete sie kalt. »Du hättest des gar nie erfahren sollen. Siehst doch, wie es dich aufregt. Ist net deine Baustelle.«

»Net meine Baustelle? Du meinst, des geht mich also nix an?«, schrie Georg.

Lisa zuckte zusammen.

Er schlug mit der Faust so heftig auf den Tisch, dass das Besteck klirrte. »Überleg dir gefälligst, mit wem du redest. Ich hab dir wohl zu viel durchgehen lassen die letzten zehn Jahr, seit die Mama tot ist. Was glaubst du, wer du bist?«

»Deine Tochter.« Lisa schaute ihn furchtlos an. »Ich hab den gleichen Dickschädel wie du. Und du bist genauso jähzornig wie der Julian. Und ebenso nachtragend und rachsüchtig. Ich sag noch amal, es ist mein Leben. Misch dich ja net ein.«
Georg war feuerrot geworden. »Dein Leben, dein Leben, bla, bla. Blödes Geschwätz. Hör mir bloß mit dem Emanzenscheiß auf. Und jetzt sag ich dir amal was: Der hat bloß gekriegt, was er verdient hat, der Dreckskerl.«
»Du weißt net, was du sagst.« Lisa war leichenblass geworden und zitterte am ganzen Körper. »Kapierst du net, dass er tot ist? Versündig dich net.«
»Ich war's net, der gesündigt hat«, sagte ihr Vater zweideutig. »Aber bleiben mir beim Thema. Du gehst also net hin?«
»Muss ich jetzt nimmer. Er ist ja weg.«
»Ich seh schon, mir kommen net weiter.« Er deutete auf ihren Teller. »Die Mama hat alleweil gesagt: ›Wer feiern kann, kann auch arbeiten.‹ Dann iss halt nix und bleib hungrig. Schaffen musst du trotzdem. Und zieh dir was Kurzärmeliges an.«
»Zum allerletzten Mal, ich hab net gefeiert, war bloß mit der Emma und der Franzi im Festzelt, und auch net lang«, widersprach Lisa gereizt. »Die zwei ham mir keine Ruh gelassen, sonst wär ich überhaupt net mitgegangen.«
»Hast du denen etwa davon erzählt?«, wollte ihr Vater argwöhnisch wissen.
Lisa schüttelte den Kopf. »Bin doch net verrückt. Aber ich weiß schon, dass du des denkst.«
»Dass der Weidner und der Brandstetter aneinandergeraten sind, weißt auch?«
»Na. Des meiste hab ich wohl verpasst. Du offenbar net, wie ich grad merke.«
»Die Mladenka hat uns Dampfnudeln gemacht zum Nachtisch. Mit Vanillesoß«, bot Maier ihr versöhnlich an. »Nimm wenigstens davon eine.«
»Ich bring nix runter«, lehnte Lisa ab. »Mir ist net gut. Was hast denn da an der Hand?«
Georg Maier betrachtete desinteressiert seine Finger. »Hab

heut Morgen den Zaun an der Südweide ausgebessert und mich wahrscheinlich gestoßen.«

»Wird wohl so gewesen sein.« Lisa warf ihm einen undefinierbaren Blick zu. »Wenn du des sagst. Mir ham eine Salbe im Verbandskasten.«

»Brauch ich net. Eins interessiert mich aber noch, bevor du dich hinlegst.« Georg schaute seine Tochter durchdringend an. »In Gottes Namen, spuck's schon aus«, forderte sie aggressiv. »Ich möcht wenigstens noch für eine Stunde ins Bett, weil ich nachdenken muss.«

»Und ich will wissen, wo du vorgestern Nacht warst.« Sein Gesicht war ernst. »Bist erst um halb zwei in der Früh heimgekommen. Ich war grad auf dem Klo, wie du auf den Hof gefahren bist.«

»Was juckt dich des?«, wollte sie wissen.

»Ich frag mich allmählich, ob es wirklich stimmt, dass dich der Julian so gar nicht interessiert hat.« Georg stützte beide Ellbogen auf und sah seine Tochter eindringlich an. »Wenn ich deine Leichenbittermiene so anschaue, möcht man fast das Gegenteil glauben. Kommst daher wie eine trauernde Witwe. Wer einmal lügt, der lügt auch zweimal.«

»Mir reicht's.« Lisa erhob sich. »Ständig mischst du dich in Sachen ein, die dich nix angehen. Dir ist hoffentlich klar, dass du ihm vorgestern auf dem Wochenmarkt vor allen Leuten eine geschmiert hast. Vor Zeugen. Hast ihn angebrüllt, dass er mir was angetan hat. Da kannst du drauf warten, dass die Polizei bald anrückt.«

»Und?« Georg schob seinen Teller weit von sich. »Meinetwegen sollen die ruhig kommen. Was wollen die denn machen? Du verrätst es mir also net. Hast schneller eine Ausrede als eine Maus ein Loch.«

»Du doch auch«, warf Lisa ihm vor.

»Zefix, du kannst einem echt den Appetit verderben«, fuhr Maier hoch. »Also, wo bist gewesen vorgestern? Ich frag dich zum allerletzten Mal.«

»Wenn es das letzte Mal ist, hört die blöde Fragerei ja endlich

auf«, erwiderte Lisa kalt. »Im November werd ich dreiunddreißig, Papa. Ich bin dir keine Rechenschaft schuldig.«
»Ich dir auch net«, fuhr Georg sie an. »Dann sind mir uns einig. Kannst ja heut Nachmittag bei der Arbeit was Schwarzes anziehen, wenn du den verkommenen Aufschneider so vermisst.«

»Bist du geschmacklos. Mach ruhig so weiter. Bald hast niemanden mehr, den du anschreien kannst. Ich hau hier nämlich ab!« Heulend rannte Lisa aus dem Raum und knallte die Tür hinter sich zu.

Georg starrte eine Weile auf seinen Teller. Dann packte er ihn und warf ihn mit aller Wucht samt den erkalteten Essensresten an die Küchenwand, wo er mit einem hässlichen Klirren zerbrach. Der Braten hinterließ einen matschigen Soßenfleck und plumpste ins Spülwasser. Ein paar Kartoffelscheiben und Spätzle blieben an den weißen Fliesen kleben und rutschten in Zeitlupe abwärts, wo sie sich auf der Arbeitsplatte verteilten. »Scheißweiber, alle miteinander!«, brüllte Georg keuchend vor Wut.

Mladenka betrat wieder die Küche, um abzuräumen. Sie sah den Soßenfleck und huschte davon. Kurz darauf kam sie mit einem Handfeger und einem Putzeimer zurück. Georg beobachtete schweigend, wie sie versuchte, die Sauerei zu beseitigen, und trank in aller Ruhe sein Bier aus.

Plötzlich klopfte es am Fenster. Er zuckte zusammen. Durch die Scheibe lächelte ihn ein freundliches, von dunklen Locken gesäumtes Frauengesicht an.

»Hallo!«, hörte er durchs Glas gedämpft eine Stimme. »Dürfen wir reinkommen?«

»Die fehlen mir jetzt wie ein eitriger Pickel.« Schwerfällig erhob er sich und öffnete das Fenster einen Spalt.

»Herr Maier, gell?« Sissi strahlte ihn freundlich an. »Grüß Gott. Wir kennen uns ja vom Sehen. Das ist mein Kollege Klaus Vollmer vom Kriminaldauerdienst in Memmingen. Dürfen wir Ihnen ein paar Fragen stellen, oder geht der Streit mit Ihrer Tochter noch in die zweite Runde? Gegessen haben Sie ja bereits.« Sie wies auf den braunen Fleck an der Wand.

Georg Maier ignorierte die Anspielung. »Kommen Sie rein. Durchs Fenster schwätz ich net.«

»Bei Ihnen riecht es aber gut.« Klaus schnupperte verzückt, als er die Küche betrat. »Rostbraten. Mein Leibgericht.«

Aber auf diesem Ohr war der Herr des Hauses vollständig taub.

## 10

»Du lieber Gott, jetzt wär ich beinah umgekippt.« Erna fächelte sich mit der Hand Luft zu und schnaufte schwer. »Ist des warm. Servus, Elvira. Mein Beileid.«
»Erna, grüß dich.« Elvira Weidner, deren Gesicht vom Weinen ganz verquollen war, musterte Erna unwillig durch den Türspalt. »Was machst du denn hier draußen in der Mittagshitze? Und warum atmest du so schwer? Du hast doch ein Elektrofahrrad.«
»Ein bissle selber arbeiten mit den Füßen muss man da schon noch«, klärte Erna sie auf.
»Das wusste ich nicht. Möchtest du etwas zu trinken, ehe du in Ohnmacht fällst?«, bot Elvira ihr an.
»Des wär nett. Mir ist ganz schwindelig, hoffentlich krieg ich keinen Sonnenstich.« Erna schwankte tatsächlich ein bisschen. Das lag aber nicht an den sommerlichen Temperaturen, sondern an ihrem Kater nach den zwei Maß Bier, die sie am Vortag getrunken hatte. »Aber mach dir keine Umstände«, bat sie. »Ich wollt net bloß eine Karte schicken, sondern dir persönlich kondolieren. So eine Tragödie.«
»Komm bitte herein, du kannst nicht länger im Freien stehen, du bist ja ganz verschwitzt. Für dieses Wetter wäre Baumwolle oder Musselin die bessere Wahl anstatt dieses Polyesters.« Elvira öffnete die Tür. Erna folgte ihr durch den dunklen Flur in die Küche und strauchelte, als sie über die Schwelle trat.
»Aua! Ich hab mich gestoßen.« Anklagend hob sie den rechten Fuß.
»Tut mir leid, da ist heut schon mal jemand beinahe hineingerannt«, entschuldigte sich Elvira. »Ich muss den Karton endlich wegräumen, aber ich kann momentan einfach nicht. Vielleicht morgen. Tut es weh? Eis hab ich leider keines zum Kühlen.«
»Geht schon.« Erna humpelte zur Eckbank und ließ sich auf einen hölzernen Stuhl fallen. »Hast jetzt bitte was zum Trinken für mich?«

»Johannisbeersirup mit Mineralwasser?«, bot Elvira ihr an. »Den Sirup hab ich letzte Woche gekocht, der ist frisch.«

»Gern.« Erna fächelte sich mit der Hand Luft zu. »Jesus! Was will denn des Finanzamt von dir?« Sie zeigte auf einen geöffneten Brief auf dem Tisch. »Die kennen ja wirklich gar nix.«

»Genau verstanden habe ich das Schreiben auch nicht, darum wollte ich es Julian zeigen. Er hatte vor, heute bei mir vorbeizukommen.« Elvira füllte einen Halbliterkrug mit Sirup und Wasser. »Solche Dinge hat immer er für mich erledigt.« Aus ihrem Augenwinkel löste sich eine Träne.

»Hast du net früher selber die Büroarbeit für den Weidner-Hof gemacht und kennst dich aus?«, wandte Erna ein.

»Mit dem Finanzamt hatte ich nie was zu tun«, verneinte Elvira. »Das haben wir den Steuerberater erledigen lassen. Der kostete zwar, das war es aber wert. Ich bin in so was nicht beschlagen. Und ich weiß wirklich nicht, was die von mir wollen. Wahrscheinlich Geld, wie immer.« Sie stellte den Krug und ein Glas auf den Tisch. »Jetzt trink, du bist ja feuerrot.«

»Vielleicht ist es wegen deiner Handarbeiten«, spekulierte Erna. »Wie lang machst des jetzt schon?«

»Über ein Jahr. Es war Julians Idee. Er hat meine Sachen fotografiert und ins Internet gestellt. Ich kann so was nicht.«

»Lohnt sich des? Sind doch bloß Decken«, wunderte sich Erna.

»Reich wird man damit nicht.«

»Kann ich mir vorstellen. Sonst würdest wahrscheinlich anders hausen.« Erna sah sich in der Küche um, die offensichtlich aus den achtziger Jahren stammte. »Warum hast sie net auf dem Flohmarkt verkauft?«

»War ja nicht meine Idee, habe ich doch gesagt«, antwortete Elvira mit tränennassem Gesicht. »Von diesem ganzen Technikkram habe ich keine Ahnung.«

»Des kann doch net so schwer sein«, entfuhr es Erna.

»Ich fürchte, für mich schon. Wenn jemand was bestellt hat, hat Julian mir die Adresse ausgedruckt, und ich habe die Decke verschickt. An so was wie ein Finanzamt habe ich dabei nicht gedacht. Ich bin so dumm.« Elvira begann zu schluchzen. »Aber er hat behauptet, dass ich, wenn ich nicht mehr als zweiundzwanzigtausend Euro verdiene, gar nichts unternehmen muss wegen der Steuer.«

»Dann wird's schon stimmen«, versuchte Erna sie zu trösten. »Millionär wird man bestimmt net bei so was. Vielleicht kannst du ja lernen, wie des alles geht mit diesem Internet.«

»Ich wüsste nicht einmal, wie ich an das Geld kommen sollte, das die Leute überweisen«, verriet ihr Elvira. »Julian hat das alles geregelt. Ich habe doch nicht mal ein Smartphone.«

»Wirklich?« Erna konnte es nicht fassen. »Sogar ich hab eins.«

»Nur ein Mobiltelefon mit Tasten«, gestand Elvira. »Ich bin technisch ziemlich unbegabt.«

»Aber du hast Zeug verkauft. Im Internet«, überlegte Erna. »Oh mei, des prüfen die doch alles nach. Jeden Pfennig, den jemand schickt, kennt des Finanzamt. Am Schluss wollen die doch noch Steuern.«

»Meinst du?«, wiederholte Elvira entsetzt. »Julian hat mir das aber anders erklärt.«

»Ja«, widersprach Erna. »Denen kommt keiner aus, net amal eine ältere Frau, die bloß leben will. Die sind gnadenlos.«

»Das wusste ich nicht«, hauchte Elvira. Ihr Entsetzen schien echt.

»Das tut mir so leid.« Erna klang aufrichtig betrübt. »Er hätt bestimmt noch rausgefunden, was du jetzt machen musst. Des ist wirklich schlimm.«

»Was soll denn jetzt aus mir werden?«, schluchzte Elvira. »Der Junge war mein ganzer Halt. Und jetzt auch noch der Fiskus.«

Erna setzte sich neben sie und klopfte ihr unbeholfen auf die Schultern. »Der Max ist ein anständiger Kerl, der hilft dir bestimmt.« Sie reichte Elvira ein Papiertaschentuch, das sie aus ihrer voluminösen Tasche gekramt hatte.

»Du kennst ihn doch auch. Glaubst du das wirklich? Ich nicht«, sagte Elvira. »Tut mir leid, dass ich so aus der Fassung gerate. Mir hat es den Boden unter den Füßen weggezogen.

Möchtest du vielleicht einen Rosenkranz mit mir beten?« Sie legte ihre Hand auf eine aufgeschlagene Bibel.

»Später vielleicht«, lehnte Erna hastig ab. »Des können wir in der Kirche machen, da sehen wir uns eh regelmäßig. Wenn du magst, kann ich den Flori fragen, meinen Enkel, ob er dir mit dem Finanzamt hilft. Der kennt sich aus.«

»Vielleicht könnte er dieses Internet-Zeug für mich abmelden oder löschen«, bejahte Elvira dankbar. »Das hat sich ab sofort erledigt. Aber heute nicht mehr. Über so etwas kann ich jetzt nicht nachdenken. Das hat bestimmt noch Zeit.«

»Glaub ich weniger, wenn die schon Drohbriefe schicken«, widersprach Erna. »Hoppla, ich bin wirklich ein Trampel. Hab gar net gesehen, dass was aus deinem Karton rausgefallen ist, als ich drangestoßen bin.« Sie humpelte zur Tür, wo auf dem Boden einige längliche Gegenstände lagen, und bückte sich.

»Kugelschreiber«, murmelte sie erstaunt. »Die sind aber schön. Hast da vielleicht einen für mich übrig? Meiner geht nimmer so richtig.«

»Kannst alle haben«, schluchzte Elvira.

»Für was sind die denn?«, wollte Erna wissen. »Machst du so viel Sudoku?«

»Die habe ich auf Julians Anregung hin jeder Decke beigelegt«, erklärte Elvira geistesabwesend. »Er meinte, dann erinnern die Leute sich.«

Erna griff in den Karton, nahm sich sicherheitshalber gleich eine Handvoll Kugelschreiber heraus und verstaute sie in ihrer monströsen Umhängetasche. »Brauchst die wirklich nicht mehr? Hörst du tatsächlich auf mit deiner Handarbeit?«

»Nicht nur damit«, weinte Elvira. »Hat doch alles keinen Zweck mehr.«

»Jedenfalls ist das nett von dir. Jetzt komm ich zum Kondolieren und krieg noch was geschenkt. Wie willst du dich denn weiter finanziell durchschlagen?«

»Hab noch nicht darüber nachgedacht«, winkte Elvira ab. »Ich habe jetzt nur noch den Max. Und der kann mich nicht leiden.«

»Was? Glaub ich net«, versuchte Erna sie zu beschwichtigen.
»Doch. Weil ich öfter auf Julians Seite war als auf seiner. Max
hat nie verstanden, dass man ein wenig leben will, wenn man
jung ist«, erklärte Elvira. »Wegen jedem Cent musste Julian sich
rechtfertigen.«

»Könntest doch auf den Herbst hin Gestecke binden und sie
auf dem Wochenmarkt anbieten«, schlug Erna vor. »Solche wie
die, die du für die Kirche machst, bloß kleiner. Die Touristen
kaufen alles. Brauchst nur ein Schild schreiben, wo ›Handge-
macht‹ draufsteht. Und im Dezember bindest Adventskränze.
Du bist da richtig gut drin und kannst locker sechzig Euro für
einen verlangen. Ich helf dir beim Sammeln, wenn du Zweige
oder Tannenzapfen brauchst.«

»Weiß nicht«, schniefte Elvira. »Dafür ist es noch viel zu früh.«
»Lass es dir durch den Kopf gehen«, bot Erna ihr an. »Mit dem,
was du für den Pfarrer und die vom Vatikan umsonst machst,
kannst du auch Geld verdienen. Du bist schön blöd, wenn du in
der Kirche für Gotteslohn sauber machst. Die nutzen dich alle
aus.«

»Das mache ich aber gern«, versicherte ihr Elvira.
»Ich sag dir mal was«, schnaubte Erna. »Vor ein paar Jahren
war ich mit der Ilse Scharnagel in Rom und hab mir den Peters-
dom angeschaut. Glaub's ruhig: Die können sich ohne Weiteres
a paar tausend Putzfrauen leisten und für den Blumenschmuck
im Altarraum selber zahlen. Du brauchst denen nix schenken.
Die Kirchen ham Geld wie Dreck. Die tun bloß so arm.«

»Lieb von dir, Erna.« Elvira tätschelte Ernas Hand. »Mach
dir um mich keine Gedanken. Ich komme schon zurecht.« Aber
ihre Miene strafte ihre Worte Lügen. »Ich muss erst einmal alles
verarbeiten. Jetzt, wo Julian tot ist, würde ich mich am liebsten
gleich neben ihm begraben lassen. Meine einzige Hoffnung ist
Max. Und da sehe ich schwarz.« Sie legte den Kopf auf ihre
Ellbogen und schluchzte.

Erna beobachtete sie hilflos. »Der Julian war so ein schönes
Mannsbild, ich kann dir gar net sagen, wie mich des dauert«,
versuchte sie ungeschickt, die weinende Frau zu trösten. »Und

so viel Kraft hat der gehabt. Gestern im Festzelt hat er noch dem ausgeschämten Brandstetter ein blaues Aug gehaut.«
»Der wird es schon verdient haben«, schniefte Elvira. »Julian hat nie ohne Grund gerauft. Er hat sich bestimmt bloß verteidigt.«
»Wird wohl so gewesen sein. Wein dich ruhig aus.« Erna klopfte Elvira wieder auf die Schulter.
Es klingelte an der Tür.
»Herrgott, sind die Leut aufdringlich«, schimpfte Erna. »Drängen sich auf in einem Trauerhaus. Des hat doch sicher Zeit bis morgen.«
Elvira warf ihr einen undefinierbaren Blick zu und verschwand im Flur. Dann kam sie zurück, mit Pfarrer Sommer im Schlepptau.
»Frau Dobler, grüß Sie Gott.« Sommer gab ihr die Hand. »Was hat Sie hierher verschlagen bei diesen Temperaturen?«
»Des Gleiche wie Sie«, schnappte Erna. »Sie sind net der Einzige, der um seine Mitmenschen besorgt ist.«
»Wie lieb von Ihnen«, antwortete Sommer, obwohl er es besser wusste. »Bleiben Sie noch länger?«
»Nein, ich merk schon, wenn ich net erwünscht bin«, sagte Erna schnippisch. »Du, Elvira, kann ich bei dir noch aufs Klo? Wo war des gleich wieder?«
»Geradeaus und dann rechts.« Elvira wies zur Diele, und Erna tappte hinaus. Leider hatte sie nicht richtig aufgepasst und geriet aus Versehen in die gute Stube, einen kühlen, abgedunkelten Raum, in dem ein uraltes Fernsehgerät vor einer genauso alten Sitzgarnitur stand. Es roch muffig, und in dem einzelnen Sonnenstrahl, der durch die halb geschlossenen Fensterläden drang, flimmerten unzählige Staubpartikel. In der Ecke befand sich eine elektrische Nähmaschine neben einem Häuflein mit Stoffresten. Hastig wollte Erna die Tür wieder schließen, als ihr ein großer weißer Plastikbeutel auf dem Couchtisch auffiel, der an der Seite aufgerissen war. »Die Sorte Beutel kenn ich doch …«, wisperte sie, schlich zum Tisch und griff hinein. Mit den Fingerspitzen holte sie einen in durchsichtige Folie verpackten, zusammengefalteten Gegenstand heraus.

»Mei, ist die dreist«, flüsterte Erna schockiert. So leise wie möglich ließ sie die flache Plastikhülle wieder in die Verpackung gleiten. Dann schlich sie auf Zehenspitzen hinaus. Ein paar Minuten später kam sie zurück in die Küche, aus der gedämpfte Geräuschfetzen drangen. Ohne anzuklopfen, trat sie ein.

»Muss Ihnen nicht peinlich sein, Herr Pfarrer«, versicherte Elvira gerade Pfarrer Sommer. »Das habe ich die letzten Jahre immer gemacht, natürlich lasse ich Sie nicht im Stich.«

»Ich meine ja nur«, wand sich Sommer verlegen. »Weil ich größte Bedenken hatte, Sie überhaupt darauf anzusprechen. Sie sind doch in Trauer. Wenn es nicht geht, frage ich einfach bei der Gärtnerei Gabler nach einem Gesteck. Es ist wirklich eine Zumutung, und ich schäme mich sehr. Bitte glauben Sie mir. Aber das kommt so überraschend.«

»Wir hatten es vereinbart, und ich halte mich daran«, beruhigte ihn Elvira. »Sofern mein Ischias mich lässt natürlich. Vielleicht lenkt mich die Arbeit sogar ein wenig ab. Ich habe Sonnenblumen und Gladiolen, davon mache ich Ihnen zwei Gebinde. Und das Kirchenschiff wische ich ebenfalls. Machen Sie sich keine Gedanken, das tue ich selbst schon genug.«

»Frau Weidner, ich bin Ihnen so unglaublich dankbar.« Sommer atmete auf. »Und ich werde mich revanchieren.«

»Sie fragen im Ernst nach Blumenschmuck für den Sonntag und einer Putzfrau? Dass Sie sich net schämen«, raunzte Erna den Pfarrer an. »Die Elvira ist in Trauer. Ihnen ist wohl gar nix mehr heilig. Geben S' ihr wenigstens Geld dafür. Sie braucht des wirklich, gell, Elvira?«

»Das geht schon in Ordnung«, beruhigte Elvira die wütende Erna müde. »Was soll ich denn sonst hier allein zu Hause tun? Herumsitzen und weinen? Ich habe Angst, dass ich durchdrehe, wenn ich zu lange über alles nachdenke. Julian hätte sich gewünscht, dass ich meine ehrenamtlichen Pflichten nicht vernachlässige. Er war ein wunderbarer Mensch und sehr um die Gemeinschaft besorgt.«

»Das war er«, bekräftigte Pfarrer Sommer. »Das war er wirklich.« Er widerstand der Versuchung, seine Finger hinter dem Rücken zu kreuzen. Der liebe Gott würde ihm diese kleine Notlüge schon verzeihen.

»Also, ich geh jetzt«, verabschiedete sich Erna. »Ersatz ist ja schon da.«

»Es war sehr freundlich von dir, an mich zu denken«, bedankte sich Elvira. »Ich war heute keine gute Gastgeberin. Tut mir leid.«

»Erhol dich«, bat Erna in einem seltenen Anflug von Empathie, denn Elvira machte wirklich einen erbarmungswürdigen Eindruck. »Ich schau nächste Woche wieder vorbei.«

»Auf Wiedersehen, Frau Dobler.« Sommer war aufgestanden, um ihr die Hand zu schütteln. »Schönes Kostüm. Allerdings sollten Sie sich damit von Epileptikern fernhalten.«

»Des sagt einer, der des ganze Jahr rumlauft wie Nosferatu«, schnappte Erna.

»Der Film wurde 1922 gedreht«, antwortete Sommer. »Vermutlich waren Sie sogar bei den Dreharbeiten dabei.«

Erna blieb vor Überraschung der Mund offen stehen.

»Ich bin nicht nur Pfarrer, sondern auch Filmliebhaber«, informierte Sommer sie verschmitzt. »Besonders mag ich Stummfilme. Sie wissen doch: Was in den Mund hineingeht, ist keine Sünde, nur das, was herauskommt.«

»Sehr christlich, Eure Hoheit. Sie brauchen wohl die alte Kundschaft nimmer. Ich weiß schon Bescheid.« Erna drehte sich auf dem Absatz um und verschwand beleidigt nach draußen.

»Tut mir leid. Ich bedaure diesen Vorfall, sehen Sie es mir bitte nach«, log Sommer, als Erna verschwunden war. »Wollen wir beten?« Er setzte sich ächzend wieder.

»Wenn Sie meinen, das hilft.« Elvira senkte den Kopf und faltete die Hände.

»Frau Weidner, kann ich sonst etwas für Sie tun?« Besorgt beugte sich Sommer zu ihr und legte ihr eine Hand auf die Schulter. »Einen Arzt rufen?«

»Ich fürchte, nein«, flüsterte sie. »Vielleicht sprechen Sie mit meinem Neffen. Ich habe Angst, dass er mich jetzt, wo Julian weg ist, loswerden möchte.«

In diesem Augenblick klopfte erneut jemand lautstark an die Tür.

»Erwarten Sie noch jemanden?«, wunderte sich Sommer. Elvira verneinte.

»Wenn Sie wollen, wimmle ich den Besucher ab«, bot er ihr an, und sie nickte dankbar.

Vor der Tür stand ein kleiner, untersetzter Mann Ende fünfzig mit schütterem braungrauem Haar. Sein Gesicht war feuerrot. Er trug einen schwarzen Anzug, in dem er schrecklich schwitzte, und hielt eine Broschüre hoch, die sein Gesicht verdeckte.

»Guten Tag«, grüßte er höflich. »Ich würde gerne mit Ihnen über Gott sprechen.«

Sommer legte seine Hand auf den oberen Rand der Broschüre und schob sie nach unten.

»Über Gott sprechen? Da sind Sie bei mir genau richtig, Herr Steinmeier«, sagte er schmunzelnd.

»Könnten wir uns setzen?« Sissi und Klaus standen in der riesigen Küche Georg Maier gegenüber, der sie mit verschränkten Armen abweisend taxierte. Vor ein paar Minuten hatte Mladenka den Tisch abgeräumt und war dann hinausgehuscht – nicht ohne den beiden Beamten einen mitleidigen Blick zuzuwerfen.

»Also, dürfen wir?« Sissi zeigte auf die schweren, ungepolsterten Holzstühle.

Maier drehte das Radio ein wenig leiser, in dem die Kastelruther Spatzen »Älter werden wir später« sangen, und nahm Platz. Klaus verzog das Gesicht, als hätte er Zahnschmerzen, und setzte sich neben Sissi.

»Herr Maier, bitte entschuldigen Sie die Störung«, begann diese. »Ich weiß, dass Sie um diese Jahreszeit alle Hände voll zu tun haben.«

»Wenn Sie es schon wissen, warum kommen Sie dann trotzdem?«, schnaubte er.

»Ich glaube, Ihnen ist klar, warum wir hier sind«, sagte Klaus. »Der Dorfklatsch hat mit Sicherheit auch seinen Weg zu Ihnen gefunden.«

»Nein. Keine Ahnung.« Maier leerte seinen Bierkrug und wischte sich mit einer fleckigen Serviette den Mund ab. »Was gibt's?«

»Wir ermitteln wegen des Tötungsdelikts an Julian Weidner. Vermutlich haben Sie bereits davon gehört. Herr Maier, waren Sie gestern Abend im Festzelt im Lehenbühl?«

»Ja. Ich und ein paar hundert andere Leute«, bestätigte er.

»Und jetzt? Besuchen Sie jeden, der dort gewesen ist, und stehlen dem die Zeit?«

»Herr Maier«, fuhr Sissi hartnäckig, aber höflich fort, »Zeugen haben uns berichtet, dass Sie Julian Weidner vorgestern auf dem Marktplatz in Legau handgreiflich bedroht haben, wegen etwas, das er Ihrer Tochter angeblich angetan hat.«

»So, des hat man Ihnen berichtet.« Maier stützte sich mit den Ellbogen auf den Tisch und funkelte sie an. »Die Leut reden viel, wenn der Tag lang ist.«

»Haben Sie oder haben Sie nicht?«, fragte Sissi.

»Möglich. Ich kann mir net alles merken.« Er hob seinen leeren Krug und machte Anstalten aufzustehen. »Wo liegt euer Problem?«

»Auf dem Obduktionstisch«, antwortete Klaus gereizt, weil ihm die Volksmusik gerade den letzten Nerv raubte. »Was hat Herr Weidner Ihrer Tochter angetan?«

»Familiensache. Des geht Sie überhaupt nix an. Ist ja erledigt.« Maier stemmte sich aus seinem Stuhl hoch und ging zum Kühlschrank. Er holte eine Flasche Bier heraus, öffnete sie mit einem Einwegfeuerzeug, das er aus der Hosentasche gezogen hatte, und füllte in aller Ruhe seinen Krug.

»Leider geht es uns doch was an«, widersprach ihm Sissi, als er sich wieder gesetzt hatte. »Er wurde nämlich getötet. Haben Sie das schon vergessen?«

Georg hob die Schultern und trank einen Schluck. »So was kommt vor. Und in China ist ein Sack Reis umgekippt.«

»Mehr fällt Ihnen dazu nicht ein?«, entfuhr es Klaus.

»Einfallen würd mir genug«, erklärte ihm Maier schwerfällig. »Aber das würd mich garantiert was kosten, wegen Beleidigung oder so. Sind mir fertig? War nett. Da vorne geht's raus. Ich hab zu arbeiten. Kann's Ihnen auch buchstabieren, wenn Sie wollen.«

»Noch nicht.« Sissi lächelte ihn höflich an. »Sie waren ja, wie Sie zugegeben haben, gestern Nacht im Festzelt. Haben Sie Herrn Weidner da eventuell getroffen?«

»Weiß ich nimmer. Vielleicht. Vielleicht auch net. Der ist mir aus dem Weg gegangen. Wird schon gewusst ham, warum.«

»Aha. Damit geben Sie quasi zu, dass Sie ihm auf dem Marktplatz gedroht haben.«

»Ich hab ihm net gedroht, ich hab ihn gewarnt«, korrigierte Maier. »Der hat mit seinen dreckigen Pratzen schon genügend Schaden angerichtet.«

»Haben Sie das Zelt gestern zwischendurch verlassen, zum Beispiel, um zur Toilette zu gehen?«, wollte Sissi wissen. »Eventuell nach dreiundzwanzig Uhr?«

»Weiß ich nimmer«, behauptete Maier. »Ich hab's mir net aufgeschrieben. Wenn ich geahnt hätt, dass Sie heut kommen und blöde Fragen stellen, hätt ich einen Zettel und einen Stift mitgenommen. Mach ich beim nächsten Mal.«

»Herr Maier, seien Sie doch bitte ein wenig kooperativer«, bat Sissi. »Es geht immerhin um ein Tötungsdelikt.«

»Ich bin kooperativ«, versicherte er ihr. »Sie würden schon merken, wenn ich es nicht wär.«

»Was haben Sie denn da?« Klaus zeigte auf die ramponierten Knöchel an Maiers rechter Hand. »Woher stammen diese Abschürfungen?«

»Weiß ich nimmer.« Maier zuckte mit den Achseln. »Wahrscheinlich am Viehzaun aufgeschrammt.«

»Könnte das nicht auch bei einer tätlichen Auseinandersetzung geschehen sein?« Sissi betrachtete interessiert die lädierten Hände. »Gab es gestern im Zelt oder vor dem Zelt einen solchen Vorfall?«

»Weiß ich nimmer«, wiederholte Maier störrisch. »Hab ein oder zwei Maß zu viel gehabt.«

»Natürlich«, seufzte Sissi. »Sie erinnern sich also nicht daran, wo Sie sich verletzt haben.«

»Nein«, knurrte Maier gereizt. »Weil ich nämlich net nur Luft um die Ecke schaufle, wie's in manchen Behörden gemacht wird, sondern richtig anpacken muss.«

Sissi tat, als hätte sie das nicht gehört. »Gibt es Zeugen, die bestätigen können, dass Sie das Zelt zwischen dreiundzwanzig und vierundzwanzig Uhr nicht verlassen haben? Hat Sie eventuell jemand geärgert? Julian Weidner vielleicht? Manche Menschen können einen ja zur Weißglut treiben, nicht wahr?«

»Weiß ich nimmer.« Maier klang wie eine Schallplatte mit einem Sprung. »Jetzt grad ärgert mich auf jeden Fall jemand. Und das mag ich gar net.« Es hörte sich an wie eine Drohung.

»Also sind Sie Herrn Weidner nicht begegnet?«, meldete sich Klaus zu Wort. »Und Sie haben sich mit ihm auch nicht geschlagen?«

»Ich bin achtundsechzig«, schnaubte Maier. »Glauben Sie, dass sich Leut in meinem Alter prügeln?«

»Ich habe während meiner Tätigkeit hier im Allgäu schon Achtzigjährige aufeinander losgehen sehen«, entgegnete Klaus, der verzweifelt versuchte, das Radio zu ignorieren, in dem das Alpentrio »Ich schenk dir einen Bergkristall« dudelte. »Sie sind ein sehr kräftiger Mann und durchaus noch in der Lage, eine körperliche Auseinandersetzung zu führen.«

»Hier im Allgäu? Wie meinen Sie des?«, schnaubte Maier. »Dass ihr Reingeschmeckten immer so eine große Gosch haben müsst. Sind Sie net der geschniegelte Typ, den der Brandstetter gestern in einen halben Gockel geschmissen hat?«

»Weiß ich nicht mehr«, antwortete Klaus schnippisch. »Sagen Sie es mir. Anscheinend erinnern Sie sich ja doch.«

»Klaus. Es reicht.« Sissi tippte ihrem Kollegen auf den Unterarm. »Herr Maier, können wir noch mit Ihrer Tochter sprechen bitte?«

»Auf keinen Fall«, weigerte sich Georg Maier. »Sie ist schlecht beieinander und hat sich hingelegt. Kommen Sie ein andermal wieder.«

»War sie gestern auch im Festzelt?«, fragte Klaus. »Lassen Sie mich raten: Sie wissen es nicht mehr.«

»Ja, war sie. Aber die braucht jetzt Ruhe. Gehen Sie einfach wieder.«

Sissi ließ sich nicht so leicht abwimmeln. »Ich wünschte, das könnten wir, Herr Maier. Aber ich möchte sehr gerne ein paar Sätze mit ihr wechseln.«

Maier nahm einen tiefen Zug aus seinem Krug. »Die Lisa ist ein hübsches Mädel«, begann er. »Und der Julian war hinter allem her, das bei drei net auf den Bäumen war. Das gilt für sämtliche jungen Dinger im Landkreis. Wenn sie die alle aushorchen wollen, fahren Sie am besten gleich los, vielleicht sind Sie dann in zwei Wochen fertig. Jetzt stellt der jedenfalls niemandem mehr nach. Also belästigen Sie mein Kind net.«

»Überlassen Sie das bitte uns.« Sissi stand auf. »Wo finden wir sie?«

»Erster Stock, zweite Tür links«, wies ihnen Maier unwillig den Weg.

»Danke für Ihre Zeit«, verabschiedete sich Sissi und verschwand mit Klaus Richtung Obergeschoss.

Maier starrte auf den beinahe noch vollen Bierkrug und widerstand der Versuchung, ihn wie vorhin den Teller an die Wand zu werfen. Er lehnte sich auf seinem Stuhl zurück und blieb mit unbeweglicher Miene sitzen.

»Frau Maier?« Im ersten Stock klopfte Sissi resolut an die mit Malereien verzierte Tür. Keine Reaktion.

»Sommer und Vollmer vom Kriminaldauerdienst in Memmingen«, rief sie. »Wir müssen mit Ihnen sprechen. Bitte.«

Nichts.

»Frau Maier, wir haben von Ihrem Vater gehört, dass Sie sich nicht wohlfühlen. Aber wir werden hier nicht weggehen, ehe wir mit Ihnen geredet haben. Bitte machen Sie die Tür auf. Wir haben nur ein paar Fragen an Sie, dann werden wir wieder gehen. Versprochen.«

Die Tür öffnete sich einen Spalt. Lisa blinzelte sie verstört an. Sie war kreidebleich und hatte offensichtlich geweint.

»Dürfen wir hereinkommen?« Sissi wartete die Erlaubnis erst

gar nicht ab, sondern betrat einen großen, geschmackvoll möblierten Raum.

»Schön haben Sie es hier.« Klaus deutete auf die moderne Einrichtung. »Das ist ja ein richtig tolles Appartement. Sieht man von außen gar nicht.«

»Sollte man gar net meinen, gell?«, erwiderte Lisa kalt. »Weil wir Eingeborenen ja den ganzen Tag bloß in Trachtenkleidern rumlaufen, den Misthaufen umschichten, Knödel rollen oder jodeln. Abends saufen mir dann, bis mir umfallen. Wie ist denn die Luft auf Ihrem hohen Ross?«

»So habe ich das nicht gemeint«, erschrak Klaus.

»Hat er wirklich nicht«, verteidigte Sissi ihren Kollegen. »Er ist aus Berlin. Sie haben ein Händchen für Inneneinrichtung.«

»Alles selbst gemacht.« Lisa rieb sich die Augen. »Die Wand zum Nachbarzimmer rausgebrochen, Wände verputzt, und sogar die Regale hab ich allein zusammengebaut. Aber Ihr Kollege meint anscheinend, hier auf dem Land leben wir hinter dem Mond.«

»Mit diesem Equipment könnten Sie es jedenfalls.« Klaus bewunderte einen Apple-Computer und den großen Flachbildfernseher. »In diesem Raum steckt ja beinahe mehr Elektronik als im Mars-Rover.«

»Ich fahr nie weg. Nirgendwohin«, erklärte die junge Frau. »Urlaub gibt's bei uns net. Da will ich's daheim schön ham. Und des darf auch was kosten.«

»Verstehe.« Sissi nickte. »Sie wirken erschöpft. Wir brauchen nicht lange.«

»Was wollen Sie?« Müde schlurfte Lisa zu einem bequemen Ohrensessel neben der Couchecke und setzte sich.

»Nur ein paar Auskünfte.« Sissi nahm zusammen mit Klaus ihr gegenüber Platz. »Wir haben gehört, Ihr Vater hat Julian Weidner vorgestern auf dem Marktplatz in Legau öffentlich geohrfeigt und ihm vorgeworfen, er habe Ihnen etwas angetan.«

»Möglich.« Lisa war anscheinend genauso redselig wie ihr Vater. »Ich war net dabei.«

»Was hat Herr Weidner Ihnen angetan? Haben Sie Anzeige erstattet?«

»Nix. Und nein.« Lisa kniff die Lippen zu einem schmalen Strich zusammen.

»Irgendetwas muss doch gewesen sein, wenn Ihr Vater vor allen Leuten so ausrastet«, bohrte Sissi.

»Mein Papa ist ein bisschen cholerisch.« Lisa verschränkte die Arme vor der Brust. »Nehmen Sie den net so ernst. Er meint halt, er muss auf mich aufpassen. Braucht er aber net. Ich bin erwachsen und hab alles im Griff.«

»Wir müssen das ernst nehmen«, widersprach Sissi. »Denn wir haben einen Fall aufzuklären. Hat Herr Weidner Sie bedrängt? Oder hatten Sie vielleicht sogar eine Affäre mit ihm?«

Lisas Gesicht verschloss sich. »Der hat so viele Frauen gehabt, wie kommen Sie da ausgerechnet auf mich?«

»Na, wegen der Sache auf dem Marktplatz, Frau Maier.«

»Da war nix, alles Einbildung«, behauptete Lisa.

»Darf ich fragen, warum Sie so mitgenommen aussehen?«, wollte Sissi wissen. »Sie haben doch geweint. Wegen Julian Weidner?«

»Weil mir so schlecht ist. Wahrscheinlich eine Lebensmittelvergiftung«, log Lisa mürrisch. »Und ich kann heulen, so viel ich will, da brauch ich Ihre Erlaubnis net.«

»Schade, ich hatte auf ›Weiß ich nicht mehr‹ getippt«, murmelte Klaus. »Wann haben Sie Julian Weidner das letzte Mal gesehen?«

»Kann ich Ihnen so aus dem Stand heraus net sagen«, antwortete Lisa verschlossen.

»Aber Herr Weidner wollte etwas von Ihnen?«

»Vielleicht«, gab sie widerwillig zu.

»Und Sie wollten nicht?«

»Vor allem will ich jetzt net mit Ihnen reden«, weigerte sich Lisa. »Sie können mich net zwingen.«

»Das stimmt nicht ganz, das könnten wir sehr wohl«, korrigierte Sissi sie. »Aber ich bin rücksichtsvoll. Und nett. Darum frage ich Sie jetzt in aller Deutlichkeit: Hat Julian Weidner Sie belästigt?«

»Ja. Sind Sie jetzt zufrieden?«, rief Lisa.

»Nicht wirklich. Weil Sie uns nicht die Wahrheit gesagt haben. Sie haben sogar Julians Bruder gebeten, auf ihn einzuwirken, damit er Sie nicht mehr behelligt«, warf Klaus ihr vor.

Lisa öffnete den Mund und wollte etwas sagen, als ihr Gesicht schlagartig die Farbe von Sonnengebräunt zu Kalkweiß wechselte. »Komm gleich wieder, sorry.« Sie sprang auf und rannte in den Flur. Kurz darauf hörte man aus einiger Entfernung merkwürdige Geräusche.

»Klaus, stell dich an die Tür und pass auf.« Sissi huschte zu dem kleinen weißen Sekretär, auf dem das Apple-Notebook stand. Sie öffnete es und beugte sich über den Bildschirm. Nach kurzer Zeit hatte sie anscheinend etwas gefunden, sie klappte das Gerät wieder zu und kam zurück.

Noch ehe die Geräusche verstummt waren, saßen beide bereits wieder auf der Couch, als wäre nichts gewesen.

»Entschuldigung.« Lisa kam herein, noch blasser als zuvor. Schwerfällig, als hingen Gewichte an ihren Beinen, tappte sie zu ihrem Ohrensessel und nahm Platz. »Ich hab gestern im Festzelt einen halben Gockel gegessen, der war wohl nimmer gut.«

»Tut mir leid, Frau Maier«, sagte Sissi mitfühlend. »Sie waren gestern Abend also im Festzelt?«

»Ja. Hab ich doch grad erzählt«, rief Lisa ungeduldig.

»Haben Sie Herrn Weidner da vielleicht getroffen?«

Lisa dachte eine Weile nach. »Ist mir net über den Weg gelaufen. War einiges los, da kann man net auf einzelne Personen achten.«

»Möchten Sie uns nicht doch sagen, warum Ihr Vater Julian Weidner auf dem Marktplatz gedroht hat?«, bat Sissi.

»Weil er spinnt«, wich Lisa aus. »Bildet sich was ein und brüllt dann rum. Vergessen Sie es einfach. Mich schreit der auch ständig an.«

»Da in diesem Fall der Bedrohte plötzlich verstorben ist, dürfen wir das nicht vergessen«, belehrte Sissi sie. »Frau Maier, Sie wollen uns also nicht weiterhelfen?«

»Ich *kann* Ihnen net weiterhelfen«, korrigierte Lisa sie. »Ein großer Unterschied. Und jetzt wär's nett, wenn Sie gehen würden. In einer Stunde müssen mir mit dem Mähdrescher raus. Also schaffen, mit unseren Händen. In der prallen Hitze. Auf YouTube gibt's bestimmt ein Video über Landarbeit, schauen Sie da mal rein. Jedenfalls wollt ich mich noch ein bissle hinlegen.«

»Wir gehen.« Sissi erhob sich. »Und Sie ruhen sich aus. Aber ich kann Ihnen nicht garantieren, dass wir nicht wiederkommen.«

»Ist mir egal. Hauptsache, Sie verschwinden jetzt.« Lisa schloss die Augen.

Georg Maier wartete in der Küche in aller Ruhe ab, bis der Wagen mit den beiden Ermittlern aus der Hofeinfahrt verschwunden war. Dann stapfte er die Treppe hoch, in der Hand ein kleines Tablett.

»Da.« Er knallte eine Tasse auf den Beistelltisch neben Lisas Sessel. »Hab ich dir von der Mladenka kochen lassen. Pfefferminztee. Schon abgekühlt. Angeblich hilft der.«

Mit einem merkwürdigen Gesichtsausdruck taxierte er seine Tochter, die in ihrem Ohrensessel saß und schon wieder heulte. »Rumplärren hilft dir jedenfalls net.«

Lisa nahm mit tränennassem Gesicht die Tasse und nippte daran. »Sind die Bullen wieder weg?«

»Ja. Aber des Kind in deinem Bauch ist noch da.« Ihr Vater setzte sich ihr gegenüber auf die Couch. »Hast du es denen erzählt?«

»Spinnst du?«, rief sie empört. »Ich bin doch net verrückt.«

»Gut.« Maier nickte beruhigt. »Jetzt auf einmal willst es doch kriegen? Erst hab ich eine ganze Zeit lang gebraucht, um mich an den Gedanken zu gewöhnen, dass du es net haben willst, und jetzt änderst wieder deine Meinung. Mir kommen zwar vielleicht mit einem Kind zurecht, aber du bist doch ledig. Was werden die Leute sagen?«

»Wenn's nach dir ging, dürft ich abends sowieso net vor die Tür«, brauste Lisa auf. »Papa, ich bin erwachsen und muss dich garantiert net ständig um Erlaubnis fragen. Kapier des endlich.«

»Solang du deine Füß unter meinen Tisch stellst, fragst du. Des garantier ich dir.«

»Auf des hab ich gewartet.« Lisa verzog das Gesicht zu einer Grimasse. »Alleweil die gleichen Sprüch. Ich hab keine Angst mehr vor dir, Papa, im Gegensatz zu den anderen. Und ich hab andere Sorgen als solche Ratschen wie die Dobler.«

»Willst dann auch überall rumjammern, weil du eine alleinerziehende Mutter bist, so wie die Anita vom Walter-Hof?«, fuhr Georg sie an. »Und dabei stellt die ihren Buben bloß alleweil bei den Eltern ab und macht sich dann einen schönen Lenz. Weißt du net, wie man im Dorf über die schwätzt? Und wie sollt des überhaupt funktionieren? Die Mama ist nimmer da, die auf ein Kleines aufpassen könnt. Du musst genauso hart schaffen wie ich, damit mir net untergehen. Hast auch bloß eine einzige Sekunde darüber nachgedacht, ehe du für diesen verkommenen Weiberhelden die Beine breitgemacht hast?«

»Papa, so war's net!«, rief Lisa mit erstickter Stimme.

»Der hat dich doch net etwa ...?« Georg schaute seine Tochter durchdringend an.

Sie senkte den Kopf. »Lass mich in Ruh. Bitte.«

»Sag mir endlich, wie's war«, verlangte Georg. »Wenn du mir schon ein uneheliches Kind ins Haus bringst. Lass ihn wenigstens als Vater eintragen, dann hat des Kind Anspruch auf Unterhalt und vielleicht auf die Hälfte vom Weidner-Hof. Mir fahren zum Anwalt und lassen uns beraten. Sei net dumm.«

»Vielleicht ein andermal«, wimmelte Lisa ihn ab. »Du mischst dich schon wieder ein. Dir kann man's wirklich net recht machen. Als ich gesagt hab, ich will es net kriegen, hast rumgebrüllt und mich ein verkommenes Stück genannt. Jetzt, wo ich sag, ich will es doch, schreist mich an und willst mich zum Anwalt schleppen. Ich muss nachdenken, sonst nix.«

»Bist eigentlich ein gutes Mädel«, versuchte Georg einzulenken. »Fleißig, gescheit und hübsch. Aber von der Landwirtschaft verstehst du bei Weitem net so viel wie ich. Mir schaffen des eben nicht, wenn du zum Kinderhüten daheimbleiben musst. Oder willst es etwa zur Adoption freigeben?«

»Nein.« Lisa schüttelte den Kopf. »Auf keinen Fall. Papa, lass mich in Ruhe. Bitte.« Sie vergrub ihren Kopf in den Händen und fing an zu weinen.»Gestern hab ich noch einen Plan gehabt, wie es weitergehen soll. Und auf einmal ist alles anders. Ich weiß gar nix mehr.«

»Du weißt nix«, wiederholte Georg.»Aber ich soll dir net dreinreden. Wie bei der Arbeit auch. Dabei mach ich des alles schon vierzig Jahre.«

»Ich hab eine abgeschlossene Ausbildung als Tierwirtin, Papa. Von der Landwirtschaft versteh ich genug. Behandle mich net, als wär ich ein Depp. Aber dich interessiert doch eh bloß der Hof und was die Leut sagen. Ist mir aber wurscht, weil es mir furchtbar geht.«

»Warum rastest du so aus?«, warf Georg ihr vor, während die kleine Ader an seiner Schläfe anfing zu pochen.»Es gibt schon a paar Sachen, die mir wichtig sind. Aber der Mistkerl vom Weidner-Hof hat garantiert net dazugehört. Auf den hätt ich net amal gepinkelt, wenn er gebrannt hätt. Warum hast du dich überhaupt mit dem eingelassen? Du hast hoffentlich net geglaubt, der heiratet dich. So dumm kannst net amal du sein.«

Lisas Gesicht verschloss sich. In ihren Augen standen Tränen.»Jetzt hör endlich auf!«, fuhr sie ihren Vater an.»Mit wem ich schlaf, geht dich einen Dreck an.«

»Der Max wär was für dich gewesen«, fuhr ihr Vater ungerührt fort.»Da hätt ich sofort Ja gesagt. Aber was hast mir letztes Jahr erzählt? Der sei so langweilig. Ihr modernen Weibsbilder wissts doch gar net, was ihr wollts.«

»Ich weiß genau, was ich will!«, schrie Lisa.»Aber man kriegt halt net immer, was man will. Und jetzt hau ab und lass mich schlafen. Ich leg mich eine halbe Stunde hin, dann komm ich mit dir aufs Feld. Des wird alles wieder. Und wenn net, kann ich's auch net ändern.«

Erst jetzt erkannte Georg, dass seine Tochter es tatsächlich ernst meinte. Ohne ein weiteres Wort verließ er den Raum und schlug die Tür so heftig hinter sich zu, dass der Schlüssel sich löste und aus dem alten Schloss fiel.

Lisa hob ihn auf, steckte ihn wieder zurück und sperrte ab.

## 11

Max Weidner drehte unschlüssig das belegte Brot in seiner Hand hin und her. Dann warf er es achtlos zurück auf den Teller. Im Haus war es still. Die Hilfskräfte saßen beim verspäteten Mittagessen im Gesindehaus gegenüber, nur er selbst hatte es vorgezogen, im Büro zu bleiben, weil er die mitleidigen Blicke seiner Angestellten nicht mehr aushielt.

Draußen im Hof staute sich die sirrende Hitze. Die Luft über der rissigen geteerten Einfahrt flimmerte. Kein Mensch war zu sehen, sogar die Hofkatze hatte es sich in der Diele auf ihrem Kissen gemütlich gemacht und schlief.

Das einzige Geräusch außer dem Muhen der Kühe kam von der Buche neben dem alten steinernen Brunnen, deren Laub in einer sanften Brise raschelte.

Vor Max türmten sich mehrere Ordner auf dem Schreibtisch. Eine Tür des Aktenschranks stand offen. Max betrachtete eine Weile die Unordnung, dann griff er wieder nach dem Brot. »Ich muss was essen«, murmelte er. Beim ersten Bissen verzog er angewidert das Gesicht und spuckte ihn in den Papierkorb. Er zögerte, dann warf er den Teller gleich hinterher.

Ziellos blätterte er in einem Ordner, klappte ihn dann mit einem lauten Knall zu und schob ihn weit von sich. Vorsichtig ließ er sich in seinem Stuhl zurücksinken und starrte eine Weile aus dem Fenster. Dann schloss er erschöpft die Augen.

Beinahe wäre er eingeschlafen, als ihn das Geräusch eines Motors aufhorchen ließ, das sich langsam näherte und nicht weit entfernt von seinem Fenster verstummte. Eine Autotür klappte, Stimmen wurden laut.

Nur mit Mühe widerstand er dem Drang, einfach sitzen zu bleiben und die Augen wieder zu schließen, weil ihn eine unsichtbare Kraft auf dem Schreibtischsessel festzuhalten schien. Trotzdem raffte er sich auf, ging mit schweren Schritten zum Fenster und sah hinaus.

Im Hof standen zwei Männer und unterhielten sich in gedämpftem Ton. Einer der beiden machte eine abwehrende Handbewegung, woraufhin der andere beschwörend auf ihn einredete.

»Der fehlt mir heute noch«, flüsterte Max tonlos, als er den zweiten Mann erkannte. »Warum können die mich net alle in Ruh lassen?«

Er verließ das Büro und trat hinaus in die gleißende Sonne. Quer vor der Stalltür parkte das silberne Cabrio einer Premiummarke mit offenem Verdeck und roten Ledersitzen.

»Servus, Max. Mein Beileid.« Ein nicht sonderlich großer, sehr beleibter Mann Mitte dreißig mit dichtem braunem, von etlichen grauen Strähnen durchsetztem Haar streckte ihm die Hand entgegen. »Bin total geschockt. Die Nachricht hat mich aus den Schuhen gehaut.«

Er schwitzte in seinen weit geschnittenen Jeans und dem viel zu knapp sitzenden weißen Polohemd, auf seiner Stirn sammelten sich Schweißperlen.

»Markus.« Max ignorierte die ausgestreckte Hand seines Gegenübers. »Bist du mit dem Essen schon fertig?«, herrschte er den zweiten Mann an, der verlegen an seiner schwarzen Lederhose herumzupfte, als wäre sie ihm zu eng. »Dann schleich dich und fahr aufs Feld, Gschwendner. Der Hubert kann jede Hand gebrauchen. Zum Ratschen hab ich dich net eingestellt.«

»Entschuldigung«, stotterte Manni. »Ich ...«

Max ließ ihn nicht ausreden. »Und zieh dir um Himmels willen erst noch was anderes an. Du verschreckst ja des Vieh. Geh ins Haupthaus zur Anna im zweiten Stock und lass dir von ihr eine Arbeitshose geben. Oder bist du da zu gut dafür?«

»Hab bloß Hallo gesagt«, entschuldigte sich Manni Gschwendner nun schon zum zweiten Mal an diesem Tag dafür, dass er jemanden gegrüßt hatte. »Der Herr Graf und ich ham uns schon lang nimmer gesehen. Wollt ihm nur sagen, wie leid es mir tut. Weil er doch ein Freund vom Julian war.«

Max gab ihm mit einem eisigen Blick zu verstehen, dass er verschwinden sollte.

»Also, dann geh ich halt.« Eingeschüchtert drehte sich Manni um und stolperte davon.

»Ich hab wenig Zeit, Markus«, wollte Max den unerwünschten Besucher abwimmeln. »Was treibt dich raus zu mir?«

»Max, du schaust ja schrecklich aus.« Markus trat einen Schritt näher. »Des Unglück hat uns beide hart getroffen. So unerwartet. Sei doch net so abweisend.«

»Habts ihr zwei net Streit miteinander gehabt?«, fragte Max kalt. »Der Julian hat mir diese Woche noch erzählt, dass er sich nimmer mit dir treffen mag. Weil du ein geldgeiler Idiot seist.«

»Ach, des hat er nicht so gemeint«, beschwichtigte Markus ihn. »Mir sind prima miteinander ausgekommen. Des war bloß eine Krise.«

»Für mich hat des anders ausgesehen, du lügst mich doch an. Ich bin selber vor ein paar Tagen mit ihm in der Küche gestanden, als er deinen Anruf weggedrückt hat.«

»Der Julian und ich, wir ham uns seit der Schulzeit gekannt. Eine kleine Meinungsverschiedenheit hält so eine Freundschaft schon aus. Da war nix, was man net wieder hätte ausbügeln können.«

»Wolltest garantiert Kohle von ihm. Gib's einfach zu und hau ab.« Das Gesicht von Max war wie versteinert.

»Du tust mir unrecht. Es war was Geschäftliches, aber mit guten Gewinnaussichten«, beteuerte Markus. »Ich hab ihm einen Vorschlag gemacht, und er hat sich dumm gestellt. So behandelt man Freunde net.«

»Freunde«, sagte Max verächtlich.

»Ja. Mir geht's schlecht genug, weil wir uns nimmer aussprechen ham können. Jetzt komm schon her.« Ehe Max reagieren konnte, zog Markus ihn an sich und umarmte ihn fest. Dabei klopfte er ihm mehrmals auf die Schulter. »Mir müssen uns gegenseitig helfen«, raunte er in beschwörendem Tonfall.

»Aua!« Hastig entwand sich Max der schmerzhaften Umklammerung und trat einen Schritt zurück. »Spinnst du? Helfen? Glaubst du, ich kauf dir des ab? Du bist der allergrößte Egoist, den ich kenn. Warum bist du wirklich da? Und lüg mich net an.«

»Weil der Julian mein bester Freund war, trotz allem«, behauptete Markus. »Und dich kenn ich genauso lang wie ihn. Ich kann's noch gar net fassen, dass er nimmer da ist. Es tut mir so leid.«

»Mir auch«, murmelte Max, der aussah, als kämen ihm gleich die Tränen. »Aber des hilft mir net weiter. Und du bist schon immer gut im Verstellen gewesen. Kannst jedem alles vormachen. Lebst ja net umsonst von heißer Luft und deinem großen Mundwerk.«

»Du täuschst dich. Ich steh total unter Schock«, beteuerte Markus. »Gestern hab ich ihn noch gesehen. Und heut kann ich nimmer mit ihm reden oder mich mit ihm versöhnen. Max, warst du schon beim Doktor? Lass dir eine Spritze geben. Du siehst schauderhaft aus. Oder vielleicht helfen Tabletten.«

»Ich brauch kein Mitleid«, wehrte Max ab. »Und von dir schon gar nicht. Gott, bist du scheinheilig.«

»Du lasst wirklich keinen an dich ran, so warst du schon immer. Ich mein es doch nur gut mit dir. Sei net jedes Mal so misstrauisch, wenn ich was sage.«

»Du meinst es gut. Ja klar.« Max verzog abfällig das Gesicht. »Dein Geschäft mit den Versicherungen geht anscheinend prima.« Er deutete auf das silberne Cabrio.

»Man muss halt schwätzen können mit den Leuten«, erklärte ihm Markus. »Und das kann ich. Mein Auto ist übrigens geleast. Net dass du meinst, ich schwimm im Geld. So toll läuft's auch wieder nicht. Deshalb wollt ich ja mit dem Julian reden.«

»Reden, klar. Du wolltest ihn anpumpen. Wie immer«, fuhr ihm Max über den Mund.

»Nein, zum hundertsten Mal, ich wollt mit ihm über ein vielversprechendes Geschäft reden. Er hat doch alleweil Geld gebraucht.«

Max verschränkte die Arme vor der Brust und schwieg.

»Können mir kurz reingehen?«, bat Markus nach einer kurzen Pause, weil sein Gegenüber keinerlei Anstalten machte, das Gespräch wieder aufzunehmen. »Hab wohl ein Bier zu viel erwischt gestern. Mir ist ein bissle rammdösig. Nicht dass ich noch auf dem Hof umkippe. Und muss doch nicht jeder hören, dass wir zwei uns unterhalten.«

»Wenn's unbedingt sein muss«, gab Max resigniert nach. »Aber nur kurz. Ich brauch keinen Besuch. Hab einen Haufen Arbeit und weiß net, wie es weitergehen soll. Ich sag dir gleich, ich hab keine Zeit für deine Geschichten«, warnte er Markus, während sie zum Hauptgebäude gingen. »Und die Nerven auch net. Geld kriegst ohnehin keins von mir. Jetzt fehlen noch amal zwei Hände auf dem Hof, ich hab andere Sorgen.«

Im Büro nahm Markus auf einem der beiden Freischwinger vor dem Schreibtisch Platz und schlug die Beine übereinander.

»Was hast du mit dem Gschwendner zum Reden gehabt?«, wollte Max wissen.

»Gar nix«, behauptete Markus schnell. »So ganz allgemein ham mir geschwätzt. Wie schnell des Leben vorbei sein kann, von einem Tag auf den anderen. Und wie nett der Julian war. Mir sind uns bloß zufällig über den Weg gelaufen.«

»Aha.« Max ließ sich auf dem Sessel hinter seinem Schreibtisch nieder. »Du glaubst auch, ich bin blöd. Jeder weiß, warum der Gschwendner eingesessen ist. Hast in letzter Zeit mal in einen Spiegel geschaut? Und was ist mit deiner Nase? Meinst du, des merkt keiner?«

»Du siehst Gespenster«, wehrte Markus ab. »Bloß meine übliche Gräserallergie. Aber gut, des nimmt uns alle mit. Ich seh es dir nach, dass du so drauf bist.«

»Sehr großzügig.« Max trommelte ungeduldig mit den Fingern auf dem Schreibtisch. »Was hast mit dem Gschwendner geredet?«, wiederholte er.

»Nix Besonderes, ehrlich!«, behauptete Markus. »Er hat gemeint, er braucht dringend Geld, und ich hab ihm gesagt, ich weiß vielleicht wen, der wo noch jemand für fünf oder sechs Stunden in der Woche sucht. Die Lechwerke ham ihm ja den Strom abgestellt. Und bei dir verdient er net allzu üppig.«

»Für des, was er leistet, kriegt er noch viel zu viel«, erklärte Max brüsk. »Wenn ich net jede Hilfe brauchen tät, wär er schon lang wieder weg. Er wollt Drogen von dir kaufen, oder?«

»Was du alleweil denkst«, widersprach Markus beleidigt. »Seh ich aus wie ein Dealer?«

»Nein, wie ein Süchtiger. Mich wundert bloß, dass du trotzdem net abnimmst.«

»Bin ich net. Und ich hab mit dem Gschwendner nix zu tun. Der hat doch kein Geld. Apropos Geld, wenn euer Onkel jetzt stirbt, kriegst ja du alles, oder? Müsst ein schöner Batzen sein.«

»Ich komm auch ohne Erbschaft klar«, winkte Max ab. »Woher weißt du überhaupt davon? Du riechst Geld, gell? Ich leih dir bestimmt keins. Mein Bruder wär vielleicht so blöd gewesen.«

»Von der Erbschaft hat mir der Julian erzählt. Vor ein paar Wochen. Er hat's gar net erwarten können und gesagt, er verkauft dir dann seine Hälfte vom Hof und haut ab.« Triumphierend schaute er Max an.

»Ja, so war es ausgemacht. Und? Noch lebt mein Onkel. Du solltest jetzt abhauen. Mir geht viel im Kopf rum.«

Markus wirkte verunsichert. »Ausgemacht?«, wiederholte er. »Du hast gewusst, dass der Julian seine Hälfte loswerden wollte?«

»Er hat's mir täglich unter die Nase gerieben. Und mir auch damit gedroht. Als ob du des net wüsstest. Aber ich kenn dein Schandmaul und bin dir keine Rechenschaft schuldig. Du willst mich doch bloß schlechtmachen. Garantiert ist des auch auf deinem Mist gewachsen. Du bist noch schlimmer als die Tante Elvira, die uns alleweil gegeneinander ausgespielt hat.«

»Und du schätzt mich völlig falsch ein.« Markus sah sich im Büro um. »Ein bissle unordentlich ist es bei dir. Hast Besuch gehabt?«

»Die Unordnung hab ich selber gemacht. Warum interessiert dich des?«, fragte Max. »Die Wohnung vom Julian ist übrigens versiegelt. Die Polizei war heut Nacht da. Die ham alles mitgenommen.«

»Schade.« Markus war sichtlich enttäuscht. »Der Julian hat nämlich noch was oben gehabt, das mir gehört. Das hätt ich dringend gebraucht und jetzt mitnehmen können.«

Max zuckte mit den Achseln. »Kann mir schon denken, was. Pech für dich.«

»Max …«, Markus beugte sich in seinem Sessel vor, »ich weiß, du kannst mich net leiden, aber ich mein's wirklich gut.«

»Stimmt«, bestätigte Max. »Mit jedem Wort, des aus deinem Mund kommt, kann ich dich weniger leiden. Du hast meinen Bruder seit der Schulzeit zu jedem Blödsinn angestiftet. Und ihn auf diese Drogen gebracht. Von selber wär der nicht auf so was gekommen.«

»Solltest net alles glauben, was andere erzählen. Dein Bruder ist kein Heiliger gewesen.«

»Du kommst in einen Haushalt, wo getrauert wird, und ziehst erst amal über den Verstorbenen her? Der Julian war aufbrausend, ja. Und genusssüchtig. Oft hat er über die Stränge geschlagen. Aber er war net wie du. Weil du ein riesiger Schauspieler bist. Hör auf, so über ihn zu schwätzen.«

»So war's nicht gemeint«, entschuldigte sich Markus. »Aber man hat den Julian nie zu was anstiften müssen. Bitte glaub mir des. Ich bin net an allem schuld. Manche Sachen sind ihm ganz alleine eingefallen. Irgendwann erzähle ich dir davon. Wenn Gras über die Sache gewachsen ist. Zuvor hab ich aber was, das wichtiger ist.«

»Möglich, dass er auch ein bissle Dreck am Stecken gehabt hat«, gab Max zu. »Aber er war mein kleiner Bruder. Ich hab's nie geschafft, auf ihn aufzupassen, wie es eigentlich mein Job gewesen wär. Und wer solche Freunde hat wie dich, der braucht keine Feinde mehr.«

»Er hätt dich net auf sich aufpassen lassen, Max. Dich am allerwenigsten.«

»Sind wir fertig?« Max deutete mahnend auf die große Standuhr neben der Tür.

Markus beugte sich vor und senkte die Stimme. »Ein Problem hab ich noch. Ich erzähl's dir. Dann wirst du merken, dass ich a ehrliche Haut bin.«

»Dein Problem musst du allein lösen.« Max erhob sich und wies auf die Tür. »Ich bin nicht mit dir verwandt, und ich bin dir auch nix schuldig. Und jetzt verschwind. Mir wird schlecht, wenn ich dein verlogenes Gesicht noch länger anschauen muss.«

»Es geht um den Julian. Horch wenigstens zu, bloß zwei Minuten. Ich weiß nämlich was, was die Polizei net weiß.«

Manni Gschwendner, der soeben vom zweiten Stock heruntergekommen war und nun auf Zehenspitzen durch die geräumige Diele schlich, um nicht noch einen Anpfiff von Max zu kassieren, weil er so lange gebraucht hatte, blieb wie angewurzelt stehen und hielt die Luft an.

## 12

»Ich habe Hunger«, jammerte Klaus auf dem Rückweg vom Maierhof. »In der Küche dieses ungeschliffenen Rohdiamanten roch es so lecker. Am liebsten hätte ich im Kühlschrank nachgesehen, ob noch was übrig ist, und das gleich aus dem Topf gegessen, trotz des Gedudels aus dem Radio.«

Sissi musste lachen. »Du machst wirklich keinen Hehl aus deiner Abneigung gegen Volksmusik. Immerhin wusste Herr Maier bereits von deiner Landung in den Hähnchenknochen gestern Nacht, ganz ohne Internet.«

»Ihr solltet euch lieber mal ein flächendeckendes Mobilfunknetz zulegen anstatt dieser blöden Buschtrommeln«, verteidigte sich Klaus gekränkt. »Weißt du, was ich nicht begreife?«

»Dass die wenigsten Menschen ihren Browserverlauf nach dem Surfen im Internet löschen?«, riet Sissi. »Lisa Maier hat Websites von Kliniken gesucht, die einen Abbruch durchführen.«

»Wenigstens kennen wir nun den Grund für ihre Übelkeit«, sagte Klaus. »Das Hähnchen war es also nicht. Glaubst du, das Kind ist von Julian?«

»Wenn man bedenkt, dass ihr Vater ihn massiv bedroht hat, halte ich es für wahrscheinlich«, antwortete Sissi nach einigem Nachdenken. »Das war vermutlich der Grund für seinen Angriff auf dem Marktplatz.«

»Das sehe ich anders«, wandte Klaus ein. »Es wäre doch vollkommen egal gewesen, ob Julian das Kind akzeptiert hätte oder nicht, denn es hätte Anspruch auf Unterhalt und später mal auf ein gutes Erbe gehabt.«

»Hat es immer noch. Aber da spielen mehrere Faktoren mit hinein. Erst mal der gesellschaftliche Druck.«

»Heutzutage doch nicht mehr.«

»Oh doch, vor allem, wenn man mit einem cholerischen Vater zusammenlebt und sich in einem vorwiegend konservativ geprägten Umfeld bewegt, dessen Moralvorstellungen man quasi mit der

Muttermilch aufgesogen hat. Dazu kommt der schlechte Ruf von Julian, was Frauen betrifft. Sie hätte sich einer Menge peinlicher Fragen aussetzen und vermutlich auch vor Gericht um die Anerkennung der Vaterschaft kämpfen müssen. Julian Weidner hätte sich meiner bescheidenen Meinung nach mit allen juristischen Mitteln und vielleicht auch dem Vorwurf übler Nachrede gegen eine Anerkennung der Vaterschaft gewehrt. Dem wollte oder konnte sie sich nicht aussetzen. Aber ich traue ihr zu, mit alldem klarzukommen.«

»Was für ein Drama.« Klaus schüttelte den Kopf. »Kollegin, ich brauche ein paar Kalorien. Dringend.«

Sissi deutete auf die Uhr am Armaturenbrett. »Tja, der Mittagstisch im ›Mohren‹ ist gleich vorbei. Wir müssen zuerst zu Max Weidner, um Markus Graf noch zu erwischen. Seine Sekretärin meinte, laut seinem GPS-Tracker befinde er sich auf dem Weidner-Hof. Wenn wir schnell sind, schaffen wir es noch.«

»Ein Schnitzel im ›Mohren‹ wäre mir lieber«, quengelte Klaus.

»Die halbe Stunde hältst du schon noch durch«, vertröstete ihn Sissi. »Wir holen uns auf dem Rückweg zum Revier etwas in der Metzgerei. Zu schade, dass wir Graf in seinem Büro verpasst haben. Max Weidner wird sich nicht freuen, wenn wir schon wieder ankommen. Seine Meinung zu diesem angeblichen Freund seines Bruders kennen wir ja bereits. Was Graf wohl dort will?«

»Es klang, als hielte Max Weidner ihn für zwielichtig«, überlegte Klaus. »Aber Versicherungen zu verkaufen scheint sich zu lohnen, nach dem, was ich im Büro von Graf gesehen habe. Eine Sekretärin, deren eisige Verachtung ihn pro Monat vermutlich dreihundert Euro extra kostet, italienische Möbel und eine Ausstattung mit teuerstem elektronischen Equipment. Wir haben den falschen Beruf.«

»Im Gegenteil, wir haben genau den richtigen. Bei Graf gehört Klotzen zum Handwerk. Leg doch bitte mal einen Zahn zu«, bat Sissi. »Seine Sekretärin meinte, dass wir uns beeilen sollen.«

»Wir hätten ihn ja auch anrufen und aufs Revier bestellen können«, nörgelte Klaus. »Um Himmels willen, Sissi! Ich dachte eben, mir wäre ein Blutgefäß im Auge geplatzt. Guck mal, wer da fährt.«

Auf der Gegenfahrbahn kam ihnen Erna Dobler auf ihrem E-Bike entgegen. Ihr knallbuntes Outfit flatterte im Fahrtwind um sie herum wie eine Fahne.

»Ist sie in einen Farbeimer gefallen, oder muss sie so was von Gesetzes wegen anziehen, damit man sie bei den allabendlichen Ausflügen auf ihrem Hexenbesen auch vom Flugzeug aus erkennen kann?«

»Sie hat beim Friseur Reisacher neulich stolz erzählt, dass sie ihre Kleidung jetzt in China kauft, wo es viel billiger ist.« Sissi musste lachen. »He, sie winkt uns. Halt bitte an.«

Klaus bremste am Straßenrand. Erna stoppte ebenfalls und kletterte von ihrem Fahrrad. Passend zu ihrem Outfit trug sie eine überdimensionierte weiße Sonnenbrille in Schmetterlingsform, die über und über mit Strasssteinen in verschiedenen Farben verziert war.

»Kein Wort über die Brille, sonst kommen wir hier nie wieder weg«, befahl Sissi ihrem Kollegen und unterdrückte ein Grinsen.

Ohne nach links oder rechts zu schauen, schob Erna ihr Rad über die Fahrbahn und blieb dann dicht neben dem Auto stehen. Klaus ließ die Seitenscheibe herunter.

»Servus, Elisabeth, hallo, Herr Vollmer«, schnaufte sie. »Was machts ihr denn da draußen in der Pampa? Fahrts ihr zum Max Weidner?«

»Frau Dobler, Sie behindern mit Ihrem Rad den Verkehr. Stellen wir uns doch dort an die Ausbuchtung, um niemanden zu gefährden«, schlug Klaus vor.

»Ich brauch net lang«, keuchte Erna. »Um die Zeit kommt da eh keiner.«

»Gibt es was Wichtiges?«, fragte Sissi vom Beifahrersitz. »Wo waren Sie denn bei dieser Hitze?«

»Bei der Elvira. Beim Trauern.« Erna wischte sich mit dem Ärmel ihres Cardigans über die Stirn.

»Dann sehen Sie mal zu, dass Sie sich schleunigst in den Schatten begeben«, befahl Sissi. »Wir müssen weiter. Was wollten Sie von uns?«

»Hab bloß eine Nachricht für deine Verwandtschaft«, verkündete Erna bissig. »Wenn du deinen Onkel des nächste Mal siehst, sagst ihm einen schönen Gruß und dass er die Elvira net so ausnutzen und sich gefälligst schämen soll.«

»Sich schämen? Mein Onkel? Warum das denn?«, wunderte sich Sissi.

»Weil der grad bei der Elvira hockt und auf seiner Schleimspur beinah ausrutscht, damit sie ihm ja die Kirche putzt am Samstag. Und einen Blumenschmuck soll sie ihm gratis binden für den Gottesdienst am Sonntag, weil sie des sonst auch immer gemacht hat. Der schreckt ja vor gar nix zurück.«

»Der wundervolle Blumenschmuck kommt von Frau Weidner?«, staunte Sissi. »Wow, das wusste ich nicht. Sie kann das wirklich gut. Na ja, kein Wunder, wir haben ja ihren Garten heute gesehen. Onkel Andi ist also bei Frau Weidner?«

»Dein sauberer Onkel hat mich quasi rausgeschmissen«, log Erna ungeniert. »Die Elvira ist beieinander wie ein Pfund Lumpen, und er lungert bei ihr rum und sauft ihr den Sirup weg.«

»Wenn Sie das stört, warum haben Sie es ihm nicht selbst gesagt?«, mischte sich Klaus genervt in das Gespräch ein.

»Weil ich Anstand hab«, behauptete Erna ungnädig. »So was mach ich net in einem Trauerhaushalt. Also, richt es ihm aus, Elisabeth. Ob ich am Sonntag oder überhaupt noch mal in die Kirche komm, weiß ich noch net. Er hat ja genug Schäflein. So, pfiat euch. Ich muss weiter.«

Sie machte sich daran, ihr Fahrrad, das sie während der gesamten Unterhaltung festgehalten hatte, schnurstracks zurück auf die Straße zu schieben, obwohl sich auf der Gegenfahrbahn ein Auto mit überhöhter Geschwindigkeit näherte. Aus dem Fond wummerte ohrenbetäubend laute Musik.

»Nicht! Stopp!«, schrie Klaus. Er öffnete die Wagentür und hastete zum Mittelstreifen, wo Erna wie erstarrt stehen geblieben war und dem heranrasenden Fahrzeug wie eine Salzsäule entgegenblickte. Klaus packte sie am Ärmel ihres Cardigans und riss sie zur Seite. Das E-Bike, das Erna vor Schreck losgelassen hatte, krachte mit einem lauten Scheppern zu Boden.

Der Fahrer des herannahenden Wagens hatte die kleine, dürre

Person mit dem Rad mitten auf der Fahrbahn allerdings kurz zuvor registriert – Chinas Textilindustrie und ihrer innovativen Färbetechnik sei Dank – und instinktiv eine Vollbremsung eingeleitet.

Ein paar schreckliche Sekunden lang hörte man nur das Quietschen von Reifen und das bedenkliche Ächzen des schweren Chassis. Kurz geriet das Fahrzeug ins Schleudern und kam dann allerhöchstens zehn Meter vor dem E-Bike zum Stehen.

Sissi, die unwillkürlich die Luft angehalten hatte, atmete hörbar aus.

»Sind Sie okay?« Vorsichtig half Klaus Erna auf die Beine und klopfte sich dann den Staub von seiner Jeans.

»Sie sind wirklich ein Trampel! Ich hätt mir was brechen können«, schimpfte sie.

»He, in anderen Kulturkreisen wären Sie mir jetzt Ihr restliches Leben lang zu Dank verpflichtet oder sogar meine Dienerin«, erwiderte Klaus gekränkt.

»Dann ziehen Sie halt dahin.« Erna schickte sich an, ihr Fahrrad von der Straße zu holen, aber Klaus packte sie erneut am Ärmel.

»Ich mache das«, bot er ihr an.

»Frau Dobler, seien Sie jetzt mal vernünftig«, bat Sissi. »Das hätte wirklich schiefgehen können.«

Der Fahrer des silbernen Cabrios, ein nicht sehr großer, aber umso beleibterer Mann mit dichtem braunem Haar, das von etlichen grauen Strähnen durchsetzt war, schaltete den Warnblinker ein und den Motor aus. Er stieg aus und überquerte hastig die Straße. Seine Hände zitterten, und sein Gesicht war rot vor Wut.

»Brennt Ihnen der Kittel, Frau Dobler?«, schrie er außer sich. »Um ein Haar hätt ich Sie umgefahren, Sie altes Schrapnell.«

»Schrapnell? Des ist doch bestimmt eine Beleidigung, oder?«, wandte sich Erna an Klaus, der bestätigend nickte.

»Anzeigen sollt ich Sie!«, brüllte der Mann. »Wegen Gefährdung.«

»Sie müssen grad reden, kommen angeschossen wie der dicke Bruder vom Sebastian Vettel«, fauchte Erna. »Umbringen hätten Sie mich können mit Ihrem Angeberschlitten. Bestimmt ham Sie auf Ihr Handy geguckt. Wo ist denn meine Sonnenbrille?« Erschrocken berührte sie ihr Gesicht.

»Dass Sie sich an die eigene Nase fassen, hat aber jetzt schon eine gewisse Symbolik.« Sissi, die ebenfalls ausgestiegen war, bückte sich, hob die Brille auf, die bei Ernas Sturz auf dem Asphalt gelandet war, und überreichte sie ihr.

Erna setzte sie hastig auf, griff nach dem Lenker des E-Bikes, den Klaus festhielt, und zog das Rad an sich.

»Ich hoff für Sie, dass des Radl noch funktioniert, Herr Graf«, drohte sie ihm.

»Seien Sie lieber froh, dass *Sie* noch funktionieren«, schnauzte Markus sie an. »Hätt auch ganz anders ausgehen können. Herrgott, wie kann man nur so blöd sein.«

»Wer auffährt, ist immer schuld«, verteidigte sich Erna. »Also Sie. Des wird teuer. Aua!« Mit schmerzverzerrtem Gesicht fasste sie sich an den Rücken. »Ich hab mir die Bandscheibe verstaucht wegen Ihnen.«

»Von wegen«, winkte Markus Graf ab. »Grad sind Sie noch rumgehupft wie ein junges Reh. Veräppeln Sie jemand anderen. Ham Sie mitbekommen, dass die Frau simuliert, weil sie Geld von mir will?«, wandte er sich zornig an Sissi und Klaus.

»Vollmer und Sommer vom Kriminaldauerdienst, Herr Graf«, stellte Sissi sich vor. »Wir stellen ein Verkehrshindernis dar und sollten uns einen anderen Platz suchen.«

»Kriminal…«, stotterte Markus verwirrt.

»Richtig«, bestätigte Sissi. »Also beenden wir diese Debatte jetzt bitte. Sie kamen mit überhöhter Geschwindigkeit an, und Frau Dobler war nicht vorsichtig genug.«

»Ich wollt bloß über die Straße«, verteidigte sich Erna. »Nehmen Sie den mit. Der fahrt wie eine gesengte Sau.«

»Ist doch nix passiert«, verteidigte sich Markus.

Sissi beobachtete den Versicherungsmakler und bemerkte, dass seine Hände zitterten. »Herr Graf, zu Ihnen wollten wir ohnehin.«

»Hä?« Er schaute sie verdutzt an. »Warum?«

»Weil wir ein paar Fragen haben, wegen Julian Weidner. Sie

waren ja eng mit ihm befreundet. Vielleicht können Sie uns helfen.«

»Ich war mit ihm befreundet, das stimmt«, bestätigte Markus. Sein Gesicht verdunkelte sich. »Macht mich des verdächtig?«

»Aber nicht doch«, beruhigte ihn Sissi. »Können wir? Es dauert nicht lange. Reine Formsache.«

»Frau Dobler, Sie können jetzt weiterflie... äh, -fahren«, wandte Klaus sich an Erna, die das Gespräch interessiert verfolgte. »Bitte achten Sie aber in Zukunft auf den Verkehr. Ihr Schutzengel macht garantiert ständig Überstunden.«

»Sie wollen mich nur loswerden«, schimpfte Erna. »Ich muss mich ausruhen. Ham Sie mitgekriegt, dass ich fast gestorben wär?«

»Wenn Sie noch öfter auf einer Landstraße picknicken, ham Sie gute Chancen, dass es bald damit klappt«, warnte Markus sie bissig. »Lassen wir's gut sein. Passen Sie einfach in Zukunft ein bisschen besser auf. Und einen schönen Gruß an die Anita. Ich ruf sie mal wieder an.«

»Der Weg wär umsonst, so was braucht die Anita net«, schnaubte Erna. »Die hat ganz andere Chancen als Karrierefrau.« Misstrauisch beäugte sie ihr Fahrrad und stieg nach einigem Zögern in den Sattel.

»Wehe, des ist hin«, drohte sie Markus. »Dann komm ich wieder!«

»Bitte nicht«, flüsterte Klaus.

Dann blickten ihr alle drei schweigend nach, wie sie vorbildlich am äußersten rechten Fahrbahnrand entlang gen Legau strampelte.

»Würden Sie mir jetzt bitte sagen, was Sie von mir wollen?«, bat Markus ungeduldig. »Ich muss heute noch viel erledigen, und mir geht es nicht gut wegen Julian. Wir könnten uns auch ein andermal unterhalten.«

»Kommen Sie mit aufs Revier, oder sollen wir zu Ihrem Büro fahren?«, bot Sissi ihm an. »Da waren wir heute schon mal.«

»Oder wir schicken Ihnen einfach unseren Online-Fragebogen«, schlug Klaus sarkastisch vor.

Markus atmete auf. »Gern!«

»Ich dachte mir schon, dass Ihnen das gefallen würde«, sagte Klaus. »Es gibt aber keinen. Wie wäre es mit dem ›Mohren‹, Sissi? Da ist es kühl und dunkel.«

»Na gut.« Sissi seufzte. »Ausnahmsweise. Du bekommst deinen Willen. Aber kein Wort davon zum Boss.«

Das Dorf war wie ausgestorben, als sie den Wagen vor dem »Mohren« parkten. Nur im Schatten der Linde vor dem Rathaus las ein älterer Mann in Ruhe seine Zeitung, neben sich eine Flasche mit abgestandenem Radler.

»So leer habe ich den Parkplatz schon lange nicht mehr gesehen«, staunte Klaus. »Wo sind die denn alle?«

»Arbeiten oder im Freibad. Und einige bereiten sich wahrscheinlich schon seelisch auf den Besuch im Festzelt heute Abend vor. Solltest du auch tun.« Sissi stieg aus und wartete, bis Markus Graf neben ihnen eingeparkt hatte. Dann traten sie ein.

Im »Mohren« war es tatsächlich kühl und dunkel. Bis auf ein versprengtes Trüppchen bunt gekleideter Radler an einem Vierertisch, das Eisbecher löffelte, war die geräumige Gaststube mit den gebeizten rustikalen Möbeln verwaist. Nicht einmal am Stammtisch tummelten sich die üblichen Verdächtigen. Es roch nach einer Mischung aus gerösteten Zwiebeln, Braten und Bier. Klaus schnupperte verzückt.

Ernestine, die Wirtin, kam aus der Küche gehuscht. Als sie Sissi und Klaus erkannte, grüßte sie lächelnd und nickte dann Markus Graf höflich zu, der nach ihnen die Gaststube betrat.

»Grüß Gott, Herr Graf. Sissi, Herr Vollmer, lange nicht gesehen. Setzen Sie sich, wohin Sie wollen. Ich möchte wetten, Sie haben Hunger, Herr Vollmer. Wollen Sie die Brotzeitkarte?«

»Nicht nötig«, winkte er ab. »Es sollte schnell gehen. Haben Sie noch Wurstsalat?«

»Mit oder ohne Käse?«

»Mit allem«, bat Klaus. »Werfen Sie rein, was die Küche hergibt. Und dazu viel Brot.«

»Ketchup und Mayo, Herr Vollmer?« Ernestine zwinkerte ihm zu.

»Was immer Sie für richtig halten, Hauptsache, ich bekomme es bald«, bat Klaus. »Machen Sie mich glücklich, das schaffen Sie jedes Mal.«

Sissi bestellte für sich und Markus jeweils eine Cola. Dann nahmen alle an einem Ecktisch Platz.

»Sie ham ein Leben«, wunderte sich Markus. »Am helllichten Tag in der Wirtschaft hocken.«

»Glauben Sie mir«, versicherte ihm Sissi, »Sie möchten nicht mit uns tauschen.«

Einen gewissen Charme konnte man ihm tatsächlich nicht absprechen, fand Sissi.

»Sind Sie eigentlich verheiratet?« Markus schaute Sissi schmachtend an. »Bestimmt. Eine Frau wie Sie würde mir guttun.«

»Wenn Sie sich da mal nicht täuschen.« Sissi lächelte undurchdringlich. »Lassen Sie uns bitte zum Thema kommen.«

»Was wollen Sie von mir?« Er nahm das beschlagene Glas, das Ernestine soeben vor ihn hingestellt hatte, und trank einen großen Schluck.

»Wo kamen Sie vorhin her, als Sie beinahe Frau Doblers Fahrrad gerammt hätten?«, wollte Sissi wissen.

»Vom Max. Max Weidner. Hab kondoliert.«

»Okay. Wann haben Sie Julian Weidner das letzte Mal gesehen?«

»Gestern Abend. Im Festzelt. Aber eher zufällig. Wir waren net gemeinsam dort.«

»Haben wir schon gehört. Die Stimmung zwischen Ihnen beiden soll in letzter Zeit etwas eingetrübt gewesen sein«, sagte Klaus.

»Wer behauptet so was? Es war nur eine Phase, das ist gelegentlich vorgekommen und hätte sich bald wieder gelegt.«

»Sie beide sollen sich aber im Zelt gestern Abend beinahe an die Wäsche gegangen sein, wurde uns erzählt«, widersprach ihm Klaus. »Worum ging es dabei?«

»Ich hab zu viel getrunken. Irgendwie weiß ich des gar nimmer so richtig«, beteuerte Markus betrübt.

»Ja, da hätte ich drauf gewettet«, murmelte Klaus.

»Wird nix Spezielles gewesen sein«, fuhr Markus fort.»Irgendeine Kleinigkeit halt. Der Julian war ein Hitzkopf.«

»Ging es um Geld?«

»Ich hab doch gesagt, ich kann mich net erinnern«, beharrte Markus.

»Und wann sind Sie nach Hause gekommen, Herr Graf?«

»Keine Ahnung.« Er kniff die Augen zusammen.»Vielleicht um elfe oder so.«

»Allein oder in Begleitung?«

»Allein. Zumindest war ich des beim Aufwachen«, fügte er mit einem verschmitzten Lächeln hinzu.

»Sie waren viel mit Julian unterwegs in den letzten Jahren und kannten ihn gut?«

»Logisch«, bekräftigte Markus.»Der war ein prima Kumpel. Mit dem hat man Pferde stehlen können.«

»War gestern Abend etwas an Herrn Weidner anders als sonst?«

Markus überlegte.»Nicht dass ich wüsste. Ich hab ihn irgendwann aus den Augen verloren. Das halbe Dorf ist bei mir versichert. Und wenn ich in der Öffentlichkeit auftauche, kommen die Leut mit ihrem Kram und wollen alle möglichen Sachen von mir. Die erwarten, dass man Tag und Nacht für sie da ist. Bei dem Krach da drin und dem ganzen Bier hab ich mich ziemlich konzentrieren müssen, damit ich mitkriege, was die sagen. Darum hab ich nimmer auf den Julian geachtet. Der war mir gestern sowieso zu aggressiv.«

»Aber dass er in eine Schlägerei geraten ist, ist Ihnen bekannt?«, mischte sich Sissi ein.

»Hab's quasi im Nachhinein erfahren. Und reingeraten ist der Julian nirgends. Den hat man net um Schläge betteln müssen.«

Ernestine stellte eine Schüssel mit Wurstsalat vor Klaus ab, der sich sofort daraufstürzte.

»Sie haben also wirklich nichts von der Schlägerei mitbekommen?«, hakte Sissi nach.

»Glauben Sie mir bitte«, beteuerte Markus.»Bis ich gerafft hab, dass die zwei raufen, war alles schon wieder vorbei, und der Brandstetter ist auf dem Boden gelegen.«

»Was war der Grund für den Streit?«

Markus hob bedauernd die Schultern. »Kann vom Wetter bis zu den Lottozahlen alles gewesen sein. Beim Julian hat's nie viel gebraucht. Beim Brandstetter übrigens auch net. Ich tippe auf die Katja Weißenhorn. Der Julian soll sich an sie rangemacht haben, obwohl die mit dem Patrick gekommen ist.«

»Und Sie haben ihn nach der Schlägerei nicht mehr gesehen?«

»War nicht scharf drauf«, gestand Markus zögernd. »Der war wie eine brennende Zündschnur. Da reichte ein Funke, und es fehlte einem ein Zahn.«

»Woran lag das?«, wollte Klaus zwischen zwei Bissen wissen.

»Ihm hat vielleicht die viele Arbeit auf dem Hof gestunken.«

Markus war deutlich anzumerken, dass er mehr wusste und den Beamten einiges verschwieg.

Sissi seufzte. »Nahm er Drogen?«

»Wär mir neu. Mit so was ham mir nix zu tun.«

»Sind Sie sich da sicher?« Klaus hatte in Rekordzeit seinen Wurstsalat verzehrt und tupfte sich mit der Serviette den Mund ab.

Markus verschränkte die Arme vor der Brust. »Was der Julian gemacht hat, wenn mir net zusammen waren, weiß ich net.«

»Wir haben bei Julian Weidner Drogen sichergestellt«, eröffnete ihm Klaus. »Wenn Sie wirklich so eng befreundet waren, wie Sie sagen, finde ich es seltsam, dass Sie all die Jahre nichts davon mitbekommen haben wollen.«

»Wer weiß, wo er des Zeug hergehabt hat«, winkte Markus ab. »Mir sind net vierundzwanzig Stunden am Tag aufeinandergehockt. Vielleicht hat er's bloß für jemanden aufbewahrt.«

»Aber Sie sagen doch selbst, dass er gestern Abend aggressiv war.«

»Als ob der dafür Drogen gebraucht hätt«, schnaubte Markus. »Ich glaub, der ist schon so auf die Welt gekommen. Fragen Sie seinen Bruder.«

»Zurück zu gestern Abend«, wechselte Sissi das Thema. »Wann haben Sie Herrn Weidner zum letzten Mal gesehen?«

»Eventuell vor dreiundzwanzig Uhr. Könnt auch ein bissle später gewesen sein«, wand sich Markus.

»Oder noch später?«

»Auch möglich«, gab Markus zu. »Sie kennen das ja.«

»Nicht wirklich«, verneinte Sissi. »Von der Spurensicherung und der Polizei haben Sie ebenfalls nichts mehr mitbekommen?«

»Null. Da war ich schon weg.«

»Sagen Sie mal, hatte Julian eigentlich eine feste Freundin?«, erkundigte sich Klaus.

»Eine?« Markus grinste. »Er hat sich die Mädels aussuchen können. Ham Sie noch mehr so komische Fragen?«

Klaus ließ sich nicht aus dem Konzept bringen. »Wir haben gehört, dass es vorgestern auf dem Marktplatz, also genau hier vor dem Fenster, einen Vorfall mit Georg Maier gegeben hat, der Julian beschuldigte, seiner Tochter etwas angetan zu haben. Haben Sie davon gehört?«

»Vorgestern?« Markus überlegte. »Ist mir nix bekannt. Unser Streit geht schon gute zwei Wochen. Die Lisa, sagen Sie? Ja, die hat ihm schon verdammt gut gefallen, weil sie net so wollte wie er. Widerspruch war der net gewohnt. So was hat ihn eher angestachelt.«

»Hat er Frau Maier belästigt?«

»Der hätt niemanden belästigen müssen.«

»Hat er oder hat er nicht?«

»Was weiß denn ich? Ist wahrscheinlich Auslegungssache«, gab Markus unwillig zu. »Vor ein paar Monaten hat er sich im Alpenblick ziemlich aufgeregt, weil sie ihn abgewiesen hat.«

»Was war da los?«

»Im Grunde net viel.« Markus zuckte mit den Schultern. »Sie ist allein dagesessen. Vielleicht hat sie auf ihre Freundinnen gewartet. Der Julian hat ihr ein Glas Sekt spendiert, und damit wollt er mit ihr anstoßen. Sie hat den Sekt angenommen. Aber dann wollt er Bruderschaft mit ihr trinken.« Markus schwieg eine Weile, dann fuhr er fort. »Das wollt die Lisa aber net, weil es ihm natürlich um den Kuss gegangen ist. Da hat er sie plötzlich grob an den Haaren gepackt und ihren Kopf zu sich hergedreht. Mitten im Lokal. Ham genug Leute gesehen.«

»Und dann?«

»Die Lisa ist ihm erst vors Schienbein getreten und hat ihm dann eine geschmiert. Er hat sie losgelassen, und sie ist wie der Blitz raus aus dem Alpenblick und verschwunden. Der Julian wollt ihr nach, aber ich hab ihn festgehalten und gesagt, er soll hoffen, dass sie des net ihrem Vater erzählt.«

»Hat Herr Weidner sich öfter so benommen?«

»So was hab ich sonst net bei ihm gekannt, aber die Lisa hat ihn rasend gemacht, weil sie sich so gesträubt hat. Er wollt sie unbedingt. Stinksauer war er an dem Abend und hat gemeint, jetzt erst recht. Wie gesagt, er war's net gewohnt, dass jemand Nein zu seinen Wünschen sagt.«

»Jetzt würde mich noch interessieren, wie das Verhältnis der Brüder zueinander war«, sagte Sissi.

»Wie in jeder Familie halt, Frau Sommer. Ab und zu ham sie gestritten. Aber zusammengehalten ham sie immer. Dem Max ist Familie wichtig.«

»Worum ging es bei den Streitigkeiten?«, wollte Klaus wissen.

»Julian soll sich beschwert haben, dass Max ihn finanziell kurzhielt.«

Markus trank in einem Zug seine Cola leer. »Der Julian hat sich Geld geholt, wann immer er es gebraucht hat. Hat jedes Mal zum Max gesagt, er soll's als Privatentnahme verbuchen. Und der Max war immer sauer, konnt aber nix dagegen machen.«

»Größere Summen?«

Markus zuckte mit den Achseln. »Keine Ahnung. Jedenfalls genug, dass der Max sich drüber aufgeregt hat.«

»Wofür brauchte Julian denn das Geld?«

»Was glauben Sie?«, entfuhr es Markus. »Für ganz normale Sachen: Ausgehen, Essen, Auto, Gaudi. Der Julian hat gern gelebt, im Gegensatz zum Max.«

»Herr Graf, ich habe den Eindruck, Sie verschweigen uns etwas«, entgegnete ihm Klaus.

»Des täuscht. Ich bin bloß traurig und hab Kopfweh.«

»Wie haben Sie von Julians Tod erfahren?«

»Von einem Kunden, der heute Morgen wegen seinem Rechtsschutz bei mir war.«

»Ich glaube, wir sind so weit fertig«, sagte Sissi. »Danke, dass Sie mit uns gesprochen haben.« Sie winkte Ernestine, die eilig herbeigehuscht kam, und zückte ihr Portemonnaie. »Ich lade dich ein, Klaus. Immerhin hast du Erna das Leben gerettet, und von ihr wird wohl kein Dankeschön kommen.«

»Also dann.« Auch Markus war aufgestanden. Er legte einen Schein auf den Tisch und schien erleichtert. »Stimmt so. Ich muss dann auch wieder. Servus.«

»Wenn Ihnen noch etwas einfällt, melden Sie sich bitte!«, rief Sissi ihm hinterher und wartete, bis sich die große hölzerne Tür hinter Markus geschlossen hatte. Dann fragte sie Ernestine: »Kennst du ihn besser?«

»Nicht wirklich«, meinte die. »Er kommt ab und zu und bringt jemanden zum Essen mit.« Ihr Gesichtsausdruck war nicht zu deuten. »Er hat einen Schlag bei den Damen und wickelt einen um den Finger, ehe man es kapiert. Ich muss ehrlich zugeben, dass ich ihn gar nicht so unsympathisch finde, wie ich es wegen seiner vielen Frauengeschichten sollte.«

»Charmant ist er auf jeden Fall«, gab Sissi zu. »Und lügen kann er. Wir aber auch. Und Julian Weidner?«

»Um meine Gäste zu belauschen, habe ich keine Zeit«, erwiderte Ernestine. »Eigentlich kann ich nur sagen, dass er mit Herrn Graf gelegentlich hier gegessen hat. Vermutlich denkt Herr Graf, er müsse sich wegen seiner Kunden ab und zu bei uns sehen lassen. Ich hatte nicht das Gefühl, dass die beiden sich hier wirklich wohlfühlten.«

»Kann ich gar nicht verstehen«, erwiderte Sissi verschmitzt. »Meinem Kollegen gefällt es hier ausnehmend gut.« Sie stand auf und wandte sich an Klaus. »Gehen wir. Auf uns wartet ein anspruchsvolles Gespräch.«

»Wie meinst du das?«, wollte Klaus im Hinausgehen wissen. Aber sie grinste nur.

# 13

Obwohl sich die Mittagshitze mittlerweile gelegt hatte, hatten sich an dem in strahlendem Türkis leuchtenden Pool des Moserhofs nur zwei Personen auf den frisch geölten Liegestühlen aus Massivholz niedergelassen. Niemand planschte im Wasser, nur ein Schwimmreifen dümpelte verloren auf der gekräuselten Oberfläche vor sich hin und schabte gelegentlich mit einem hohlen Geräusch an den Beckenrand.

Auf der blumengeschmückten Terrasse genossen ein paar Bewohner der Seniorenwohnanlage eisgekühlte Getränke oder Cappuccino und ihren Nachmittagskuchen. Von überallher drang leises Murmeln, nur gelegentlich durchbrochen vom Klirren einer Kuchengabel oder gedämpftem Gelächter. Die schmiedeeiserne Bank neben dem Eingang zur Küche war von einem älteren Herrn besetzt, der in einer Zeitschrift blätterte, während ihm eine freundliche junge Frau sein Radler servierte, und am Nachbartisch spielte eine Runde gut gelaunter Senioren Skat. Die meisten anderen Bewohner waren an diesem herrlichen Nachmittag unterwegs, besichtigten Sehenswürdigkeiten wie die Basilika in Ottobeuren oder nutzten den hauseigenen Shuttleservice für Einkäufe in Kempten oder Memmingen.

An einem kleinen Tisch saß unter einem der roten Sonnenschirme ein schlanker Mann mit langen grauen Haaren, der versuchte, trotz des gleißenden Sonnenlichts etwas auf dem Display seines Tablets zu erkennen. Anscheinend gefiel ihm nicht, was er sah.

»Verdammt.« Frustriert legte er das iPad zur Seite. »Ist das eine Servicewüste. Aber ich wollte ja nach Bayern.«

»Moin, moin, Herr Münnemann, welch wunderschöner Tag, nicht wahr?« Die unangenehm hohe Frauenstimme ließ ihn zusammenzucken und unterbrach seine trüben Gedanken. Irritiert hob er den Kopf.

Eine untersetzte Blondine Ende sechzig, die förmlich aus

ihrem eng anliegenden kirschroten Overall in einer schwer erhält-
lichen Kurzgröße quoll, stellte ihre Limo auf den Tisch, ließ sich
ihm gegenüber auf einen Stuhl fallen und schlug geziert die Beine
übereinander. Neckisch fasste sie sich an den Hals und ließ die
riesigen Plastikperlen einer viel zu langen Kette langsam durch
die Finger gleiten. Dazu lächelte sie verführerisch und blinzelte
ihn unter einem geschätzten Pfund Wimperntusche sehnsüchtig
an.
»Hallo. Ja, das stimmt.« Münnemann schnappte sich schnell
wieder sein iPad, tippte wahllos darauf herum und hielt es vor
sein Gesicht, als würde er lesen.
»Lassen Sie sich nicht stören«, hauchte die dralle Blondine
vergnügt. »Ich werde ganz still sein. Tun Sie einfach so, als wäre
ich gar nicht da.« Frauke Schussel, alleinstehend und mit einer
Vorliebe für schreiend bunte Kleidungsstücke jenseits der ästhe-
tischen Schmerzgrenze, ließ sich zurücksinken und fächelte sich
mit der Hand Luft zu, ohne die Augen von ihrem Gegenüber zu
lassen, das sich von ihren Blicken förmlich durchbohrt fühlte.
Immerhin ganze fünf Minuten lang schaffte es Münnemann,
seine neue Tischgenossin mehr oder weniger zu ignorieren. Dann
wurde es ihm zu dumm, und er legte entnervt sein Tablet zur Seite.
»Frau Schussel, ist irgendwas?« Verstohlen sah er sich nach
allen Seiten um. Wo Frauke auftauchte, war normalerweise die
rothaarige Nemesis, ihre beste Freundin Renate Reismann, nicht
weit. Die beiden waren wie siamesische Zwillinge. Aber jetzt
konnte er Fraukes dürre Freundin nirgendwo erspähen.
»Gar nichts ist«, versicherte ihm Frauke eilig. »Ich sehe Ihnen
nur gern beim Lesen zu.«
»Und ich finde das eher verstörend. Entschuldigen Sie mich.
Und noch einen schönen Tag.« Münnemann griff nach seinen
Habseligkeiten, stand auf und setzte sich an den leeren Nachbartisch.
Frauke überlegte ein paar Sekunden, dann erhob sie sich ebenfalls und nahm direkt neben ihm auf einem der bequemen Stühle
Platz. »Warum laufen Sie vor mir weg?«, beklagte sie sich. »Ich
tue Ihnen doch nichts. Und ich bin absolut harmlos.«

»Wenn Sie das sagen«, antwortete Münnemann zähneknirschend. »Frau Schussel, ist Ihnen vielleicht langweilig?«

»Ein bisschen«, gestand sie zögernd. »Ich habe gedacht, wir könnten uns mal unterhalten. Nach der Gelegenheit, mal mit Ihnen allein zu sprechen, suche ich schon länger.«

»Ist nicht wahr«, staunte Münnemann.

War es auch nicht, denn beide begegneten sich täglich irgendwo auf dem Gelände des Moserhofs und hätten bereits genügend Gelegenheit für eine Unterhaltung gehabt. So groß war das Areal nun auch wieder nicht, dass man sich dauerhaft aus dem Weg gehen konnte. Allerdings hatte Frauke bisher auf ihn nicht den Eindruck gemacht, an einer Diskussion über den kategorischen Imperativ oder die Agrarstruktur von Bolivien interessiert zu sein. Ihre Vorlieben lagen augenscheinlich eher bei Käsekuchen und dekorativer Kosmetik.

»Glauben Sie es ruhig«, log Frauke, ohne rot zu werden. »So kluge Männer wie Sie finde ich faszinierend.« Dabei zupfte sie wieder nervös an ihrer Plastikkette herum.

»Eigentlich wollte ich schon lange los«, log nun auch Münnemann, der sein Heil nur noch in der Flucht sah. »Ich muss dringend etwas besorgen. Also ...«

»Och menno. Jetzt, wo ich Sie endlich mal erwischt habe.« Frauke Schussel zog einen Schmollmund, was zur Folge hatte, dass ihr Gesicht wegen der Kräuselfältchen um ihre Lippen herum wirkte, als hätte sie gerade eine Zitrone verschluckt. Dann fuhr sie sich mit den Fingern durch die kurzen, vom Friseur Reisacher mühsam saharablond kolorierten Ringellöckchen, um ihre Haarpracht richtig zur Geltung zu bringen, und schüttelte ein paarmal den Kopf.

»Was tun Sie denn da?«, erkundigte er sich belustigt. »Alles auf Werkseinstellung zurücksetzen?«

Frauke kicherte. »Sie sind so witzig, Herr Münnemann. Immer einen Scherz auf den Lippen. Ich dachte nur, wenn Sie schon mal allein hier sitzen, könnten wir beide uns austauschen.«

»Weil?«, fragte Münnemann gedehnt.

»Na, weil wir uns ansonsten nur kurz beim Essen grüßen«,

wand sich Frauke verunsichert. »Da sitzen Sie jedes Mal ziemlich weit weg von mir. Man kann sich doch mal zwanglos unterhalten.« »Unterhalten?«, wiederholte Münnemann genervt. »Worüber denn?«

»Über Sie natürlich«, schlug Frauke vor. »Erzählen Sie mir doch ein bisschen von sich. Was machen Sie abends so? Gehen Sie aus? Wohin? Würden Sie mich vielleicht mal mitnehmen?« Sie sah ihn verschmitzt an. »Ich würde mich auch gerne mal wieder amüsieren.«

»Wo ist denn eigentlich Ihre Busenfreundin?«, wollte Münnemann wissen. »Vermutlich begehen Sie eine Insubordination, weil sie mit mir subversivem Objekt reden. Dürfen Sie überhaupt allein raus nach Einbruch der Dunkelheit? Sie stehen doch komplett unter Kuratel.«

Frauke überlegte einen Moment. »Hm, ›Insubordination‹, das klingt kompliziert, aber Sie als Intellektueller werden schon recht haben. Ja, Renate ist wirklich ziemlich verärgert.«

»Nun, ich will Ihnen keine Unannehmlichkeiten bereiten. Ich erklärte Ihnen ja vorhin schon, dass ich losmuss.« Er machte Anstalten, sich zu erheben.

»Aber nicht doch! Lassen Sie mich jetzt tatsächlich hier allein sitzen?« Frauke verzog das Gesicht zu einer traurigen Grimasse. Leider war es wirklich eine, denn sie versuchte seit geraumer Zeit, den verloren gegangenen Schmelz ihrer Jugend durch die verschwenderische Anwendung von allem, was die Kosmetikindustrie hergab, zu kaschieren, was ihr an den meisten Tagen nicht sonderlich gut gelang. Vor allem ihr Verbrauch an Lidschatten und Lippenstift war astronomisch. Aber an guten Tagen sah sie immerhin aus wie eine etwas aus der Form geratene Bette Davis mit einem Schuss Margaret Thatcher. So ein Tag war heute allerdings nicht.

»Frau Schussel, ich habe wirklich dringend etwas zu erledigen«, wand sich Münnemann verzweifelt. »Nehmen Sie es nicht persönlich. Es liegt nicht an Ihnen, es liegt an mir. Wir telefonieren mal, okay?« Er griff nach seinem Tablet, aber sie legte ihre Hand auf seine und hielt sie fest.

»Erzählen Sie mir etwas von sich«, bat sie mit kokettem Augenaufschlag. »Ich weiß so gar nichts über Sie, und ich finde Sie total interessant.«

Alles an diesem Auftritt wirkte gekünstelt. Münnemann konnte sich keinen rechten Reim darauf machen.

»Sind Sie eigentlich noch Single?«, hauchte Frauke jetzt mit dünner Stimme, weil ihr allmählich die Ideen ausgingen.

»Überzeugter sogar«, bestätigte Münnemann zähneknirschend. »Mit jeder Sekunde mehr.«

»Hier bist du also«, ertönte plötzlich eine bekannte Stimme. Überrascht schauten beide hoch. Vor ihnen stand wie ein rothaariger Racheengel Renate Reismann, die noch das olivgrüne Landhauskleid vom Vormittag trug. Ihre Laune schien sich im Laufe des Tages nicht gebessert zu haben.

»Genug geplaudert, Frauke, ab mit dir!«, befahl sie in scharfem Tonfall. »Frau Exner erwartet dich in der Küche, ihr müsst den Menüplan für nächste Woche besprechen.«

»Huch, das hatte ich total vergessen«, rief Frauke mit unverhohlener Erleichterung. »Tschö mit ö, Herr Münnemann. Man sieht sich.« Sie warf ihm einen um Verständnis heischenden Blick zu und huschte davon, so schnell sie ihre kurzen Beinchen trugen.

Münnemann sah der kleinen Gestalt im engen Overall entgeistert hinterher, bis Renate sich vernehmlich räusperte. Er deutete auf einen Stuhl. »Schon gut. Ein Unglück kommt selten allein. Setzen Sie sich. Sonst behaupten Sie später, ich sei unhöflich. Vermutlich gibt es in diesem Fall keinen Nachtisch. Und? Was hat der Allerältestenrat, dem Sie angehören, ausgeheckt?«

»Ihre Manieren lassen sehr zu wünschen übrig. Aber Sie passen perfekt zu Ihrer Aufmachung.« Renate nahm auf einer Kante des Stuhls Platz und betrachtete missbilligend sein Shirt, auf dem ein großes Cannabisblatt prangte.

»Ich mache es kurz, Herr Münnemann«, begann sie. »Wir haben uns bei der Mitinhaberversammlung besprochen und beschlossen, dass wir noch einmal ein Auge zudrücken werden. Das haben Sie einzig und allein der Fürsprache meiner Freundin Frauke zu verdanken, die merkwürdigerweise einen Narren an

Ihnen gefressen hat.« Renate rümpfte die Nase. »Wir möchten Sie aber darauf hinweisen, dass weitere Verstöße gegen unsere Hausordnung unangenehme Konsequenzen nach sich ziehen werden.«

»Und die wären?« Münnemann lachte spöttisch. »Nachsitzen? Verschärfter Karzer? Eine Strafarbeit? Oder kommen Sie persönlich mit dem Bambusstock?«

»Warum sollte ich? Ganz offensichtlich haben sich alle disziplinarischen Maßnahmen während Ihrer Kindheit in den fünfziger Jahren als erfolglos erwiesen«, konterte Renate kühl. »Wenn es nach mir ginge, befänden Sie sich bereits auf der Suche nach einem neuen Domizil. Vorwiegend in der Hausbesetzerszene, wo Sie Ihre revolutionären Latrinenparolen mit einer Spraydose an einer Wand verewigen könnten.« Mahnend erhob sie ihren Zeigefinger. »Den Gebrauch von Betäubungsmitteln werden wir hier weiterhin nicht dulden. Es ist uns einerlei, ob deren Konsum vom Gesetz gedeckt ist. Wir sind ein konservatives Haus. Traurig, dass man solche Selbstverständlichkeiten extra erwähnen muss.«

»Extra erwähnen müssen Sie das nicht«, konterte Münnemann gereizt. »Aber Sie tun es trotzdem von früh bis spät in Ihrem jakobinischen Eifer. Betrinken darf ich mich allerdings, sooft ich will, nehme ich an. Ich werde mich mal online nach einer Zelle in einem Männerkloster umsehen. Dort geht es vermutlich lockerer zu als hier, sogar wenn ich mich regelmäßig selbst geißeln müsste. Wahrscheinlich wäre dort auch das Essen besser.«

»Tun Sie das«, empfahl ihm Renate kurz angebunden. »Beten und Bereuen dürfte etwas sein, das Sie in Ihrem Leben als Altachtundsechziger bisher noch nicht ausprobiert haben. Wie gesagt, es war nicht meine Entscheidung.« Sie winkte zwei Personen, die eben am Eingang der Terrasse erschienen und nun schnurstracks auf ihren Tisch zusteuerten. »Diese Herrschaften möchten mit Ihnen sprechen.«

Münnemann sah überrascht hoch, als die beiden Ermittler vor seinem Tisch stehen blieben. »Wer ist das? Meine Verwandten sind alle tot, und ich kenne hier zu meinem Glück niemanden.«

Renate erhob sich. »Sie wollten doch alles mal ausprobieren. Heute probieren Sie mal ein Verhör. Viel Erfolg.« Mit wehendem Rock verließ sie die Terrasse und verschwand im Gebäude.

»FBI?« Münnemann deutete spöttisch auf Klaus' schwarz getönte Sonnenbrille.

Der nahm sie ab und ließ sie in die Brusttasche seines Hemdes gleiten. »Sommer und Vollmer vom K1 in Memmingen«, übernahm er die Vorstellung. »Guten Tag. Dürfen wir? Und es ist nur eine Befragung, kein Verhör.«

Münnemann taxierte die Ermittler skeptisch. »K1? Wer sind Sie? Und vor allem was?«

»Kripo«, eröffnete ihm Klaus. »Die Cops, wie im Fernsehen.«

»Stimmt.« Sissi hob grüßend die Hand. »Und ich bin der gute Cop.«

»Wundervoll.« Münnemann lachte sarkastisch. »Zwei Komiker. Ich kann mir schon denken, warum Sie hier sind. Ihr schwergewichtiger Mitarbeiter hat also gepetzt.«

»Er meint Hans, glaube ich.« Klaus grinste. »Das wird ihn freuen. ›Dick‹ hört er nicht so gern.«

»Sollen wir die Unterhaltung in Ihrem Appartement fortsetzen?«, bot Sissi ihm an. »Sie möchten doch bestimmt nicht hier draußen mit uns sprechen.«

»Wieso nicht?«, fragte Münnemann aufreizend gelassen. »Sehe ich aus wie jemand, der fürchtet, seinen guten Ruf zu verlieren?«

»Definitiv nein.« Klaus betrachtete das Shirt mit dem Cannabisblatt. »Also: Haben Sie eine Ahnung, warum wir hier sind?«

»Klar doch.« Münnemann lehnte sich zurück und verschränkte die Arme hinter dem Kopf. »Ich habe Ihrem überzuckerten Kollegen bereits alles gesagt.«

Sissi wies auf das Tablet. »Sind Sie gerade beschäftigt?«

»Nicht mehr als sonst«, sagte er mürrisch. »Muss ich den Kaufbeleg für mein Tablet vorzeigen?«

»Daran sind wir nicht interessiert.« Sissi beobachtete kurz die Personen auf der nur mäßig belebten Terrasse und wandte sich wieder Münnemann zu. »Nun denn, Sie behaupten ja, es störe

Sie nicht. Ich werde trotzdem leise sprechen. Also, woher haben Sie das Kokain?«

Zwei Tische weiter wurden trotz der gedämpften Lautstärke einige Skatspieler aufmerksam und ließen die Karten sinken. Mehrere Köpfe drehten sich in ihre Richtung. Münnemann winkte ihnen fröhlich zu.

»Ich habe kein Kokain«, grinste er. »Ihr habt es.«

»Herrje«, stöhnte Sissi genervt. »Herr Münnemann, uns fehlt die Zeit, um uns auf semantische Spitzfindigkeiten einzulassen. Mit Sicherheit beherrschen Sie diese Kunst als ehemaliger Dozent meisterhaft. Wir ermitteln wegen eines Kapitaldelikts.«

»Und da kommen Sie zu mir?«, entfuhr es Münnemann überrascht.

»Wir haben den Verdacht, dass der Fund bei Ihnen mit unserem Fall in Zusammenhang stehen könnte«, informierte ihn Sissi. »Also, woher haben Sie es?«

»Versehentlich erworben. Das erwähnte ich bereits.«

»Versehentlich?«, wiederholte Klaus. »Man nimmt so was nicht einfach irgendwo mit wie im Supermarkt die falsche Sorte Salzbrezeln.«

In diesem Augenblick gab Münnemanns Gerät einen Signalton von sich. Er nahm es hastig auf, sah nach und ließ es enttäuscht wieder sinken.

»Ärger im Paradies?«, erkundigte sich Sissi. »Oder erwarten Sie eine Nachricht?«

»Nein. Ich wüsste nicht, von wem.«

»Sagt Ihnen der Name Julian Weidner etwas?«

»Nie gehört«, behauptete Münnemann. Es wirkte glaubwürdig.

»Wer hat Ihnen die Drogen verkauft?«

»Sie geben wohl nie auf«, stöhnte Münnemann entnervt. »Man verrät seine Connection nicht, weil man sich sonst eine neue suchen muss. Hier auf dem Land ist das ziemlich aufreibend, das kann ich Ihnen versichern. Und Ihnen ist hoffentlich klar, dass ich mich mit dem Genuss von Cannabis nicht strafbar mache. Ätsch. Nur selbst züchten darf ich hier nicht, weil diese hennagefärbte

Schreckschraube ansonsten garantiert mit ihrer Heckenschere ankommt und mir alles absäbelt. Wobei ich vermutlich von Glück reden kann, wenn sie nur die Pflanze beschneidet.«

Sissi musste schmunzeln. »Schade, wir hatten gehofft, Sie wären entgegenkommender. Wie gesagt, es geht nicht um Marihuana, sondern um das Kokain. Lassen Sie mich raten. Sie sind aus der Großstadt?«

»Ja, da wäre ich besser auch geblieben«, pflichtete ihr Münnemann mit säuerlicher Miene bei.

»Dann konsumieren Sie vermutlich schon länger Drogen und sind daran gewöhnt.«

»Schon möglich. Kann ich Ihnen nur empfehlen. Sie wirken etwas lustlos.«

»Sie haben das Zeug hier also vermisst, und Ihre alten Verbindungen haben Ihnen auch nicht weitergeholfen, richtig?«, fuhr Sissi unbeeindruckt fort. »Was würde ich selbst in so einem Fall tun?« Sie kratzte sich gedankenverloren am Kinn und wippte mit dem Fuß. »Hm, ich würde zuerst einmal ein paar Lokale abklappern, hauptsächlich Nachtclubs und Diskotheken. Dort würde ich wahllos ein paar Leute ansprechen. Liege ich richtig?«

»Wenn Sie den Ablauf kennen, warum reden Sie dann drum herum?« Münnemann schien allmählich nervös zu werden.

»Irgendwann hatten Sie Glück«, spann Sissi den Faden weiter. »Jemand verkaufte Ihnen was oder gab Ihnen einen Tipp, wo Sie hier in der Nähe etwas bekommen.«

»Schon möglich.« Münnemann gähnte ostentativ, um zu zeigen, dass ihn das alles kaltließ.

»Vielleicht ein sehr übergewichtiger Mann, nicht besonders groß?«, bohrte Klaus.

»Hören Sie, ich kenne hier wirklich niemanden«, schnaubte Münnemann ungehalten. »Bis auf den einen Typen, der mir in diesem versifften Lokal einen Tipp gegeben hat, habe ich keine Menschenseele persönlich kennengelernt. Muss auch nicht sein. Allein wegen des Dialekts hätte ich mit meinem Umzug hierher warten sollen, bis jemand dafür eine Übersetzungs-App herausbringt. Ich höre hier eine grammatikalische Blutgrätsche nach der anderen. Das überfordert mich.«

»Und trotzdem sind Sie hier im schönen Allgäu.« Sissi grinste. »Sah dieser Typ aus wie von uns beschrieben?«

»Kann sein, es war ziemlich dunkel«, brummte Münnemann. »Für mich ist diese Unterhaltung übrigens hiermit beendet. Sie gehen mir auf die Nerven.«

»Wir haben uns auch schon besser amüsiert«, versicherte ihm Klaus. »Aber geholfen haben Sie uns trotzdem.« Er zog provokativ langsam seine Sonnenbrille aus der Brusttasche und setzte sie mit einem geheimnisvollen Lächeln wieder auf. »Wir kriegen alles raus, Herr Münnemann. Alles.«

»Sekunde mal.« Münnemann hatte ihn misstrauisch beobachtet. »Haben Sie etwa so eine Spionagesoftware auf meinem Smartphone installiert, während ich mit dieser herrschsüchtigen Xanthippe bei Ihnen auf dem Revier war? Ich weiß, Sie können das, denn ich habe einige Artikel darüber gelesen.«

»Tja. Haben wir?« Klaus musterte ihn über den Rand seiner Brille. »Oder haben wir nicht?«

»Jetzt ist aber gut«, mischte sich Sissi ein. »Wir haben nichts dergleichen getan, Herr Münnemann. Klaus?«

»Nicht nur er ist genervt, Sissi«, entschuldigte sich ihr Kollege. »Wäre aber cool gewesen. Und hätte uns dieses Gespräch erspart, das sich in die Länge zieht wie drei Tage alter Kaugummi, den man versucht, vom Absatz zu bekommen.«

Münnemann starrte ihn entgeistert an und öffnete den Mund, um Klaus mit einer Tirade eloquenter, nicht strafbewehrter Beleidigungen in Zimmerlautstärke zu überziehen, als sein Tablet erneut einen Signalton von sich gab. Unschlüssig warf er einen Blick auf die beiden Ermittler, dann siegte seine Neugierde. Er entsperrte das Gerät und tippte aufs Display, um nachzusehen, wer sich gemeldet hatte.

»Wir sind hier fertig.« Sissi stand auf, nicht ohne einen schnellen Blick auf den kleinen Bildschirm zu werfen. »Komm, Kollege. Herr Münnemann wirkt sehr gestresst. Lassen wir ihn in Ruhe. Auf Wiedersehen.«

»Auf gar keinen Fall«, murmelte Münnemann, dem die Frustration ins Gesicht geschrieben stand. »Auf gar keinen Fall.«

»Konntest du was erkennen?«, fragte Klaus auf dem Weg in die Küche des Moserhofs flüsternd.

»Eine geöffnete Telegram-App«, antwortete sie leise. »Also nutzt er diesen verschlüsselten Messengerdienst. Und wartet offensichtlich auf eine Nachricht. Wenigstens etwas.«

In der Küche trafen sie auf Renate Reismann und ihre Freundin.

»Sie haben uns wirklich einen Gefallen getan«, bedankte sich Sissi bei den beiden Frauen.

»Nichts zu danken. Ich hoffe, Sie können uns helfen. Meiner Freundin habe ich eben eröffnet, dass sie keine oscarverdächtige Leistung abgeliefert hat. Frauke, das war die mieseste Vorstellung, die ich je erlebt habe. Und ich war mit einem Intendanten verheiratet und habe einige Knallchargen kennengelernt. Du solltest ihn nur ein wenig aufhalten. Stattdessen wirfst du dich ihm an den Hals wie eine Prostituierte. Deine ›Pretty Woman‹-Zeiten sind lange vorbei.«

»Dann gib mir beim nächsten Mal vorher gefälligst einen Text«, beschwerte sich Frauke patzig. »Niemand hat mich auf die Rolle als Lockvogel vorbereitet. Wir sind ja nicht beim Tatort!«

»Es hat dir auch niemand gesagt, du sollst dein Make-up von Stevie Wonder auftragen lassen«, tadelte Frau Reismann sie. »Außerdem siehst du in diesem Overall aus wie eine adipöse Bauchrednerpuppe. Wo hast du diese Monstrosität überhaupt gekauft? Du warst doch nicht schon wieder ohne mich in Memmingen?«

»Als Lockvogel waren Sie nicht gedacht«, beschwichtigte Sissi die gekränkte Blondine. »Nur als Ablenkung. Das haben Sie ganz großartig hinbekommen und uns die paar Minuten verschafft, die wir brauchten. Wir wollten uns nur mal umschauen, und das hat geklappt.«

»Siehst du, Renate«, schmollte Frauke.

»Das bleibt hoffentlich unter uns«, bat Renate Reismann. »Zutritt verschaffen darf ich mir nur in Notfällen.«

»Es war ja indirekt einer«, beruhigte Sissi sie. »Mein Kollege sieht sich nach einem Altersruhesitz für seine Eltern um und wollte ein oder zwei Appartements in Ihrer Anlage besichtigen. Jetzt hat er alle Informationen, die er brauchte. Nicht wahr, Klaus?«

»Bin begeistert«, gab Klaus ihr schlecht gelaunt recht. »Wir haben absolut nichts gefunden.«

»Wenigstens ist etwas geschehen. Ich wusste, man kann sich auf Sie verlassen«, bedankte sich Renate Reismann. »Auch wenn ich bezweifle, dass dies der normale Dienstweg war.«

»Sie sind eine kluge Frau und haben bestimmt nichts gegen eine kleine Abkürzung. Wir melden uns.« Sissi lächelte ihr zu, und die beiden Kommissare verließen die Küche.

# 14

»Servus.«

Ungehalten sah Dollinger von seiner Arbeit hoch. Im Türspalt war ein bärtiges Gesicht mit Sonnenbrille aufgetaucht, das er noch nie gesehen hatte.

»Sie wünschen, wir spielen?«, begrüßte er den Besucher vergrätzt. Er sollte wirklich mal mit dem Kollegen an der Pforte reden.

Man musste es Dollinger nachsehen. Frau Reismanns Besuch am Vormittag und die süffisanten Bemerkungen von Hans-Joachim Münnemann hatten ihm den Tag nachhaltig verdorben. Außerdem war eben die Meldung hereingekommen, dass auf dem Mobiltelefon von Julian Weidner keine Daten mehr zu retten gewesen waren. Und die Stelle, an der er seinen Lieblings-Imbissstand normalerweise vorfand, war leer gewesen. Deshalb hatte er sich woanders einen besonders üppigen Döner gekauft und sich damit seine Hose bekleckert, was ihm eine zweideutige Bemerkung vom Boss eingebracht hatte. Von der Tatsache, dass seine verehrte Frau Gemahlin dieses Malheur am Abend ebenfalls entdecken und daraus Rückschlüsse auf seine geheimen Essgewohnheiten ziehen würde, mal ganz abgesehen. Der Tag war jedenfalls im Eimer.

»Mit wem hab ich das Vergnügen?«, fragte er grantig. Im Büro war es nicht kühler geworden, und sein kleiner Taschenventilator kämpfte tapfer, aber vergeblich gegen die heiße Luft.

»Fröhlich«, nuschelte der Mann. »Rainer. Bin abgeholt worden. Von zwei Polizisten. Zwei!« Er klang vorwurfsvoll.

»Abgeholt?«, fragte Dollinger irritiert. »Ach ja, Frau Sommer hat Sie angekündigt. Weil Sie den Toten gefunden ham und gestern ein bissle jenseits vom Tresen waren. Die Kollegen ham erzählt, sie waren heut Mittag schon mal bei Ihnen, aber Sie ham net aufgemacht. Selber schuld, wenn die später noch amal kommen.«

»Kann schon sein«, gab Fröhlich zu. »Ich hab heut frei und wollt ausschlafen. Aber die Nachbarn schauen, wenn man von der Polizei abgeholt wird, als wär man ein Verbrecher.«

»Tut mir leid, die Zauberumhänge, die uns unsichtbar machen, sind grad alle in der Reinigung«, antwortete Dollinger bissig.

»Soweit ich mich erinnere, hat Frau Sommer Ihnen die Abholung angeboten, weil Sie sich sonst nimmer erinnert hätten, dass Sie kommen sollen. Ham Sie Ihr Auto wiedergefunden?«

»Ja klar«, meinte Fröhlich grimmig. »Und zwar zu Fuß. Bis ins Lehenbühl raus bin ich gelatscht. Ist frei weit für jemand, dem es net gut geht. Und es ist furchtbar hell.«

»Wenn die Frau Sommer heut Nacht net dafür gesorgt hätt, dass jemand Sie heimbringt, müssten Sie jetzt wahrscheinlich lange zu Fuß gehen«, belehrte ihn Dollinger. Seine Laune war heute wirklich nicht die beste.

»Ham Sie irgendwo einen Getränkeautomaten?« Sehnsüchtig betrachtete Fröhlich die Coladose auf Dollingers Schreibtisch.

»Erdgeschoss«, informierte ihn Dollinger. »Sie müssen ja einen ganz schönen Brand ham.«

»Wie ein Pferd.« Fröhlich kraulte sich peinlich berührt den Bart.

»Des kann man ja gar net mit anschauen.« Dollinger griff zum Telefon und sprach ein paar Sätze. »Ich lass Ihnen ein Wasser raufbringen. Ausnahmsweise. Sie schauen net aus, als ob Sie zwei Stockwerke ohne Kreislaufkollaps schaffen würden.«

»Vergelt's Gott«, bedankte sich Fröhlich.

»Segne's Gott«, erwiderte Dollinger automatisch. »Herr Fröhlich, könnten Sie vielleicht die Sonnenbrille absetzen? Sie sind in einem geschlossenen Raum.«

Fröhlich nahm seine Brille ab, kniff geblendet die Augen zusammen und setzte sie sofort wieder auf.

»Ich versteh schon.« Dollinger seufzte und öffnete eine Datei auf seinem PC. »Fangen mir an.«

»Dauert des lang?«, erkundigte sich Fröhlich zaghaft. »Ich würd gern noch ein bissle vorschlafen für heut Abend. Da will ich wieder ins Zelt.«

»Hängt von Ihnen ab«, erklärte ihm Dollinger. »Ham Sie einen Ausweis für mich?«

»Sie ham doch selber einen«, entfuhr es Fröhlich verdutzt, bis es ihm dämmerte. »'tschuldigung«, stotterte er. »Bei mir dauert heut alles ein bisschen länger.«

»Kann ich mir vorstellen.« Dollinger trommelte mit den Fingern auf die Schreibunterlage. »Was ist jetzt mit dem Ausweis?« Fröhlich beugte sich vor und fieselte in seiner Gesäßtasche nach dem Portemonnaie. Er zog einen scheckkartenähnlichen Gegenstand heraus und legte ihn auf den Tisch.

»Aha.« Dollinger warf einen prüfenden Blick auf das Foto. »Da ham S' aber noch keinen Bart.«

»Schaut doch niemand aus wie in seinem Ausweis«, verteidigte sich Fröhlich. »Sie garantiert auch net.«

Das war allerdings wahr, denn zwischen Dollingers Lichtbild und der Jetztzeit lagen ungefähr zwanzig Kilogramm.

»Schon gut, man erkennt Sie ja trotzdem«, brummte er und nahm die Personalien auf. »Sie ham also den Julian Weidner gefunden. Mir zwei unterhalten uns jetzt, ich fass des alles zusammen und les es Ihnen dann laut vor. Wenn alles stimmt, drucke ich es aus, und Sie unterschreiben. Sollt ich was vergessen haben, geben Sie Bescheid.«

»Ich wollt aber noch was anmerken«, wandte Fröhlich ein. »Mir ist was eingefallen. Glaube ich.«

»Glauben heißt nix wissen«, erwiderte Dollinger resolut.

»Ich bin mir aber fast sicher«, stotterte Fröhlich verunsichert. »Es ist mir gekommen, wie ich meinen Kaffee getrunken hab.«

»Was Wichtiges?«, fragte Dollinger.

»Könnte sein. Also, ich hab ja heut Nacht zum Bieseln müssen.«

»Ihre Notdurft verrichten«, korrigierte ihn Dollinger streng.

»Ist schon alles schriftlich festgehalten.«

»Meinetwegen auch des. Ich bin raus zum Parkplatz, weil die Leut wirklich unhöflich sind. Die Frauen mein ich. Schmieren einem eine, bloß weil man an ihnen vorbeilauft.« Er zog ein betrübtes Gesicht. »Ich wollt also Richtung Parkplatz, weil da Bäume sind.«

»Und weiter?«

»Wie ich grad anfange, hör ich was«, fuhr Fröhlich fort. »Und wie ich um den Baum rumschaue, da seh ich jemand knien. Über einem anderen am Boden.«

»Des steht auch schon da drin.« Dollinger zeigte auf den Bildschirm.

Es klopfte an der Tür. Eine junge Kollegin von der Pforte trat ein, stellte eine Halbliterflasche Mineralwasser auf Dollingers Schreibtisch und verschwand wieder.

»Darf ich?« Blitzschnell schnappte sich Fröhlich die Flasche und leerte sie in einem Zug.

Dollinger beobachtete ihn fassungslos. »Na, wenn's hilft«, brummte er. »Sie ham also jemanden gesehen, der neben dem Herrn Weidner gekniet ist.«

»Stimmt. Und ich hab gerufen.«

»Was denn?«

»Keine Ahnung.« Fröhlich fasste sich an die Schläfen. »Irgendwas.«

»Aber was ist Ihnen denn jetzt eingefallen?« Dollinger verlor allmählich die Geduld. »Ist das für unsere Ermittlungen relevant?«

»Bestimmt.« Fröhlich nickte. »Ich hab ja einen Schatten gesehen.«

»Steht auch schon drin«, bestätigte Dollinger ungeduldig.

»Steht da auch drin …«, Fröhlich taxierte Dollinger hinter seiner schwarzen Brille, »dass der Schatten …? Sagen Sie amal, darf man ›fett‹ noch sagen heutzutage?«

»Net so gern. Des kann man auch sensibler ausdrücken.« Dollinger war nicht entgangen, wie sein Gegenüber ihn trotz seiner Sonnenbrille gemustert hatte. Er hatte ja gewusst, dass aus diesem Tag nichts mehr werden würde.

»Geht ›dick‹ vielleicht?«, erkundigte sich Fröhlich hoffnungsvoll.

»Was wollen Sie mir denn jetzt überhaupt mitteilen?«, stöhnte Dollinger. »Sie ham einen Schatten gesehen. Und der war …«

»Dick«, platzte es aus Fröhlich heraus. »So richtig. Ich hab mich bloß gestern net dran erinnert, weil ich so geschockt und besoffen war. Und ich kenn den Schatten.«

»Also die Person, die neben dem Toten kniete?«, konstatierte Dollinger. »Des ist ja eine schwere Geburt.«

»Leute, die ein bissle mehr wiegen, kenn ich einige«, sagte Fröhlich. »Aber heut früh ist mir gekommen, dass der Kopf vom Schatten auch so groß gewesen ist. Riesig, meine ich.«

»Wer soll denn des gewesen sein?«, gluckste Dollinger amüsiert. »Bigfoot oder der Yeti? Oder ein Wolpertinger?«

»Kenn ich net.« Fröhlich kratzte sich verwirrt am Kopf. »Es war einfach jemand mit einem großen Schädel. Mit furchtbar vielen Haaren.«

»Verstehe.« In Wirklichkeit verstand Dollinger überhaupt nichts.

Fröhlich nickte. »Wenn ich es Ihnen sag. Ich kenn jemand, der hat so einen Haufen Haare. Sieht fast wie ein Sturzhelm aus. Und des Gewicht tät auch stimmen.«

»Sie wollen mir also sagen, dass Sie diesen Schatten erkannt ham?«

»Das Gesicht net. Aber im Nachhinein, wo sich alles ein bissle gesetzt hat, muss ich sagen, es gibt bloß einen in Legau mit so einer großen Rübe.«

»Ich nehm ja schon ein paar Jahre lang Zeugenaussagen auf«, stotterte Dollinger verstört, »aber so was hab ich noch nie gehört. An wen hat Sie dieser große Kopf denn erinnert?«

»An den Graf«, behauptete Fröhlich selbstsicher. »Der hat eine Figur wie ein Fass Gewürztraminer. Er war's. Einwandfrei. Kann sonst keiner gewesen sein.«

»Graf?«, wiederholte Dollinger belustigt, der im ersten Moment keinen Zusammenhang herstellen konnte. »Graf Koks? Ach, jetzt fallt's mir ein. Der heißt ja wirklich so.«

Fröhlich sah ihn über den Rand seiner Sonnenbrille geheimnisvoll an. »Genau, den Markus Graf mein ich. Ist ständig mit dem Julian abgehängt. Ich könnt schwören, dass er des war.«

Dollinger wollte es nicht glauben. »Sind Sie sich da absolut sicher? Heute Nacht ham Sie angegeben, nur eine Silhouette erkannt zu haben. Und ganz nüchtern sind Sie auch net gewesen. Vielleicht ham Sie doppelt gesehen.«

»Doch, der war's«, wiederholte Fröhlich verärgert. »Keine Ahnung, wie der die ganzen Frauen abschleppt mit so einer Figur.«

»Und des fällt Ihnen jetzt erst ein?«, knurrte Dollinger genervt.

»Immerhin ist es mir überhaupt eingefallen«, verteidigte sich Fröhlich. »Vielleicht ham die zwei draußen weitergestritten. Im Zelt drinnen sind die nämlich aneinandergeraten. Direkt an meinem Tisch. Der Julian war mega-aggressiv drauf. Ganz rote Augen hat er gehabt. Zum Fürchten. Mich hat er auch blöd angemacht, aber dann hat er irgendwen gesehen, der anscheinend wichtiger war, und ist verschwunden.«

»Wen denn?«, wollte Dollinger wissen.

»Weiß ich net. Sie ham ja keine Ahnung, wie voll des gestern war.«

»Interessant.« Dollinger wollte gerade zum Telefon greifen, um Sissi anzurufen, als sie das Büro betrat, gefolgt von Klaus, der verärgert wirkte.

»Des passt ja«, freute sich Dollinger. »In diesem Moment hab ich an euch gedacht. Dem Herrn Fröhlich ist nämlich was eingefallen, gell?«

»Hallo, Sissi«, murmelte Rainer. »Dank schön noch mal. Wenn die mich heut Nacht erwischt hätten, müsst ich jetzt laufen.«

»Hallo, Rainer, nichts zu danken.« Sissi lächelte den großen Mann an. »Was ist dir denn noch eingefallen?«

»Er will den schattenhaften Umriss bei dem Toten als Markus Graf identifiziert haben«, klärte Dollinger sie auf. »Klaus, servus. Ham dich die Kollegen angemessen begrüßt?«

»Ihr seid so witzig«, knurrte Klaus stinksauer. »Findet ihr das lustig, mir tonnenweise YouTube-Links zu Bruce-Lee-Filmen zu schicken? Und so gut wie jeder Kollege, dem ich begegne, macht total bescheuerte Karate-Bewegungen und stößt angedeutete Kampfschreie aus. Sag ihnen gefälligst, sie sollen damit aufhören.«

»Und wenn net, verhaust du sie dann mit deinem grünen Gürtel in Klimbim?«, wieherte Dollinger. »Ich hab übrigens jemand angesetzt auf die Videos, auf denen du drauf bist. Könnt noch ein bissle dauern, aber die kriegen wir zum Großteil aus dem Netz.« »Ach, hör auf, ihr habt die garantiert heimlich privat gespeichert.« Klaus setzte sich an seinen Schreibtisch. »Wenn ihr nicht so gut kochen könntet, wäre ich längst weg.«

»Du Armer. Hast schon eine Beschwerde an den Rat der Exilberliner geschrieben? Die treffen sich jeden Donnerstag in einer Telefonzelle.« Dollinger musste so lachen, dass er sich beinahe an seiner Cola verschluckt hätte.

»Es gibt gar keine Telefonzellen mehr, du verfressener Anachronismus«, konterte Klaus gekränkt.

»Dafür hat Klaus keine Zeit, denn er muss mich zum Festzelt begleiten«, mischte sich Sissi ein.

Rainer Fröhlich hatte die Unterhaltung mit großen Augen verfolgt und erhob sich schwerfällig. »Bin ich fertig? Des dauert ja ewig und geht alles von meinem Schlaf weg.«

»Ob Sie fertig sind? Schätze schon. Wunder dauern etwas länger«, antwortete Dollinger düster. »Warten Sie bitte unten an der Pforte, wir machen nachher weiter.«

Fröhlich trottete gehorsam und ohne Abschied nach draußen.

Sissi wartete, bis sich die Tür hinter dem großen Mann geschlossen hatte. »Markus Graf also. Dass er was zu verbergen hat, konnte man deutlich sehen. Lass ihn zur Fahndung ausschreiben und einen Durchsuchungsbeschluss ausstellen. Und schick eine Streife nach Legau, um ihn festzunehmen. Jemand soll sicherheitshalber auch die Flugbuchungen am Allgäu Airport checken. Den schnappen wir uns.«

»Weit kann er noch nicht gekommen sein«, meinte Klaus. »Ich glaube nicht, dass er Verdacht geschöpft hat.«

»Glaube ich auch nicht«, pflichtete Sissi ihm bei. Dann wandte sie sich wieder an Dollinger. »Hast du noch was für uns?«

»Die Anrufliste vom Telefonanbieter von Julian Weidner.« Er holte ein paar Blätter aus einem Ablagekorb. »Von diesem Monat. Auffällige Häufigkeiten hab ich markiert.« Er überreichte ihr die

Ausdrucke.»Diese Nummer gehört einer Lisa Maier. Meistens hat er seinen Anruf aber nach ein paar Sekunden abgebrochen. Auch die Gespräche waren recht kurz.«

»Sie wird halt nicht rangegangen sein, weil sie seine Nummer kannte. Sonst noch was Relevantes?«

»Fast jeden Tag mindestens ein Anruf bei Markus Graf«, informierte Dollinger sie.»Und mehrmals die Woche bei seiner Tante. Seit zwei Wochen ist bei Graf allerdings kein Gespräch mehr vermerkt.«

»Die hatten Streit«, erklärte ihm Klaus.»War das alles?«

»Hätt ich jetzt fast vergessen. Auf dem Lebkuchenherz ist – zusammen mit drei anderen – der Fingerabdruck von Julian Weidner identifiziert worden. Für die anderen ham wir noch keine Vergleichsparameter.«

»Er muss das Herz in der Tatnacht für eine Frau gekauft haben. Lisa Maier vielleicht?«, riet Klaus.

»Mit Brandstetter hat er sich aber wegen dieser Katja Weißenhorn geprügelt«, wandte Sissi ein.»Kann auch für sie gewesen sein. Und vor dem Zelt hat er es dann vielleicht wütend weggeworfen. Aber spekulieren hilft uns nicht weiter. Wir müssen erst mal Markus Graf in die Finger kriegen.«

»Wird schon noch«, tröstete sie Dollinger.»Wie läuft's sonst?«

»Zäh«, gestand Sissi.»Hast du Julian Weidner bereits auf Social Media gecheckt? Wenn nein, prüfe bitte auch Max Weidner und Lisa Maier. Georg Maier können wir uns sparen, sogar wenn er da mitmachen würde, wäre er innerhalb von einer Woche überall dauerhaft gesperrt wegen Beleidigung, da bin ich mir sicher. Du kannst dir Verstärkung holen.«

»Schon erledigt. Ich hab ganz vergessen, es in der Besprechung zu erwähnen, weil es so pressiert hat«, entschuldigte sich Dollinger.

»Mein nächster Apfelkuchen gehört dir«, lobte ihn Sissi.»Falls ich von meinem Mann mal Backofen-Zeit bekomme. Was hast du herausgefunden?«

Dollinger tippte auf seiner Tastatur herum und drehte den Bildschirm in ihre Richtung.»Des ist der Facebook-Account von Julian Weidner. Videos und Fotos aus Kneipen und Clubs, alleweil a hübsche Frau im Arm.« Er klickte bei einem Video auf »Play«. Man sah eine lachende Dunkelhaarige, die ein Glas Sekt in der Hand hielt, während sie mit Julian herumknutschte. »Gefilmt hat die Aufnahme vermutlich ein Dritter.«

»Wird Markus Graf gewesen sein«, vermutete Klaus.

»Der ist auf fast allen Videos und Bildern mit drauf«, bestätigte Dollinger. »Die zwei ham sich aufgeführt wie amerikanische Rapper. Viel Bling-Bling und Schampus. Extrem wenig Ackerzucht und Viehbau.«

»Und schon wieder hältst du dich für witzig«, kritisierte ihn Klaus grollend.

»Lass mich mal bitte.« Sissi huschte hinter Dollingers Schreibtisch und scrollte sich durch die Timeline. »Oha.« Julian stand breitbeinig und mit nacktem Oberkörper in Arbeitshosen vor einem Heuballen und lächelte herausfordernd in die Kamera. Auf dem nächsten Foto saß er – ebenfalls oben ohne – auf einem Traktor und machte das Victoryzeichen.

»Attraktiv war er wirklich«, gab Klaus zu.

»Seine sogenannten Facebook-Freunde sind ja auch fast alle weiblich«, grinste Dollinger. »Den Instagram-Account brauchts ihr net anschauen, ist eins zu eins das Gleiche. Auf Social Media war er sehr aktiv.«

»Wie süß.« Sissi deutete auf ein Foto, auf dem Julian seine Tante umarmte, die glücklich einen Blumenstrauß in die Kamera hielt. »Die wichtigste Frau in meinem Leben«, las sie laut vor. »Er hing wohl wirklich sehr an ihr.«

»Und sie an ihm«, sagte Klaus. »Wie sieht's mit seinem Bruder aus?«

»Würde mich auch interessieren«, schloss sich Sissi ihm an. »Ich finde ihn mindestens genauso attraktiv wie Julian, nur auf eine andere Art. Er wirkt geheimnisvoll. Manche Frauen mögen das.«

»Vom Max Weidner gibt es wenig bis nix«, fuhr Dollinger fort. »Ein paar Fotos von seiner Arbeit, Sonnenuntergang über dem Stallgebäude und ein Video von einem landwirtschaftlichen

Lohnunternehmen, das mit der Ballenpresse arbeitet. Der letzte Post ist Monate her.«

»Hast du auch was von Lisa Maier?«, unterbrach ihn Sissi.

»Genauso wenig«, bedauerte Dollinger. »Eine hübsche Frau, wirklich. Laut ihrem Profil ist sie gelernte Tierwirtin. Sie hat hauptsächlich Fotos aus ihrem Alltag gepostet. Ich glaub, sie hat sich den Account bloß zugelegt, damit sie mitreden kann. Wenn ich mir die Bilder so anschaue, arbeitet sie viel.«

Sissi und Klaus betrachteten die Fotos. Lisa stand in Gummistiefeln und einer blauen Schürze im Stall, die Heugabel in der Hand, und lächelte gezwungen in die Kamera.

»Kuchenrezepte, Wetterberichte, Tierbilder und an Weihnachten ein Gedicht. Nix Sensationelles«, fuhr Dollinger fort. »Dieser Julian Weidner ist die schillerndste Person von allen gewesen. Auf den Fotos schaut's aus, als wollt er net allzu sehr mit seiner Arbeit als Landwirt in Verbindung gebracht werden.«

»Weil er keiner war, sondern jemand, der da reingeboren wurde.« Sissi studierte noch mal das Foto von Julian vor dem Heuballen. »Irgendwo da drin ist die Nadel«, murmelte sie. »Die müssen wir finden. Lass uns nach Hause fahren, Klaus. Wir haben heute noch was vor.«

## 15

»Menno, ich hatte darauf gehofft, dich heute Abend in Verkleidung bewundern zu dürfen.« Enttäuscht musterte Klaus seine Kollegin, die ihm eben die Tür geöffnet hatte. »Du weißt schon – so ein echtes Melkerinnen-Outfit.«
Er deutete auf Sissis schwarze Jeans und die kurzärmlige dunkelblaue Bluse, die ihr weit über die Hüften reichte.
»Übst du dich heute im Fettnapf-Weitsprung?«, fragte Sissi. »Brauchst dich nicht wundern, wenn die Kollegen dich gelegentlich hochnehmen. Außerdem sieht mein Schulterhalfter doof aus über einem Dirndl. Du hättest ja auch in der Krachledernen kommen können. Ich hab mich schon drauf gefreut, ein paar Fotos von dir in so einer Hose an dein altes Dezernat zu mailen. Peter hätte dir sicher eine geborgt.«
»Danke für das Angebot, aber eher friert die Hölle zu, als dass ich mich in so ein Ding zwänge«, lehnte Klaus ab. »Bei euch im Festzelt braucht man wohl eher Mundschutz, ein Suspensorium und Boxhandschuhe.«
»Lass uns gehen«, bat Sissi mit verschwörerischem Unterton. »Sonst werde ich noch irre. Momentan bringt er mich zur Weißglut. Er bäckt schon wieder.«
»Zu spät.« Klaus musste grinsen, als Peter Sommer in der Diele erschien, um sich von seiner Frau zu verabschieden. Er war über und über mit Mehl bestäubt.
»Hallo, Klaus. Pass gut auf meine Herzensdame auf«, begrüßte er ihn.
»Das mache ich schon selbst«, unterbrach ihn Sissi. »Aber für deine Unversehrtheit kann ich nicht mehr lange garantieren, wenn du so weitermachst. Wie siehst du denn aus? Du hast das Zeug ja sogar in den Haaren.«
»Mir ist eben ein Sack mit Dinkelmehl geplatzt«, gestand Peter verlegen. »Der war verdammt schwer.«
»Wir betreiben nämlich eine Großbäckerei«, klärte Sissi ihren

Kollegen grimmig auf. »Darum kauft mein Mann jetzt sein Mehl direkt bei der Mühle. In Säcken.«

»Für ein einziges Brot geht locker ein Kilo Mehl drauf, Schatz«, verteidigte sich Peter. »Ich kann doch nicht wegen jeder Tüte extra zum EDEKA fahren.«

»Irgendwer muss die Brote aber auch essen«, erinnerte ihn seine Frau. »Die Gefriertruhe ist voll.«

»Dann nimmst du sie wieder mit aufs Revier«, schlug Peter vor. »Die freuen sich bestimmt.«

»Und wie«, pflichtete Klaus ihm bei. »Sind alle ganz wild drauf und reißen sie deiner Frau förmlich aus der Hand. Heute haben sich beinahe zwei geprügelt um das letzte Brot. Hau rein!«

Sissi warf ihm einen unergründlichen Blick zu. »Kennst du eigentlich schon die Kleinkunstbühne in der Salznigstraße? Wo aufstrebende Autoren mit Laienschauspielern ihre Theaterstücke vorstellen? Noch so ein Strike, und ich schicke deiner Freundin den Flyer. Da kannst du übrigens in deiner Trainingshose hingehen. Merkt keiner.«

»Deine Frau erpresst mich, hilf mir«, wandte sich Klaus an Peter.

»Aus dieser Klemme musst du dich schon selbst rauswinden«, lehnte der ab. »Du solltest im Laufe eurer Zusammenarbeit gelernt haben, dass man sie nicht übermäßig reizen darf.«

»Schatz, wir müssen. Ich hätte niemals gedacht, dass ich so was mal zu einem Mann sagen würde, aber: Back nicht mehr so lang.« Sissi hauchte ihm einen Kuss auf die einzige mehlfreie Stelle in seinem Gesicht. »Und warte nicht auf mich. Könnte länger dauern.«

»Schade«, bedauerte Peter. »Ich hatte mich schon drauf gefreut, heute Abend mit dir ins Festzelt zu gehen. Dann verschwinde ich mal wieder.« Er winkte ihnen zum Abschied und machte sich auf den Weg zurück in die Küche.

»Toll, dass du ihn noch darin bestärkst«, schimpfte Sissi, als sie ins Auto stieg.

»Ich finde es liebenswert, dass er sich bei jedem neuen Hobby so ins Zeug legt.« Klaus startete den Wagen. »Erinnere dich, als er meinte, er müsse das Haus renovieren, und sich einen Schlaghammer geborgt hat. Vom Backen macht er dir wenigstens keine Löcher in die Außenwand.«

»Du hast seine ersten Brotversuche nicht probiert.« Sissi kicherte.»Aber er übertreibt jedes Mal so. Allein der Strom kostet ein Vermögen. Hast du was von Markus Graf gehört?«

»Nein, leider nicht. Die Kollegen durchsuchen in diesem Moment seine Wohnung und die Büroräume, die sich im selben Haus befinden. Warum sind wir nicht dabei?«

»Weil es jetzt noch früh genug ist, um ein paar valide Informationen über gestern Abend zu kriegen. Von Leuten, die gestern dabei waren. Bei der Durchsuchung werden wir nicht gebraucht. Könnte ja sein, dass jemand im Zelt einen Tipp für uns hat, wo Graf sich aufhält.«

Klaus wollte nach links zum Marktplatz abbiegen, als Sissi ihn am Ärmel packte.»Nicht!«, befahl sie.»Weiter geradeaus, dann bei der Volksbank rechts.«

»Was ist?« Klaus tat wie ihm geheißen und stoppte neben dem großen blauen Gebäude, in dem die VR-Bank untergebracht war, nicht weit entfernt von der Sparkasse auf derselben Straßenseite.

Sissi beobachtete, wie ein uralter Jeep vom Sparkassen-Parkplatz auf die Hauptstraße bog, Richtung Ausnang fuhr und links in die Straße zum Zimmerplatz verschwand. Da sämtliche Fenster des Wagens geöffnet waren, konnte man den Fahrer deutlich erkennen. Seine langen Haare flatterten im Wind.

»War das nicht …?«, wunderte sich Klaus.

»Manni Gschwendner«, bestätigte Sissi.»Er ist also wieder draußen. Garantiert war er es, den ich heute Morgen auf dem Weidner-Hof gesehen habe, wie er in den Stall huschte. Da wird aber jemand glücklich sein.«

»Du glaubst gar nicht, wie glücklich. Guck mal in den Rückspiegel«, forderte Klaus sie auf.

Sissi erkannte eine dürre Gestalt mit schütteren blonden Haaren, die auf einem orangefarbenen Mofa die Hauptstraße entlangknatterte und immer näher kam.

»Schucki Herrmann, sein Busenfreund.« Sissi überlegte.

»Warum ist Manni eigentlich allein unterwegs? Die beiden waren doch vor seinem Gefängnisaufenthalt Tag und Nacht zusammen.«

Schucki Herrmann, ein herzensguter aktiver Kampftrinker, der dauerhaft in anderen Sphären schwebte als nüchterne Menschen, wohnte seit siebenundvierzig Jahren bestens versorgt im Hotel Mama, war intensiver Nutznießer der Solidargemeinschaft und der beste Kumpel von Manni Gschwendner.

Verhöre mit Schucki Herrmann gestalteten sich kompliziert, denn seit er seinerzeit im Wald nahe der Iller von einer bösen Wildsau namens Guido verfolgt worden und dabei mit dem Kopf voraus auf einem Baumstumpf gelandet war, dachte er bei jeder Gelegenheit, er habe Geburtstag, zückte seinen Ausweis und erwartete dann Kuchen oder ein Geschenk. Bis heute glaubte er standhaft daran, dass das Landratsamt Unterallgäu ihm irgendwann seinen eingezogenen Führerschein zurückgeben würde, aber dieser Zug war lange abgefahren. Niemand hatte Schucki in den letzten Jahren ohne eine Flasche Bier erlebt, die er ständig mit sich führte, als wäre sie an seiner Hand festgewachsen. Er war der einzige Mensch im Landkreis, der einhändig mit dem Mofa sogar durch Schlaglöcher brettern konnte, ohne umzufallen, und stets da zu finden, wo Manni sich herumtrieb. Seine Trunkenheitsfahrten – andere gab es bei Schucki eigentlich nicht – absolvierte er normalerweise auf nur ihm bekannten Schleichwegen zwischen Lautrach und Legau. Wenn man sich mit ihm unterhielt, hatte man das Gefühl, er würde demnächst davonschweben, falls ihn jemand zwingen würde, nüchtern zu werden. Trotzdem mochten ihn alle, denn er war auf eine kindliche Art liebenswert.

Sissi sah ihm nachdenklich hinterher. »Er ist zum Zimmerplatz gefahren, da liegt das Büro von Markus Graf.«

»Nicht nur«, erinnerte sie Klaus.

»Manni war in der Sparkasse und hat wahrscheinlich Geld abgehoben. Graf wohnt über seinen Geschäftsräumen, das ist bestimmt kein Zufall«, meinte Sissi.

Inzwischen war Schucki an der Kreuzung angekommen, an der Manni links abgebogen war. Er stoppte das Mofa, sah sich irritiert nach allen Richtungen um, dann fuhr er weiter in Richtung Fachklinik.

»Wenn der Ärmste Entenmoos erreicht hat, wird er schon merken, dass Manni nicht dort ist.« Sissi dachte nach. »Merkwürdig, dass er seinen besten Kumpel verfolgt. Die beiden sind doch wie siamesische Zwillinge. Hier ist was faul. Wahrscheinlich will Manni Drogen kaufen oder mit Graf ins Geschäft kommen.« Es dauerte nicht mal dreißig Sekunden, bis der braune Jeep wieder auf die Hauptstraße einbog und auf sie zukam. Beide duckten sich unter das Armaturenbrett, bis Manni an ihnen vorbei war.

»Der Schock muss groß gewesen sein, als er bemerkte, dass die Räume von Markus Graf gerade durchsucht werden.« Sissi kicherte.

Klaus startete den Wagen. Er wollte wenden, um auf die Hauptstraße zurückzufahren, als er im Augenwinkel etwas Oranges bemerkte. Schucki hatte offensichtlich seinen Irrtum erkannt und knatterte mit zerzausten Haaren an ihnen vorbei. Er bog ebenfalls nach rechts ab und verschwand.

Klaus sah ihm hinterher. »Jetzt bin sogar ich neugierig geworden. Wo wollen die hin? Sissi, ist das nicht dein Onkel?«

Pfarrer Sommer stand am Straßenrand und wollte eben den Zebrastreifen überqueren. Sissi stieg aus und eilte zu ihm.

»Onkel Andi, schön, dich zu sehen.« Sie umarmte ihren Onkel herzlich. »Holst du Geld?« Sie zeigte auf die Sparkasse.

»Für morgen«, bestätigte er. »Frau Weidner kommt zum Helfen, und ich möchte ihr wenigstens ein kleines Trinkgeld geben für ihre Mühe. Jetzt, wo ich weiß, wie schlecht es finanziell um sie steht. Und dich wollte ich heute auch schon ein paarmal anrufen, weil ich eine witzige Begegnung hatte. Aber ich habe es immer wieder vergessen.«

»Nicht so schlimm«, tröstete ihn Sissi. »Konntest du Frau Weidner ein wenig beruhigen?«

»Nicht wirklich. Sie ist am Boden zerstört. Ein ganz anderer Mensch. Die gebrochene Frau, die ich heute besucht habe, hat nichts mit der Person zu tun, die mir sonst in der Kirche hilft.

Julian hat sie stets großzügig unterstützt, anders als Max, wie sie mir heute anvertraute. Sie hat fürchterliche Angst davor, wie es finanziell weitergeht. Ich mache mir Sorgen.«

»So etwas dauert seine Zeit«, beruhigte ihn Sissi.

»Ich bin mir richtig schäbig vorgekommen, sie trotz ihres Kummers um Hilfe zu bitten. Aber Frau Salzmann, die offiziell putzt, hat sich das Bein gebrochen.«

»Vielleicht kannst du es wiedergutmachen. Mit ihr zum Einkaufen fahren oder sie zum Arzt begleiten. Onkel Andi, ich muss.«

»Das Wichtigste hätte ich jetzt beinahe vergessen.« Er schlug sich mit der flachen Hand an die Stirn. »Als ich bei Frau Weidner war, klingelte es an der Tür. Ein guter Bekannter von euch stand draußen und wollte sich als Zeuge Jehovas Einlass verschaffen. Klein, untersetzt, kaum Haare, feuerroter Kopf.«

»Robert Steinmeier«, knurrte Sissi. »Dieser Aasgeier.«

»Ich würde an deiner Stelle die Augen offen halten. Der gibt nicht so schnell auf.«

»Als ob wir das nicht selbst wüssten.« Sissi umarmte ihren Onkel zum Abschied. »Ich besuche dich bald, versprochen.«

»Kannst auch mal außerhalb der Gottesdienste vorbeikommen. Ich freue mich immer, dich zu sehen.«

Klaus hupte.

»James Bond wird ungeduldig. Bis bald!« Sissi winkte ihrem Onkel zu und hastete zum Auto.

»Er kann sich nicht erinnern.« Sissi kam enttäuscht von dem kleinen Stand zurück, an dem Lebkuchenherzen, große Zuckerstangen und gebrannte Mandeln verkauft wurden. »Gestern ist wohl ziemlich viel los gewesen, und er hat sich natürlich nicht gemerkt, was er an wen verkauft hat.«

»Schade«, bedauerte Klaus. »Hätte ein Hinweis sein können. Ein Abdruck auf dem Herz gehört zu Julian, einer von den beiden anderen dürfte vom Verkäufer stammen.«

Beide standen vor dem großen Bierzelt, aus dem wieder Musik ertönte.

»Wer spielt heute Abend? Ernst Bosch und die sieben Zünd-kerzen? Ich will da nicht rein.« Klaus verzog das Gesicht.

»Musst du aber. Ich weiß schon, dass du, als du von Berlin hierherkamst, dachtest, du würdest Wilderer jagen und Schnaps-brennereien ausheben«, neckte ihn Sissi. »Kannst dich ruhig bei deinen Fans sehen lassen. Immerhin bist du berühmt. Hast du deine Autogrammkarten dabei?«

Um sie herum drängten sich bunt gekleidete Menschen in Richtung Eingang. Von Jeans über Batikkleider bis hin zu Trach-ten war alles dabei. Ein Liebespaar – er in der Krachledernen, sie im traditionellen Dirndl – flanierte Hand in Hand an ihnen vorbei. Neben ihnen unterhielt sich eine kleine Gruppe älterer Herren. Sie trugen Hüte mit prächtigen Federn.

»Wenn ich das in Berlin erzähle, glaubt mir das kein Mensch«, flüsterte Klaus. »Ehe ich mich ins Allgäu versetzen ließ, dachte ich immer, so was wird nur fürs Fernsehen produziert. Eine Art Folklore-Show für Norddeutsche.«

»Das tun sie heute nur für dich«, versicherte ihm Sissi mit todernstem Ausdruck. »Normalerweise sind wir ganz anders.« Als sie sein Gesicht sah, musste sie lachen.

»I wül wieder ham, i fühl mi do so allan«, sang gerade eine Coverband der Gruppe S.T.S. »Brauch ka große Wölt, i wül ham nach Fürstenfeld.«

»Den Dialekt verstehe ich mittlerweile halbwegs, aber wo zum Geier ist Fürstenfeld?«, fragte Klaus grantig. »Heim will ich übrigens auch.«

»Zu Hause bist du jetzt hier«, erinnerte ihn Sissi. »Zieh dein Hemd aus der Hose und lass es über den Gürtel hängen. Die schauen schon komisch.« Verstohlen deutete sie auf eine Gruppe junger hübscher Frauen, alle im Dirndl, die mit dem Finger auf Klaus zeigten und kicherten. »Muss ja nicht jeder mitbekommen, dass wir eine Waffe tragen.«

»Ohne würde ich da auf keinen Fall reingehen«, versicherte Klaus ihr. »Und die gucken nicht wegen der Waffe, sondern weil sie mich auf Instagram gesehen haben. Ich hasse alles hier.«

»Deine Laune ist ja auch schon den ganzen Tag dementsprechend«, neckte ihn Sissi.»In einer Woche kräht kein Hahn mehr danach.«

»Na gut, bringen wir es hinter uns.« Er betrachtete grimmig den Eingang.»Sind Ohrstöpsel erlaubt? Ich habe welche mit.«

»Kommt nicht in Frage«, erwiderte Sissi.»Jetzt reiß dich am Riemen.«

»Na gut. Alles geht vorbei.« Klaus setzte sich in Bewegung. Sie waren erst ein paar Meter gelaufen, als ihnen Patrick Brandstetter entgegenkam, dessen linkes Auge mittlerweile eine beachtliche violette Färbung angenommen hatte. Wie am Vortag trug er seine Lederhose mit hellen Strümpfen und dazu ein weißes Hemd.

Als sie auf gleicher Höhe waren, rempelte Brandstetter Klaus absichtlich so heftig an, dass dieser ins Straucheln geriet, und blieb mit in die Hüften gestützten Armen stehen.

»Hoppla, des tut mir jetzt aber leid. War ein Versehen.« Sein Gesicht strafte seine Worte Lügen.

»Natürlich war es ein Versehen, Herr Brandstetter«, antwortete Klaus gelassen.»Sonst müsste man es ja als tätlichen Angriff auf einen Polizeibeamten werten. Und so etwas tut man doch höchstens einmal, wenn man nicht dumm ist. Schönen Abend noch.« Mit diesen Worten drehte er sich um und ließ ihn einfach stehen.

»Und ihr hört bitte sofort auf zu filmen«, bat Sissi ein paar Umstehende, die bereits ihre Smartphones in der Hoffnung auf eine zünftige Schlägerei gezückt hatten. Ertappt ließen die Angesprochenen ihre Handys sinken.

»Gut gemacht«, lobte Sissi Klaus, als sie weitergingen.»Du hast dich nicht provozieren lassen.«

»Er ist doch nur stinksauer, weil er die letzte Nacht in der JVA verbringen musste.« Klaus drehte sich noch einmal um, aber Brandstetter war längst weitergezogen.»Wäre ich vermutlich auch. Mich direkt anzugreifen traut er sich ohnehin nicht. Dazu ist er noch zu nüchtern.«

»Sehe ich auch so. Los jetzt. Vielleicht gefällt's dir ja doch ein bisschen.«

»Eher fallen Ostern und Weihnachten auf einen Tag.« Wie

ein Verurteilter trottete Klaus hinter ihr in das Zelt, wo sie von schwülwarmer Luft empfangen wurden.

»Hui, hier ist aber noch wenig los«, rief er erstaunt.

»Wir sind ja auch noch früh dran. Aus gutem Grund, Kollege: Ab eins Komma fünf Promille wird's eng mit dem Erinnerungsvermögen. Schau mal, Frau Dobler.« Sissi beobachtete Erna, die zusammen mit ihrer Freundin Ilse Scharnagel aus Maria Steinbach auf derselben Bank wie am Vortag vor einem Bier saß.

»Tatsächlich, und in ihrem Lieblingsoutfit, der Niedertracht«, lachte Klaus. »Suchen wir jemand Bestimmten?«

»Nein. Am besten setzen wir uns zu Jürgen«, schlug Sissi vor.

Nicht weit entfernt von Erna saß Jürgen Reichelt, der örtliche Bauunternehmer, der neben einigen seiner Angestellten gerade genussvoll eine Schweinshaxe verspeiste.

»Kommt, setzt euch«, schlug er vor. »Ist noch genug Platz. Ich lad euch ein.«

»Danke, Jürgen, aber nein«, lehnte Sissi freundlich, aber bestimmt ab. »Wir sind im Dienst.«

»Dann halt Cola.« Reichelt winkte einer Bedienung, die sofort herbeieilte und die Bestellung aufnahm. Niemand im Dorf hätte sich getraut, Jürgen Reichelt warten zu lassen.

»Und?«, fragte Reichelt zwischen zwei Bissen. Er war eine lokale Größe und hatte es als hemdsärmeliger Selfmademan im Laufe der Jahrzehnte mit Disziplin, den richtigen Beziehungen, Durchhaltevermögen und Fleiß zu einem weithin angesehenen Unternehmen und einem gewissen Einfluss gebracht, der, wenn es nach Erna Dobler gegangen wäre, gleich nach dem vom lieben Gott und auf jeden Fall weit vor dem des Bürgermeisters kam. Seit seiner unappetitlichen Scheidung residierte er allein in der geräumigen Villa am Rand von Legau, obwohl an weiblichen Angeboten kein Mangel herrschte, denn er war sehr wohlhabend und sah für seine sechzig Lenze wirklich gut aus. Jürgen nahm nie ein Blatt vor den Mund und scheute sich nicht, notfalls selbst auf einer seiner Baustellen mit anzupacken.

»Mach's doch net so spannend. Habts ihr den Täter schon?«, löcherte Reichelt Sissi.

»Ich darf dir nichts verraten, Jürgen. Wir arbeiten dran.«

»Schlimme Sache.« Er hörte auf zu essen, legte sein Besteck beiseite und klopfte auf den leeren Platz neben sich.

Sissi lächelte. »Was willst du, Jürgen? Soll ich Stöckchen holen?«

»Oh, ihr emanzipierten Frauen.« Reichelt rollte mit den Augen und zeigte auf die Musikkapelle, die wieder anfing zu spielen. »Wollt dir was erzählen. Und jetzt wird's gleich laut.«

## 16

»Was ist denn los? Erst jammerst rum, dass du schon ewig keine Frau mehr gesehen hast, und jetzt hängst die Lefzen runter, als würdest gleich flennen.« Aufreizend rekelte sich Anita vor Manni, der neben ihr im Schneidersitz saß und seufzend aufs Wasser starrte.

Erst vor ein paar Minuten hatten sie im schwachen Licht der untergehenden Sonne an der Illerschleife eine große geblümte Decke auf dem schmalen Stück moosbedeckter Erde vor dem gekiesten Ufer ausgebreitet.

»Zum Rauchen hast auch nix dabei, obwohl du es versprochen hast«, nörgelte Anita. »Was anderes auch net. Gib mir mein Geld wieder.« Fordernd streckte sie ihm die Hand entgegen.

»Ich hab sogar extra noch einen Fuffi bei der Sparkasse geholt von meinem eigenen Geld«, verteidigte sich Manni. »Obwohl ich wirklich net viel hab. Aber es hat net geklappt. Dann machen mir halt den Sekt auf. Besser als nix.« Er zeigte auf ihre Tasche.

»Ich hab keinen mitgebracht«, schnauzte ihn Anita an. »Du hast gesagt, du besorgst was. Auf dich ist kein Verlass. War noch nie anders.«

»Sorry.« Manni zuckte mit den Achseln. »Es ist einfach net gegangen. Die Bullen ham Sachen aus der Wohnung getragen. Sogar ein Streifenwagen ist dagestanden. War zu gefährlich.«

»Aus welcher Wohnung?«, erkundigte sich Anita desinteressiert.

»Beim Markus«, antwortete Manni. »Graf.«

»Graf?« Anitas Gesicht verzog sich zu einer abfälligen Grimasse. »Der hat mir vor ein paar Jahren mal was zum Kiffen angeboten, wenn ich mit ihm heimgehe. Aber der ist überhaupt net mein Fall. Viel zu gut beieinander. Wahrscheinlich hätt der mich zerquetscht. Oder mir eine Versicherung aufgeschwatzt. Obwohl, irgendwas hat der, so wie der von sich überzeugt ist.

Vielleicht hätt ich's drauf ankommen lassen sollen. Dem hätt ich den Schneid schon abgekauft. Mannsbilder sind wirklich wie Hefeteig.«

»Wie meinst denn das?«

»Wie ich es sage.« Anita breitete die Arme aus, als hielte sie einen Medizinball.»Plustern sich auf und gehen auseinander, bis sie viel größer ausschauen, als sie in Wirklichkeit sind, aber beim ersten kalten Hauch fallen sie in sich zusammen.«

»Ist des ein doofer Vergleich«, beschwerte sich Manni beleidigt.»Ich wieg neunundsiebzig Kilo wie vor zwanzig Jahren.«

»Mir egal, du Mimose«, schnitt Anita ihm das Wort ab.»Beim Graf waren also die Bullen? Wie kommst du überhaupt auf den? Hab ihn schon länger nimmer gesehen.«

»Ich bin vorgestern zufällig im Alpenblick in ihn reingelaufen. Hab eigentlich gehofft, dass ich dich da erwisch.«

»Diese Woche war ich gar net im Alpenblick. Wer hockt denn freiwillig in einer Disco, wenn er ins Bierzelt kann? Dort ist viel mehr los.«

»Jedenfalls hab ich ihn da getroffen«, erzählte Manni weiter.»Hab was läuten hören, dass man ihn fragen kann, wenn man was zum Rauchen braucht.«

»Und?« Anita gähnte gelangweilt.»War wohl Fehlanzeige.«

»Er hat gemeint, er hat grad selber nix, kriegt aber demnächst wieder was von einem Bekannten. Andere Verbindungen hab ich net, weil ich so lang weg gewesen bin.«

»Der Markus hat bloß eine große Klappe«, sagte Anita mürrisch.»Ein richtiger Windbeutel ist des.«

»Jedenfalls sind bei ihm daheim die Bullen«, fuhr Manni fort. »Also hab ich mich schnell vom Acker gemacht. Hab keinen Bock auf Ärger mit denen.« Er fieselte umständlich an seiner Gesäßtasche herum und zog einen zerknüllten Fünfzig-Euro-Schein heraus.»Da hast dein Geld. Wieder was gespart.«

Sie nahm den Fünfziger an sich und steckte ihn in eine bestickte Handtasche im Schrankformat.»Was machen mir jetzt? Glaubst du etwa, ich fahr heim und hol was zum Trinken? Der Papa hat sowieso bloß Bier. Und den Schlüssel fürs Geschäft hab ich net dabei. Beim Chef im Schrank stehen ein paar leckere Sachen. Jetzt hocken mir blöd da.«

»Ich könnt zur Tankstelle nach Altusried fahren«, bot Manni an. »Da hol ich uns was. Dauert bloß eine knappe Dreiviertelstunde.«

»Und ich sitz allein herum, bis du wieder da bist? Kann mich ja net mit dir sehen lassen im selben Auto«, fauchte Anita bissig. »Hätt ich mir denken können, dass des nix wird. Na ja. Zur Not geht's auch ohne. Obwohl ich schon nimmer viel Bock hab.« Unentschlossen nestelte sie an dem obersten Knopf ihres engen roten Oberteils und öffnete ihn. »Ist eh gleich dunkel, dann sieht uns auch vom anderen Ufer keiner mehr. Aber des war des letzte Mal, dass ich mich mit dir einlass. Früher warst du witziger. Was ist denn überhaupt los? Die Bullen ham dich doch net erwischt. Außerdem hast du nix gemacht. Oder hast du?«

»Na. Aber …«

»Willst jetzt, oder gehen mir wieder? Dann könnt ich noch im Festzelt vorbeischauen. So ein Reinfall. Da hätt ich net durch den Wald tappen müssen mit meinen neuen Schuhen.« Sie hob den Fuß und betrachtete ihre hochhackigen silbernen Sandaletten.

»Vom Auto bis hierher waren es doch bloß zehn Minuten«, versuchte Manni sie zu beschwichtigen. »Sorry, Schnecke, mir geht so viel im Kopf rum. Aber des vergessen mir jetzt einfach mal.« Er beugte sich über sie, um ihr einen Kuss zu geben. Kichernd und halb versöhnt ließ sie sich zurücksinken.

Eine Zeit lang hörte man nur das Rascheln von kleinen Waldtieren im Unterholz und das stetige Plätschern der Iller. Dann rappelte Anita sich unwillig hoch.

»Also echt jetzt!«, schimpfte sie. »Du bist überhaupt net bei der Sache. So wird des nix.«

»Weiß auch net, was mit mir los ist. 'tschuldigung.« Verlegen richtete Manni sich auf und wischte sich eine Strähne seines grauen Haares aus dem Gesicht. »Ich hab heut was erlebt, des macht mir zu schaffen. Kann mich einfach net konzentrieren.«

»Und? War des etwa wichtiger als ich?«, fragte Anita beleidigt.

»Kann ich mir net vorstellen.« Lasziv öffnete sie den zweiten

Knopf ihres Oberteils. »Oder soll ich wieder heimgehen? Willst du des wirklich?«

Manni schien hin- und hergerissen. »Du bist so scharf. Ich steh auf dich, Schnecke«, beteuerte er. »Ehrlich.«

»Ah ja?« Anita klang nicht überzeugt. »Wär mir net aufgefallen. Was hast eigentlich da am Hals?« Sie beugte sich ein wenig vor und taxierte einen roten Fleck unterhalb von Mannis Kinn. »Des hat auch damit zu tun, warum ich so viel im Kopf hab.« Instinktiv fasste sich Manni an die Kehle. »Ist aber net schlimm.«

»Jetzt spuck's schon aus. Was ist los?«, drängte ihn Anita. »Vorher kannst du doch eh net. Mir reden drüber, und du hast endlich den Kopf frei. Obwohl ich net weiß, wozu du den brauchst.«

»Was genau mit mir los ist, weiß ich net. Aber mich beschäftigt des trotzdem arg.«

»Ist nicht zu übersehen.« Anita zeigte ungnädig auf seinen Südpol. »Früher warst du anders. Immer gut drauf. Hast dich net betteln lassen. Also, raus damit!«

»Heut am frühen Nachmittag war der Markus beim Max«, begann Manni.

»Der Graf?«

Manni nickte. »Zum Kondolieren, hat er behauptet. Hab Hallo zu ihm gesagt, wie er gekommen ist. Der hat ein tolles Auto. Hast des schon gesehen? Ein riesiges Cabrio.«

»Braucht der auch«, antwortete Anita gehässig. »Bei dem ist ja jede Fahrt ein Schwerlasttransport. Und weiter? Was ist dann passiert?«

»Ich hab ihn noch mal angehaut und gefragt, ob er weiß, wo ich was herkriegen kann zum Rauchen oder was anderes. Im Alpenblick hat er gesagt ›in ein paar Tagen‹, und die waren ja rum. Anita, dem lauft die Nase wie blöd. Klar hätt der was für mich gehabt. Ich lass mich doch net verarschen.«

»Glaub ich sofort, dass der kokst. Und dass der lügt.«

»Jedenfalls ist der Max rausgekommen und hat sich eingemischt. Ekelhaft war der zu mir. Hat mich weggeschickt und verlangt, dass ich mich umzieh. Weil ihm meine Lederhose net gepasst hat.« Manni rümpfte die Nase.

»Da hat er net ganz unrecht gehabt. Die steht ja schon von allein vor Dreck«, bekräftigte Anita schonungslos. »Und jetzt hast a posttraumatische Arbeitsstörung, oder was? Bist ja im Knast ein ganz schönes Weichei geworden. Ich bin frei net dein Psychiater.«

»Des hat mit der Hose nix zu tun«, verteidigte sich Manni. »Und du bist gemein. Jedenfalls hat der Max mich total eingeschüchtert, also bin ich in den zweiten Stock hoch.«

»Weiter«, verlangte Anita. »Bis jetzt haut mich des net vom Hocker, ich schlaf gleich ein.«

»Der Markus ist mit dem Max in sein Büro. Und wie ich die Treppe wieder runterkomm, hör ich die zwei reden. Die Türen auf dem Weidner-Hof sind alt und ham ziemlich viel Bodenfreiheit. Ganz dicht kriegst du die nie. Und im Winter zieht's wie die Sau.«

»Kommt da noch was?«, nörgelte Anita. »Oder hältst mir jetzt einen Vortrag über Architektur?«

»Ich mach doch schon«, beeilte sich Manni fortzufahren. »Das meiste hab ich ohnehin net verstanden. Weil der Markus ziemlich leise geredet hat. Aber er hat zum Max gesagt, dass er weiß, wer den Julian umgebracht hat. Und der Max hat ganz laut gerufen: ›Wer?‹«

»So was«, wunderte sich Anita. »Des hätt er der Polizei sagen müssen, der Seggl.«

»Sicher nicht. Mit denen schwätzt man net.«

»Hast auch wieder recht«, pflichtete Anita Manni bei. »Was war dann?«

»Vielleicht hab ich bloß zu laut eingeatmet, weil ich vor lauter Schreck zuerst die Luft angehalten hab. Keine Ahnung. Aber auf einmal wird die Tür aufgerissen, der Markus kommt raus, packt mich brutal am Kragen und schmeißt mich quer durch den Flur an die Wand gegenüber. Bin gestolpert und hingefallen. Er hat gebrüllt, dass ich Knastbruder verschwinden soll, und wenn er auch bloß ein einziges Wort hört über des, was er grad gesagt hat, dann soll ich mich in Zukunft gut umschauen. Und dass er genau weiß, dass ich beim Schucki wohne. Ich soll net meinen, dass er mich net findet.« Vorsichtig berührte Manni seinen Hals. »Ich glaub, des hab ich abgekriegt, als er mich gepackt und geschüttelt hat. Du weißt ja, der hat Hände wie Klodeckel.«

»Und der Max?«, fragte Anita entgeistert.

»Hat kurz rausgeschaut und ist gleich wieder ins Büro«, berichtete Manni. »Käsweiß war der.«

»Wow.« Anita war sprachlos, was bei ihr nicht allzu oft vorkam. »Was glaubst, wer es gewesen ist?«

»So wie der mich in der Gegend rumgeworfen hat, kann er's auch selber gewesen sein und lügt jetzt«, überlegte Manni. »Normal ist der nimmer. Der hat einen Dachschaden. Bestimmt vom Koks.«

»Und trotzdem bist du heut Abend noch zum Graf gefahren, damit der dir was verkauft? Wie blöd kann man eigentlich sein?«, fuhr Anita ihn an.

Manni zuckte mit den Achseln. »So blöd bin ich gar net. Mir ist später eingefallen, dass ich immerhin weiß, dass er was weiß. Was will er machen, wenn ich sag: ›Entweder du gibst mir was, oder ich geh zur Polizei und erklär denen, dass du weißt, wer der Mörder vom Julian ist.‹«

»Dich umbringen?«, riet Anita nervös. »Hat dich jemand gesehen, wie du hierhergefahren bist? Ich glaub, ich hau besser ab.« Sie stand auf, klopfte sich ein paar Tannennadeln von ihrem Rock und bückte sich nach ihrer Handtasche.

»Jetzt wart doch«, bat Manni. »Wenn die seine Wohnung durchsuchen, heißt des, sie sind ihm schon selber auf die Schliche gekommen. Der braucht sich daheim gar nimmer sehen lassen und ist bestimmt schon auf dem Weg nach Brasilien.«

»Oder er hockt im Bierzelt, ahnt noch gar nix von seinem Glück und kriegt des erst mit, wenn er heimkommt«, flüsterte Anita. »Oder er schleicht durch den Wald. Hast du des grad gehört?« Erschrocken schaute sie sich um. »Da war doch was. Horch!«

Jetzt rappelte sich auch Manni hastig auf. Ganz deutlich war mittlerweile das Knacken von brechenden Ästen zu vernehmen.

»Idiot, blöder«, wisperte Anita leichenblass. »Ich verschwind.

Mir telefonieren. Ciao.« So schnell sie konnte, hastete sie auf ihren hohen Hacken über den Trampelpfad durch den Wald, verlor dabei den Absatz ihrer linken Sandalette und atmete auf, als sie endlich ihren verbeulten roten Kleinwagen erreicht hatte. Sie fuhr los und hinterließ nur eine Staubwolke.

## 17

»Entschuldige bitte, Jürgen.« Sissi zog ihr Smartphone aus der Umhängetasche und las die Nachricht, die Dollinger ihr geschickt hatte.

Sie huschte zu Klaus, der ihr gegenüber vor einem Mineralwasser saß.

»Die Kollegen haben bei Graf ein Hemd mit winzigen Blutspuren an der Knopfleiste ganz unten in der Mülltonne sichergestellt«, teilte sie ihm so leise wie möglich mit. »Plus circa ein Kilo Kokain und vierzigtausend Euro in bar in seiner Wohnung, in einem Säulentisch.«

»Wer hätte das gedacht?«, staunte Klaus.

»Wir haben auch sein Notebook«, freute sich Sissi. »Aber von ihm selbst weit und breit keine Spur. Am Allgäu Airport ist er auch nicht aufgetaucht. Der muss doch irgendwo sein.«

Die Kapelle hatte mittlerweile ihren Auftritt beendet, die nächste brachte sich bereits auf der Bühne in Stellung.

»Und ich hatte schon gehofft, jetzt ist Schluss, oder einer hat seine Tuba verloren«, stöhnte Klaus und beobachtete den Dirigenten, der soeben seinen Taktstock hob.

»Nicht mehr lange, und wir verschwinden«, vertröstete ihn Sissi. »Halte einfach die Augen offen. Wir befragen noch ein paar Leute, dann machen wir Feierabend.«

Das Festzelt füllte sich allmählich, ständig trudelten neue gut gelaunte Gäste ein.

»Ist nicht wahr.« Klaus deutete auf eine Bank, an der eine kleine, untersetzte Gestalt saß und einem älteren Ehepaar mit einer Maß zuprostete.

»Na warte. Das haben wir gleich.« Sissi stand auf und eilte zusammen mit Klaus zu besagtem Tisch.

»Wirklich?« Der Mann, dessen käsige Beine passend zur Lederhose in hellen Strümpfen steckten und beinahe bleicher waren als die Wolle, beugte sich gerade interessiert über den Tisch, um besser hören zu können. »Das ist ja interessant. Die Freunde waren also zerstritten? Kannten Sie den Herrn Weidner gut?«

»Machen Sie mal Platz für eine Dame.« Sissi quetschte sich rücksichtslos neben ihn auf die Bank, sodass er gezwungenermaßen zur Seite rücken musste.

»Ja, die Frau Sommer, grüß Sie Gott«, schleimte der Mann scheinheilig.

Robert Steinmeier, Reporter beim Tagblatt, Single (natürlich), Zyniker, Misanthrop und – seiner eigenen bescheidenen Meinung nach – seit Jahren verkanntes Talent, war bei Sissi und Klaus so beliebt wie eine ansteckende Infektionskrankheit. Er mischte sich grundsätzlich unbefugt in ihre Ermittlungen ein, und da er genauso wenig Skrupel besaß wie Haare, scheute er sich nicht, zur Erlangung von Informationen mehr als fragwürdige Mittel einzusetzen. Witterte er eine vielversprechende Story, lösten sich seine Bedenken stets auf wie eine Brausetablette in Wasser. Er war ein miesepetriger Einzelgänger, der nichts und niemanden mochte. Gerissen, wie er war, beendete er jede seiner Schlagzeilen mit mindestens einem Fragezeichen, damit ihm niemand etwas vorwerfen konnte. Und jetzt war er im Festzelt – mit Sicherheit nicht, um nur ein Bier zu genießen.

»Ich hab gehofft, dass wir uns heut irgendwo über den Weg laufen, damit wir uns ein wenig austauschen können, Frau Sommer«, behauptete er und funkelte sie listig an.

»Wieso? Möchten Sie mit mir über Gott sprechen, Herr Steinmeier? Bisschen eng, oder?« Sissi zeigte auf seine Lederhose, deren Latz über der Brust zum Zerreißen gespannt war, genau wie das kurzärmelige karierte Hemd, aus dem seine blassen Arme ragten. »Sind Sie sicher, dass da noch ein Bier reinpasst?«

»Die hab ich mir mal fürs Oktoberfest gekauft, die hält locker noch mehr aus.« Steinmeier funkelte sie mit seinen blauen Schweinsäuglein an. Bereits um diese Uhrzeit war sein Gesicht feuerrot. »Sie sehen toll aus, Frau Sommer«, schleimte er unbeeindruckt. »Keinen Tag älter als fünfundzwanzig. Gar nicht in Tracht heute?«

»Gar nicht zu Hause heute?«, fragte Sissi zurück. »Wo Sie

eigentlich sein sollten? Ich weiß genau, warum Sie sich hier herumtreiben.«

»Bestimmt nicht«, beteuerte Steinmeier. »Ich möchte nur ein bisschen feiern und mich mit den lieben Menschen unterhalten, die ich hier kennengelernt habe. Wir sind schon fast so was wie Freunde. Stimmt doch, Gisela?«, wandte er sich an die ältere Dame im Landhauskleid, die ihm gegenübersaß.

»Ich heiß Beate.« Die Frau sah ihn giftig an. »Und ich kenn Sie gar net. Seh Sie heut zum ersten Mal. Außerdem nerven Sie. Hallo, Sissi.«

»Servus, Beate, hallo, Stefan.« Sissi lächelte die beiden an. »Lasst euch von dem nicht für seine Zwecke einspannen. Er wird es euch nicht danken.«

»Ham wir schon gemerkt. Außerdem kommt eh gleich der Rest vom Gartenbauverein, dann wird's hier voll.«

»So wird das nichts. Sie sehen ja aus wie eine Presswurst.« Auch Klaus zeigte nun auf Steinmeiers Lederhose. »Niemand kauft Ihnen ab, dass Sie in so etwas reingehören.«

»Ich hätt es ja mit einem Anzug probiert, aber der hat bei Ihnen gestern anscheinend auch nicht funktioniert«, stichelte Steinmeier boshaft, der gut aussehende Männer ganz besonders hasste. »Sie ham trotz Ihres feinen Zwirns eine Flugstunde genommen. Über zwölftausend Klicks auf YouTube. Übrigens sehen Sie ein bisschen mitgenommen aus.«

»Und Sie sehen gleich niedergeschlagen aus. Darf ich, Sissi?« Klaus machte einen Schritt auf ihn zu. Steinmeier wich erschrocken zurück und kam dadurch Sissi zu nahe, die ihn energisch auf seinen Platz zurückschob.

»Sie sind eindeutig zu lange mit Ihren Sperenzchen durchgekommen, allmählich wird aus meinem Geduldsfaden eine Zündschnur«, drohte sie dem kleinen Reporter. »Sobald ich mitbekomme, dass Sie sich in unsere Arbeit einmischen, kriege ich Sie wegen Behinderung der Ermittlungen dran, und Sie können in der JVA Memmingen mit dem Fingernagel Artikel in die Wände ritzen. Die liest dann wenigstens mal jemand.«

»Dürfen Sie gar net, und ich mach hier gar nix«, protestierte

Steinmeier. »Bloß ein bissle mit dem Landvolk feiern, Atmosphäre schnuppern und mich vom Lokalkolorit inspirieren lassen. Das können nicht mal Sie mir verbieten. Sie sind so verkniffen heut.«

»Und Sie verkneifen sich besser ab sofort derartige Bemerkungen«, drohte ihm Sissi gefährlich leise, weil die Band gerade wieder eine Pause machte. »Sonst lernen Sie mich kennen. Und glauben Sie mir, das wollen Sie nicht.«

»Wollen Sie wirklich nicht«, bekräftigte Klaus. »Sie hat noch nicht mal angefangen, sauer zu sein. Ihr Mann bäckt nämlich.«

Steinmeier sah ihn entgeistert an.

»Genau«, bestätigte Sissi. »Auf Bairisch: Schleichen Sie sich!«

»Immer das Gleiche mit Ihnen beiden. Ich werd mich beschweren.« Steinmeier warf ihnen einen finsteren Blick zu und stand auf. Er ergriff seinen Krug und zwängte sich an Sissi vorbei auf den Gang. Dort sah er sich suchend um und wackelte los, bis er hinter der Tribüne verschwunden war.

Klaus lachte schallend. »Heute haben wir ein wenig übertrieben, fürchte ich. Eventuell beschwert er sich wirklich.«

»Ach was«, beruhigte ihn Sissi. »Er hat keine Zeugen. Nicht wahr?«

»Also ich hab nix mitgekriegt, Sissi«, versicherte ihr die ältere Dame namens Beate. »Du, Stefan?«

Ihr Mann schüttelte den Kopf. »War was?«

»Tja, da hatte er Pech.« Sissi lächelte. »Wart ihr gestern auch hier?«

Beide verneinten. »Gestern war Grillen mit dem Alpenverein«, erklärte Beate. »Grüß den Peter und sag ihm Danke für das Brot.«

»Brot?«, wiederholte Sissi ungläubig.

»Ja, einen ganzen Haufen hat er uns gebracht«, bestätigte Beate. »War mal was anderes. Aber er soll's beim nächsten Mal lieber jemandem geben, der wo es mehr braucht. Mir mögen am liebsten unseren ganz normalen Bauernlaib, weißt. Net so ein neumodisches Zeug. Dem Stefan schmeckt der Presssack auf so was net. Er hat erst gemeint, des sind Käfer im Brot, aber es waren bloß winzige schwarze Körner.«

»Ich frage besser nicht nach«, murmelte Sissi und verabschiedete sich von den beiden. Dann ging sie zusammen mit Klaus zurück zum Tisch von Jürgen Reichelt, der zwei Plätze für sie frei gehalten hatte.

»Tut mir leid.« Sissi setzte sich neben ihn. »Steinmeier ist wie Herpes. Der kommt immer wieder.«

»Ich werd ein Auge auf ihn ham«, versprach Reichelt mit einem drohenden Unterton. »Ihr habt bestimmt noch zu tun, darum mach ich's kurz. Letzte Woche war ich in Kempten. Bin ab und zu mal dort. Man will ja gelegentlich was anderes sehen. Hab schön gegessen. Mit einer Bekannten.«

»Klingt nach einem netten Abend.« Sissi zwinkerte ihm zu.

»War's auch. Bis ich den Graf am Tresen hab sitzen sehen«, erzählte Reichelt. »Mit einem Typen, der angezogen war wie ein Zuhälter aus den achtziger Jahren. Hat ausgesehen, als ob der Graf Schiss vor dem Typen gehabt hätt. Ich glaub, der ist bedroht worden.«

»Interessant, aber leider nicht verwertbar«, bedauerte Sissi. »Hast du geschäftlich mit ihm zu tun?«

»Hab drei Versicherungen bei ihm«, bejahte Reichelt. »Schwätzen kann er ja. Und die Konditionen sind net schlecht. Ich bin mir sicher, dass er den Julian auf sein Niveau runtergezogen hat. Bloß noch in Clubs rumhängen und den dicken Max markieren, die ganzen Schlägereien und all des.«

»Kanntest du Julian besser?«, wollte Sissi wissen.

»Wir sind gelegentlich zusammengehockt in der Wirtschaft, wenn es sich zufällig ergeben hat«, erzählte Reichelt. »Hab's sehr anständig gefunden, wie er sich um seine Tante gekümmert hat. Aber der Fleißigere war der Max. Der Julian war ein Weiberheld und ist bloß am Dolce Vita interessiert gewesen. Ich hab im ›Mohren‹ selber schon gehört, wie der Julian erzählt hat, dass er am liebsten sofort abhauen würd, aber dass sein Bruder noch net genügend Geld beieinanderhätt, um ihm seine Hälfte abzukaufen. Drum tät er warten, bis endlich sein Onkel tot ist, damit der Max ihn auszahlen kann. Ekelhaft.« Er schüttelte sich. »Und der Graf ist danebengesessen und hat dreckig gelacht. Hätt ihm am liebsten eine gelangt.«

»Mag sein, dass er ziemlich egoistisch war«, gab Sissi zu.

»Des ist noch nett ausgedrückt«, fiel Reichelt ihr ins Wort. »Er hätt dem Max seine Hälfte ja auch auf Raten verkaufen können.«

»Aber jetzt gehört Max Weidner alles«, sagte Sissi nachdenklich.

»Hätt es sowieso, wenn alles geklappt hätte. Die zwei hätten viel weniger gestritten, wenn die Elvira sich net alleweil eingemischt hätte. Sie ist mit einer Affenliebe an dem Julian gehangen, des war nimmer normal. Ich versteh schon, dass der Max net viel mit ihr anfangen kann.«

»Du kennst doch sicher auch die Lisa Maier. Ich habe läuten hören, Julian war sehr interessiert an ihr.«

»Kenn ich«, bejahte Reichelt. »Hübsches Mädel, anstellig und fleißig, ohne die könnt der Georg einpacken. Der Julian soll ihr seit Monaten nachgestellt haben. Einmal hat er sie sogar abgepasst und an der Chaussee vor Lautrach bei der Abfahrt ausgebremst, sodass es beinah einen Unfall gegeben hätt. Sie hat eine Vollbremsung machen müssen.«

»Wow. Woher weißt du das, Jürgen?«, fragte Sissi.

»Einer von meinen Arbeitern war mit dem Lkw unterwegs zum Kieswerk und hat's beobachtet. Den Protzschlitten vom Julian hat doch jeder hier gekannt. Aber der Georg hat ihn sich ja geschnappt auf dem Marktplatz.«

»Und ihn bedroht«, erinnerte ihn Sissi ernst. »Hätte Herr Maier seine Drohung wahr gemacht, Jürgen? Was meinst du? Du kennst ihn doch schon ewig.«

Reichelt wiegte den Kopf. »Gefackelt hat der Georg nie lang. Ausrasten tut der ziemlich schnell. Aber ich kann dir net sagen, ob er so weit gehen tät. Gestern ham der Georg und ich hier im Zelt miteinander eine Maß getrunken. Dann ist der Julian vorbeigelaufen. Der Georg hat gemeint, er hätt mit dem noch ein Wörtchen zu reden.«

»Ach was?« Sissi wurde hellhörig.

Reichelt nickte. »Er wollt ihm nachlaufen. Hab ihn am Ärmel gepackt und gesagt, er soll gefälligst sitzen bleiben und ihn sich erst vorknöpfen, wenn's keiner sieht. Aber mir sind net den ganzen Abend beieinandergesessen. Gestern war der Teufel los, und ich muss mich überall amal sehen lassen. Weißt schon.«

»Weiß ich.« Sissi lächelte. »Hältst du ihn für fähig, so eine Tat zu begehen?«

Reichelt überlegte. »Jemandem die Gosch zu verhauen ist das eine, aber jemanden umbringen? Glaub net.«

»Wäre nicht das erste Mal, dass du von langjährigen Bekannten enttäuscht wirst«, ermahnte ihn Sissi.

»Hast recht. Wissen kann man's net. Aber ich wollt dir eigentlich bloß mitteilen, dass mit dem Graf was net stimmt.«

»Ist uns bekannt.« Sissi legte warnend den Zeigefinger auf die Lippen. »Das hat uns sehr weitergeholfen, danke, Jürgen. Zu niemandem ein Wort. Vor allem nicht zu kleinen, dicken Reportern. Oh, was sehe ich denn da?« Sie hatte Patrick Brandstetter entdeckt, der tatsächlich wieder an demselben Platz unterhalb der Tribüne saß, an dem sie ihn gestern festgenommen hatten, neben sich die bildhübsche Blondine namens Katja vom Vortag, mit der er wild herumknutschte. »Mir kommt eine Idee, Jürgen. Würdest du mir einen Gefallen tun? Du wärst genau der Richtige dafür.«

»Für dich immer, meine Liebe.« Reichelt zwinkerte ihr zu. »Hauptsache, du sorgst dafür, dass der Mörder hinter Schloss und Riegel kommt. Und dass dein Mann aufhört, mir Brot nachzutragen. Man traut sich ja fast nimmer auf die Straße.«

»Du auch?«, erschrak Sissi.

»Er war bei mir in der Firma«, bestätigte Reichelt. »Hat uns einen Korb voll gebracht. Lauter so neumodisches Zeug mit Oliven und Körnern. Und damit mein ich keine Sonnenblumenkerne oder Kürbiskerne, nein, so ein schwarzes Zeug, des ausschaut wie Käfer ohne Haxen und einem im Zahnfleisch stecken bleibt.«

»Herrje, ich muss dringend mit ihm sprechen«, ärgerte sich Sissi. »Aber nun zu meiner Bitte. Sie hat mit der süßen Blondine zu tun, die gerade mit Patrick Brandstetter knutscht.« Sie flüsterte ihm ins Ohr, was sie vorhatte. »Meinst du, du bekommst das hin?«

»Du kennst mich, Sissi.« Reichelt erhob sich. »Ich krieg alles, was ich will. Gib mir zehn Minuten.«

## 18

»Wer ist da? Zeig dich, du Mistkerl!« Hoch aufgerichtet stand Manni auf der geblümten Wolldecke und schaute sich hektisch nach allen Seiten um. Zu gern hätte er jetzt eine Schrotflinte gehabt, wie sie seine Helden in den amerikanischen Filmen zückten, um ihre Gegner abzuknallen. In seiner Not hatte er sich panisch umgeschaut und sich kurzerhand mit einem morschen Fichtenast bewaffnet, mit dem er blindlings um sich schlug. Zu allem Unglück war gerade auch noch der Mond hinter einer Wolke verschwunden, und Dunkelheit hüllte ihn ein. Einige Sekunden lang bereute er jeden Horrorfilm, den er in den letzten dreißig Jahren gesehen hatte, dann fasste er den brüchigen Stock fester und drehte sich wieder um seine eigene Achse.

»Ich hab zu niemandem was gesagt und dich net verraten!«, schrie er und fuchtelte wild mit dem Fichtenstecken, weil das Knacken näher kam. »Mach ich auch net. Ich schwör's bei meinem Leben. Bleib einfach weg. Bring jemand anderen um.«

Als hätte er damit eine Zauberformel ausgesprochen, verstummten mit einem Mal sämtliche Geräusche außer dem stetigen Murmeln des Flusses, dessen silbernes Band unter dem Nachthimmel schimmerte. Kein Käuzchen rief, keine Feldmaus raschelte durch das Laub der Birken am Rand des Wäldchens, ja sogar das Brechen von kleinen Ästen im Unterholz hatte aufgehört. Normalerweise wären Manni die Haare zu Berge gestanden, aber dafür waren sie zu lang. Jedes einzelne Härchen auf seinem Unterarm richtete sich auf, und mit bis zum Hals klopfendem Herzen erwartete er, dass gleich Markus Graf mit seinen ausgestreckten klodeckelgroßen Händen auf ihn zukommen würde, um ihn zu erwürgen.

»Hau ab!«, schrie er mit einer Stimme, die eine ganze Oktave höher war als sonst. »Ich verrat niemandem was, ganz ehrlich.« Er schleuderte den dürren Stecken weit von sich, drehte sich erneut um und beschloss, samt seinen Klamotten ins Wasser zu springen, in der vagen Hoffnung, dass sein Verfolger nicht schwimmen konnte, als plötzlich wie aus dem Nichts eine dürre, kleine Gestalt vor ihm auftauchte, die ihm bekannt vorkam.

»Warum schreist denn du so rum? Alles okay?« Schucki, sein Busenfreund, stand vor ihm, in einer Hand die obligatorische Flasche Bier, und starrte ihn mit großen Augen an. »Was schaust denn so?«, nuschelte er. »Du bist ja ganz rot im Gesicht. Kennst mich net? Ich bin's doch.«

Manni atmete auf. »Gott sei Dank. Ich hab wirklich gedacht, jetzt ist alles aus. Ist außer dir noch jemand da?« Ängstlich spähte er über Schuckis Schulter in den dunklen Wald.

»Keine Sau«, antwortete Schucki in Zeitlupe. »Aber die Anita ist grad an mir vorbeigerannt. Die hat was verloren.« Vorsichtig, als handelte es sich um Nitroglyzerin, stellte er seine halb ausgetrunkene Bierflasche auf den moosigen Waldboden, griff in seine Gesäßtasche und zog etwas Silbernes heraus.

»Da.«

»Was ist des?« Misstrauisch nahm Manni den Gegenstand entgegen und betrachtete ihn von allen Seiten. »Jesses, der Absatz von ihrem Schuh. Mei, wird die sauer sein. Hast mir total die Tour vermasselt, du Depp, du damischer.«

»Ich hab gar nix gemacht.« Schucki bückte sich und nahm seine Bierflasche liebevoll wieder auf. Dann trank er einen kräftigen Schluck. »Magst auch?« Er streckte Manni die Flasche entgegen.

»Bleib mir weg mit dem Zeug. Ist wirklich niemand da außer dir?«, vergewisserte sich Manni skeptisch. »Hast vielleicht wen gesehen? A silbernes Cabrio, so ein ganz großes mit roten Ledersitzen?«

»Niemand«, bestätigte Schucki. »Ich hab doch bloß nachgeschaut, wo du bist.«

»Wo du bist«, äffte Manni ihn nach. »Mir zwei sind net verheiratet. Wie hast des überhaupt rausgekriegt? Hast du mir etwa nachspioniert mit deiner Zweitaktschleuder?«

»Gar net. Bin bloß spazieren gefahren«, behauptete Schucki eingeschüchtert.

»Du lügst doch«, fuhr ihn Manni stinksauer an. »Dass du dich net schämst.«

»Aber ich hab doch heut Geburtstag«, nuschelte Schucki verstört. »Hast mir daheim gesagt, du kommst bald wieder und bringst mir Kuchen mit. Wo ist denn jetzt der Kuchen?«

»Die Läden waren schon zu«, schnauzte Manni ihn an. »Und du hast net Geburtstag.«

»Hab ich doch«, beharrte Schucki.

»Hast du n… ach, leck mich doch«, grunzte Manni, während er sich mit einem Ohr auf die Geräusche im Wald konzentrierte, denn ganz beruhigt war er nicht.

»Was hast du mit der Anita wollen?«, fragte Schucki arglos.

»Ja, was wohl? Denk halt amal nach. Freundschaftsbänder flechten natürlich.«

»Toll! Krieg ich auch eins?«, bettelte Schucki.

»Nein«, stöhnte Manni »Mir ham gar net erst damit angefangen. Wegen dir. Weißt du, wie schwer des war, die Anita rumzukriegen?«

»Ich wollt doch bloß nachgucken, wo du bist«, stotterte Schucki.

»Es geht dich aber nix an«, fauchte Manni. »Bin a freier Mann. Endlich wieder. Jetzt hau ich ab. Ich fahr auf den Hof.«

»Aber da kannst du doch net bleiben. Du hast mir gesagt, die ham dir den Strom abgestellt. Und des Wasser auch. Drum schlafst du ja bei mir.«

»Ist jetzt wurscht, eine Nacht geht des schon«, knurrte Manni. »Dass ich bei dir penne, weiß der Graf, da bin ich net sicher. Aber da draußen auf dem Hof sucht mich keiner. Sag amal, weißt du, wo ich was zum Rauchen herkrieg? Ach, was frag ich ausgerechnet dich?«

»Hab was daheim«, gestand ihm Schucki.

»Daheim?«, fuhr Manni ihn an. »Und du lasst mich wie einen Idioten den ganzen Landkreis abklappern nach einem bissle Gras?«

»Hast mich ja net gefragt«, verteidigte sich Schucki störrisch. »Ich krieg's vom Doktor verschrieben. Weil ich so traurig war, als du weg warst. Ich hab jetzt nämlich Depressionen.«

»Ja, leck mich doch«, brummte Manni. »Auf so was bin ich noch gar net gekommen. Ich glaub, des mach ich auch. Wie traurig muss man sein?«

»So richtig«, belehrte ihn Schucki. »Die Mama hat mich zum Doktor geschleppt. Und jetzt krieg ich's. Rezeptgebühr zahlt die Mama.«

Manni überlegte nicht lange. »Mir werfen jetzt dein Mofa auf die Pritsche vom Jeep. Dann fahren mir bei dir vorbei, du holst des Zeug, und ich schleich mich auf meinen Hof. Eine Nacht geht des auch ohne Strom und Wasser. Vielleicht geh ich morgen zu den Bullen. Aber heut Nacht noch net. Hast kapiert? Ein bissle was zum Essen nehmen wir bei dir auch mit. Ich hab Hunger. Kannst mitkommen auf den Hof, und später fahrst wieder heim.«

Schucki nickte glücklich. Endlich war die Ordnung der Dinge wiederhergestellt. Manni und er. Ein bisschen Gras. Keine Frauen. Besser hätte dieser Abend nicht werden können.

## 19

»Ich weiß, du stehst auf dieses Hollereiduljö, aber ich fühle mich allmählich wie in einem Gemälde von Hieronymus Bosch«, beklagte sich Klaus, nachdem sie, untermalt von lauter Musik, an verschiedenen Tischen ergebnislose Befragungen durchgeführt hatten.

Gerade hatten sie sich von Renate Reismann und ihrer Freundin Frauke Schussel verabschiedet, die zusammen mit anderen Bewohnern des Moserhofs an einem Tisch neben dem Eingang in schöner Eintracht feierten. Sogar Frau Reismann schien an diesem Abend etwas von ihrer hanseatischen Förmlichkeit verloren zu haben und schunkelte kräftig mit. Nur Hans-Joachim Münnemann war nirgendwo zu sehen.

»Nur noch fünf Minuten, dann gehen wir«, versprach Sissi ihrem Kollegen schmunzelnd. »Ich möchte kurz unseren beiden Grazien hier Hallo sagen. Es ist wie verhext – keiner hat heute Abend Markus Graf gesehen. Bleibt nur noch unsere Brieftaube.« Sie dirigierte ihn zu dem Tisch, an dem Erna Dobler über ihrem Bier brütete. Von Ilse Scharnagel, ihrer Bekannten aus Maria Steinbach, war weit und breit nichts zu sehen. Dafür saß Anita neben ihr.

»Meinetwegen, darauf kommt es jetzt auch nicht mehr an«, gab Klaus nach. »Na, die Damen?« Er zwängte sich schwungvoll zwischen die beiden. »Genießen Sie den Abend?«

Erna und Anita starrten ihn an, als hätte er etwas Ungehöriges gesagt. »Und selber?«, fragte Anita gedehnt. Sie hatte sich nach ihrem misslungenen Tête-à-Tête mit Manni umgezogen und war in ein schwarzes Dirndl mit goldener Schürze geschlüpft. Selbstverständlich in Größe sechsunddreißig. Mindestens.

»Gestern ham Sie mir besser gefallen.« Unter dreifach getuschten Wimpern warf sie Klaus einen tiefen Blick zu. »Des neue Outfit passt viel besser zu Geflügel. Kleines Späßle.« Sie kicherte. »War net böse gemeint. Gut schauen Sie aus.«

»Sie selbstverständlich auch«, log Klaus, denn es hatte keinen Sinn, sich mit Anita, ihrem gigantischen Selbstbewusstsein oder ihrem Verständnis für textile Größen anzulegen. Man verlor bei so was nur Energie und Zeit.

Sissi hatte sich neben Erna platziert. »Grüß Gott, schönes Dirndl, Frau Dobler«, lobte sie anerkennend Ernas Outfit. Die warf ihr einen misstrauischen Blick zu. »Warum?«

»Ich meinte nur, es steht Ihnen«, beteuerte Sissi.

»Der arme Peter«, seufzte Erna gespielt mitleidig. »Er muss heut schon wieder ganz allein rumhocken. Du treibst dich ja bloß noch rum.«

»Ach, der ist beschäftigt. Er bäckt Brot.«

»Und? Was gefunden beim Graf?«, rief Anita Sissi über den Tisch zu.

»War ja klar, dass sich das rumspricht.« Sissi rollte mit den Augen. »Bist du gut mit ihm bekannt? Du wirkst ein wenig bedrückt. Alles in Ordnung?«

»Mir geht's bestens«, antwortete Anita schnippisch. »Und den Graf kenn ich net gut. Gott sei Dank.«

»Gott sei Dank?«, wiederholte Sissi aufmerksam. »Was soll das bedeuten?«

»Nix. Der wird dumm geschaut haben, wie er heimgekommen ist und die Bude war ausgeräumt.«

»Wir räumen nichts aus, Anita, wir stellen sicher«, korrigierte Sissi. »Hast du Markus Graf heute schon gesehen oder getroffen?«

»Gesehen net so recht«, zögerte Anita.

Sissi ließ nicht locker. »Dann hast du mit ihm telefoniert?«

Anita schüttelte den Kopf. »Ich glaub, der treibt sich im Wald rum, an der Illerschleife.« Ganz wohl war ihr bei dem Gedanken, jemand könnte sich an Manni vergriffen haben, nicht.

»Wie kommen Sie denn darauf?«, erkundigte sich Klaus.

»Bloß so.« Anita zog die unschuldigste Miene, die sie zustande brachte.

Klaus fiel nicht darauf rein. »Sie waren im Wald, Frau Hoff?«

»Natürlich net«, log sie. »Schauen Sie mich doch an – in dem Kleid?«

»Bist aber ziemlich spät gekommen heut«, unterbrach Erna sie. »Ich bin mit der Ilse ganz schön lang ohne dich rumgesessen. Fast wie der Mann von der Elisabeth.«

Klaus rutschte ein paar Zentimeter näher an Anita heran. Etwas an ihr hatte anscheinend seine Aufmerksamkeit erregt. »Ja, ist denn heut schon Weihnachten?«, fragte er spöttisch.

»Na, ich schau jeden Tag so gut aus«, strahlte sie ihn an, bis sie begriff, wie er es gemeint hatte. Ertappt fasste sie sich ins Haar.

»Warte, ich helfe dir.« Sissi beugte sich vor und zupfte eine kleine Tannennadel aus Anitas schwarzen Locken. »Hast du dich mit dem grauhaarigen alten Wolf getroffen, Rotkäppchen? Wie wäre es ausnahmsweise mit der Wahrheit?«

Ertappt ließ Anita die Hände sinken. »Ich hab den Graf wirklich net gesehen«, beteuerte sie mürrisch.

»Du warst im Wald?«, mischte sich Erna jetzt in die Unterhaltung ein. »Mit wem denn, hä? Mit dem nixigen Kerle? Ach, Mädel, wirst du denn gar nimmer gescheit?«

»Lass mich in Ruh, Erna«, fauchte Anita. »Von Liebe verstehst du gar nix, bist ja auch schon alt.«

»Liebe!« Erna lachte scheppernd. »Logisch. Danach hat's heut Morgen ausgeschaut beim EDEKA. Mei, bist du dumm. Jetzt hat der dich wieder rumgekriegt.«

»Ich bin neugierig«, wandte sich Sissi an Anita, »weil die Auswahl ja nicht gerade klein ist. Verrätst du uns, mit wem du im Wald warst?«

Anita zeigte stumm auf Erna, die beide Arme in die Hüften gestützt hatte und sie empört beobachtete. »Vor der sag ich nix.«

»Raus damit!«, forderte Sissi. »Es könnte wichtig sein.«

Anita erhob sich. »Geh mit nach draußen«, verlangte sie. »Die muss net alles wissen.«

»Ich weiß alles, was man wissen muss!«, schrie Erna ihr nach. »War vierzig Jahr verheiratet. Und wenn du hundert wirst, des schaffst du nicht mehr.«

»Wo sie recht hat, hat sie recht.« Sissi grinste und folgte Anita nach draußen.

## 20

»Oh mei. Da schaut's ja aus.« Schucki und Manni standen neben dem geparkten Jeep vor dem schwarzen Umriss des ehemaligen Bauernhofs in der Dunkelheit und sahen sich das Durcheinander an. »Schön ist anders«, pflichtete Manni seinem Freund verdrossen bei, während sein Blick über liegen gebliebene Autoreifen, Plastikeimer und gebrochene Zaunfragmente schweifte. »Ich hab des gar nimmer so in Erinnerung. Mir setzen uns in die Küche. Da sind bestimmt noch Kerzen. Wenn du aufs Klo musst, gehst lieber draußen. Ist ja genug Landschaft da.« Er setzte sich in Bewegung.

Plötzlich ertönte hinter Manni ein lautes Klirren. »Aua!«, rief Schucki. »Zefix.«

»Was ist?« Manni stockte der Atem. Hastig fuhr er herum.

»Bin in die Speichen von einem Radl getappt, glaub ich«, jammerte Schucki. »Mein Bier ist runtergefallen. Hilf mir, ich komm da allein net raus.« Anklagend versuchte er, sein rechtes Bein zu heben, an dem tatsächlich ein Fahrrad hing.

»Himmelherrgott, bist du ein Trampel.« Manni ging in die Knie und zerrte an Schuckis Bein. »Mein Fahrrad ist des net«, murrte er. »Jetzt laden die bei mir auch schon ihren Abfall ab. Idioten.«

Zu Schuckis Erleichterung schaffte es Manni, ihn nach kurzem Zerren aus den Speichen zu befreien. Vorsichtig staksten beide über den dunklen Hof und wichen ungeschickt irgendwelchen Hindernissen aus.

»Mein Bier ist hin!«, beklagte sich Schucki in weinerlichem Ton bei seinem Freund.

»Mir ham was Besseres.« Manni hob eine Plastiktüte hoch. »Und Schokolad, Limo und Kekse. Jetzt komm endlich und stell dich net so an.«

»Ist furchtbar schlampig hier«, jammerte Schucki. »Ich glaub, du musst mal aufräumen.«

»Für heut wird's schon gehen«, vertröstete ihn Manni und drückte die Klinke der Eingangstür hinab, die sich mit einem Quietschen öffnete. »Horch.« Er blieb stehen und legte den Finger auf die Lippen. »Hast du des grad gehört?«

»Hä? Was denn?«

»Hab mich wohl getäuscht. Komm rein.« Sie durchquerten die finstere Diele und tappten in die Küche. Durch die halb blinden Scheiben drang spärliches Mondlicht und beschien das unaufgeräumte Chaos.

»Oh mei«, hauchte Schucki. »Ist des ein Durcheinander. Wie bei den Hottentotten.«

»Als ob du überhaupt eine Ahnung hättest, was die Hottentotten sind«, raunzte Manni ihn an. »Zwei Stunden Arbeit, und alles ist wie neu. Brauchst jetzt net so rumheulen, bloß weil deine Mutter die Cousine vom Meister Proper ist. Glaubst, die ham mich jedes Wochenende zum Saubermachen rausgelassen?« Er kramte in dem Hängeschrank über der Spüle und zog eine beinahe abgebrannte Kerze auf einer alten Untertasse und eine Schachtel Streichhölzer hervor. »Des nenn ich mal Ordnung«, wisperte er triumphierend.

»Warum flüstern mir eigentlich, des ist doch total blöd«, protestierte Schucki halblaut. »Weil's dunkel ist?«

»Hast recht, war doof. Ich hab halt noch einen Schreck von vorhin.« Manni stellte die Kerze auf den Tisch und wollte sie gerade anzünden, aber mitten in der Bewegung hielt er inne. »Ist des wirklich eine gute Idee, wenn mir Licht anmachen?«, fragte er seinen Freund. »Da war doch grad wieder was.«

»Was war?«, wiederholte Schucki, der im spärlichen Licht des Mondes nach einem Stuhl suchte, der nicht von Stapeln alter Zeitungen oder Pizzakartons bedeckt war.

»Alles gut«, gab Manni Entwarnung. »Ich glaub, ich hab Verfolgungswahn.« Mit einer einzigen Armbewegung räumte er eine Hälfte der Eckbank ab. Mehrere leere Tetra Paks, Zigarettenschachteln und Plastiktüten verteilten sich auf dem Boden. Aufatmend ließ er sich auf das zerschlissene Polster fallen und streckte die Beine aus, als wieder ein leises Geräusch ertönte.

»Jetzt hör ich's auch.« Schucki blickte mit großen Augen Richtung Diele.

Beide lauschten mit angehaltenem Atem. Kaum wahrnehmbar raschelte etwas im Flur, dann hörten sie das leise Quietschen der Eingangstür, die gleich darauf mit einem deutlichen Klacken ins Schloss fiel. Hastige Schritte entfernten sich.

»Manni, ich hab Angst«, raunte Schucki mit schneeweißem Gesicht. »Fahr mich heim.«

»Scheiße.« Auch Manni war leichenblass geworden. »Mir können net abhauen. Der wartet vielleicht draußen«, wisperte er. »Aber wo ist sein Auto?«

»Wer denn? Und welches Auto?«, stotterte Schucki.

»Der Graf. Er will mich umbringen, hat er gesagt, wenn ich was verrat. Hab ich aber net. Ich weiß doch gar nix.«

Schucki schlotterte am ganzen Körper. »Wenn er dich umbringen will, warum ist er dann abgehaut? Ist des ein Trick? Ich ruf die Mama an. Die soll mich holen.«

»Die hört doch schlecht«, widersprach ihm Manni. »Hockt vor dem Fernseher und kriegt nix mit. Und die Nummer von der Anita hab ich auch net. Mist.« Er hastete zur Küchentür und drehte den Schlüssel um. »Ich hoff bloß, keiner von uns muss in nächster Zeit aufs Klo.« Hektisch wühlte er in einer Schublade unter dem Herd herum und zog ein großes Messer und nach einigem Suchen einen Fleischklopfer heraus.

»Da.« Er reichte ihn Schucki. »Aber schau, dass du triffst. Der Kerl ist so ein Brocken, da hast bloß einen einzigen Schlag.«

»Was ist des? Heim will ich.« Ratlos betrachtete Schucki den metallenen Gegenstand.

»Erst, wenn's hell wird.« Manni setzte sich mit dem Messer in der Hand wieder an den Tisch.

»Aber ich muss aufs Klo«, fiel Schucki mit einem Mal ein. »Dringend.«

»Du musst net«, beruhigte ihn Manni. »Alles Einbildung. Verkneif's dir.«

Schucki rutschte unruhig auf seinem Stuhl hin und her. »Geht net«, jammerte er weinerlich.

Manni tastete auf dem vollgestellten Tisch herum und griff nach einer völlig eingestaubten Ein-Liter-Colaflasche, die er ihm reichte. »Nimm die. Die kriegst eh net voll. Was machst du denn da?« Schucki hatte unauffällig sein Smartphone aus der Brusttasche gefieselt und die einzige Nummer auf dem zerkratzten Display eingetippt, die er auswendig kannte.

»Spinnst du? Gib sofort her!« Ruppig entriss Manni seinem Freund das Handy.

»Hallo?«, meldete sich eine weibliche Stimme.

»Hilfe!« Schucki streckte verzweifelt die Arme nach seinem Telefon aus.

»Hallo? Wer ist da?«, fragte die Stimme wieder. Sie klang alarmiert.

»Hallo«, sagte Manni gottergeben. »Gschwendner. Manni. Mir brauchen Hilfe.«

»Schade.« Klaus stand mit Sissi auf dem Parkplatz und schaute sich um. Immer noch strömten Besucher ins Festzelt. Die Schlange vor den Toiletten war so lang wie am Vortag. Laute Musik mischte sich mit Gelächter und dem Gesang fröhlicher Besucher und drang weithin durch die Nacht.

»Das war wohl nichts«, beschwerte er sich. »Ich habe mir Wein, Weib und Blasmusik den ganzen Abend umsonst gegeben. Keiner hat auch nur eine Haarspitze von Graf gesehen. Drei Stunden verlorene Lebenszeit.«

»Einen Versuch war es wert«, antwortete sie. »Es hätte gut sein können, dass sich jemand an etwas Relevantes erinnert. Aber außer dass Julian Weidner äußerst aggressiv war, haben wir nichts Neues erfahren. Versuchen wir es morgen noch mal?«

Er lachte. »Kannst du vergessen. Keine zehn Pferde bringen mich erneut da rein. Oh, da ist er ja.« Klaus sah interessiert Jürgen Reichelt entgegen, der auf sie zukam. In der Hand hielt er einen Bierkrug.

»Bitte schön.« Reichelt deutete eine Verbeugung an.

»Jürgen, du bist ein Schatz«, bedankte sich Sissi. »Ist das auch der richtige?«

»Klar.« Jürgen überreichte ihr den Krug. »Bei der Bedienung zahl ich des Ding nachher noch. Will ja nix stehlen.«

»Was ist das denn?« Sissi zog verwundert ihr vibrierendes Smartphone aus dem Umhängebeutel. »Klaus, pack den Krug bitte ein. Hallo?« Sie lauschte angestrengt.

»Ich verschwind wieder«, verabschiedete sich Reichelt.

Sissi winkte ihm zu und gab Klaus, der eben ins Auto einsteigen wollte, ein Zeichen. »Warte, Kollege«, bat sie. »Wir müssen noch mal los. Atemlos durch die Nacht sozusagen. Ich habe soeben einen Hilferuf erhalten.«

»Von wem denn?«, erkundigte sich Klaus neugierig.

»Schucki Herrmann und Manni Gschwendner. Er fühlt sich verfolgt und hat sich eingeschlossen. Hast du noch Kapazitäten?«

»Alles ist besser als das hier.« Klaus zeigte auf das Festzelt im Hintergrund, aus dem gerade das Kufsteinlied ertönte. »Ich hatte eben schon befürchtet, ich muss da wieder rein.«

## 21

Still war es geworden im Dorf. Menschenleer lag die Hauptstraße im Licht einzelner Straßenlaternen. Ruhig plätscherte der Mühlbach vor sich hin. Auf dem Parkplatz vor dem Rathaus stand kein einziges Fahrzeug mehr. Einige in Tracht gekleidete Frauen schlenderten auf dem Heimweg vom Bierzelt lachend an der Kirche vorbei und verabschiedeten sich mit Umarmungen voneinander, ehe sie sich in alle vier Himmelsrichtungen zerstreuten.

Entfernt waberte Musik vom Lehenbühl her vorbei an den dunklen Häusern, mischte sich mit dem Gesang fröhlicher Menschen und verflog dann in irgendeiner dunklen Gasse, durch die gerade eine einsame Katze streifte. Das Laub der Linde vor dem Rathaus raschelte sachte im Takt dazu.

In der Gaststube des »Mohren« brannte noch Licht. Ihre Servicekräfte hatte sie längst nach Hause geschickt, und nun wuchtete Ernestine sämtliche Stühle auf die Tische, um den Boden zu wischen, damit sie ebenfalls ihren verdienten Feierabend genießen konnte. Gleich darauf ging sie mit müden Schritten in die Abstellkammer, holte einen Eimer und füllte ihn mit warmem Wasser.

Die Bank unter dem Baum vor dem Rathaus war ebenfalls verwaist. Niemand saß am Marienbrunnen, nur ein älterer Herr radelte in Schlangenlinien die Hauptstraße entlang vom Bierzelt nach Hause. Das Fahrrad kannte den Weg.

In der Disco Alpenblick, fünf Kilometer von Legau entfernt, direkt an der Zufahrt nach Maria Steinbach, klammerte sich Hans-Joachim Münnemann zur dröhnenden Musik von AC/DC am Tresen fest, denn er hatte aus purer Langeweile heute Abend schon ein paar Helle gezwitschert. Es war gar nicht so einfach gewesen, die fünf Stufen bis zur Eingangstür zu erklimmen, denn rings um die Steintreppe vor dem Lokal breitete sich ein nur spärlich von zwei Kugellampen beleuchteter Teppich aus, der aus schimmernden Glasscherben in allen möglichen Farben bestand.

»Ich hoffe, das lohnt sich wenigstens«, hatte Münnemann gemurmelt, während er sich mit seinen teuren Sneakers über den Scherbenteppich arbeitete, der verdächtig unter seinen Füßen knirschte.

Das war vor zwei Stunden gewesen. Und es hatte sich nicht gelohnt. Frustriert sah sich Münnemann im Lokal um. Bis auf fünf Biker in schwarzen Lederhosen, die im Nachbarraum Billard spielten und sich dabei lautstark stritten, und den grimmig dreinblickenden Wirt, der eben mit einem leeren Mülleimer und einem Besen aus dem Hinterzimmer zurückkam, war im Lokal nur eine weitere Person anwesend. Die sich langsam drehende Discokugel über der zerkratzten Tanzfläche in der Mitte des Raumes warf glitzernde Sprenkel auf den zerschrammten Boden. Für einen Moment bedaure Münnemann, nicht der Einladung zu einem gemeinsamen Festzeltbesuch gefolgt zu sein, die am Schwarzen Brett des Moserhofs gehangen hatte.

»Ist das trostlos«, beklagte er sich bei seinem Theken-Nachbarn, einem kleinen, gedrungenen Mann in Trachtenkleidung, der vor einer halben Stunde hereingestolpert war und ihm seitdem auf die Nerven ging mit seiner penetranten Art.

»Da kann ich Ihnen nur recht geben«, pflichtete dieser ihm bei und musterte ihn zum hundertsten Mal aus blauen Schweinsäuglein. »Wirklich trostlos. Ich komme aus dem Festzelt, dort sind sie auch nicht sehr freundlich.« Betrübt betrachtete er sein rot-weiß kariertes Trachtenhemd, das am Ärmel eingerissen war. »Eigentlich mega-unfreundlich«, wiederholte er frustriert.

»Kein Bedarf an Ihren Geschichten«, winkte Münnemann unwillig ab. »Solche Veranstaltungen sind ohnehin nichts für mich. Warum sind Sie eigentlich so neugierig? Seit dreißig Minuten reden Sie um den heißen Brei herum. Was wollen Sie von mir?«

»Nur ein bissle Austausch unter Intellektuellen«, beteuerte sein Nachbar und legte sich wie zur Bekräftigung die Hand auf die Brust. »Immerhin hab ich auch studiert. Und Sie ham doch erzählt, dass Sie auf dem Moserhof wohnen und Dozent waren.«

»Sie haben studiert?«, wiederholte Münnemann desinteressiert. »Germanistik kann es nicht gewesen sein.« Ohne eine Antwort abzuwarten, hob er seine Bierflasche ins Licht der trüben Deckenbeleuchtung und verzog das Gesicht. »Mit wem muss ich schlafen, um noch ein Bier zu bekommen, Mundschenk?«, wandte er sich an den Wirt. Nach dem vierten Bier hielt er das für ausgesprochen witzig.

Der Angesprochene bedachte ihn mit einem undefinierbaren Blick. Er legte Schaufel und Besen beiseite, entnahm einem Kühlschrank unter dem Tresen eine Flasche Helles, öffnete sie mit einem lauten Zischen und knallte sie vor Münnemann auf den Tresen.

»Ich dachte, ich bekomme jetzt endlich ein Glas als Bonus«, beschwerte sich Münnemann vergrätzt. »Das ist immerhin mein fünftes Helles. Probezeit bestanden.«

»Draußen im Hof liegt genug Glas«, antwortete der Wirt verdrossen. »A große Tube Pattex können S' kriegen. Bauen Sie sich eins zusammen. Solang die da drüben spielen«, er deutete mit dem Kinn auf die offene Tür zum Nebenzimmer, »gibt's bloß Flaschen.«

»Sind das eigentlich echte Rocker?«, erkundigte sich Münnemann mit schwerer Zunge. »Habe in meinem ganzen Leben noch nie welche live gesehen.«

»Fragen Sie sie selber.« Der Wirt drehte sich um und verschwand in der Küche.

»Warum nicht?«, überlegte Münnemann hoffnungsvoll. »Vielleicht haben die was zum Rauchen für mich. So wie die aussehen.«

Er schnappte sich seine Flasche und machte sich auf den Weg ins Nebenzimmer. Robert Steinmeier hüpfte erstaunlich behände von seinem Barhocker und folgte ihm in den Nachbarraum, wo nach wie vor heftig gestritten wurde. Sofort verstummte die Diskussion. Fünf Augenpaare blickten ihnen interessiert entgegen.

Gerade wummerte aus den Boxen »Highway to Hell«. Es klang wie eine Warnung.

Still war es auf dem Maier-Hof. Nur im Erdgeschoss in der Küche brannte noch Licht.

Georg Maier kam gerade in Arbeitshosen aus dem Geräteschuppen und machte ein Gesicht, als hätte er etwas gesehen, das ihm nicht gefiel. »Als hätten mir einen Geldscheißer«, brummte er. Resigniert blickte er hoch zu einem Fenster im ersten Stock, aus dem lautes Schluchzen drang. Er überlegte kurz, dann ließ er sich ächzend auf die Bank neben der Eingangstür fallen, griff nach seinem Bier, das er auf dem Fensterbrett abgestellt hatte, und nahm einen tiefen Schluck. Schweigend blieb er eine Weile sitzen, bis das Schluchzen allmählich leiser wurde. »Oh mei«, seufzte Maier. »Oh mei, oh mei. So jung und so dumm.«

Im ersten Stock hatte sich Lisa bäuchlings in ihr Bettzeug gewühlt und heulte, dass es sie nur so schüttelte. Dabei presste sie die ganze Zeit einen kleinen Teddybären an sich, der ein rotes Herz mit der Aufschrift »Ich hab dich lieb« umklammert hielt. Alle paar Minuten griff sie nach ihrem Smartphone und starrte mit brennenden Augen auf ein Foto. Irgendwann dämmerte sie erschöpft in einen unruhigen Schlaf. Das Handy entglitt ihren Fingern und rutschte über die Bettkante, fiel zu Boden und blieb mit eingeschaltetem Display liegen, auf dem ein sehr attraktives Männergesicht zuversichtlich lächelte.

Wie verlassen lag der Weidner-Hof in Dunkelheit gehüllt in der hügeligen Landschaft. Kein Licht brannte im Hauptgebäude. Nur aus den Stallungen hörte man gelegentlich das Muhen einer Kuh oder das Scharren von Hufen. Still beleuchtete der Mond eine Ecke neben dem Stall, in der trotzig eine Löwenzahnstaude vor sich hin blühte. Alle Hilfskräfte feierten geschlossen im Bierzelt ihren wohlverdienten Feierabend, obwohl sie der Wecker am nächsten Tag in aller Herrgottsfrühe zur Arbeit rufen würde. Das Haupthaus war beinahe leer. In einem geräumigen Zimmer saß jemand regungslos im Dunkeln auf einem Bürostuhl, das Gesicht zur Maske erstarrt.

Eine ganze Weile lauschte Max dem Ticken der großen Standuhr neben der Tür, während er mit beiden Händen die Schreibtischkante umklammert hielt, als befürchtete er, demnächst das Gleichgewicht zu verlieren. Als es ihm auffiel, löste er eine Hand vom Holz, ballte sie zur Faust und schlug mit solcher Gewalt auf den Tisch, dass der silberne Briefbeschwerer umkippte und zu Boden fiel. Ganz langsam, wie in Zeitlupe, klappte er sein Notebook auf, öffnete den Internetbrowser und suchte die Nummer der Polizeidienststelle Memmingen. Zögernd tippte er sie in sein Smartphone, starrte eine Weile darauf und legte es wieder beiseite.

»Jetzt weiß ich auch nimmer weiter«, flüsterte er in die Finsternis, die ihn umgab.

## 22

»Hektor, bleib endlich stehen!« Albert Söllner, Energieanlagen-elektroniker im Ruhestand, versuchte wie schon so oft, durch die Finger zu pfeifen, obwohl er es besser wusste. Seine kurzbeinige hellbraune Dackelmischung mit dem großen Namen ließ sich von dem Appell wie erwartet nicht beeindrucken und rannte weiter aufgeregt die leere Isnyer Straße entlang, an der ihr Herrchen sie wie jeden Tag ausführte.

Missmutig warf Albert einen Blick auf den niedrigen Wasserstand des Mühlbachs, der sich durch die Wiese schlängelte. »Hoffentlich hupft er net da rein, der dumme Hund«, schimpfte er. »Die Gisela killt mich, wenn ich ihn schon wieder dreckig oder nass heimbringe.«

Kein Laut war außer dem aufgeregten Zwitschern der Vögel zu vernehmen, keine Menschenseele auf der verlassenen, schmalen Nebenstraße zu sehen.

Der heutige Tag versprach erneut heiß zu werden, und weder Hektor noch sein Herrchen hatten Lust auf Auslauf in brütender Hitze. Diese kühlen Morgenstunden im Sommer waren Albert Söllner am liebsten. Bis auf einen gelegentlichen Fahrradfahrer, den man grüßen musste, war niemand unterwegs, kein Benzingeruch wehte von der Isnyer Straße her, so konnte man es aushalten.

Hektor liebte die Morgenrunde ebenfalls, denn da ließ ihn sein Herrchen ohne Leine laufen, und er konnte seine Schnauze in frisch aufgeworfenen Maulwurfshügeln vergraben oder laut kläffend mit wehenden Ohren eine Katze verscheuchen, die seit Stunden geduldig vor einem Mauseloch lauerte.

»Himmelherrgottsakrament!«, schrie Albert jetzt stinksauer seinem Hund hinterher, der keine Anstalten machte, ihm zu gehorchen. »Jetzt bleib endlich stehen, du Mistviech, du verzogenes! Reicht es net, dass du bei uns im Bett schlafen darfst?«

Als hätte es seine Worte begriffen, stoppte das Tier tatsächlich plötzlich vor einem großen Fahrzeug, das neben dem Bach geparkt war.

»Lass bloß die Leut in Ruhe!«, brüllte Albert seinem Hund zu, weil er befürchtete, dass Hektor in seinem jugendlichen Übermut an den Passagieren des Fahrzeugs hochspringen könnte. Viele Menschen mochten das gar nicht. Hastig beeilte er sich, den kläffenden Hektor einzuholen, und erreichte endlich den sehr dicht neben dem Wasserlauf stehenden Wagen, dessen Fahrertür weit offen war.

Der Fond war leer. Albert beschattete seine Augen mit der Hand und versuchte, den Fahrer irgendwo zu entdecken, aber er konnte niemanden sehen. Das aufgeregte Gebell seines Hundes hörte einfach nicht auf. Es kam vom Bach. Albert schaute nach unten und zuckte zusammen.

»Ja, leck mich doch«, entfuhr es ihm. Dort lag eine männliche Gestalt in ledernen Kniebundhosen und weißem Hemd auf dem Bauch, mit dem Gesicht im Wasser. Die bestrumpften Beine auf der kurzen, aber steilen Böschung ragten in einem unnatürlichen Winkel nach oben. Im Haar der regungslosen Person hatte sich ein verdorrtes Grasbüschel verfangen, das sich sachte mit der Strömung bewegte.

»Weg da, Hektor!«, befahl Albert mit klopfendem Herzen. »He, Sie da! Alles in Ordnung? Hallo?« Aber der Angesprochene rührte sich nicht.

Albert erwog kurz, in den Bach zu klettern, um die Person an den Schultern zu rütteln, entschied sich aber dagegen, weil sonst seine neuen Sandalen nass geworden wären. Und die Socken auch, was fast noch schlimmer gewesen wäre. Also fieselte er sein Smartphone aus der Gesäßtasche und wählte eine Nummer, die jeder auswendig wusste.

»Toll gemacht«, schimpfte er seinen Hund, als das erste Rufzeichen ertönte. »Wirklich toll gemacht.« Es klang jedoch nicht wie ein Lob.

Schwungvoll riss Klaus die Bürotür für Sissi auf, die schon wieder eine Plastiktüte schleppte.

»Guten Morgen, Hans.« Sie stellte die Tasche auf ihrem Schreibtisch ab und fuhr sich mit der Hand durch das lockige Haar. In ihrer kurzärmeligen roten Bluse und der Jeans wirkte sie frisch und ausgeruht.

»Soll ich raten?« Dollinger zeigte auf den Beutel und zog eine Grimasse.

»Bei deiner Kombinationsgabe hast du es sicher schon herausgefunden.« Sissi griff hinein und holte zwei Brote heraus, die sie ihm auf den Schreibtisch legte.

»Ah, Baguettes, super«, freute sich Dollinger. »Die passen wenigstens in meine Schublade, net wie der riesige Prügel von gestern. Mit ein bissle frischem Fleischsalat vom Kleiber sind die lecker.«

»Ich hab noch zehn weitere dabei«, bot Sissi ihm an. »Sogar den Fleischsalat vom Metzger würde ich dir spendieren. Ich fahre gleich los und hole ihn dir auf der Stelle – aber nimm sie. Bitte.«

»Zwei reichen«, lehnte Dollinger ab. »Die schaff ich allein. Meine Frau muss net alles wissen.«

»Na, dann du.« Sie streckte Klaus ein Baguette entgegen.

»Ich hab dir doch im Auto bereits gesagt, ich …«, wollte der sich herausreden, aber Sissis verdrossene Miene ließ ihn verstummen. »Okay, gib schon her. Ich hoffe, demnächst bäckt er Schrippen, die bekommst du locker los.«

»Semmeln heißt des«, korrigierte ihn Dollinger.

Klaus griff nach der Brotstange und wollte seine Schreibtischschublade öffnen, um sie darin zu verstauen, aber sie klemmte und gab merkwürdige Geräusche von sich.

»Was ist denn da los?« Er zerrte mit aller Kraft am Griff, bis sie endlich aufsprang. Ungläubig betrachtete er den Gegenstand, der sich dort verklemmt hatte.

»Du wieder, Hans. Das ist doch von dir!« Anklagend hielt er ein lebensgroßes Huhn aus Gummi hoch, das normalerweise als Hundespielzeug verkauft wurde. Das Gummihuhn quietschte laut.

Dollinger kicherte vergnügt. »Macht aber keine Flecken, versprochen. Auf des kannst du dich ohne Weiteres mit einem teuren Anzug werfen.«

Klaus holte aus und zielte mit dem Huhn auf den Papierkorb. Leider warf er daneben, genau in dem Moment, als sich die Tür öffnete und der Boss hereinkam, mit einer Zeitung unter dem Arm. Das Huhn prallte quietschend an ihm ab und fiel zu Boden. Er bückte sich und hob es auf, betrachtete es eingehend, sah seine Mitarbeiter der Reihe nach an und legte es mit den Worten »Das ist bestimmt Ihres, Vollmer« auf Klaus' Schreibtisch.

»Guten Morgen, die Herrschaften.« Er setzte sich auf die Kante von Sissis Schreibtisch und hielt ihr die aufgeschlagene Zeitung vor die Nase. »Unser Freund Steinmeier hat wieder einen rausgehauen«, verkündete er grimmig.

»›Mörder noch immer auf freiem Fuß, Einwohner verängstigt, Polizei ratlos‹?«, las Sissi laut vor und ließ wütend die Zeitung sinken. »Das ist seine Retourkutsche. Wir haben ihn gestern davon abgehalten, wahllos Leute auszufragen, und ihn äußerst höflich gebeten, unsere Ermittlungen nicht weiter zu stören, nicht wahr, Klaus?«

»Genauso war es, Chef«, beteuerte nun auch Klaus. »Und wir haben Fingerspitzengefühl bewiesen, obwohl mir ein Faustgefühl lieber gewesen wäre. Dieser Mann ist eine Hyäne.«

»Wissen wir«, brummte der Boss. »Aber man kann ihm schlecht beikommen. Sie waren heute Nacht noch bei einem Spezialeinsatz, habe ich gehört?«

»Ich weiß nicht, ob man das so nennen kann, Chef«, antwortete Sissi. »Wir wollten uns nach etlichen Befragungen im Festzelt endlich auf den Heimweg machen, als eine Art Notruf hereinkam. Auf dem Hof von Manni Gschwendner hatten sich in ihrer Angst zwei Leute verbarrikadiert.«

»Gschwendner?« Der Boss horchte auf. »Da klingelt was bei mir.«

»Genau der«, bekräftigte Sissi. »Und sein Freund Schucki. Ich habe den Anruf ernst genommen, denn er klang panisch. Gschwendner behauptete, Markus Graf habe ihn bedroht und sei hinter ihm her.«

»Interessant.« Der Boss runzelte die Stirn. »Und?«

»Außer den beiden Chaoten, die sich in der Küche eingesperrt hatten, war niemand da«, erzählte Sissi amüsiert. »Der Kollege und ich haben das ganze Haus einschließlich der ehemaligen Stallungen durchsucht und keinen Menschen gefunden.«

»Vergiss das Zimmer nicht«, unterbrach Klaus sie.

»Ja, das war merkwürdig.« Sissi machte eine kleine Pause. »Im Schlafzimmer im ersten Stock fanden wir eine halb abgebrannte Kerze, deren Wachs noch warm war. Manni Gschwendner schwört Stein und Bein, dass er und sein Freund nur die Küche betreten haben und nirgendwo sonst im Haus waren. Auch gehört die Decke auf dem Bett angeblich nicht ihm.«

»Vielleicht ein Obdachloser, der Unterschlupf gesucht hat«, spekulierte der Boss.

»Glaube ich nicht, Chef. Diese Decke ist qualitativ hochwertig und war bestimmt nicht billig. Ach, ich habe ja was mitgebracht.« Sissi kramte in ihrer Umhängetasche und zog eine kleine Plastiktüte heraus.

»Was willst du mit einer Haarklammer?«, wunderte sich Dollinger.

»Die lag auf dem Boden neben dem Bett in Mannis Schlafzimmer«, informierte sie ihn.

»Warum haben Sie die mitgenommen? Wegen der Fingerabdrücke?«, fragte der Boss.

»Nein, wegen des Haares, das dranhängt. Ist nur so ein Gefühl, Chef.« Sissi packte die Klammer wieder ein. »Die gebe ich persönlich im Labor ab.«

»Wundert mich, dass Sie sich da so reinhängen.« Nachdenklich sah der Boss sie an. »Meinen Sie, das hat was mit dem Fall zu tun?«

»Wäre möglich, Chef«, sagte Sissi.

»Es wäre nicht das erste Mal, dass jemand ein verlassenes Haus als Unterschlupf benutzt«, erinnerte sie der Boss. »Könnten auch Jugendliche gewesen sein. Na gut. Es ist Ihre Zeit.« Er seufzte. »Warum hat Markus Graf diesen Gschwendner bedroht?«

»Gschwendner wurde etwas zugänglicher, als wir die Räume absuchten«, erzählte Klaus. »Anscheinend hat er eine Unterhaltung zwischen Max Weidner und Markus Graf belauscht, bei der Graf behauptete, den Mörder von Julian Weidner zu kennen.«

»Ja, da schau her«, entfuhr es dem Boss. »Und? Wer ist es?«

»Herr Gschwendner wurde vor der Enthüllung von Markus Graf beim Lauschen erwischt, an die Wand geworfen und bedroht«, fuhr Klaus fort. »Weil er befürchtete, dass Markus Graf ihm das Versprechen zu schweigen nicht abgekauft hatte, hatte er in seiner Not die Idee, sich in seinem alten Haus zu verkriechen.«

»Er war anfänglich verschlossen wie eine Auster, aber sein bester Freund Schucki hat gesungen«, erzählte Sissi schmunzelnd weiter. »Angeblich hat Manni Geräusche im Wald gehört und gemeint, Markus Graf suche ihn.«

»Also alles Einbildung«, winkte der Boss ab. »Was wollte er im Wald?«

»Sein Intimleben auffrischen«, verriet ihm Sissi verschmitzt. »Wir haben gestern im Festzelt Anita Hoff mit einer Tannennadel in ihrer prächtigen Mähne getroffen. Sie hat zugegeben, dass sie mit Manni im Wald war.«

Jetzt musste auch der Boss lächeln. Dann wurde er wieder ernst. »Von Graf gibt es noch immer keine Spur«, eröffnete er seinen Mitarbeitern. »Die Fahndung läuft, aber er scheint untergetaucht zu sein. Wahrscheinlich hat er von der Hausdurchsuchung Wind bekommen.«

»Wo könnte er ohne das sichergestellte Bargeld hinwollen?«, wandte Sissi ein. »Seine Kreditkartenzahlungen lassen wir auch überwachen. Übrigens habe ich uns den Bierkrug besorgt, aus dem Katja Weißenhorn gestern Abend getrunken hat. Die Dame, wegen der Julian Weidner mit Patrick Brandstetter im Festzelt gerauft hat. Wenn wir ihre Abdrücke auf dem Lebkuchenherz finden, hätten wir eine winzige Spur.«

»Ich hab auch was für euch«, meldete sich Dollinger zu Wort. »Hab mir heut Nacht das Notebook vom Markus Graf vorgenommen. Bin aber noch net weit gekommen.«

»Warst du überhaupt schon zu Hause?«, wunderte sich Klaus.

»Musst du wohl, wenn die Zeit für ein Gummihuhn gereicht hat.«

»Beziehungen, kleiner Grashüpfer, Beziehungen«, grinste Dollinger. »Die Leute sind wirklich leichtsinnig und schalten ihre Laptops nie aus. Ich hab des Ding an die Steckdose gehängt und losgelegt.«

»Jetzt erzähl schon«, drängte ihn Sissi. »Und hört doch endlich mit den Anspielungen auf ›Karate Kid‹ auf. Klaus ist ein super Kollege, den gebe ich nicht mehr her. Was ist mit dem Notebook?«

»Die Fotos kannst vergessen«, eröffnete ihr Dollinger.

»Weil?« Sissi schaute ihn fragend an. »Schmuddelbilder?«

»Weit drüber hinaus«, erklärte Dollinger. »Graf beim Schnackseln, Graf beim Koksen, Graf beim Saufen. Auf manchen Fotos macht er alle drei Dinge auf einmal. Der ist, glaub ich, ziemlich in sich selber verliebt.«

»Einer muss es ja sein«, antwortete Sissi.

»Im Großen und Ganzen ist nix drauf, des ihn mit Drogenhandel in Verbindung bringt«, erzählte Dollinger. »Bloß, wie er welche konsumiert. So schlau ist er gewesen.«

»Oder er hat die Bilder in einer Cloud gespeichert«, warf Klaus ein.

»Find ich raus«, versprach Dollinger. »In seinen Chatverlauf bin ich net reingekommen, dazu bräucht ich sein Handy, weil ich damit einen QR-Code auf dem Bildschirm vom Laptop einscannen muss. Aber dafür in seine Telegram-Chats.«

»Er hat diesen Messengerdienst genutzt?«, vergewisserte sich Klaus. »Und?«

»Mit wem er gechattet hat, kann ich net sagen. Fast keiner meldet sich mit Klarnamen und Passbild an, man bleibt anonym. Viele ham nur einen Buchstaben im Profil, und …«

»Moment«, unterbrach ihn Klaus. »War ein Chat mit Julian Weidner dabei?«

»Um das herauszufinden, muss ich in jeden einzelnen kurz reinschauen. Keine Ahnung, was der für ein Pseudonym verwendet hat.«

»Dieser Herr Münnemann, den wir gestern auf dem Moserhof besucht haben, verwendet ebenfalls Telegram«, meldete sich Sissi nachdenklich zu Wort. »Er schien auf eine Nachricht gewartet zu haben. Ich möchte wetten, da gibt es einen Zusammenhang. Blöd, dass wir nichts bei ihm gefunden haben.«

»Was heißt ›gefunden‹?« Der Boss wurde hellhörig. »Haben Sie was gesucht?«

»Hab mich falsch ausgedrückt, Chef«, entschuldigte sich Sissi rasch. »Wir haben uns nur umgesehen. Herr Münnemann hat behauptet, er hätte versehentlich Kokain gekauft, und wir wollten uns mit ihm unterhalten.«

»Soso.« Der Boss schwieg vielsagend, bis es Klaus unbehaglich zumute wurde.

Sissi erlöste ihn. »Hans, wenn du was findest, gib sofort Bescheid«, bat sie. »Klaus und ich müssen los. Wir fahren zu Max Weidner. Er sollte nicht der Einzige sein, der weiß, wer seinen Bruder umgebracht hat. Findest du nicht auch, Klaus?«

Sie wollten gerade das Büro verlassen, als Dollingers Telefon klingelte. »Dableiben!«, rief er, nachdem er ein paar Sekunden gelauscht hatte. »Des wird euch net gefallen.«

## 23

»Normalerweise sind die Abstände zwischen unseren Begegnungen länger«, wurden Sissi und Klaus von Seibold empfangen, der bereits auf sie wartete. »Seid ihr mit dem Fahrrad gekommen, oder warum hat das so lang gedauert?«

»Wieso sind Sie eigentlich jedes Mal vor uns am Tatort?«, wunderte sich Klaus.

»Weil wir noch gar keinen Feierabend hatten«, knurrte Seibold. »Wir kommen gerade erst aus Mindelheim. Sie gucken frustriert aus, Frau Sommer? Kennen Sie den?«

»Er war unser Hauptverdächtiger.« Sissi zeigte auf das silberne Cabrio. »Wir waren so nah dran.«

»Puh.« Seibold betrachtete sie mit Bedauern. »Blöd gelaufen. Sieht nach Tod durch Ertrinken aus.«

Sie warf einen Blick auf das schmale Gewässer. »Der Bach ist an dieser Stelle keine dreißig Zentimeter tief. Klar kann man auch in einer Pfütze ertrinken, wenn man genügend Alkohol intus hat. Aber an solche Zufälle glaube ich nicht. Wie ich sehe, ist er gekleidet, als wäre er im Festzelt gewesen. Wir haben ihn gestern aber nirgendwo dort ausfindig machen können.«

»Als wir im ›Mohren‹ mit ihm sprachen, trug er Jeans und Poloshirt«, erinnerte Klaus sie. »Gegen neunzehn Uhr wurde seine Wohnung durchsucht, also muss er sich vorher umgezogen haben. Sonst hätten ihn die Kollegen in seiner Wohnung angetroffen.«

»Stimmt. Vielleicht hatte er vor seinem Besuch im Festzelt noch einen Termin.«

Sissi ging neben dem Toten in die Hocke.

Markus Graf sah aus, als ob er schliefe. Sein Mund war halb geöffnet, das Leder seiner teuren Trachtenhose, deren Vorderklappe offen stand, hatte sich mit Wasser vollgesogen und war beinahe schwarz.

»Wir müssen Hans Bescheid geben, die Fahndung hat sich

erledigt. Machst du das?«, bat Sissi. »Und ich brauche eine Funkzellenabfrage. Wir müssen wissen, wo sein Handy zum letzten Mal eingeloggt war. Sein Fahrzeug ist mit einem GPS-Tracker ausgestattet, das hilft. Mir egal, wie Hans das macht, aber es muss schnell gehen.« Sie beugte sich über den Toten. »Einer der Hosenträger ist lose. Anscheinend ist der Knopf abgerissen. Vielleicht taucht er noch auf.«

Klaus hatte sich neben sie gekniet. »Keine äußeren Verletzungen erkennbar. Vielleicht wollte er sich nur kurz hier am Bach erleichtern, hat das Gleichgewicht verloren und ist ins Wasser gefallen. Bisher deutet nichts auf Gewaltanwendung hin, oder was meinst du? Schauen wir mal, ob wir was finden.« Er griff vorsichtig in die Gesäßtasche des Toten und zog ein schmales Portemonnaie hervor. »Ausweis, Kreditkarten, Geld, alles da. Wo ist sein Smartphone?«

»Hier.« Seibold hielt ihm einen Plastikbeutel vors Gesicht. »Haben wir sichergestellt. Die Dinger haben mittlerweile ja schon Ausweischarakter. Leider lag es im Wasser, in Hüfthöhe neben dem Toten. Ist ihm wahrscheinlich beim Sturz aus der Hose gefallen.«

Sissi nahm den Beutel an sich. »Es gibt ja Handys, die wasserdicht sind. Vielleicht haben wir Glück«

»Ja, dieser ganze Fall strotzt bisher nur so vor Glück«, murmelte Klaus resigniert.

»Herr Seibold, unser Kollege hat uns mitgeteilt, man habe den Mann auf dem Bauch liegend mit dem Gesicht im Bach aufgefunden. Hatte er sichtbare Blessuren am Rücken?«

Seibold schüttelte den Kopf. »Ich mach den Job schon ziemlich lang und kann Ihnen sagen: alles unversehrt. Hab nicht einen einzigen Kratzer erkennen können.«

»Danke, Sie können ihn dann wegbringen«, bat Sissi. »Ich werde Dampf machen, damit wir so schnell wie möglich eine gerichtsmedizinische Untersuchung kriegen. In zwei bis drei Stunden wissen wir sicher mehr. Irgendwas ist hier oberfaul. Und ich hoffe, Sie Armer haben bald mal Feierabend. Ich sehe mir jetzt mal das Auto an.«

»Und ich rede ein paar Takte mit dem zuvorkommenden Herrn, der Markus Graf gefunden hat«, kündigte Klaus an.

»Der wartet schon auf Sie.« Seibold deutete auf Albert Söllner, der ungeduldig von einem Bein aufs andere trat und sie nicht aus den Augen ließ. Sein angeleinter Dackel kläffte aufgeregt. »Dieser Herr hat den Toten beim Gassigehen entdeckt. Albert Söllner ist sein Name.«

»Hab doch Ihrem Kollegen schon alles erzählt«, knurrte Söllner grantig, als Klaus sich vorstellte. »Ich bin bloß mit dem Hektor spazieren gegangen und hab das Auto gesehen. Und dann den Mann.«

»Haben Sie eventuell versucht, ihn wiederzubeleben?« Klaus bereute den Satz, ehe er ihn zu Ende gebracht hatte.

»Natürlich net. Wüsste gar net, wie des geht«, verneinte Söllner wie erwartet. »Außerdem hat man deutlich erkennen können, dass der nimmer lebt. Aber ich hab ihn angesprochen.«

»Und er hat nicht geantwortet?«, fragte Klaus sarkastisch. »Ich nehme an, sonst haben Sie keine Beobachtung gemacht. Oder hat sich jemand vom Fahrzeug entfernt? Haben Sie in der Nähe vielleicht eine Person gesehen?«

»Der Motor ist kalt«, meldete sich Sissi vom Auto her. »Das Fahrzeug steht schon länger hier.«

»Gar nix hab ich gesehen«, beharrte Söllner bissig. »Darf ich jetzt heim?«

»Sie dürfen«, erwiderte Klaus. »Teilen Sie dem Kollegen von der Streife Ihre Personalien mit und melden Sie sich bitte heute oder spätestens morgen auf dem Revier bei Hans Dollinger. Da geben Sie Ihre Aussage zu Protokoll. Okay?«

Söllner nickte. »Meinetwegen. So ein Scheißtag«, brummte er und zog den kläffenden Hektor mit sich fort, ohne sich zu verabschieden.

Klaus sah ihm fassungslos hinterher. »Der Ärmste. Jetzt hat ihm doch glatt eine Leiche den Tag versaut.« Dann begab er sich zu Sissi, die sich bereits im Inneren des Wagens zu schaffen machte.

»Weißt du, Kollege …«, sie hielt ihm zwei kleine Tüten entgegen, »ich habe es mir beinahe gedacht. Es passt einfach so gut. War im Handschuhfach, im Autoatlas.«

»Autoatlas? Heutzutage hat doch jeder ein Navigationsgerät«, wunderte sich Klaus.

»Jedenfalls hab ich das hier gefunden. Zwischen den Seiten des Stadtplans von München.« Klaus nahm ihr die Tüten ab. »Schau an, ein Joint und ein Päckchen Kokain. Er hatte das Zeug anscheinend überall gebunkert. Vielleicht, falls er mal an einer roten Ampel warten muss und ihm langweilig wird.« Sissi hatte den Kofferraum geöffnet und sah hinein. »Nichts. Das ist enttäuschend. Geld im Portemonnaie, Drogen im Handschuhfach. Kein Überfall, kein Diebstahl. Bei Julian Weidner das Gleiche. Zufall können wir ausschließen. Im Gegensatz zu Julian Weidner ist bei Graf jedoch keine Verletzung zu erkennen. Die einzige Übereinstimmung sind die Drogen, die beide bei sich hatten.«

»Sissi, wir haben ihn gestern kennengelernt«, erinnerte Klaus sie. »Vielleicht war es eine kardiovaskuläre Erkrankung. Der Mann war zwar charmant, aber übergewichtig und kurzatmig, dazu kommt, dass er garantiert Kokain geschnupft hatte, das den Herzschlag beschleunigt. Würde doch passen.«

»Würde, tut es aber nicht«, widersprach Sissi. »Ich kann förmlich spüren, dass da was stinkt.«

Beide beobachteten, wie Markus Graf abtransportiert wurde.

»Der Abschleppwagen ist unterwegs«, informierte Seibold sie. »Wenn wir in dem Fahrzeug noch was finden, kriegen Sie umgehend Bescheid.«

»Sie sind unser bester Mann, Herr Seibold. Danke für Ihre Arbeit. Ich backe Ihnen mal einen Kuchen, sobald mein Mann mich lässt«, bedankte sich Sissi.

»Für Sie immer, Frau Sommer.« Seibold rang sich tatsächlich ein Lächeln ab.

»Dem Gesetz der Serie zufolge sollten Sie heute Abend in Ruhe grillen können, ohne unterbrochen zu werden«, tröstete ihn Klaus.

»Wir müssen los«, verabschiedete sich Sissi. »Machen Sie es gut, Herr Seibold.«

»Was für ein Tag.« Klaus beschattete die Augen mit der Hand und betrachtete den wolkenlosen Himmel. »Es ist noch nicht mal zehn Uhr.«

»Ich habe soeben umdisponiert«, verkündete Sissi auf dem Weg zum Wagen. »Du bekommst ein kleines Frühstück beim Bäcker Freytag, und anschließend fahren wir zum Moserhof. Ich will mal in den Tabletcomputer von Münnemann reinsehen. Er ist der einzige uns namentlich Bekannte, der sich hier im Umkreis Kokain beschafft hat und den Messengerdienst Telegram verwendet. Dollinger soll umgehend einen Durchsuchungsbeschluss für sein Appartement organisieren und zu uns rausschicken, noch ehe wir beim Moserhof sind. Es reicht.«

»Wir wollten doch zu Max Weidner?«, wunderte sich Klaus. »Der läuft uns nicht weg.« Sissi blieb stehen und sah ihn ernst an. »Er ist Landwirt mit Herz und Seele. So einer lässt seinen Grund und Boden nicht einfach im Stich.«

»Julian Weidner schon«, widersprach ihr Klaus. »Sobald er geerbt hätte, wäre er verschwunden.«

»Es gibt Ausnahmen«, stimmte Sissi ihm zu. »Aber er ist tot. Und ich möchte herauskriegen, wer ihn umgebracht hat. Sonst muss Seibold vielleicht noch mal ausrücken. Das will keiner von uns. Also los!«

## 24

»Warum hocken mir jetzt eigentlich rum wie bestellt und net abgeholt, Erna?«, beschwerte sich Anita mürrisch. »Hast gesagt, mir gehen frühstücken beim Bäcker Freytag und du lädst mich ein. Ich hab ganz gemeines Schädelweh vom Bier und viel zu wenig geschlafen. Gestern war's net so toll im Festzelt. Da hätt ich auch daheimbleiben können. Bloß Schnarchzapfen unterwegs. Und natürlich die Sommer und ihr Schatten. Die verderben einem jeden Spaß.«

»Mir sitzen hier, weil's noch zu voll ist beim Bäcker Freytag, sei net so grantig«, tadelte Erna sie. »Bin vorhin vorbeigeradelt, draußen sind alle Stühle besetzt. Hast noch was vor, oder warum pressiert's dir so?«

»Erna, es ist Samstag, grad amal nach elfe«, nörgelte Anita. »Ich bin eh bloß gekommen, weil ich net daheimhocken will. Sonst muss ich dem Papa auf dem Hof helfen. Und da reiß ich mir jedes Mal mindestens einen Nagel ab. Die sind net billig. Hab der Mama erzählt, ich geh einkaufen mit dir. Sie hat gemeint, ich bin krank, weil ich zu so einer unchristlichen Zeit aufgestanden bin.«

»Warum hast net mal deinen Buben mitgebracht, ich seh dich alleweil bloß ohne«, beschwerte sich Erna.

»Der Kevin hat keinen Bock auf so was«, erklärte Anita ihr mürrisch. »Hilft lieber seinem Opa, obwohl er noch net amal zur Schule geht. Jetzt ham die dem so einen kleinen Traktor gekauft, und mit dem fährt der Tag und Nacht auf dem Hof rum. Ätzend. Die versauen mir den Kleinen komplett. Am Schluss wird der noch Landwirt.«

»Ist eine rechtschaffene, anständige Arbeit«, tadelte Erna sie. »Du kommst auch aus einer Landwirtschaft. Hättest vielleicht den Bertram behalten sollen. Der ist jetzt reich und hat einen Haufen Grund. Und mögen hat der dich auch.«

»Und jeden Tag mit der Martha zusammenhocken?«, fuhr

Anita sie an. »Die ist ein grantiger Besen. So eine Schwiegermutter braucht niemand.«

»Hauptsache, du hast überhaupt mal wieder eine Schwiegermutter, wär nimmer zu früh«, belehrte Erna sie. »Ich mein's doch bloß gut, immerhin bist eine geschiedene Frau. Hast schon gehört? Der Graf soll heut Nacht gestorben sein. Die Ilse Scharnagel hat mich vorhin angerufen, die weiß es von ihrem Nachbarn, dem Heinz.« Missmutig beobachtete Erna, die mit Anita auf der Bank am Marienbrunnen saß, Elvira Weidner, die ein großes Altargesteck aus Sonnenblumen, Gladiolen und Korkenzieherhaseln schleppte, hinter dem sie beinahe vollständig verschwand.

»Der Graf?«, wunderte sich Anita. »Ach was? Bestimmt ein Autounfall. Der ist alleweil viel zu schnell gefahren. Letzte Woche hat der mich auf der Landstraße überholt, mit mindestens hundertsechzig Sachen. Weißt du was Genaues?«

Erna zuckte mit den Achseln. »Tot halt. Aber ich tipp eher auf Schlaganfall oder Herzinfarkt, so wie der dahergekommen ist. Beim Essen hat der keine Gefangenen gemacht. Gestern hat mich der Depp noch beinahe umgefahren, mitten auf der Straße. Jaja, so schnell kann's gehen.«

»Glaubst doch selber net, dass der einen Herzinfarkt gehabt hat«, widersprach Anita. »Der war grad amal so alt wie ich. Da stirbt man net einfach so.«

»Der war sogar jünger als du«, korrigierte Erna sie. »Aber des darf man ja net sagen, sonst ist Ihre Majestät beleidigt.«

»Herrgott, Erna, was hast denn heute?«, fuhr Anita hoch. »Seit ich da bin, machst mich blöd von der Seite an.«

»Weil's mich ärgert, dass du dich mit dem Gschwendner rumgetrieben hast«, verriet Erna ihr beleidigt. »Von der Kripo muss ich das erfahren. Der Kerle ist net gut für dich.«

»Weiß ich selber«, gab Anita zu. »Ich war halt ein bissle nostalgisch. Alte Zeiten und so, weißt schon.«

»Jetzt macht sie des doch, obwohl ich ihr gesagt hab, sie soll für den Sommer net alles umsonst tun.« Verstohlen zeigte Erna auf Elvira, die soeben ein zweites Gebinde aus dem Kofferraum ihres weißen Kleinwagens hob. »Kann kaum laufen und schluckt pfundweise Schmerztabletten, aber für den Pfarrer tät die sogar auf allen vieren in die Kirche kriechen. Vom Max kriegt die nix, wär gescheiter, sie tät endlich mal Geld verlangen für ihre Arbeit. Was guckst denn so? Suchst du jemand Bestimmten?«

»Wen sollt ich denn suchen?«, log Anita. »Du siehst Gespenster. Und ich kann gar net fassen, dass du schon wieder diesen schaurigen Lumpen anhast.« Sie zupfte pikiert am Oberteil von Ernas knallbuntem Zweiteiler vom Vortag. »Heut wird's locker dreißig Grad warm. Des Plastikzeug schmilzt dir auf der Haut. Nimm wenigstens einen Feuerlöscher mit. Und mit der Sonnenbrille schaust aus wie ein Uhu.« Sie lachte boshaft.

»Bei dir ist ja net viel zum Schmelzen da«, antwortete Erna bissig und taxierte Anitas Rock sowie das sehr knappe Oberteil mit den Spaghettiträgern. »Noch zwei Zentimeter kürzer, und des wär kein Rock, sondern ein breiter Gürtel. Seit wann hast du eigentlich einen Ohrring im Bauch? Hängst da deinen Autoschlüssel dran, wenn du zum Tanzen gehst?«

»Des ist ein Nabelpiercing und total sexy. Von so was verstehst du nix«, belehrte Anita ihre Freundin herablassend. »Für Klamotten, die ausschauen wie ein Mehlsack, den man in einen Farbkübel geschmissen hat, bin ich noch zu jung.«

»Zu meiner Zeit hat's keinen Ring im Bauch gebraucht, bloß einen am Finger«, schnaubte Erna. »Ich kann mir net vorstellen, dass deinem Chef so was gefällt. Seriös ist des net.«

»Von wegen«, entfuhr es Anita, die ihre unbedachte Antwort unverzüglich bereute.

»Soso.« Erna warf ihr einen schrägen Blick zu. »Hast noch mehr von den Dingern woanders als im Ohr, wo sie hingehören?«

»Nein«, behauptete Anita. »Und mein Chef kennt meinen Bauchbutzen net.« Aber sie merkte selbst, wie verlogen das klang.

»Ach, da schau her.« Missbilligend beobachtete sie, wie eine Frau Anfang dreißig in Jeans und T-Shirt aus einem Kleinwagen stieg und einen leeren Einkaufskorb aus dem Kofferraum holte. Ihr dichtes blondes Haar hatte sie zu einem adretten Zopf geflochten, und ihr Gesicht wurde von einer überdimensionierten schwarzen Sonnenbrille verdeckt.

»Heut macht man wohl wieder auf anständig«, raunte Anita ihrer Freundin zu und ließ die junge Frau nicht aus den Augen. »Gestern hat sie ihren Busen im Festzelt so rausgehängt, dass man den als Fahrradständer hätt benutzen können. So eine Bitch.«

»Die Katja Weißenhorn.« Erna war Anitas Finger gefolgt. »Die ist eine Hübsche. So gefällt sie mir besser als gestern. Ihr Dirndl war schon ein bissle ordinär.«

»Genau«, entrüstete sich Anita. »Da kann sie auch gleich nackig gehen. Kein Anstand.« Sie hatte nicht viel übrig für Konkurrenz.

»Meinst, dass der Brandstetter sie heiratet?«, überlegte Erna laut. »Zum Kinderkriegen wär sie jung genug, und er braucht einen Erben.«

»Die weiß doch net, was sie will«, widersprach Anita abfällig. »Am Eröffnungsabend vom Musikfest war ich im Zelt, weil die Bösen Burschen gespielt ham. Und wie ich auf dem Klo war, hab ich gesehen, wie sie hinter den Toiletten mit dem Julian rumgeknutscht hat. Die zwei ham sich fast aufgefressen. Dann ist sie mit ihm Richtung Parkplatz verschwunden, bestimmt in sein Auto. Hat wohl pressiert.«

»Ist net wahr?«, staunte Erna. »Hast mir gar net erzählt.«

»Ich kapier gar net, was der Julian überhaupt an der gefunden hat«, überlegte Anita. »Ohne ihre fünf Tonnen Schminke ist die doch eine graue Maus. Blonde sind eh fad.«

»Also ich find, die sieht net übel aus«, widersprach Erna. »Aber wie hat der Julian des bloß gemacht mit den Frauen?«

»Du hast wirklich keine Ahnung, Erna.« Anita schnalzte mit der Zunge und schwelgte für einen kurzen Augenblick in Erinnerungen. »Der hat eine Figur gehabt wie ein Bodybuilder und Kraft wie ein Stier.«

»Ham andere auch«, wandte Erna ein.

»Net wie der Julian. Aufs Heiraten war er halt net scharf«, fuhr Anita fort. »Da ist sie mit dem Brandstetter auf der sicheren Seite, die graue Maus. Aber was der Julian an der tauben Nuss Lisa für einen Narren gefressen hat, kapier ich net.«

»Die Lisa vom Maier?«, vergewisserte sich Erna.

»Genau die«, bestätigte Anita. »Des war schon nimmer normal, wie scharf der auf diese Tussi war. Ich bin selber dabeigesessen, als er dem Lukas Böck Schläge angedroht hat, bloß weil der im Alpenblick mit ihr tanzen wollt. Und des hat er bei jedem gemacht, der näher als drei Meter an die rangekommen ist.«

»Temperament hat er wirklich gehabt«, stimmte Erna ihr zu.

»Aber was ist an der Lisa bloß dran?«, sinnierte Anita. »Die sieht doch ganz normal aus. Richtige Krautstampfer hat die. Und Größe sechsunddreißig bestimmt net.«

»Meine Mama hat mir beigebracht: ›Komme selten, dann wirst du gelten‹«, antwortete Erna hoheitsvoll. »Man muss sich rarmachen. Aber des lernen manche ja nie.«

»Kann net jeder so verklemmt sein wie die fade Maier.« Anita rümpfte die Nase.

»Hallo, Anita! Hallo, Frau Dobler!« Katja Weißenhorn, die mittlerweile ihren Einkauf erledigt hatte, winkte den beiden Frauen am Brunnen auf ihrem Weg zum Auto zu.

»Hallo, Katja!«, schrie Anita scheinheilig. »Absolut mega schaust wieder aus, Süße. Wie machst du des bloß immer? Bin richtig neidisch. Musst mir amal zeigen, wie man sich schminkt.«

Katja lachte verlegen und öffnete den Kofferraum, um ihre Tüten zu verstauen.

»Mei, bist du falsch«, entfuhr es Erna. In ihrer Stimme schwang aufrichtige Bewunderung mit.

»Hab bei der Besten gelernt«, gab Anita das Kompliment zurück. »Du lügst auch net schlecht.«

»Bloß wenn's sein muss«, verteidigte sich Erna. »Also jetzt raus damit: Warum warst du gestern mit dem Tagedieb Gschwendner im Wald? Der hat nix und kann nix.«

»Hab ich gemerkt«, pflichtete Anita ihr grollend bei. »Aber interessieren tät's mich, wie es ihm heut geht. Hab ihn einfach sitzen lassen, und jetzt tut mir das fast ein bissle leid. Der wohnt ja grad beim Schucki, vielleicht sollt ich mal dort vorbeischauen.«

»Da wird er jetzt net sein, weil er doch beim Weidner draußen schafft«, informierte Erna sie. »Kann mir net vorstellen, dass der in der Landwirtschaft was taugt mit seinen zwei linken Händen, aber in der Not frisst der Teufel Fliegen. Der arme Max.«

»Hä? Woher weißt du des schon wieder?«, brauste Anita auf. »Spionierst du mir nach? Oder hast uns belauscht?«

»Ich hab meine Informanten«, verriet Erna ihr geheimnisvoll. »Und nachdem ich dich mit dem auf dem Parkplatz vom EDEKA gesehen hab, da hab ich mich ein bissle erkundigt.«

»Beim Weidner«, wiederholte Anita gedankenverloren. »Dem hab ich noch gar net kondoliert.«

»Bist bloß onduliert.« Erna zeigte auf Anitas Haarpracht. »Schreib ihm halt a Karte.«

»Heut ist Samstag.« Anita dachte nach. »Wenn ich die gleich abschicke, kommt die frühestens am Montag an. Des ist doch blöd. Weißt was? Ich fahr jetzt gleich beim Max vorbei und sag ihm persönlich, dass es mir leidtut.«

»Ich glaub, du willst bloß gucken, ob der Gschwendner da ist«, warf ihr Erna vor. »Mir können auch eine Karte im EDEKA kaufen, unterschreiben und der Elvira mitgeben. Ist billiger.«

»Na, des dauert mir zu lang.« Anita erhob sich von der Bank und strich ihren Rock über den Hüften glatt.

»Wird net viel helfen, wenn du da dran ziehst«, eröffnete ihr Erna ungnädig. »Mehr Stoff wird's net. So kannst auf keinen Fall in ein Trauerhaus gehen.«

»Dann zieh ich mich halt um«, maulte Anita. »Schwarz steht mir. Du bist echt eine Nervensäge.«

Erna hatte gar nicht zugehört. »Hallo, Elvira! Wie geht's dir heut?«, schrie sie und fuchtelte wie wild mit den Armen, um auf sich aufmerksam zu machen. Aber Elvira hatte nichts mitbekommen, startete ihren Wagen und fuhr davon.

»Also, Erna, ich mach mich auch vom Acker«, verabschiedete sich Anita. »Wart net auf mich. Mir frühstücken ein andermal.«

»Des wird dir bestimmt noch leidtun«, rief Erna ihr hinterher, aber Anita war schon auf dem Weg zu ihrem verbeulten roten Kleinwagen und tat, als hätte sie nichts gehört.

»Die glaubt mir einfach net. Ach, diese dummen jungen Mädel.« Erna ließ sich zurück auf die Bank fallen, lauschte dem beruhigenden Geplätscher des Marienbrunnens und beobachtete das Treiben um sie herum.

Auf dem Marktplatz drängten sich die Leute in Trauben um die verschiedenen Verkaufsstände, sommerlich gekleidete Menschen standen in Grüppchen beieinander und unterhielten sich lachend. Viele hatten Körbe dabei, gefüllt mit Bodenseeobst, frischem Brot oder Käse. Gelegentlich grüßte jemand von Weitem, und Erna grüßte zurück.

Sie überlegte kurz, ob sie Elviras Gesteck in der Kirche näher begutachten sollte, dann könnte sie Pfarrer Sommer gleich auf die Tatsache hinweisen, dass er die Gutmütigkeit seiner Schäflein viel zu sehr ausnutzte.

Gerade fuhr ein Auto vorbei, aus dem jemand winkte.

»Jetzt ist die Elisabeth schon wieder unterwegs«, grummelte Erna. »Der arme Peter. Oder hat der Graf etwa gar keinen Herzinfarkt gehabt, wenn die sich einmischt?«

Man konnte über Erna sagen, was man wollte, aber der exzessive Konsum amerikanischer Serien hatte ihren kriminalistischen Scharfsinn geschult.

»Servus, Doblerin, altes Schlachtross.« Jürgen Reichelt, der gerade aus dem »Mohren« kam, hatte sich ihr unbemerkt genähert. »Wieder auf deinem Horchposten? Und? Wer war's? Der Graf?«

»Schon wieder rum ums Eck«, klärte Erna ihn auf. »Der ist nämlich tot.«

»Ach was. Rutsch amal ein bissle.« Reichelt ließ sich neben ihr auf die Bank fallen. »Erzähl. Und auch, was sonst so los ist im Dorf. Ich bin ja gar nimmer auf dem Laufenden.«

»Mei, die Welt ist schlecht«, begann Erna. »Ich sag's dir, Jürgen, so was von schlecht. Da fallt mir grad was ein, des erzähl ich dir, ehe ich es wieder vergess. Weil's mir keine Ruh lässt seit ein paar Tagen. Ich denk die ganze Zeit drüber nach, und es ärgert mich so.«

»Was denn?«, fragte Reichelt.

»Eigentlich nix, Jürgen«, gestand Erna. »Aber des nagt richtig an mir. Weil's Betrug ist. Ich krieg's net aus dem Kopf.«

»Leg los. Eine halbe Stund hab ich Zeit«, bot Reichelt ihr an. »Wenn's was Gescheites ist, lad ich dich heut Abend im Zelt auf einen halben Gockel und eine Maß ein.«

Und Erna legte los.

# 25

»Wirklich ein schönes Fleckchen Erde«, lobte Klaus, während sie auf den Eingang des Moserhofs zuschritten. »Hier lässt es sich aushalten.«

»Aber nicht billig«, wandte Sissi ein. »Die Landschaft ist das Einzige, was du hier gratis bekommst. Dieser ganze Service kostet. Hier wirst du verwöhnt wie auf einem Kreuzfahrtschiff.«

Klaus bewunderte die Blumenrabatten im Vorgarten. »Unser Herr Dozent kann es sich auf jeden Fall leisten.«

»Wann ist eigentlich dein nächster Theaterbesuch?«, erkundigte sich Sissi. »Und was wird aufgeführt?«

»Erst wieder nächste Woche«, verriet Klaus ihr erleichtert. »Vom Stück lasse ich mich überraschen. Irgendwas mit toxischem Patriarchat. Vermutlich werde ich wie beim letzten Mal die Hälfte nicht verstehen. Und mit ein wenig Glück ist es ja möglich, dass wir arbeiten müssen und ich nicht mitkann.«

Sissi lachte. »Sei doch mal offen für Neues. Ansonsten gilt das Angebot mit unserem Bauerntheater noch. Aber du musst schnell sein, die Karten sind immer sofort ausverkauft.«

»Lass nur, mir genügt das Bauerntheater bei unserem aktuellen Fall«, lehnte Klaus grinsend ab. »Dieser Georg Maier hat einen tiefen Eindruck auf mich gemacht. Ich könnte mir vorstellen, dass der mit geschwärztem Gesicht und einem Hinterlader nachts ahnungslosen Rehböcken auflauert.«

»Du gibst einfach nicht auf, Kollege, was?«, neckte ihn Sissi. »Irgendwann kriegen wir unseren Wilderer-Fall schon noch.«

»Weißt du, was mich manchmal irritiert, Sissi? Dass wir trotz all dem Schlimmen, das wir sehen, gelegentlich scherzen. Sind wir so abgebrüht?«

»Das ist unsere Methode, all das nicht zu sehr an uns heranzulassen«, erklärte sie ihm ernst. »Wir müssen objektiv bleiben und dürfen uns nur von Fakten leiten lassen. Darum kann unseren Job auch nicht jeder machen. Jetzt beeilen wir uns aber besser,

Gnädigste scheint heute etwas nervös zu sein.« Sie deutete auf eine dürre, hochgewachsene Gestalt, die ihnen ungeduldig entgegensah.

»Guten Tag! Sitzt er auf der Terrasse, oder ist er unterwegs?«, begrüßte Sissi Frau Reismann, die sie an der schweren Eingangstür des Moserhofs in einem hellgrünen Sommerkleid mit ausgestelltem Rock erwartete, das perfekt mit ihren hennaroten Haaren harmonierte. Bis auf eine kaum wahrnehmbare Alkoholfahne wirkte sie frisch und kühl wie eine hanseatische Brise.

»Soviel ich weiß, frühstückt Seine Durchlaucht in seinem Appartement«, teilte ihnen Frau Reismann mit kaum verhohlener Missbilligung mit. »Er bestellte sich etwas, das sich anhörte wie die Menükarte des Hotel Adlon in Berlin. Ich war zufällig in der Küche, als er auftauchte und mit detaillierten Anweisungen um sich warf, als wäre er Paul Bocuse persönlich. Dabei vermute ich, dass er außerstande ist, sich ohne Kochbuch auch nur ein Ei zu braten. Ach, diese intellektuellen Kopfmenschen. Und übrigens – wundern Sie sich nicht.«

»Worüber?«, fragte Klaus.

»Er sieht etwas derangiert aus«, verriet Frau Reismann nicht ohne eine gewisse Genugtuung. »Ich habe nicht gefragt, warum. Selbst schuld, er hätte gestern auch mit uns im Zelt feiern können. Es waren alle eingeladen, sogar er. Aber er meinte, er hätte noch etwas vor.«

»Es sah so aus, als hätten Sie Spaß gehabt gestern. Oder gab es vielleicht wieder eine Schlägerei?«, erkundigte sich Klaus hoffnungsvoll. »In diesem Fall hätte ich mich imagemäßig rehabilitieren können mit meinen Kampfsportfähigkeiten. Dieses Internet ist eine Pest, und Videoclips von mir kursieren immer noch.«

»Nichts dergleichen war los«, verneinte Frau Reismann. »Eigentlich war es ein richtig netter Abend. Nur einmal sah ich, wie ein kleiner, zeternder Mann in zu enger Lederhose von einem sehr großen Mann, der ein blaues Auge hatte und recht unfreundlich wirkte, hinausgetragen wurde.«

»Herrje.« Sissi musste lachen. »Klingt, als wäre Herr Steinmeier mit Patrick Brandstetter aneinandergeraten.«

»Weiter gab es nichts Ungewöhnliches«, beendete Frau Reismann ihre Erzählung. »Wie gesagt, wir haben uns blendend unterhalten. Sie sind wirklich ein lustiges Völkchen, das weiß, wie man feiert.« Frau Reismann war selbst für ihre Verhältnisse ziemlich blass.

»Sind wir«, bestätigte Sissi. »In unserer Freizeit. Aber wir arbeiten auch hart. Sie wirken etwas müde. Geht es Ihnen wirklich gut?«

»Ich bin nur ein wenig unpässlich«, gestand Renate peinlich berührt. »Normalerweise bevorzuge ich trockenen Riesling oder Chardonnay. Ihr Bier zieht einem die Füße weg.«

»Die Dosis macht eben das Gift«, schmunzelte Sissi.

»Als ich hierherzog, hat man mir geraten, ich solle in so einem Fall den nächsten Tag mit dem Getränk beginnen, das den Kater verursacht hat. Tun Sie das bloß nicht«, warnte Klaus Frau Reismann.

Sie sah ihn an wie ein seltenes Insekt. »Zu spät«, gestand sie frustriert. »Den Weg zu seinem Appartement finden Sie sicher ohne mich.« Sie verabschiedete sich und verschwand mit wehendem Rock hinter einer Ecke.

Der breite Flur im ehemaligen Stallgebäude war verwaist. Etliche Gäste des Moserhofs schliefen noch, einige frühstückten auf der schattigen Terrasse, andere genossen im Speisesaal Rührei und frisch gebackene Brötchen.

Vor der Tür mit der Nummer zweihundertsiebzehn blieben sie stehen. Sissi klopfte dezent.

»Herr Münnemann, die Cops von gestern sind wieder da.« Klaus zwinkerte Sissi zu. »Bitte öffnen Sie. Wir haben weitere Fragen.«

»Kommen Sie später wieder«, forderte eine mürrische Stimme von drinnen. »Ich liege im Bett.«

»Jetzt machen Sie schon auf«, verlangte Klaus. »Sonst müssen wir die Tür eintreten.«

»Hast du das überhaupt schon mal getan?«, wisperte Sissi. »Das sieht nur im Film so einfach aus. Wenn ich allerdings Peters erstes selbst gebackenes Brot aufgehoben hätte, hätten wir es als Rammbock benützen können.«

»Ich weiß das«, flüsterte Klaus, »aber er nicht.«

»Komm schon«, meldete sich Münnemann. »Machen Sie aber bitte keinen Stress.«

Deutlich konnte man eilige Schritte und kurz darauf die Toilettenspülung vernehmen. Jemand rief: »Verdammter Mist!« Endlich öffnete sich die Tür einen Spalt. Münnemann steckte seinen verwuschelten Kopf hindurch.

»Was gibt es denn schon wieder, Sie penetrante Vertreter der Staatsgewalt?«, beschwerte er sich vergrätzt. »Es muss wichtig sein, wenn Sie unbescholtenen Pensionären in aller Herrgottsfrühe auf die Nerven gehen.«

»Wir müssen mit Ihnen sprechen.« Sissi wartete seine Antwort erst gar nicht ab, sondern schob ihn einfach beiseite.

»Was fällt Ihnen ein!«, empörte sich Münnemann. »Ich werde eine Dienstaufsichtsbeschwerde gegen Sie einleiten.« Sein langes, lockiges Haar hing ihm ungekämmt ins Gesicht, über seiner linken Augenbraue klebte ein Pflaster, und seine Unterlippe war aufgeschürft.

»Ihrem Aussehen nach zu urteilen hatten Sie eine harte Nacht.« Sissi trat einen Schritt näher und begutachtete sein Gesicht. »Hat Sie jemand verprügelt?«

»Bin nur gestolpert und in einen Graben gestürzt«, behauptete Münnemann verdrossen.

»Auf mich wirkt es eher, als wären Sie in eine Faust gefallen«, erwiderte Sissi. »Was ist passiert? Wurden Sie ausgeraubt? Oder waren Sie etwa im Alpenblick? Sieht ganz danach aus.«

»Habe mich nur ein wenig umgesehen und wollte mich amüsieren, aber in den Niederungen Ihrer hiesigen Nachtclubszene herrscht eine verrohte Debattenkultur«, beklagte sich Münnemann, dem das Sprechen wegen der aufgeplatzten Lippe Schmerzen zu bereiten schien. »Ganz abgesehen von der Steinzeitmusik, die ich ertragen musste, geht man hierzulande offensichtlich zum Lachen in den Keller. Diskursbereitschaft Fehlanzeige.«

»Das kommt auf den Diskurs an«, erklärte ihm Sissi. »Und

auf den Tonfall, in dem er geführt wird. Ihren kann ich mir vorstellen. Trotzdem tut es mir leid. Haben Sie Symptome wie Kopfschmerzen, Doppeltsehen oder Schwindel bei sich festgestellt?«

»Nichts dergleichen«, antwortete Münnemann abweisend. »Ich bin 1950 geboren und habe während meiner aktiven Zeit in der Studentenbewegung schon ganz andere Dinge überstanden.« Sissi schaute sich suchend in dem unordentlichen Appartement um. Auf dem Nachttisch stand eine halbe Flasche Rotwein neben einer Packung Schmerztabletten, die exklusive Ledercouch war übersät mit getragener Kleidung. Auf dem Beistelltisch stapelten sich Zeitschriften, und auf dem Boden lag eine Jeans mit Flecken, die verdächtig nach Bier rochen, neben einem Paar Sneakers, das sehr teuer wirkte.

Sissi sah sich nach seinem Handy um. »Wo ist Ihr Smartphone, Herr Münnemann?«

»Hab ich verloren«, behauptete er. »Es ist mir ins Klo gefallen. Holen Sie es sich doch.« Er lachte boshaft.

Sissi griff in ihre Tasche, zog ein paar Einweghandschuhe heraus, eilte ins Badezimmer, öffnete den Deckel der Toilette und griff hinein. Triumphierend zog sie ein Handy heraus, das sie umgehend in Papier wickelte und dann in eine Plastiktüte steckte.

»Was sollte das denn?« Auffordernd hielt sie Münnemann den Beutel vors Gesicht. »Wollten Sie es runterspülen?«

Münnemann hob bedauernd die Schultern. »Es war eine motorische Ausfallerscheinung aufgrund exzessiven Konsums dieser Plörre, die Sie hier Bier nennen. Ich wollte die Spülung drücken, da ist es mir entglitten. Weil Sie mich so gehetzt haben.«

»Was befindet sich denn auf Ihrem Smartphone, das wir nicht sehen sollen?«, fragte Klaus.

Er beugte sich über Münnemanns Tablet auf dem zerwühlten Bett, das eingeschaltet auf dem Kopfkissen lag. Auf dem leuchtenden Display war die Werbeanzeige einer Seniorenwohnanlage zu erkennen. »Oh, Sie sehen sich nach einem anderen Altersruhesitz um? Schade, wir hatten uns so an Sie gewöhnt.«

Münnemann griff hastig nach seinem Tablet, aber Klaus nahm es an sich und hielt es fest.

»Geben Sie her«, verlangte Münnemann.

Sissi las überrascht die Überschrift auf der Website, die Münnemann aufgerufen hatte. »Ihr Ernst? Sie wollen nach Hamburg ziehen? Das Allgäu wird nie mehr dasselbe sein ohne Sie.«

»Je schneller, desto besser«, bestätigte Münnemann, ohne auf ihre Anspielung einzugehen. »Diese dörflichen Strukturen sind für einen urbanen Menschen wie mich eine Zumutung. Niemand hat mich davor gewarnt.«

»Der Begriff ›Dorf‹ hätte Warnung genug sein müssen«, belehrte ihn Sissi. »Sie haben hier Infrastruktur, Kultur und eine wunderschöne Landschaft. Okay, die Dealer sind wahrscheinlich schwerer zu erreichen.«

»Jetzt weiß ich es ja.« Münnemann streckte fordernd die Hand aus. »Also, geben Sie schon her! Sie können hier nicht einfach einfallen wie ein römisches Legionärsgeschwader und mir meine persönlichen Gegenstände entwenden.«

»Oh, und wie ich das kann.« Sissi kramte in ihrer Umhängetasche und zog ein amtliches Dokument hervor, das sie ihm unter die Nase hielt.

»Anordnung einer Durchsuchung?«, las Münnemann entgeistert. »Wegen eines halben Gramms Kokain? Und das wollte ich nicht einmal, sondern nur Gras.«

»Teils, teils«, antwortete Sissi. »Bitte seien Sie kooperativ.«

»Bekomme ich sonst kein Fleißkärtchen?«, wollte Münnemann wissen, aber er klang nicht mehr so herablassend wie noch vor ein paar Minuten. »Mit Ihrem Staatsgewalt-Monopoly können Sie mich nicht einschüchtern.«

»Kein Fleißkärtchen, aber eine Ereigniskarte«, warnte ihn Klaus. »Und zwar: ›Gehe in das Gefängnis, begib dich direkt dorthin, gehe nicht über Los.‹ Möchten Sie es drauf ankommen lassen?«

»Und Sie glauben, das interessiert mich?«, lachte Münnemann spöttisch. »Die Bullen in Berlin waren seinerzeit ganz anders drauf, Sie unrasierter Schönling.«

»Sie sehen heute auch nicht aus wie das blühende Leben«, verteidigte sich Klaus beleidigt.

»Bitte entsperren Sie es.« Sissi streckte Münnemann sein Smartphone entgegen.

»Ich denke nicht daran«, weigerte er sich störrisch.

»Wollen Sie uns nicht mal ein kleines bisschen entgegenkommen?«, bat Klaus.

»Nö.«

»Doch«, beharrte Klaus.

»Nö«, stellte sich Münnemann beharrlich stur. »Meine Sachen gehen Sie nichts an.«

»Lass gut sein, Kollege«, mischte sich Sissi ein. »Ihr Appartement interessiert uns nicht, Herr Münnemann, ich nehme nur das hier mit und Ihr Smartphone.« Sie schnappte sich das Tablet und setzte sich auf einen Sessel.

»Was tun Sie da?«, empörte er sich.

»Wonach sieht es denn aus?«, fragte sie zurück. »Im Gegensatz zu Ihrem Smartphone ist das Tablet entsperrt, und ich muss Sie nicht anbetteln. Die Einstellung werde ich dahingehend ändern, dass es sich nicht abschaltet, während wir unterwegs sind. So weit, so gut. Sie nutzen den Telegram-Messenger. Und ich bin mir ziemlich sicher, dass Sie sich auf diesem Weg Drogen verschafft haben. Kürzen wir das Verfahren doch ab, indem Sie uns erzählen, wie das genau abläuft.«

»Kein Bedarf.« Münnemann schlurfte zur Couch und setzte sich achtlos auf die darauf verteilte Kleidung.

»Ihre mutmaßliche Connection ist tot«, informierte ihn Sissi und registrierte, wie er blass wurde. »Mit diesem Kontakt können Sie ohnehin nichts mehr anfangen. Und wie haben Sie bezahlt? Bestimmt bar. Also müssen Sie jemanden persönlich kennen.«

»Wie oft soll ich es Ihnen noch sagen?«, fuhr Münnemann sie gereizt an. »Keine Ahnung, wer der Lieferant ist. Ich habe nur ein paar Anweisungen erhalten, die ich mir unbedingt merken sollte.«

»Welche Anweisungen?«, fragte Sissi.

»Die habe ich vergessen«, behauptete Münnemann. Man sah,

dass er log. »Alles, was ich sonst hatte, war dieser Kontakt auf Telegram, da sollte ich ein Kennwort eingeben.«

Sissi überflog die Liste der Chats auf dem Display.

»Oha, ganz schön viele. Welcher ist es? Oder sind es mehrere?« Münnemann starrte sie böse an.

»Na dann.« Sissi steckte sein Tablet in ihre Umhängetasche und zückte ihr eigenes Smartphone. »Gucken Sie mal ein wenig freundlicher«, bat sie ihn und machte ein Foto. »Nur fürs Archiv. Ihre mobilen Endgeräte bekommen Sie zurück, sobald wir uns die Nachrichten genauer angesehen haben. Na? Letzte Chance, mit der Wahrheit rauszurücken.« Aufmunternd sah sie ihn an. »Zwei Menschen sind tot. Ich appelliere an Ihre Intelligenz.«

»Tot? Davon haben Sie gestern nichts erwähnt.« Münnemann wurde kleinlaut. »Was habe ich damit zu tun?«

»Das finden wir raus, und Sie werden Ärger bekommen, wenn Sie weiterhin nicht mit uns zusammenarbeiten«, drohte ihm Klaus.

»Da war wirklich nur dieser Mann in der Disco«, begann Münnemann widerwillig. »Wir sind ins Gespräch gekommen, haben das Thema angeschnitten, und er hat es mir erklärt. Ich sollte ein spezielles Wort, das mich als vertrauenswürdig verifiziert, an ein bestimmtes Profil auf Telegram schicken und mich akribisch an die Instruktionen halten. Genau da habe ich mich anscheinend vertan. Irgendjemand hat jetzt mein Gras.«

»Meine Güte.« Sissi rollte mit den Augen. »Was ist aus dem Dealer an einer Straßenecke geworden, der einem verstohlen etwas in die Hand drückt?«

»Das habe ich mich auch gefragt«, antwortete Münnemann lakonisch. »So viel zum Thema Landleben. Jetzt habe ich im Alter noch Stress.«

»Wie sah der Mann aus?« Klaus zeigte Münnemann auf seinem Handy die Website von Markus Graf, der unter dem Schriftzug »Immer für Sie erreichbar« vom Display lächelte.

»Möglich. Es war dunkel.« Mehr wollte Münnemann nicht preisgeben.

»Wie lautete dieses Wort, das Sie als Code verwenden sollten?«

Münnemann presste die Lippen zusammen und schwieg.

Sissis Telefon vibrierte. »Das Obduktionsergebnis ist da«, informierte sie Klaus. »Planänderung: Wir fahren nach Memmingen, geben die Geräte ab und schauen, was Heinzelmann für uns rausgefunden hat.«

»Und ich?« Münnemann klang für seine Verhältnisse äußerst kleinlaut.

»Sie müssen drei Runden aussetzen und dann einen Pasch würfeln«, erklärte ihm Klaus mit todernstem Gesicht. »Wir finden Sie überall. Es sei denn, Sie fallen wieder in einen Graben oder sind im Zeugenschutzprogramm.«

Noch durch die geschlossene Tür konnte Münnemann die beiden lachen hören.

## 26

»Können wir reden?«, bat Elvira Weidner ihren Neffen.

»Jetzt net. Die anderen warten schon. Der zweite Schnitt ist heut fällig. Muss los.« Max, der in Arbeitskleidung gerade einen großen Traktor besteigen wollte, bedeutete seiner Tante mit einer Handbewegung, dass die Unterhaltung für ihn beendet war. Unter der Sonnenbräune wirkte sein Gesicht fahl, seine Augen lagen tief in den Höhlen. Die Lippen hatte er zu einem schmalen Strich zusammengepresst.

»Irgendwann müssen wir miteinander sprechen, Max«, stammelte Elvira, die klein und verloren vor ihm stand und nervös ihre Hände knetete. Wie gestern trug sie ihre blaue Schürze. Ihre Augen hinter den dicken Brillengläsern waren vom Weinen gerötet.

»Ein andermal, ich kann jetzt net«, lehnte er ab. »Hab noch net amal die Boxen ausgemistet.«

»Max«, flehte sie. »Du bist durcheinander. Ich doch auch. Aber man muss Tatsachen als solche akzeptieren. Es nützt nichts, die Augen zu verschließen.«

»Tatsachen.« Max spuckte das Wort förmlich aus. »Auf solche Tatsachen hätt ich gern verzichtet.«

»Es ist einfach alles zu viel«, versuchte seine Tante ihn zu beruhigen. »Aber es hilft niemandem, wenn wir uns aus dem Weg gehen.«

Max musterte Elvira ohne jedes Gefühl. »Bist heute schon mit dem Auto unterwegs gewesen. Wo warst denn?«

»Ich habe nur zwei Gestecke in die Kirche gebracht«, antwortete sie. »Weil ich es Pfarrer Sommer versprochen hatte. Warum?«

»Weil man meinen sollt, des alles hätt dich ein bissle mehr mitgenommen«, warf Max ihr vor. »Aber du machst einfach dein Ding. Als würd er noch leben.«

»Ich hatte es versprochen«, rechtfertigte sich Elvira. »Es sind doch nur Blumen. Und ich reiße mich zusammen, so gut es geht.

Das nennt man Disziplin. Früher habe ich oft genug wegen euch geweint, wenn ich nicht mehr wusste, wie es weitergehen soll.«

»Auch schon wurscht.« Max schickte sich an, auf die Trittleiter zum Fahrersitz zu klettern.

»Warum wendest du mir den Rücken zu? Ich hab jahrelang auf euch aufgepasst. Hast du das schon vergessen?« Langsam rollten zwei Tränen über ihre faltigen Wangen und tropften auf den Latz der blauen Schürze.

»Da bist du bei mir an der falschen Adresse, Elvira.« Max nahm seinen Fuß von der Trittleiter und drehte sich langsam um. »Des hat bloß beim Julian funktioniert. Deinem kleinen Engelein.«

»Du hingst auch nie so an mir wie er«, warf sie ihm vor. »Schon immer warst du abweisend und in dich gekehrt.«

»Hab keine Gelegenheit dazu bekommen, weil ja der Julian ständig an dir geklebt ist.«

»Das ist nicht wahr«, verteidigte sich Elvira. »Julian hat mich einfach mehr gebraucht als du. Er war so sensibel.«

»Sag amal«, Max verschränkte die Arme vor der Brust und sah seine Tante mit zusammengekniffenen Augen an, »glaubst du wirklich, das ist jetzt unser Problem? Mir sollten über andere Sachen reden.«

»Wenn wir in Zukunft miteinander auskommen wollen, ist das unerlässlich«, beharrte sie.

»Der Käs ist gegessen, Elvira. Ich will los.«

»Du stürzt dich in die Arbeit und läufst davon«, warf Elvira ihm vor. »So habe ich euch nicht erzogen.«

»Siehst du net, dass es mir net sonderlich gut geht? Was willst du?«, fragte Max gefährlich leise. Man sah ihm an, dass er kurz davor war, die Beherrschung zu verlieren.

»Wieder hier einziehen«, schlug sie vor. »Du brauchst jede Hand, und ich könnte mich nützlich machen. So alt bin ich noch nicht. Ich bin einsam.«

»Mei, hab ich wenig Menschenkenntnis.« Max lachte zynisch. »Man sollt wirklich nie glauben, dass man jemanden kennt. Erstens wolltest du selber weg vom Hof, weil der Julian es dir eingeredet hat. Und zweitens: Nein. Kommt net in Frage.«

»Aber es hat sich alles verändert«, stammelte Elvira.

»Du kapierst es einfach net.« Max kniff die Augen zusammen und schaute sie verächtlich an. »Vielleicht bist ja dement. Meinetwegen, dann machen wir's halt gleich. Ich hab nämlich auch nachgedacht. Du gehst weg von hier. Des Flurstück bei Bettrichs, von dem mir geschwätzt haben, verkauf ich auf jeden Fall. Ein Teil davon gehört ja dir. Der Jürgen Reichelt ist schon ewig drauf scharf. Bringt einen Haufen Geld. Und des kriegst du. Vielleicht als Schenkung. Muss den Steuerberater fragen.«

»Flurstück?«, stotterte Elvira verwirrt. »Schenkung?«

»Ja.« Max nickte. »Ich ruf heut noch den Reichelt an. Wenn ich vernünftig mit ihm rede, gibt er mir auch ohne Vertrag eine Anzahlung, weil mein Wort was wert ist. Der Jürgen und ich kommen gut miteinander aus.«

»Ich will aber nicht weg«, weigerte sich Elvira leichenblass. »Ich ...«

»Aber ich will«, unterbrach Max sie. »Wenn du den vollen Betrag von mir gekriegt hast, bin ich dir nix mehr schuldig. Von wegen du hast uns aufgezogen, mir sind verwandt und das ganze Gejammer. Das Einzige, was ich verlang, ist, dass du verschwindest. Und dass du net schreibst oder mich anrufst. Mir zwei sind fertig miteinander. Endgültig.«

»Kannst du nicht anerkennen, dass ich dir immer geholfen habe?« Elvira weinte.

»Ja, weiß Gott«, antwortete Max sarkastisch. »Und den Julian hast du aufgehetzt gegen mich. Und jetzt glaubst du allen Ernstes, du kannst dich wieder hier reindrängen?«

»Reindrängen?«, wiederholte Elvira fassungslos. »Ich habe mich für euch zerrissen. Nie geheiratet.«

»Net mein Problem.«

»Meinst du das ernst? Du wirfst mich wirklich raus?«, schluchzte Elvira.

»Herrgottsakrament, hau einfach ab und näh deine Scheißdecken!«, fuhr Max sie an. »Ich geb dir schon Bescheid, wenn ich was von dir brauchen sollt. Aber so weit kommt's garantiert nie.«

»Wie redest du denn mit mir?«, beklagte sich Elvira. Ihre Stimme zitterte. »Ist das der Dank?«

»Stimmt. Kann mich gar net genug bei dir bedanken.« Max sah seine Tante mit kalten Augen an. Es dauerte ein paar Sekunden, bis sie begriff, wie er es gemeint hatte. »Max, überleg bitte, was du sagst«, bat sie. »Der Julian würd bestimmt noch leben, wenn du ihn net so verzogen hättest. Es ist allein deine Schuld!« Außer sich vor Wut machte Max einen Schritt auf sie zu und hob drohend den Arm. Elvira zuckte zusammen und wich zurück. »Also gut. Wie du möchtest. Ich bleibe bestimmt nicht, wenn du mich nicht hierhaben willst. Hoffentlich bereust du das nie. Keine Ahnung, was du planst. Ich gehe.«

»Prima«, sagte Max. »Am besten heut noch.«

»Du bist nicht mehr klar im Kopf«, keuchte sie. »So kannst du nicht mit mir umgehen.«

»Und ob ich kann«, erklärte ihr Max mit klirrender Kälte in der Stimme. »Wirst schon noch merken. Dein Lebtag lang hast dich eingemischt in alles, hast uns gegeneinander ausgespielt und net schlecht davon profitiert. Des ist jetzt vorbei.«

»Was hast du nun vor? Ich habe es nur gut gemeint. Immer. Eure Mutter war meine Schwester. Ein schönes Leben hätte ich haben können, alles habe ich stehen und liegen lassen wegen euch. Jetzt bin ich alt, und ich weiß doch auch nicht weiter, genau wie du.«

»Nimm einfach das Geld, sobald ich es hab«, riet ihr Max verächtlich. »Und lass mich endlich in Ruh. Du bist net die Einzige, die Sorgen hat.«

Elvira wollte zu einer Erwiderung ansetzen, als sich ein Motorengeräusch näherte. Ein roter Kleinwagen schoss die Einfahrt hoch und kam kurz vor ihnen zum Stehen. Die Fahrertür öffnete sich.

»Servus, Max, hallo, Frau Weidner.« Anita schälte sich aus dem Sitz. Sie trug ein knielanges schwarzes Kleid, dessen für ihre Verhältnisse geradezu dezent ausgeschnittenes Dekolleté mit großen schwarzen Perlen bestickt war. Ihr lockiges schwarzes

Haar war mit zwei glitzernden Kämmen in Schmetterlingsform zu einem losen Dutt zusammengefasst, und über ihrem Busen baumelte ein überdimensioniertes Herz aus Strasssteinen. Sie sah aus, als käme sie eben von der Beisetzung eines amerikanischen Rappers.

Verunsichert blieb sie neben ihrem Auto stehen, als sie bemerkte, dass es um die Stimmung auf dem Weidner-Hof nicht zum Besten stand.

»Anita?« Max verschränkte die Arme vor der Brust und sah sie an. »Was gibt's?«

»Stör ich?«, fragte sie kleinlaut, denn sie hatte sich ihren Auftritt etwas anders vorgestellt.

Elvira Weidner wischte sich schniefend eine Träne aus dem Augenwinkel und musterte sie von oben bis unten.

»Ja. Ziemlich. Schlechter Zeitpunkt.« Max bedeutete ihr mit einem merkwürdigen Flackern in den Augen, wieder zu gehen.

Verstohlen sah sich Anita um, aber sie konnte weit und breit keinen braunen Jeep entdecken. »Ich wollt nur kondolieren«, beteuerte sie hastig. »Vielleicht hätt ich doch besser bloß eine Karte geschrieben.«

»Ja, hättest machen sollen«, antwortete Max. »Danke und tschüss.«

»Bitte, Max, sei ein wenig höflicher«, bat Elvira. »Sie ist extra den weiten Weg zu uns herausgekommen. Und eine gute Freundin von Erna Dobler. Möchtest du, dass das ganze Dorf über dich redet?«

»Wie meinen Sie denn des?«, fragte Anita die weinende Frau. »Soll des eine Anspielung sein?«

Max packte seine Tante am Ellbogen, zog sie unsanft beiseite und zeigte auf ein weißes Fahrrad, das an die Hausmauer gelehnt war. »Fahr endlich heim«, befahl er ihr. »Mir sind für heut fertig.«

Elvira warf ihm einen verständnislosen Blick zu, kletterte mühsam auf den Sattel und strampelte ohne Abschied davon.

»Sorry, dass ich ungelegen komm«, entschuldigte sich Anita. »Ich hab net gewusst, dass deine Tante und du Streit habts. Mei, du schaust echt schlimm aus. Es tut mir unglaublich leid, was mit deinem Bruder passiert ist.« Sie musterte sein Gesicht. »Ist dir schwindelig? Kippst du etwa um? So kannst doch net arbeiten.« Max ignorierte ihre Worte. »Also, warum bist du da? Mir zwei kennen uns bloß vom Sehen. Oder bist du auch eine Ex von meinem Bruder?«

»Nein, bin ich net, aber ich weiß, was sich gehört«, log Anita. Max sprach kein Wort und sah sie nur an, bis sie es nicht mehr aushielt.

»Okay, ich wollt nach dem Manni schauen, weil ich seine Handynummer net hab«, gab sie widerwillig zu. »Ist er hier irgendwo?«

»Der ist heut net aufgetaucht«, verneinte Max. »Tschüss.«

So schnell wollte Anita sich nicht geschlagen geben. »Hast du ihn rausgeschmissen?«

»Hätt ich hundertprozentig, aber er ist ja net gekommen.« Max war seine Verärgerung deutlich anzumerken.

»Ist auch net so wichtig. Ich hab bloß gedacht, wegen der Sache mit dem Graf schau ich mal nach ihm.«

»Welche Sache?« Max ließ sie nicht aus den Augen.

»Ach, des ist privat«, redete Anita sich heraus. »Der Manni spinnt ganz einfach ab und zu. Außerdem ist der Graf eh tot. Weißt du des noch gar net?«

»Der Graf ist tot?«, wiederholte Max leichenblass. In seinem Gesicht bewegte sich kein Muskel. »Nein, hab nix gehört.«

»Ja, irgendwann heut in der Nacht, glaub ich«, fuhr Anita fort. »Wahrscheinlich Herzinfarkt. Hätt ja sein können, dass du schon davon gehört hast.«

»War heut noch nirgendwo«, antwortete er. »Tratsch interessiert mich net.« Etwas summte laut. Er griff in seine Hosentasche, drückte den Anruf weg und steckte das Telefon wieder ein.

»Warum gehst du net ran?«, wollte Anita wissen. »Wegen mir?«

»Warum fährst net heim?« Seine Augen flackerten. »Eine Karte hätt's wirklich getan. Hab's dir schon gesagt. Ich muss arbeiten.«

»Dann pack ich's halt. Weiß der Manni, dass er nimmer kommen braucht? Hast du vielleicht seine Nummer?«

Sie schaute sich um, aber in einiger Entfernung waren nur zwei junge Frauen zu sehen, die Holzscheite an die Schuppenwand stapelten und sich dabei fröhlich unterhielten.

»Servus, Anita.« Max hatte sich umgedreht und wollte gerade den Traktor besteigen, als er plötzlich innehielt.

»Jesus, was hast du denn, Max? Kann ich helfen?«, fragte Anita, die mitbekam, wie er sich plötzlich an der Trittleiter des Traktors festklammerte, als wäre ihm schwindelig, während sein olivgrünes T-Shirt sich an einer Stelle unterhalb der Schulterblätter dunkelrot färbte.

»Nix, fass mich net an«, erwiderte er. »Mir geht's gut. Bloß mein Nierenstein wieder. Könnts ihr mich net einfach alle in Frieden lassen?«

»Nierenstein?« Erschrocken packte sie ihn am Ärmel seines T-Shirts und zerrte ihn vor den Augen der beiden schockierten Frauen ins Hauptgebäude, wo er in der Küche auf einem Stuhl förmlich in sich zusammensank. Sie hastete zur Spüle, kramte im Hängeschrank nach einem Glas, füllte es mit Wasser und drückte es ihm in die Hand. »Trink!«, befahl sie. »Schaust aus, wie wenn du gleich umkippst. Und zeig's mir.«

Mit zitternden Händen führte er das Glas zum Mund und nahm einen tiefen Schluck.

»Hemd hoch!«, forderte Anita.

»Sicher net.« Vor Schmerzen verzog er das Gesicht. »Du kannst abhauen.«

Aber Anita ließ nicht locker. »Ich bin gelernte Arzthelferin. Dass ein Nierenstein einem net das Hemd vollblutet, weiß ich. Denkst du, ich bin blöd? Komm, ich fahr dich ins Krankenhaus.«

»Ja, sonst noch was.« Max biss die Zähne zusammen. »Bin heut Morgen im Stadel ausgerutscht und an die Sense gekommen. Ein frisches Pflaster drauf, und gut ist's. Bei mir heilt alles recht schnell.«

»Und sie lebten glücklich und zufrieden bis an ihr Lebensende«, unterbrach ihn Anita zynisch. »Net amal der Schucki wär so blöd, das zu glauben. Erzähl mir nix.«

Ohne auf seine abwehrende Handbewegung zu achten, trat

sie hinter den Stuhl und zog resolut sein T-Shirt hoch. »Hm, so groß ist des wirklich net. Wo hast Verbandszeug und Jod? Ich mach dir ein großes Hansaplast drauf.«

»Lass bleiben«, lehnte er ab. »Ich komm schon klar. Wollt mich an der Trittleiter von der Zugmaschine hochziehen, da ist es wieder aufgerissen. Du kommst selber aus einer Landwirtschaft und weißt, wie schnell das geht, dass man was abkriegt. Einmal net aufgepasst, und es fehlt einem ein Finger. Zum Doktor geh ich, sobald ich Zeit hab. Wär gut, wenn du jetzt fahren tätest. Ich weiß, dass du recht dick mit der Dobler bist, aber vielleicht kannst ausnahmsweise mal deine Klappe halten. Geht niemand was an, des mit der Elvira oder meinem Rücken.«

»Max, du weißt doch garantiert, wer den Julian umgebracht hat, oder?«, brach es aus Anita heraus. »War's der Graf? Weil du so käsig geworden bist und es dich fast umgehaut hat, als ich es dir erzählt hab. Irgendwas stimmt hier überhaupt net. Oder hat dir des etwa der Graf angetan?«

»Hat der Gschwendner dir des erzählt?«, fuhr Max sie an.

»Na ja, bloß angedeutet, dass der Graf ein bissle jähzornig war.« Anita wich sicherheitshalber ein paar Zentimeter vor ihm zurück. »Was Genaues hat er net gewusst.«

Max stand auf und schob sie sachte beiseite. »Blödes Geschwätz. Der Graf ist … war ein Schaumschläger und wollt sich wichtigmachen. Hast doch auch Familie, oder?«

»Und was für eine«, bejahte sie irritiert. »Warum?«

»Dann weißt ja, wie es mir geht. Die Familie saugt einen aus und macht einen fertig, aber man kriegt sie ums Verrecken net los. Erst wenn man stirbt. Dann ist endlich Ruhe. Momentan wär ich gerne tot.« Er packte sie unsanft an den Schultern und drehte sie in Richtung Tür. »Pfiat di. Und danke.«

»Wart«, bat Anita und wollte sich aus seinem Griff befreien. »Hast du jetzt die Nummer vom Manni oder net?«

»Der Schucki wird sie haben. Frag den.« Max schob sie resolut aus der Küche und schlug ihr die Tür vor der Nase zu.

»Des war wohl nix«, ärgerte sich Anita, als sie aus der düsteren Diele in das gleißende Sonnenlicht stolperte und geradewegs in einen kleinen, untersetzten Mann mit Aktenkoffer hineinrannte, der die Hand auf dem Klingelknopf hatte.

»Guten Tag, gnädige Frau.« Robert Steinmeier, der Anita noch niemals mit derart dezentem Dekolleté oder hochgestecktem Haar getroffen hatte, erkannte sie vor lauter Nervosität nicht. »Müller mein Name«, stellte er sich vor. Sein linker Augenwinkel war bläulich verfärbt, und sein Augenlid zuckte, als litte er unter einem nervösen Tick. »Sie sind bestimmt die Dame des Hauses. Wir bieten innovative Solartechnik an und würden gern mit dem Herrn des Hauses sprechen. Ist er da?«

Anita nickte und wies auf die Küchentür. »Aber klar. Da drinnen. Sie ham Glück, der ist super drauf. Gehen Sie einfach rein, den Gang entlang, letzte Tür. Sie brauchen net klopfen.« Dann stöckelte sie eilig zu ihrem Wagen.

»Schönen Tag noch!«, rief Steinmeier ihr nach und verschwand in der Diele.

»Chauvinist, blöder«, kicherte Anita zufrieden, als sie einstieg. »Der alte Schnüffler meint, ich würd ihn net kennen. Da wär ich jetzt gern dabei, wenn er auf den Max trifft. Die Mama hat recht. Alles hat auch was Gutes.«

Ohne sich noch einmal umzuschauen, trat sie aufs Gaspedal und brauste in einer Staubwolke davon. Anita war zwar skrupellos, egozentrisch und selbstsüchtig, aber wenn ihr jemand Zitronen gab, egal, wie vergammelt diese auch sein mochten, machte sie Limonade draus. Sie war eben ein positiver Mensch.

## 27

»War mir sicher, dass ihr zwei gleich wieder da seid.« Dollinger deutete auf Sissis Schreibtisch. »Da ist der vorläufige Obduktionsbericht. Ein ausführlicher kommt später.«

»Wir haben auch was für dich.« Sissi zog zwei Plastiktüten aus ihrer Tasche, die Tablet und Telefon von Münnemann enthielten, und legte sie ihm auf den Tisch. »Das Handy solltest du desinfizieren.«

»Warum?«, wunderte sich Dollinger.

»Es lag in der Toilette. Aber höchstens ein paar Minuten. Ich kaufe Münnemann nicht ab, dass das keine Absicht war.«

»Toll.« Dollinger rümpfte die Nase. »Zwei defekte Handys von Weidner und Graf und jetzt auch noch ein versifftes von Münnemann. Ich hab wohl grad einen Lauf.«

»Hier.« Sissi übergab ihm ihr eigenes Smartphone. »Druck bitte das letzte Foto im Speicher aus, damit können wir sein Telefon eventuell entsperren.«

»Ah, da ist ja der jung gebliebene Schriftgelehrte mit dem Hang zu bewusstseinserweiternden Substanzen.« Dollinger betrachtete schmunzelnd das Handyfoto von Münnemann. »Gut getroffen. Weißt aber schon, dass des in den seltensten Fällen funktioniert? Ich hab da neulich einen Bericht gelesen. Von zwanzig Handys hat man bloß bei zweien die Gesichtserkennung überlisten können.«

»Irgendwann müssen sogar wir mal Glück haben«, seufzte Sissi. »Hat Seibold sich schon gemeldet wegen des Autos von Graf?«

»Hat er.« Dollinger überreichte ihr einen weiteren Ausdruck. »Seibold hat im Kofferraum ein kurzes braunes Haar sichergestellt. Auf die Schnelle kann man bloß sagen, dass es wahrscheinlich von Markus Graf stammt. Laboranalyse steht noch aus.«

»Wow«, entfuhr es Klaus. »Also ist er doch nicht selbst zum Bach gefahren.«

»Habe ich keine Sekunde angenommen. Schauen wir mal, was der Obduktionsbericht hergibt.« Sissi schnappte sich den Bericht und begann zu lesen.

Dollinger war kurz verschwunden und kam zurück, in einer Hand Münnemanns Smartphone. »Jetzt ist es so sauber wie möglich. Den Rest versuch ich zu verdrängen. Dann fangen wir mal an mit Tarnen und Täuschen.«

Sissi hatte mittlerweile den Text überflogen. »Wie vermutet, Klaus. Er ist nicht ertrunken, sondern war bereits tot, als er in den Bach fiel. Hier steht, dass sein Blut signifikante Mengen an Barbituraten, Alkohol und Indikatoren, die auf Kokainmissbrauch hindeuten, aufwies. Vor allem wurde keine Hämolyse festgestellt, die bei Ertrinken in Süßwasser üblich wäre.«

»Verstehe«, sagte Klaus nachdenklich. »Wenn er Wasser in der Lunge gehabt hätte, wäre dieses durch den osmotischen Druck quasi ins Blut gesogen worden und hätte es verdünnt.«

»Die Petechien in seinen Augen könnten ein Hinweis darauf sein, dass er erstickt wurde«, fuhr Sissi fort.

»Nur wegen kleiner geplatzter Äderchen?«, wandte Klaus ein. »Das ist ein bisschen wenig.«

»Es geht noch weiter, Kollege«, unterbrach ihn Sissi. »Heinzelmann hat, weil keine ersichtliche Todesursache zu erkennen war und die Petechien ihn misstrauisch machten, weitergesucht. In der Luftröhre von Graf konnte er etwas sicherstellen, das dort nicht hingehört.«

»Also ist er an etwas erstickt, das er verschluckt hatte?«

»Nein, dazu ist das Teil laut Bericht zu klein. Eine natürliche Substanz, aber er konnte noch nicht bestimmen, welche.«

»Dann vielleicht Tabak. Er hat ja auch gekifft.«

»Schon möglich. Daran ist er aber nicht gestorben. Sobald wir das Laborergebnis haben, wissen wir mehr. Sein Magen war übrigens leer. Kokain dämpft den Appetit, und vielleicht kam er nicht mehr zum Essen. Wenn ich den Bericht korrekt interpretiere, war Graf gesundheitlich ziemlich angeschlagen: Fettleber und beginnende Pankreatitis. Das hätte für ihn in Zukunft Wasser ohne Kohlensäure statt Schampus bedeutet. Und er war noch keine vierzig.« Sissi legte den Bericht beiseite. »Wir können also davon ausgehen, dass er nach seinem Tod im Bach deponiert wurde. Darum auch das Haar im Kofferraum.«

»Das hat nichts zu sagen, finde ich«, widersprach Klaus. »Es könnte ihm ausgefallen sein, als er sich in den Kofferraum gebeugt hat. Woran ist er bloß gestorben? Wir konnten keinerlei Anzeichen für Strangulation erkennen. Außerdem: Jemand soll ihn mit Alkohol abgefüllt, umgebracht, ins Auto geladen und anschließend in den Bach gewuchtet haben? Ich versuche gerade, mir das vorzustellen, Kollegin. Der Mann wog schätzungsweise hundertzwanzig Kilo. Wie soll das vonstattengegangen sein?«

Sissi wedelte mit dem Bericht. »Hier steht, er war hundertachtundsechzig Zentimeter groß und wog genau hunderteinundzwanzig Komma vier Kilo. Aber du hast recht. Der unglaubliche Hulk wird es nicht gewesen sein. Klaus, ich komme mir vor, als würden wir versuchen, Pudding an die Wand zu nageln. Wir brauchen eine richtige Spur.«

»Heureka!«, meldete sich Dollinger. »Ich hab es entsperren können. Das hätt ich jetzt net gedacht. Kein Wasserschaden, und des mit dem Foto hat tatsächlich funktioniert. Mit einem iPhone wär's wahrscheinlich net gegangen.«

»Super, Hans«, freute sich Sissi. »Mit wem hat er gechattet?«

Dollinger öffnete den Messengerdienst und scrollte sich durch die Kontakte. »Ich müsst raten. Die Chats sind chronologisch sortiert, also der neueste oben.«

»Er hat gestern dringend auf eine Nachricht gewartet«, erinnerte sich Sissi.

»Dann müsste es dieser Account sein: Seine letzte Nachricht war an den ›Allgäustier‹ gerichtet.« Dollinger strahlte. »Bingo, kommts mal her, ihr zwei.«

»›SOB3R7930‹«, las Klaus aufs Geratewohl laut vor. »Was soll das bedeuten, Hans? Und was ist ›SAB5R3GT‹?«

»Sobald ich es weiß, sag ich es dir«, antwortete Dollinger. »Ich heiß net Enigma.«

»Scrolle mal weiter hoch«, bat Sissi. »Ah, da haben wir es

ja. Vor knapp drei Monaten die allererste Kontaktaufnahme. ›111STIERBLUT111‹ war das Kennwort, mit dem Münnemann sich als vertrauenswürdiger Kunde legitimiert hat. Dieses Kennwort hat er sehr wahrscheinlich von Graf bekommen, so viel konnten wir in Erfahrung bringen.«

»Hier: ›C30‹, das ist von Münnemann, wahrscheinlich eine Bestellung über dreißig Gramm.« Dollinger tippte auf den Bildschirm. »Allgäustier schickt ihm daraufhin ohne Kommentar eine E-Mail-Adresse und schreibt ›30‹. Bestimmt Euro. Wow, des ist teuer. Und dann kommen diese komischen Codes. Wahrscheinlich Anweisungen zur Übergabe.«

»Ich kenne die Preise nicht«, sagte Sissi. »Peter und ich trinken höchstens mal ein Glas Bier oder Wein.«

»Solltest gelegentlich mit den Kollegen von der Drogenfahndung zu Mittag essen, da schlackern dir die Ohren«, meinte Dollinger. »Die Preise von Gras findest du online.« Er hackte auf seiner Tastatur herum und drehte den Bildschirm in ihre Richtung. »Offizielle Statistikseite. 2021 ist der Preis bei ungefähr zehn bis elf Euro pro Gramm gelegen. Dieses Internet ist ein Segen.«

»Kann man so und so sehen«, widersprach Klaus gefrustet.

»Deine Videos sind bald vergessen«, tröstete ihn Sissi. »Früher hatten es unsere Kollegen schwerer. Heute zum Beispiel können wir herausfinden, wo Smartphones eingeloggt waren, Videos von Überwachungskameras oder E-Mails checken. Ist doch klasse.«

»Hast ja recht«, gab Klaus zu. »Also, fünfundzwanzig Gramm Cannabis darf Münnemann laut Gesetz besitzen. Es gibt Clubs, in denen man Mitglied werden und es legal erwerben kann. Warum so viel Aufwand mit einem verschlüsselten Messengerdienst für etwas, das gesetzlich erlaubt ist?«

»Diese Cannabis-Clubs sind erst am Entstehen«, wandte Sissi ein. »Da muss man erst mal in einen reinkommen als Zugezogener. Er hat den einfacheren Weg genommen und sich einen Dealer gesucht.«

»Marihuana ist bei diesem Geschäftsmodell wahrscheinlich nebenbei mitgelaufen«, mischte sich Dollinger ein. »Ihr Hauptgeschäft machen die mit Koks. Nach wie vor verboten und teuer. Ein Gramm kostet um die hundert Euro, also das Zehnfache. Daran ist viel mehr verdient, des Gras ham die wahrscheinlich eher aus Gefälligkeit verscherbelt oder weil Kleinvieh auch Mist macht.«

»Halte ich ebenfalls für sehr wahrscheinlich«, pflichtete Sissi ihm bei. »Was steht da noch?«

»Münnemann schreibt was von Versehen und bestellt noch mal was. Und die letzten Einträge sind wütende Nachfragen und Forderungen, dass er sein Geld zurückwill, weil er keine Antwort mehr bekommen hat. Aber schau, da ist noch ein weiterer Chat.« Dollinger deutete auf den Bildschirm. »Jemand bestellt K, also Kokain, drei Gramm. Und kriegt eine ganz andere E-Mail-Adresse. Plus einer Zahlungsaufforderung über dreihundert Euro.«

»Diese Mailadressen dienen der Bezahlung«, folgerte Sissi.

»Würde passen«, stimmte Dollinger ihr zu. »Es gibt ja Plattformen für finanzielle Online-Transaktionen. PayPal zum Beispiel. Aber unsere Freunde ham garantiert eine andere, weniger bekannte verwendet.«

»Sehe ich auch so«, stimmte Sissi ihm zu. »Sofort nach Zahlungseingang erhielt Münnemann einen Code, mit dem er an seine Drogen kam.«

Dollinger öffnete die Suchmaschine und tippte etwas ein. »Guck amal, da ham mir's schon: ›22 Alternativen zu PayPal‹.«

»So viele?« Sissi las auf dem Bildschirm mit. »Dann suchen wir mal die betreffende App zu einer dieser Plattformen auf seinem Smartphone. Ah, ich glaube, ich hab sie schon!«

Das Telefon auf Dollingers Schreibtisch klingelte. Er hob den Hörer ab und lauschte einen Moment. »Nachricht von der Pforte: hoher Besuch«, informierte er dann seine beiden Kollegen. »Euch bleibt heut wirklich nix erspart.«

»Wer beehrt uns denn mit seiner Anwesenheit?«, fragte Klaus.

Dollinger legte den Zeigefinger auf die Lippen, als würde er ein Geheimnis verraten. »Stephen Spielberg«, raunte er. »Der hat dich auf Instagram im Bierzelt-Video gesehen und will dich für seinen nächsten Spielfilm engagieren. Als Dummy.« Er lachte schallend.

»Wenn er oben ist, kannst du ihm ja deine gebunkerten Krapfen anbieten und dich bei ihm als Türstopper bewerben«, schlug Klaus ihm süffisant vor. »Die Figur hast du immerhin.«

»Jungs«, bat Sissi, »Schluss jetzt, ich habe die App gefunden, mit der Münnemann bezahlt hat. Gib mir mal sein Foto, Hans, damit ich sie öffnen kann.«

Es klopfte an der Tür.

»Herein!«, rief Dollinger.

Erna Dobler und Jürgen Reichelt standen im Türrahmen. »Servus, Sissi, Herr Vollmer, Herr Dollinger.« Jürgen schob Erna ins Zimmer. »Sie hat mir heut Mittag was erzählt, als ich sie am Marktplatz getroffen hab. Und dann hat sie sich mindestens eine halbe Stunde lang so drüber aufgeregt, dass sie gleich mit ihrem elektrischen Fahrrad zu euch fahren wollt. Ich hab sie hergebracht, im Interesse der Volksgesundheit. Weil sie mich gefragt hat, wo's bei Aitrach auf die Autobahn geht.«

Dollinger starrte ungläubig Erna an, an deren dürrem Körper das in allen Farben leuchtende Outfit schlotterte.

Sie nahm ihre strassbesetzte Sonnenbrille ab und schaute sich ungnädig im Büro um. »Was gucken Sie denn so?«, schnauzte sie ihn an. »Sie ham doch überhaupt keine Ahnung von Mode.«

»Nein, wirklich gar keine«, gluckste Dollinger, der sich die größte Mühe gab, ernst zu bleiben.

»Aufräumen könnten Sie auch mal wieder.« Erna wies auf Dollingers Schreibtisch. »Kein Wunder, dass bei Ihrer Arbeit nix rauskommt.«

»Wo gehobelt wird, da fallen Späne«, entschuldigte sich Dollinger amüsiert.

Reichelt hob hinter Ernas Rücken bedauernd die Schultern.

»Frau Dobler, grüß Sie Gott.« Sissi kam hinter dem Schreibtisch hervor. »Was können wir für Sie tun?«

Erna musterte sie abschätzig. »Du hast anscheinend keine Kleider mehr im Schrank, Elisabeth. Vielleicht kann dir die Anita mal zeigen, wie man sich nett anzieht.«

»Frau Dobler«, warnte Sissi Erna. »Ich hatte heute schon meine empfohlene Tagesdosis an Sticheleien. Und ich sollte dringend meinen Onkel anrufen. Was gibt's?«

»Ich möchte eine Anzeige wegen Betrug erstatten«, verkündete Erna feierlich. »Hol einen Block. Da, einen Stift kriegst du von mir. Ich diktier's dir.«

## 28

»Es ist grad amal viere am Nachmittag. Wartest du auf jemanden?« Fragend sah Georg seine Tochter an, nachdem es an der Küchentür geklopft hatte.

Lisa, die sich am geöffneten Kühlschrank ein Glas Orangensaft einschenkte, schüttelte den Kopf.

»Die Mladenka hat heut frei und kommt erst am Abend wieder, die kann's also net sein.« Georg erhob sich unwillig und öffnete die Tür.

»Grüß Gott, Herr Maier«, stotterte Manni Gschwendner, der heute sein rotes Stirnband nicht auf dem Kopf, sondern um den Hals trug. Zur Feier des Tages hatte er sogar seine geliebte schwarze Lederhose mit den verrosteten Nieten gegen eine durchlöcherte Jeans getauscht. »Die Eingangstür ist offen gestanden, da hab ich gedacht, ich darf mich trauen.«

»Du bist also wieder draußen.« Maier musterte Manni von oben bis unten.

»Ich trink meinen Saft oben. Jetzt hast ja jemanden, mit dem du schwätzen kannst.« Lisa nahm ihr Glas und machte Anstalten, die Küche zu verlassen.

»Hinsetzen«, raunzte ihr Vater sie in einem Tonfall an, den sie nur zu gut kannte. Widerwillig nahm sie am Küchentisch Platz, stützte den Kopf auf die Hände und zog ein mürrisches Gesicht.

»Und du komm rein und mach's kurz, Gschwendner«, befahl Maier.

Eingeschüchtert trat Manni ein. Er nickte Lisa zu, die ihn geflissentlich ignorierte.

»Was willst?«, schnauzte Maier ihn an. »Ich hab mit meiner Tochter was zum Schwätzen und keine Zeit für einen Plausch.«

»Wollt bloß fragen, ob Sie wen brauchen«, stammelte Manni.

»Alles, was so anfällt. Bin schon beim Amt gemeldet, aber die ham mir noch kein Geld geschickt. Angeblich dauert des ein paar Wochen. Ich brauch aber gleich was. Da hab ich mir gedacht, ich horch mich einfach um, ob ich irgendwo helfen kann. Beim Walter-Hof war ich auch schon, aber der Vater von der Anita hat mich rausgeschmissen.«

»Mut hast du ja, wenn du dich zum Walter traust. Bist du net beim Weidner angestellt?«, erkundigte sich Maier argwöhnisch.

»War ich, bis gestern«, gab Manni zu. »Jetzt nimmer.«

»Hat Max dich rausgeschmissen?« Maier musterte ihn misstrauisch. »Jemand, der dem Max net taugt, mit dem kann ich auch nix anfangen. Da kannst du gleich wieder verschwinden.«

»Na, so war's net, aber es hat halt einfach net geklappt, mir ham uns in gegenseitigem Einvernehmen getrennt«, wand sich Manni. »Ich kann auch ein andermal wiederkommen, wenn es grad net passt.«

Maier warf einen Seitenblick auf seine Tochter, die ihn beobachtete und eisern schwieg. »Im Normalfall kommen mir recht gut zurecht«, sagte er gedehnt. »Aber ein bissle Verstärkung könnt ich schon gebrauchen. Kannst du wirklich anpacken, oder muss ich beim Max anrufen und nachfragen, ob du ein fauler Hund bist?«

»Ich mach alles und bin fleißig«, versprach ihm Manni eilig.

»Es braucht auch net für lang sein. Höchstens für zwei Wochen, zur Überbrückung. Bis mein Antrag durch ist.«

»Machen mir es so«, schlug Maier vor, »jetzt gehst fürs Erste drüben in den Geräteschuppen, der ist ein rechter Saustall, weil die Lisa und ich in letzter Zeit einfach alles dort abgestellt ham. Räum auf, und wenn du es anständig machst, reden mir drüber, ob du hier schaffen kannst. Bist mit dem Auto da?«

»Schon, Herr Maier, ist aber net viel Benzin drin«, gestand Manni.

»Wird schon reichen«, winkte Maier desinteressiert ab. »Im Schuppen liegt noch eine Handkreissäge, die ich mir vom Max geborgt hab. Ist net allzu schwer, keine dreißig Kilo. Müsstest sogar du lupfen können. Vor ein paar Tagen hat er angerufen und gesagt, dass er sie wieder braucht. Bring sie zurück auf den Weidner-Hof. Unsere neue ist gestern geliefert worden.«

»Zum Max?«, vergewisserte sich Manni unsicher. »Heut noch? Muss des sein?«

»Willst arbeiten bei mir oder net?«, schnaubte Maier sichtlich ungehalten.

»Schon gut«, gab Manni nach. »Ich fahr rüber. Darf ich die einfach irgendwo hinstellen?«

»Meinetwegen«, brummte Maier. »Ich ruf an und sag Bescheid, dass du vorbeikommst. Später nach dem Melken müssen mir noch mal raus aufs Feld, die Lisa und du, ihr kommts mit. Wenn ich mit dir heut zufrieden bin, kriegst fünfzig Euro, ehe du heimgehst. Was zum Trinken kannst dir von hier mitnehmen. Einen Schlafplatz hast?«

»In Lautrach beim Schucki«, bejahte Manni. »Ich brauch bloß kurzfristig Geld, sonst nix.«

»Dann hau ab und mach dich nützlich.« Georg öffnete die Kühlschranktür, holte eine Flasche Wasser heraus und drückte sie Manni in die Hand.

»Des wird Ihnen nicht leidtun.« Beinahe hätte Manni sich verbeugt vor lauter Freude.

»Da bin ich net sicher, wenn ich dich so anschau, du Ewiggestriger«, knurrte Maier. »Aber meine Tochter ist grad ein bissle krank. Schauen mir halt, wie du dich anstellst.«

»Bin schon weg.« Manni machte sich auf den Weg nach draußen.

Maier beobachtete, wie er auf den Geräteschuppen zusteuerte und darin verschwand. Dann setzte er sich zu seiner Tochter.

»Geht's dir heut besser?« Er musterte Lisa, die lustlos an ihrem Saft nippte. »Ob der Kerl was taugt, weiß ich net. Wär mir lieber, du wärst wieder richtig fit. Gestern warst mir keine große Hilfe.«

»Besser«, antwortete sie lapidar. »Ich hab dir brav zugeschaut, wie toll du Leut einschüchtern kannst. Beifall erwartest du hoffentlich keinen von mir. Und jetzt hau ich ab.«

»Rühr dich net vom Fleck«, befahl er. »Mir reicht's mit deinen Ausreden.«

»Was willst von mir? Es ist alles geschwätzt, ich gehe.«

»Noch lang net. Und du bleibst da. Wo bist du da reingeraten?« Maier starrte seine Tochter fragend an.

»Was ist denn jetzt schon wieder?«, fragte sie gereizt.

»Du weißt es noch net? Der Graf ist tot. Der beste Spezi vom Julian.« Maier wartete auf ihre Reaktion.

»Ist mir neu. Und wurscht auch.«

»Du hast wirklich keine Ahnung?« Georg ließ nicht locker.

»Nein, wenn ich es doch sag, Papa.« Wie am Vortag hatte Lisa die Haare zu einem Pferdeschwanz gebunden. In ihrem Shirt mit den Fledermausärmeln und der weit geschnittenen Jeans wirkte sie keinen Tag älter als fünfundzwanzig. Sehr verletzlich sah sie aus, wie sie da mit ihrem Vater am Tisch saß und gelegentlich an ihrem Orangensaft nippte.

»Schon komisch.« Maier beobachtete einen imaginären Punkt über ihrer Schulter. »Erst der Weidner, dann der Graf. Und beide in kürzester Zeit. Gibt's was, das ich wissen sollt?«

»Nein, Papa. Wie geht's übrigens deiner Hand?«

»Lenk net ab«, wischte Georg ihre Frage beiseite.

»Du nervst, Papa.« Lisa wollte wieder aufstehen, aber der Blick ihres Vaters hielt sie zurück.

»Hast du irgendwas damit zu tun? Raus damit!«, forderte er sie unwirsch auf. »Ich hab was läuten hören, dass der Graf net ganz koscher gewesen sein soll. Angeblich was mit Drogen.«

»Wer behauptet des?«

»Jemand, wo ihn kennt. Ich mach mir Sorgen um dich, Lisa.«

»Ich hab den Graf doch net amal richtig gekannt«, verteidigte sie sich.

»Aber den Weidner.« Ihr Vater sah sie auffordernd an. »Los, erzähl's mir. Alles.«

Ihr Gesicht verschloss sich. »Fängst schon wieder an, Papa. Des ist alles so gottverdammt unwichtig, des kannst du dir gar net vorstellen.«

»Es muss doch einen Grund haben, dass du deine Gosch net aufmachst, wenn's um diesen Weiberhelden geht«, bohrte Georg.

»Wird immer schlimmer mit dir und deinen Wahnvorstellungen. Ich hab nix gemacht«, fauchte Lisa ihren Vater an.

»Stimmt net ganz.« Georg deutete auf ihren Bauch. »Ehe man was sieht, muss alles geregelt sein. Mir gehen zum Anwalt, nächsten Mittwoch ist der Termin für eine Beratung. Die zahl ich. Mir wurscht, ob du willst oder net. Des Kind soll seinen Anteil kriegen.«

»Ist mein Kind. Net deins. Du hast da nix zu entscheiden«, beharrte Lisa störrisch. »Ich muss mich um ganz andere Sachen kümmern, und dazu brauch ich dich net.«

»Hab dich heulen gehört heut Nacht in deinem Bett. Anstatt dass du endlich erzählst, was passiert ist, liegst rum und flennst ins Kissen. Eine große Gosch habts ihr Jungen alle und nix dahinter.«

»Und ihr Boomer meints immer, mir seien naiv und hätten keine Ahnung, wie die Welt funktioniert, alter Mann.«

»Der Jürgen Reichelt hat mir gestern im Festzelt die Geschichte von der Chaussee erzählt«, fuhr Georg unbeeindruckt fort. »Wie der Julian dich abgepasst hat, dass du sogar hast bremsen müssen. Was ist bloß los? Muss ich's aus dir rausprügeln?«

»Mach nur so weiter«, flüsterte Lisa tonlos. »Dann bist bald allein und kannst schauen, wie du klarkommst.«

»Was willst denn machen?«, erwiderte Georg unbeeindruckt. »In die Stadt gehen, wo dich keiner kennt?«

»Bloß irgendwohin, wo du mir nimmer dreinredest.« Lisa sprang so ruckartig auf, dass ihr Stuhl umkippte und die geschnitzte Lehne mit einem harten Geräusch auf dem gefliesten Boden aufschlug.

Auch Georg erhob sich von seinem Platz. Unversöhnlich standen sich die beiden in der Küche gegenüber und starrten einander an.

»Du machst, was ich sag«, verlangte Georg mit drohend vorgeschobenem Kinn und zusammengekniffenen Augen. »Setz dich auf deinen Hintern und pack endlich aus.«

»Du darfst mich net schlagen«, erwiderte Lisa furchtlos. »Ich bin schwanger.«

»Wann hab ich das zum letzten Mal gemacht?« Georgs Gesicht war grau geworden. »Ich glaub, die letzte Watsche hast gekriegt, als du zehn Jahr alt warst. Was ist bloß los mit dir? Machst alles kaputt.«

»Hab's dir schon mal gesagt. Du nervst.« Lisa drehte sich um und wollte zur Tür.

»Weißt was? Du kannst verschwinden.«

»Wie meinst du des?« Unsicher ließ sie den Türgriff los und wandte sich ihrem Vater zu.

»So wie ich es sag. Hau ab.« Georg sah seine Tochter nicht an, während er sprach. »Die ganze Zeit erzählst mir, wie gut du ohne mich zurechtkommst. Dass du auf des hier«, er machte eine umfassende Handbewegung, »net angewiesen bist. Gut, beweis es mir. Geh weg, wohin du willst. Leb dein tolles Leben als uneheliche Mutter. Krieg dein Kind und such dir eine Arbeit. Bist ja so unabhängig.«

»Net dein Ernst, Papa.« Lisa war blass geworden.

»Mein voller.« Georg sah hoch. Sein Gesicht war hart. »Es reicht.«

»Und was sollen die Leut sagen, wenn du deine eigene Tochter rauswirfst?«, fragte sie verstört.

»Hast mir erklärt, die Leut sind dir egal. Pack deine Sachen und geh.« Georg schluckte. »Ich komm schon zurecht. Kann ja jemand einstellen, der mir hilft. Bei dir bin ich mir net sicher, ob du zurechtkommst. Mit mir zum Anwalt willst du net, obwohl damit der Unterhalt von deinem Kind gesichert wär. Mit mir reden willst auch net. Ich hab keine Lust mehr.«

»Kannst du gar net machen«, widersprach sie. »Wer soll denn den Hof übernehmen, wenn du nimmer bist?«

»Solang ich leb, kümmere ich mich selber drum. Wenn ich gestorben bin, kannst du damit anstellen, was du willst«, antwortete er.

Lisa rang sichtbar um Fassung. »Des meinst du net so«, stammelte sie.

»Mach's endlich.« Er haute mit der Faust auf die Arbeitsplatte. »Du tanzt mir nimmer auf dem Kopf rum, du verzogenes Ding. Wenn du's dir anders überlegst, weißt du ja, wo du mich findest.«

Lisa drehte sich auf dem Absatz um und floh mit wehenden Ärmeln aus der Küche.

Maier beobachtete mit unbewegter Miene, wie die Tür hinter

ihr ins Schloss fiel. Eine Weile blieb er sitzen, dann erhob er sich ächzend und ging mit schweren Schritten zum Fenster, weil er etwas gehört hatte. Vorsichtig schob er den karierten Vorhang beiseite und schaute hinaus.

Gerade schleppte Manni einen großen Gegenstand aus dem Geräteschuppen und legte ihn vorsichtig auf dem Boden ab. Er kratzte sich unschlüssig am Kopf und sah aus, als würde er angestrengt nachdenken. Plötzlich schreckte er zusammen und hechtete zur Seite, denn ein weißer Golf, der Richtung Ausfahrt raste, hätte ihn beinahe gestreift. Am Steuer saß Lisa und heulte.

»Zefix. Dass die so empfindlich ist. Alles bloß heiße Luft, von wegen selbstständig.« Maier eilte in die Diele, schnappte sich seinen Schlüsselbund aus der Schale unter dem Spiegel und verließ das Haus.

## 29

»Was hast du mit dem Haus vor?«

Max, der gerade dabei war, im Stall die Boxen auszumisten, und immer wieder vor Schmerzen zusammenzuckte, hielt in der Bewegung inne und richtete sich auf.

Vor ihm stand seine Tante. Sie trug nach wie vor ihre blaue Schürze über einer weißen Bluse und machte einen aufgelösten Eindruck. Am Arm hatte sie einen geflochtenen Weidenkorb mit kleinen Flaschen, die eine dunkelrote Flüssigkeit enthielten.

»Nicole und Yannick, gehts zur Anna ins Haupthaus und holts euch einen Kaffee oder was Kaltes zu trinken«, befahl Max seinen beiden Helfern, die hinten im Stall die bereits gesäuberten Boxen mit Sägespänen einstreuten. »Ich ruf euch, wenn ich euch wieder brauch.«

Die junge Frau und der Mann, dem Aussehen nach beide Anfang zwanzig, nickten gehorsam und verschwanden nach draußen.

Max sah ihnen hinterher, bis sie das Haupthaus betraten, dann wandte er sich seiner Tante zu. »Ich hab dir heut Mittag schon gesagt, es ist alles geschwätzt. In zwei Stunden bringen die Helfer das Vieh von der Weide rein, dann müssen mir hier fertig sein. Du solltest eigentlich Arbeit genug ham.«

»Schon gut«, versuchte sie ihn zu beschwichtigen. »Ich habe verstanden und tue, was du möchtest.«

»Was ist des?« Max zeigte auf den Korb.

»Kirschlikör, selbst gemacht.« Sie hob den Korb hoch. »Ich brauche ihn nicht mehr und dachte, ich bringe ihn dir. Du könntest ihn an deine Helfer verteilen.«

»Nein danke. Kein Bedarf«, lehnte er ab. »Schon gar net für dieses Zeug.«

»Schade.« Elvira stellte den Korb auf dem Boden ab. »Was willst du mit dem Austraghaus machen? Verkaufst du es? Meine Schwester, deine Mutter, hätte das nicht gewollt.«

»Meine Mutter ist tot. Net dein Problem«, antwortete Max. »Sie hätt auch nie gewollt, dass aus dem Julian ein drogensüchtiges Arschloch wird. Bist hoffentlich schon am Packen?«

»Ganz so schnell geht es nicht«, wich sie aus. »Es gibt hier ein paar Menschen, die sich auf mich verlassen. Den Pfarrer zum Beispiel. Ich muss noch etliche Dinge erledigen und die Kirche putzen.«

Max lachte bitter. »Auf dich verlassen. Wenn du dich bloß selber hören könntest.«

»Warum hasst du mich so?«, beklagte sich Elvira. »Der liebe Gott sieht alles, auch wie du mich behandelst. Habe ich nicht genug für dich getan?«

»Du wirst schon wissen, warum.« Max stellte die Mistgabel an der Stallwand ab und blieb in Abwehrhaltung stehen.

»Und was wirst du jetzt machen?« Elvira ging einen Schritt auf ihn zu, aber er wich vor ihr zurück. Ihre Augen füllten sich mit Tränen. »Ach, Max, die einzige Hand, die dir helfen könnte, stößt du weg. Ich verstehe nicht, was in dich gefahren ist.«

»Ich weiß noch net, was ich tue«, sagte er langsam. »Hoffentlich das Richtige. Falls du ein Verständnisproblem hast: Das Richtige ist grundsätzlich das Gegenteil von dem, was du tust. Geh einfach wieder heim, Elvira. Fang an mit Aufräumen. Da hast eine Menge zu tun. Wahrscheinlich reiß ich ohnehin die ganze Bude ab, wenn du draußen bist. Und den Rest zünd ich an.«

Elvira schaute ihn fassungslos an. »Das ist verrückt. Du könntest einen Bio-Betrieb aus dem Weidner-Hof machen, wie du es seit Jahren vorhast. Du musst nach vorn schauen und nicht zurück.«

»Spinnst du?«, fragte er verständnislos. »Ich hab einen Sack voller Probleme. Du bist eins davon. Aber nimmer lang.«

»Es tut mir so leid«, entschuldigte sich Elvira betrübt. »Vielleicht habe ich wirklich Fehler gemacht. Aber ich habe es gut gemeint.«

»Entschuldigung! Hallo, darf ich reinkommen?«

Beide hatten wegen ihrer Unterhaltung nicht gehört, dass jemand auf den Hof gefahren war.

Lisa tauchte in der offenen Stalltür auf. Ihr Pferdeschwanz hatte sich gelockert, einzelne Strähnen des langen blonden Haares hingen ihr ins Gesicht, und sie machte einen verstörten Eindruck. In der Hand hielt sie ein zusammengefaltetes Stück Papier, das sie fest an ihre Brust presste. Ihre Augen waren vom Weinen gerötet.

»Kann ich mit dir reden, Max?«, bat sie nach einem vorsichtigen Seitenblick auf Elvira. »Allein, wenn's geht. Bitte.«

»Dass du dich überhaupt hierher traust«, warf Elvira ihr wütend vor. »Schämst du dich überhaupt nicht? Den Julian über Monate hinzuhalten!«

»Sei still!«, herrschte Max seine Tante an. »Lisa, was ist los? Jetzt passt es grad überhaupt net. Bitte, geh wieder heim.«

»Ja, du solltest wirklich gehen«, forderte Elvira die junge Frau auf.

Lisa war verwirrt. »Ist mir schon klar, dass es net passt und ich net hier sein sollte, aber ich weiß wirklich nimmer weiter, und da hab ich gedacht …« Ihre Stimme versagte. »Ich bin ganz allein …«

»Gibst du jetzt das Unschuldslamm?«, fiel Elvira ihr ins Wort. »Das kauft dir doch niemand mehr ab. Großer Gott, bist du berechnend. Du hast Julian um den Verstand gebracht.«

»Halt deine Gosch, Elvira«, befahl Max. »Nimm deinen Likör und mach dich vom Acker.«

»Auf keinen Fall«, weigerte sich Elvira.

Max wollte seine Tante am Arm packen, um sie aus dem Stall zu zerren, aber sie riss sich los. »Hast du nicht schon genug angerichtet?«

Völlig außer sich wollte sie sich auf Lisa stürzen, aber ihr Neffe bekam sie an den beiden am Rücken überkreuzten Schürzenbändern zu fassen und hielt sie fest.

»Lass mich gefälligst los!« Elvira nestelte hektisch an der Schleife, die ihre Schürze zusammenhielt, um freizukommen.

»Ich bin schwanger.« Wie einen Schild hielt Lisa das Blatt hoch, das sie zuvor an die Brust gedrückt hatte. »Der Papa hat mich rausgeschmissen, und ich weiß net, wohin. Mir müssen uns dringend unterhalten.«

»Was?« Überrascht lockerte Max versehentlich den Griff um seine Tante. Diese machte sich los und starrte Lisa entgeistert an.

»Da, schau.« Lisa streckte Max das Papier entgegen. Er nahm es und faltete es auseinander. Es war ein Ultraschallbild. Max starrte auf das Bild und dann wieder auf Lisa. »Du bist ...?«

»Schwanger, Herrgottszeiten! Welchen Teil von dem Wort habts ihr net verstanden?«, tönte plötzlich eine tiefe Stimme hinter Lisa. Georg Maier stapfte in den Stall und baute sich neben seiner Tochter auf. »Ich find dich immer«, drohte er ihr. »Gescheiter als ich bist du noch lang net.«

»Was willst du, Georg?«, erkundigte sich Max verunsichert.

»Reden«, antwortete Maier. »Wenn mir grad alle so schön beieinanderstehen, schwätzen mir doch gleich Tacheles. Ein Rechtsanwalt kostet eh ein Vermögen. So ist es viel besser. Und billiger.«

»Schwanger. Auch das noch«, entfuhr es Elvira. »Die weiß schon, wie man es machen muss.«

»Ist des wirklich wahr?«, wandte sich Max ungläubig an Lisa.

»Ich weiß es schon seit sechs Wochen«, gestand sie, ohne ihn anzusehen. »Hab's aber niemandem gesagt. Der Papa hat's vor ein paar Tagen zufällig rausgekriegt und dreht seitdem durch.«

»Fragt sich, wer hier durchdreht«, fiel Georg seiner Tochter ins Wort. »Max, dein sauberer Bruder, dieser Schweinehund, hat meinem Mädel des angetan. Ich hab meiner Tochter gesagt, mir gehen zum Anwalt und klären alles gerichtlich. Wenn sie schon ein uneheliches Kind aufziehen muss, soll's wenigstens versorgt sein.«

»Ich kann nix dafür, Max«, verteidigte sich Lisa leichenblass. »Er lasst einfach net locker und will unbedingt Geld sehen. Sonst wär ich net gekommen.«

»Alle raus!«, befahl Max kreidebleich. »Lisa, du bleibst da. Georg und Elvira, ihr hauts ab.«

Elvira machte entsetzt einen Schritt auf ihn zu. »Du blutest ja, Max!«

Er fasste sich an den Rücken und betrachtete verwirrt seinen blutigen Finger. Lisa begann zu schluchzen. Elvira kramte in ihrer Schürze nach einem sauberen Taschentuch. Und Georg tat, was er am besten konnte: Er begann, alle der Reihe nach anzubrüllen.

## 30

Ungefähr einen Kilometer vor der Zufahrt zum Weidner-Hof parkte auf einem staubigen Feldweg ein rostiger alter Jeep zur Hälfte auf einer grünen Wiese, die andere Hälfte stand auf der Fahrbahn. Ein großer Mann um die fünfzig mit langen braunen Haaren hatte es sich auf der gekippten Heckklappe des Fahrzeugs gemütlich gemacht und ließ die Beine in der Luft baumeln, während er genüsslich an einem Joint zog und seinem Lieblingssong »Sweet Home Alabama« lauschte, der im CD-Player lief. Er stützte sich rücklings auf seine Ellbogen und beobachtete tiefenentspannt vereinzelte kleine Wölkchen, die, wie flüchtig mit dem Aquarellpinsel auf das bayerisch-blaue Firmament geworfen, gemächlich gen Westen trieben.

»Die ham's gut«, ärgerte er sich. »Fliegen nach Amerika. Und ich sitz hier fest in einem trostlosen Land, wo alle bloß ans Arbeiten denken von in der Früh bis spät in die Nacht.«

In Erdkunde oder Meteorologie war Manni mindestens genauso unbeleckt wie in regelmäßigen lohnsteuerpflichtigen Tätigkeiten, aber das störte hier draußen niemanden.

Wehmütig warf er einen Blick auf das dunkelgrüne Band aus Fichten zu seiner Linken, hinter dem sich sein Lieblingsplatz an der Iller versteckte. Fast konnte er hören, wie sie ihm plätschernd zuraunte, er solle doch endlich kommen und es sich an ihrem Ufer gemütlich machen, fernab von so schnöden Dingen wie Sanierungsstau, Stromrechnungen oder Jobcenter.

»So eine Gemeinheit«, bedauerte er sich wehleidig und nahm noch mal einen tiefen Zug. »Da unten am Wasser sollt ich jetzt hocken. Mit was zum Essen und ein paar Bier. Warum schickt mich der Georg ausgerechnet zum Weidner? Ist des ein Scheißleben, findest du net auch?«, beschwerte er sich bei Schucki, aber er bekam keine Antwort, denn Schucki war nicht da.

Um sich etwas aufzuheitern, erzählte er sich selbst einen Witz, der so verdammt gut war, dass er vor Lachen beinahe von der

Heckklappe seines Jeeps gekugelt wäre. Deshalb bekam er nicht mit, wie hinter ihm ein roter Kleinwagen in einer Staubwolke anbrauste und nur wenige Zentimeter vor seinem verrosteten Auspuff zum Stehen kam.

Die Fahrertür öffnete sich, und Anita stieg aus. Sie trug immer noch das schwarze Kleid und machte einen wütenden Eindruck.

Neben ihr im Fond saß Schucki, der jetzt wie in Zeitlupe aus seinem Sitz kletterte, ohne seine Flasche Bier, die er umklammert hielt wie ein Staffelläufer die ewige Flamme, auch nur einen Moment loszulassen.

»Anita«, staunte Manni träge. »Wo kommst du denn her? Geiles Outfit. Ist wer gestorben?«

»Prolet«, antwortete Anita ungnädig. »Die Nervensäge da hat mir beim Suchen geholfen.« Sie zeigte auf Schucki, der seinen besten und einzigen Freund freudig anstrahlte. »Sag ihm, dass er net Geburtstag hat. Der geht mir echt brutal auf den Senkel.«

»Was machst du überhaupt hier?«, wunderte sich Manni. »Ich hab gedacht, du willst nix mehr von mir.«

»Hab mir bloß ein bissle Sorgen gemacht wegen gestern Abend«, gestand Anita, »weil ich dich im Wald allein gelassen hab.«

»Ich hab doch gewusst, dass du einen alten Freund net im Stich lässt«, lächelte Manni selig und begutachtete ihren Ausschnitt. »Du hast wirklich a gutes Herz, Schnecke. Sorry wegen gestern.«

»Musst übrigens keine Angst mehr ham, der Graf ist eh tot«, informierte Anita ihn, pragmatisch wie immer. »Der kann dir nix mehr tun.«

Es dauerte eine Weile, bis diese Nachricht in Mannis Bewusstsein gedrungen war. »Was ist der?«, überlegte er laut. »Tot? So richtig? Wieso?«

»Weiß keiner.« Sie zuckte mit den Achseln. »Wahrscheinlich Herzkasper.«

»Gott sei Dank«, entfuhr es Manni erleichtert. »Dann kann ich ja wieder in Ruhe in den Wald gehen.«

»Ist ja schön, wie leicht man dir eine Freude machen kann«,

sagte Anita bissig. »Hab den Max nach deiner Nummer gefragt, aber er hat sie mir net gegeben.«

»Die hab ich ja net amal selber«, erklärte ihr Manni zerstreut. »Könntest mich schlagen, sie würd mir ums Verrecken net einfallen.«

»Kein Problem, mach ich gern«, schnauzte sie ihn an. »Und schon wieder tut's mir leid, dass ich mich mit dir abgebe. Die Erna hat recht, du bist eine Trantüte.«

»Du, Manni, die Anita war extra bei mir und hat nach dir gefragt«, erzählte Schucki unaufgefordert. »Hab ihr gesagt, dass du dich nach Arbeit umschaust. Mir ham dich frei überall gesucht. Ganz lang. Und sie ist alleweil bissiger geworden. Ich hab Angst gehabt, die haut mich.«

»Du magst mich also doch«, strahlte Manni. »Aber hoffentlich wart ihr zwei net auf dem Maier-Hof. Des wär schön blöd.«

»Doch, klar. Wieso net?« Anita sah ihn fragend an. »Der Georg ist uns grad entgegengekommen mit dem Auto. Er hat gemeint, er hat dich zum Weidner geschickt, weil du was zurückbringen sollst. Dann ist er weitergefahren, als wär der Teufel hinter ihm her. Weit bist ja net gekommen.« Missbilligend betrachtete sie die blaue Tischkreissäge auf dem Rücksitz. »An deiner Stelle tät ich mich besser net mit dem Georg anlegen. Der war übel drauf.«

»Ich geb die schon noch ab«, versprach Manni. »Hab bloß eine kleine Pause gebraucht. Arbeiten ist die Hölle. Machen mir heut Abend was miteinander?«

Anita stützte die Arme in die Hüften. »Weiß net recht«, murmelte sie unschlüssig. »Du warst gestern nicht grad der Brüller. Und ich wollt noch amal ins Festzelt. Sonderlich viel Bock hab ich net. Bring erst amal des Ding zurück zum Max«, befahl sie, »dann sehen mir weiter. Du bist bei mir auf Bewährung.«

»Darf ich mitfahren bei dir, Manni?«, bettelte Schucki mit treuherzigem Augenaufschlag. »Hab dir doch auch was von meinem Gras abgegeben. Die Mama tät schimpfen, wenn sie des wüsste.«

»Lieber net«, weigerte sich Manni. »Ich glaub, der Max ist

sauer auf mich, und du bist mir bloß lästig, wenn ich eventuell schnell abhauen muss.«

»Schnell? Du?« Anita kicherte. »Willst die Kreissäge etwa behalten? Mei, bist du eine Memme. So was törnt mich ganz schön ab.«

»Ich trau mich irgendwie net dorthin«, gestand Manni verlegen. »Der Max kann ziemlich fies sein. Manchmal denkt man, man schwätzt mit einem Eisbrocken. Mich kann der net leiden, weil ich so ein Freigeist bin. Und er hat gestern keinen Finger gerührt, als der Graf mich an die Wand geschmissen hat. Bloß zugeguckt.«

»Dann fahren mir halt hinter dir her, und ich geh mit, wenn du die Säge abgibst, du Feigling«, bot Anita ihm an. »Wollt den Max eh fragen, wie es ihm geht. Der wird dir schon nix tun. Aber deine Chancen bei mir für heut Abend sind grad brutal im Sinkflug, bloß dass du des weißt.«

Mannis Gesichtsausdruck war deutlich anzumerken, wie er mit sich rang. Schlussendlich siegte seine Angst. »Wär super, wenn du auf mich aufpasst, danke«, nahm er erleichtert ihren Vorschlag an. »Wenn jemand dabei ist, tut der Max mir garantiert nix.«

»Du, Manni?« Schucki zupfte ihn am Hosenbein. »Mir waren doch vorhin auf dem Maier-Hof und ham nach dir gefragt.«

»Wie oft erzählst des eigentlich noch?«, regte Manni sich auf. »Hab da heut geschuftet wie blöd und den Geräteschuppen ein bissle aufgeräumt. Da liegt vielleicht ein Krempel rum. Ich glaub, da hat seit Jahren niemand mehr Ordnung gemacht. Hab eine Mikrowelle unter einem Stapel alter Decken rausgezogen, die ist, glaub ich, aus dem Ersten Weltkrieg.«

»Bist du blöd«, schnauzte Anita ihn an. »Im Ersten Weltkrieg ham die noch keine Mikrowellen gehabt, erst im Zweiten.«

»Du, Manni«, Schucki gab keine Ruhe, »des Radl, des beim Maier vor dem Schuppen auf dem Boden gelegen ist, ich glaub, in des bin ich gestern Nacht reingetappt bei dir auf dem Hof. Die Speichen vom Vorderrad sind hin, und die Farbe vom Sattel tät auch passen.«

»Komisch, ich war mir sicher, du hast dir dein ganzes Gedächtnis schon weggesoffen«, sagte Anita bissig. »Kannst dir ja doch was merken. Bloß deinen Geburtstag net.«

»Die Anita ist gemein zu mir«, beklagte sich Schucki bei Manni.

Aber der kratzte sich am Kopf und versuchte nachzudenken, was in seinem derzeitigen Zustand etwas kompliziert war. »Drum ist mir des so bekannt vorgekommen«, nuschelte er. »Hab mich schon gefragt, warum jemand ein pfenniggutes Radl, des man locker reparieren kann, einfach zum Gerümpel schmeißt.«

Alle drei schauten sich ratlos an.

»Würd mir mal jemand sagen, was los ist?«, wollte Anita grantig wissen.

Manni kletterte unbeholfen von der Heckklappe und schlurfte zur Fahrertür. »Lad den Schucki wieder in deinen Karren ein, der wird's dir erzählen. Oh mei, mich graust vor dem Max.«

## 31

»Lass mich!« Unsanft schubste Max seine Tante beiseite, die sich ihm mit einem gezückten Taschentuch näherte. »Mir fehlt nix.« Sie kam ins Straucheln und taumelte gegen die Stallwand. Beim vergeblichen Versuch, Halt zu finden, stieß sie die Mistgabel um, die Max zuvor dort angelehnt hatte.

»Du hast mir wehgetan«, beschwerte sie sich. »Warum hast du nichts davon erzählt, dass du verletzt bist?«

»Sie hat recht. Wieso blutest du? Und wie gehst du überhaupt mit deiner Tante um?«, fuhr Georg ihn zornig an. »Du bist genauso ein undankbares Balg wie meine Tochter. Reiß dich gefälligst am Riemen, sonst rauschen mir zwei zusammen. So behandelt man keine Verwandtschaft.«

»Schon in Ordnung, Georg.« Elvira strich ihre Schürze glatt. »Er ist nicht gut beieinander. Wir sind alle ziemlich mitgenommen. Bestimmt fängt er sich bald wieder.«

»Du fängst auch gleich eine«, drohte Max seiner Tante. »Wenn du net endlich abhaust. Für immer. Und du, Georg, verschwindest bitt schön auch. Des hier ist mein Grund und Boden. Niemand hat dich hergebeten.«

»Was glaubst du eigentlich, wer du bist?«, raunzte Georg ihn an. »Ich hab ja große Stücke auf dich gehalten, viel mehr als auf deinen Bruder, aber so redet niemand mit mir.«

»Papa, hör auf«, bettelte Lisa. »Fahr wieder heim. Ich kann des ohne dich klären. Was willst du denn überhaupt hier? Hast mich doch rausgeschmissen.«

»Endlich erfahren, was los ist!«, brüllte Georg. »Vorher geh ich nirgendwohin.«

»Sag es ihm«, forderte Elvira Lisa auf. »Na los, raus damit!«

»Kannst du net endlich amal deine verdammte Gosch halten?« Max hob die Faust, aber Georg hielt ihn fest.

»Keinen Schritt weiter«, befahl er gefährlich leise. »Mich würd des auch brennend interessieren. Lisa, mach endlich dein Maul auf. Und du, Max, nimm deine Faust runter, sonst brech ich sie dir. In meiner Gegenwart schlägst du deine Tante net, sonst schlafen deine Zähne und du in Zukunft getrennt.«

»Hallo, Max, ich bin's«, rief plötzlich jemand vom Eingang her. »Hoffentlich stör ich net, soll bloß was vom Maier-Hof abgeben, bin gleich wieder weg.«

Manni stolperte in den Stall, in den Armen hielt er die blaue Handkreissäge. Abrupt blieb er stehen, als er die kleine Versammlung bemerkte.

Vier Augenpaare starrten ihn abweisend an.

»Äh, Herr Maier«, stotterte er erschrocken. »Sie sind auch da? Also, wenn ich ... wenn Sie ... dann hätten Sie doch die Säge selber mitnehmen können.«

Maier gab ihm mit einer Handbewegung zu verstehen, dass er verschwinden sollte.

Verwirrt schaute Manni von einem zum anderen. Seine derzeitige Verfassung erlaubte keine komplizierten Gedankengänge. Endlich hatte er sich zu einem Entschluss durchgerungen und grinste verlegen. »Sorry, Herr Maier, war net so gemeint«, stammelte er. »Ich stell sie einfach da drüben hin und mach Feierabend, gell?« Vorsichtig wollte er die Säge auf dem Boden absetzen, verlor dabei aber das Gleichgewicht und landete auf allen vieren.

»Was für ein Depp«, stöhnte Georg.

»Warum brauchst denn du so lang?« Unversehens tauchte Anita in der Stalltür auf. »Du bist vielleicht ein Leimsieder. Ich hab den Schucki im Auto eingesperrt, aber der führt sich da drin auf wie ein verzogener Chihuahua und kläfft die ganze Zeit rum. Jetzt komm endlich.« Dann fiel ihr Blick auf die kleine Gruppe. »Oh, servus miteinander«, stutzte sie. »Gibt's was zum Feiern?« Sie deutete auf Elviras Korb mit dem Likör.

»Was willst du denn hier, Anita? Schleich dich«, forderte Georg sie barsch auf.

»Komm, mir hauen besser ab.« Manni war wieder aufgestanden, berührte Anita am Ellbogen und wollte sie zur Stalltür ziehen. Aber sie machte keinerlei Anstalten, seiner Aufforderung nachzukommen, sondern blieb wie angewurzelt stehen. »Stimmt was net?«, fragte sie argwöhnisch.

Lisa wischte sich verstohlen mit dem Ärmel ihres Shirts eine Träne aus dem Augenwinkel. Elvira stopfte ihr Taschentuch wieder in die Schürze und verschränkte die Arme vor der Brust. Max stand immer noch schweigend Georg gegenüber und schenkte ihr keinerlei Beachtung.

»Dein Nierenstein macht wieder Ärger, Max«, sagte Anita in sarkastischem Tonfall und zeigte auf seinen Rücken. »Schaut aus, als ob er rauswill.«

»Anita, hau ab«, befahl ihr Georg unwirsch. »Des hier ist privat. Ich will net, dass meine Tochter so endet wie du.«

»Nein, jeder geht!«, brüllte Max so laut, dass alle zusammenzuckten. »Georg, du auch. Und Elvira. Nur die Lisa bleibt da.«

Anita reagierte nicht auf die Aufforderung. »Was soll des heißen, ›so endet wie ich‹?«, fauchte sie und starrte Georg wütend an. Dann erkannte sie das Ultraschallbild, das Lisa nach wie vor in der Hand hielt. »Auweia.« Sie kicherte schadenfroh. »Von dir hätt ich net gedacht, dass du so deppert bist, Fräulein Rührmichnichtan. Alles bloß Getue. Hab's mir doch gleich gedacht.«

»Halt die Klappe!«, rief Lisa. »So eine Schlampe wie du bin ich net.«

»Wie hast mich gerade genannt?«, quietschte Anita. Ihre Stimme war vor lauter Entrüstung eine Oktave höher als gewöhnlich.

»Schlampe«, wiederholte Lisa furchtlos. »Misch dich net ein, sondern hau ab und nimm deinen dauerbekifften Liebhaber mit.«

»Das sagt die Richtige«, sagte Elvira. »Du solltest wirklich ganz still sein.«

»Lass meine Tochter in Ruh«, schnauzte Georg Elvira an. »Sie hat ja net unrecht.«

»Trau dich des noch ein einziges Mal, dann kannst aber was erleben.« Anita baute sich vor Lisa auf und funkelte sie zornig an.

»Anita«, bettelte Manni ängstlich und schielte zu Georg, der aussah, als würde er demnächst explodieren. »Komm jetzt, lass uns abhauen. Bitte.«

»Schlampe«, sagte Lisa in diesem Augenblick zum dritten Mal.

»Und jetzt?«

»Du dumme Kuh!« Anita langte blitzschnell um Lisas Kopf herum nach deren Pferdeschwanz und zog daran. »Bist keinen Dreck besser als ich.«

Lisa kreischte auf und wandte sich instinktiv nach hinten, um Anitas Griff zu lockern und ihr in die Hand zu beißen. Aber die ließ nicht locker. Darum tastete sie blindlings nach Anitas Mähne und bekam endlich eine Strähne zu fassen, an der sie kräftig zerrte.

»Lass sofort meine Tochter los, die ist schwanger!« Georg umklammerte Anitas Arm und wollte sie zur Stalltür ziehen, aber sie hielt Lisas Pferdeschwanz nach wie vor eisern fest, so-dass diese ihr unfreiwillig folgen musste, obwohl sie sich nach Leibeskräften wehrte. Dabei entglitt ihr das Ultraschallbild.

»Schluss jetzt!« Max packte Lisa mit schmerzverzerrtem Gesicht unter den Achseln, um sie von Anita wegzuschleifen, während der nasse Fleck auf seinem Rücken immer größer wurde. Aber die beiden Frauen ließen nicht voneinander ab.

Manni wollte die entstandene Aufregung nützen, um sich davonzumachen, trat aber versehentlich mit einem Fuß auf die Zinken der Mistgabel, die Elvira vorhin unabsichtlich umge-worfen hatte. Der Stiel schnappte hoch und traf ihn mitten ins Gesicht, woraufhin seine Nase umgehend anfing zu bluten. Mit einem Schmerzensschrei ging er zu Boden und landete mit einem schmatzenden Geräusch in einer der Stallboxen, die Max noch nicht ausgemistet hatte.

Anita, die nicht aufgeben wollte, grapschte aufs Geratewohl mit ihrer freien Hand nach Lisa und erwischte deren linken Är-mel, der mit einem hässlichen Geräusch direkt an der Naht riss. Verblüfft schaute sie auf den entblößten Arm ihrer Kontrahentin und ließ vor lauter Überraschung Lisas Haare los.

»Ist gut jetzt, Georg, hör auf«, fauchte sie. »Mir sind ja fertig.« Unwillig machte sie sich frei und drückte Lisa den abgerissenen Ärmel in die Hand. »Da hast dein billiges Gelump.«

Lisa strich sich keuchend ein paar Haarsträhnen hinter die Ohren und löste widerwillig ihre Finger aus Anitas Mähne. Sie umklammerte den Ärmel und wurde blass.

»Was ist des?« Georg musterte schockiert den Oberarm seiner Tochter.

»Pack schlägt sich, Pack verträgt sich.« Elvira bückte sich nach ihrem Korb mit dem Likör. »Ich gehe jetzt.« Niemand beachtete sie, als sie den Stall verließ.

»Gewonnen hast du net, bloß dass des klar ist. Aber der Klügere gibt nach«, keuchte Anita, der die Luft ausgegangen war. Sie strich sich ihr schwarzes Kleid, das im Eifer des Gefechts hochgerutscht war, wieder über die Hüften und trippelte, ohne sich umzuschauen, rückwärts Richtung Tür. Beinahe wäre sie dabei über Manni gestolpert, der gerade dabei war, auf allen vieren ins Freie zu kriechen. Versehentlich trat sie ihm mit einem ihrer spitzen Absätze auf die Hand, sodass er aufjaulte. »Sei net so wehleidig und komm endlich«, forderte sie ihn unwirsch auf.

»Des hab ich davon, dass ich ein netter Mensch bin und dir einen Gefallen tun wollt. Und wasch dich gefälligst, oder ich schmeiß dich persönlich in die Iller.«

Manni rappelte sich auf und tappte gehorsam hinter ihr her ins Freie.

Max wartete etwa dreißig Sekunden, ehe er sich in Zeitlupe bückte und das Ultraschallbild vom Boden aufhob. Eine Weile starrte er stumm darauf, dann hielt er es fragend Lisa vors Gesicht.

»Ich wollt net alles noch komplizierter machen«, flüsterte sie kaum hörbar. »War doch ohnehin schwer genug.«

Wortlos schloss er sie in die Arme und küsste sie auf den Scheitel.

»Was soll mir des jetzt sagen?«, rief Georg perplex.

»Es ist von mir«, erklärte ihm Max. »Die Lisa und ich sind zusammen. Schon sieben Monate.«

»Und du hast mich glauben lassen, es sei vom Julian«, schimpfte Georg. »Von mir hast du die Lügerei net.«

»Ich hab's net behauptet, Papa, ich hab's bloß net komplett abgestritten«, erklärte ihm seine Tochter ausweichend. »Du hättest es überhaupt nicht so früh erfahren sollen. Weil ich die ganze Zeit überlegt hab, was ich sagen soll, wenn ich des Kind krieg, ehe der Julian endlich weggezogen ist aus Legau.«

»Der Julian war doch hinter ihr her wie der Teufel hinter der armen Seele, des weißt du selber, Georg«, fuhr Max fort. »Und er hätt unsere Verbindung auf keinen Fall akzeptiert. Wenn der Julian was wollte, hat er niemals aufgegeben. Er war doch bloß noch im Allgäu, weil er des Geld von der Erbschaft abwarten wollte. Der hat sich schon einige Eigentumswohnungen in München angeschaut. Drum ham die Lisa und ich beschlossen, dass mir es für uns behalten, bis er weg ist.«

»Es hätt alles irgendwie hinhauen können, Papa.« Lisa kamen die Tränen. »Hätt ich dir die Wahrheit gesagt, dass ich vom Max schwanger bin, wärst du auf den Weidner-Hof gefahren und hättest verlangt, dass der Max reinen Tisch macht. Und der Julian hätt vor lauter Rachsucht seine Hälfte vom Hof an einen Fremden verkauft. Hat er dem Max mehr als einmal angedroht. Max, sag's ihm!«

»Stimmt schon«, bestätigte der. »Jedes Mal wenn er wieder, ohne zu fragen, ein paar tausend Euro abgehoben hat und ich ihn deshalb zur Rede gestellt hab, hat er mir damit gedroht, seinen Anteil zu verkaufen, weil er Investoren kenne, die scharf auf unser Land seien. Wenn er von mir und deiner Tochter erfahren hätt, wär alles vorbei gewesen. Weil ich das Geld einfach net hatte, um ihn auszuzahlen.«

»Es wär so viel einfacher gewesen mit der Erbschaft«, bestätigte Lisa. »Der Max hätt dem Julian seine Hälfte abgekauft, mir wären frei gewesen und hätten uns nimmer verstecken müssen.«

Georg schaute ungläubig von einem zum anderen. Dann hellte sich sein Gesicht auf. »Es ist also von dir«, sagte er erleichtert. »Ich dank dem Herrgott auf Knien, weil's net unehelich wird. Ihr heiratet doch, oder?«

»Wollten wir eigentlich«, gestand Max. »Aber …«

»Und was ist des?« Georg packte Lisas nackten Oberarm und zog seine Tochter an sich. Deutlich konnte man darauf Umrisse von Fingern erkennen, die sich bereits bläulich verfärbt hatten.

»Die Frage können wir vielleicht beantworten«, ertönte Sissis Stimme von der Tür her. »Guten Tag, alle zusammen.«

»Die schon wieder.« Georg rümpfte die Nase. »Wie lang stehen Sie schon da draußen?«

»Lange genug.« Sissi trat ein, gefolgt von Klaus.

»Frau Maier, verraten Sie uns, wer Ihnen diese Verletzungen zugefügt hat?«

Lisa schüttelte den Kopf. Sie war blass geworden.

»Draußen hat es um diese Uhrzeit immer noch siebenundzwanzig Grad.« Sissi tippte mit dem Finger auf den herausgerissenen Ärmel, den Lisa in der Hand hielt. »Frieren Sie leicht? Oder muss ich annehmen, dass Ihr Vater Ihnen das angetan hat?« Sie zeigte auf die Druckstellen.

»Unverschämtheit! Ich hab das Mädel net angelangt«, brauste Georg auf.

Sissi zog einen Plastikbeutel aus ihrer Umhängetasche. »Diese Haarklammer habe ich gestern Nacht im Haus von Manni Gschwendner neben dem Bett gefunden. Darauf konnten wir zwei Fingerabdrücke sicherstellen. Der Abgleich mit denen auf dem Maßkrug, mit dem Julian Weidner getötet wurde, war positiv.«

»Meine finden Sie auf dem Krug auch.« Max stellte sich schützend vor Lisa. Sein Gesicht glich einer frisch gekalkten Wand. »Ich war's.«

»Also doch«, murmelte Georg verdrossen. »Schade. Jetzt, wo's grad einmal gut gelaufen wär.«

»Na los.« Max streckte Sissi die Arme hin. »Nehmen Sie mich fest.« Hoch aufgerichtet stand er vor den Ermittlern. »Lisa hat nix damit zu tun.«

Klaus tippte ihm auf die Schulter. »Sie bluten, Herr Weidner, brauchen Sie einen Arzt?«

»Ist bloß ein Kratzer«, lehnte Max ab. »Ich würd nur gern telefonieren, damit jemand vom Maschinenring kommt und sich um die Viecher kümmert, wenn ich weg bin. Geht des?«

»Und ich würde mir sehr gerne Ihre Verletzung ansehen«, verlangte Klaus. »Geht das?«

»Ist net nötig, des heilt schon wieder«, weigerte sich Max.

»Herr Weidner, wir können das auch auf dem Revier erledigen«, drohte ihm Klaus.

Max überlegte einen Moment und zog dann sein T-Shirt hoch. Lisa schnappte entsetzt nach Luft. »Um Gottes willen, Max! Du hast mir net gesagt, dass er dich so zugerichtet hat.« Sissi inspizierte die Verletzungen. »Ihre Freundin hat recht. Es hat Sie ziemlich erwischt. Großflächige Hämatome im Abdominalbereich und unterhalb des Schlüsselbeins. Sie müssen unglaubliche Schmerzen haben. Hatten Sie eine tätliche Auseinandersetzung mit Ihrem Bruder?«

Max schwieg verstockt.

»Sissi, das ist definitiv ein Stich.« Klaus deutete auf Max' Rücken. »Nicht sehr groß, sieht aber entzündet aus.«

Sissi sah sich die Verletzung erneut an. »Was war das, Herr Weidner?«

»Ein Trachtenmesser«, rückte Max unwillig mit der Sprache heraus. »Ist net tief. Tut bloß saumäßig weh.«

»Des ist mal ein richtiges Mannsbild und kein Weichei«, entfuhr es Georg. In seiner Stimme schwangen gleichzeitig Hochachtung und Bedauern mit.

»Verraten Sie uns, was vorgefallen ist, Herr Weidner?«, bat Sissi.

»Ist Ihnen alles bekannt«, antwortete Max mürrisch. »Nehmen Sie mich endlich mit. Georg, ruf du bitte an und sag, ich brauch hier auf dem Hof Hilfe.«

»Ich war's.« Lisa hakte sich bei Max unter, legte ihm den Arm um die Schultern und schaute Sissi herausfordernd an.

»Lisa, spinn doch net«, bat Max. »Bitte, du kriegst mein Kind und brauchst net für mich lügen.«

»Es langt, Max«, widersprach sie ihm. »Auf Dauer hätt ich des ohnehin net durchgehalten. Der Papa hat recht, so hat er mich net erzogen. Max, ich weiß, dass du mich liebst, aber des musst du net für mich tun.«

»Ist die Klammer nun von Ihnen oder nicht?« Sissi hielt abermals den Beutel hoch.

Lisa nickte. »Ist mir wahrscheinlich runtergefallen. Hab gestern Nacht auf dem Hof vom Geschwendner auf den Max gewartet, weil mir verabredet gewesen sind. Aber er ist net gekommen. Dann hab ich mitgekriegt, dass sich unten in der Küche Leute unterhalten. Bin ganz leise runtergeschlichen und abgehaut, aber mein Fahrrad war hin, weil einer von den Deppen die Speichen verbogen hat. Ich hab's heimtragen müssen.«

»Sie haben sich über Monate heimlich mit Herrn Weidner getroffen«, sagte Sissi. »Wir haben Ihre Telefonverbindungen überprüft. Herr Weidner hat behauptet, Sie hätten ihn nur einige Male angerufen, aber Sie beide haben täglich miteinander gesprochen. Warum haben Sie uns das nicht erzählt?«

»Weil ich net wollte, dass die Lisa da reingezogen wird«, gestand Max tonlos. »Ich hab von uns beiden das breitere Kreuz.«

»Ja. Mir ham uns heimlich getroffen«, bestätigte Lisa. »Und es hat mich angekotzt. Alleweil bloß mitten in der Nacht ein paar Stunden in der verranzten Bude vom Gschwendner. Überall war's dreckig, kein Licht, und Wasser hab ich jedes Mal von daheim mitgebracht. Aber keiner von uns hat übers Wochenende einfach wegkönnen in ein Hotel, weil zu viel zu tun war. Außerdem hätt uns vielleicht der Julian erwischt oder sein Spezi, der Graf, die waren überall im Landkreis unterwegs. Mir wollten uns doch bloß sehen und reden.«

»Vom Reden wird man net schwanger«, wurde sie von ihrem Vater belehrt.

»Halt dich da raus, Papa«, bat Lisa. »Der Max hat mich bloß verteidigt«, fuhr sie fort. »Aber er war am Verlieren. Julian war unglaublich stark. Er hätt den Max beinahe umgebracht. Ich hab den noch nie so erlebt. Ganz wilde Augen hat er gehabt, der Rotz ist ihm aus der Nase gelaufen und die Spucke aus dem Mund. Er hat net mit sich reden lassen. Am Anfang hab ich um Hilfe gerufen, aber die Musik war so laut, dass mich niemand gehört hat. Irgendwann ist der Julian über dem Max gekniet und hat ihn immer und immer wieder in den Magen geboxt, mit aller Wucht. Er hat einfach net aufgehört. Der Max hat keine Luft mehr gekriegt, er hat ganz schwer geschnauft. Ich hab probiert, den Julian vom Max runterzuziehen, aber er hat mich einfach weggestoßen, und ich bin hingefallen.«

»Lisa, bitte hör auf«, bat Max. »Du musst dich ums Kind kümmern. Ich mach des schon.« Er war bleich geworden und sah aus, als würde er demnächst umkippen.

»Irgendwie hat's der Max geschafft, unter dem Julian rauszukommen«, erzählte Lisa weiter, ohne auf Max' Bitte einzugehen.

»Er wollt auf allen vieren wegkriechen, aber der Julian hat seinen Hirschfänger aus dem Messerfach seiner Lederhose geholt und ihn dem Max in den Rücken gestoßen. Max hat geschrien, aber Julian hat das Messer einfach wieder rausgezogen und damit auf den Hals vom Max gezielt. Ich hab furchtbar Angst gehabt.«

»Und weiter?«, forderte Sissi sie auf.

»Da hab ich den Krug gepackt, der auf dem Boden gelegen ist, und ihn dem Julian mit aller Kraft über den Schädel gezogen«, gestand Lisa unter Tränen. »Er ist einfach nach vorn auf sein Gesicht gefallen, ohne einen Mucks.«

»Des war so dumm von dir«, mischte Max sich ein. »Es wär besser gewesen, wenn du's dabei belassen hättest, dass ich es war.«

»Und ich hab dir gesagt, ich will mir keine Geschichten mehr ausdenken müssen«, beharrte Lisa. »Wenn Sie jemanden mitnehmen wollen, dann mich. Ich brauch keinen Mann, der für mich lügt.«

»Weswegen sind Sie mit Ihrem Bruder in Streit geraten?«, wollte Klaus wissen.

Max kniff die Lippen zusammen und schwieg.

»Ging es um Geld? Um das Erbe? Jetzt reden Sie doch«, bohrte Klaus.

»Ich hab Ihnen doch gesagt, dass er mich verteidigt hat«, mischte Lisa sich ein. »Papa, geh raus. Bitte.«

»Seh ich net ein«, weigerte sich Georg. »Jetzt, wo ich endlich erfahr, wie's war? Du kriegst den besten Anwalt, den's in Memmingen gibt, Mädel. Mach dir keine Sorgen.«

»Papa, ich will net, dass du des hörst, bitte«, bettelte sie.

»Bitte tun Sie, was Ihre Tochter verlangt«, bat Sissi. »Klaus, du begleitest Herrn Maier, und nimm Herrn Weidner gleich mit. Es wird nicht lange dauern.«

Georg warf ihr einen merkwürdigen Blick zu und verschwand zusammen mit Klaus und Max, der mit gesenktem Kopf neben ihm her trottete, nach draußen.

»Der Julian hat mich abgepasst«, vertraute Lisa Sissi an, als sie sich sicher war, dass niemand zuhörte. »Ich wollt zu meinem Auto, weil ich einen Krug rausgeschmuggelt hab aus dem Zelt. Meine Freundinnen und ich ham gewettet. Wer es zuerst schafft, einen zu klauen, wird den Rest des Abends von den anderen freigehalten. Und wie ich auf dem Weg zum Auto war, ist auf einmal der Julian vor mir gestanden.«

»Erzählen Sie bitte weiter«, bat Sissi.

»Erst wollt er mir so ein saublödes Lebkuchenherz umhängen«, fuhr Lisa fort. »Damit jeder sehen kann, dass ich sein Schatz bin, hat er gemeint. Aber ich wollt es net. Hab ihm gesagt, er soll es jemand anderem geben. Er hat behauptet, dass er mich mag und mich unbedingt will. Dass er kein Nein akzeptiert. Anfangs hab ich gehofft, dass ich ihm des ausreden kann. Aber ich hab gemerkt, dass er anders war als sonst. Als würd er durch mich durchgucken und gar net kapieren, was ich sag.«

»Ich kann es mir vorstellen«, sagte Sissi.

»Dann wollt ich mich umdrehen und wieder ins Zelt zurückgehen, weil es mir gedämmert hat, dass es dumm ist, im Dunkeln ganz allein mit einem Typen zu sein, der total besoffen ist. Er hat mich plötzlich an beiden Armen gepackt und auf den Boden gezerrt. Ich hab mich gewehrt. Und wie ich mich gewehrt hab. Ich muss hart arbeiten und bin wirklich net schwach, aber ich hab keine Chance gehabt.« Sie senkte den Kopf. »Er war richtig bösartig aggressiv.«

»Ich verstehe«, sagte Sissi. »Bitte fahren Sie fort.«

»Auf einmal ist er von mir runtergerissen worden«, erzählte Lisa weiter. »Vom Max. Dem ist aufgefallen, dass ich rausgegangen, aber nimmer reingekommen bin. Mir sind ja wegen dem Julian getrennt da gewesen. Ich hab dem Max eine Whatsapp geschickt, als ich den Krug rausgeschmuggelt hab, und geschrieben, dass ich nachher als Belohnung einen halben Gockel von meinen Mädels kriegen würde. Aber weil ich so lange weg war, ist er mir nachgegangen. Und grad noch rechtzeitig gekommen.«

»Haben Sie noch andere Verletzungen außer das Hämatom am Oberarm?«, wollte Sissi wissen.

»Einen Haufen blaue Flecken«, gestand Lisa. »Aber net so schlimm wie die vom Max.«

»Was haben Sie getan, nachdem Sie mit dem Krug zugeschlagen hatten?«, fragte Sissi.

»Julian hat gestöhnt, aber net schlimm geblutet«, fuhr Lisa fort. »Max und ich waren sicher, dass er wieder wird. Es war ja net die erste Schlägerei vom Julian. Max hat den Krug hochgehoben und gesehen, dass Blut dran war. Er wollt ihn mitnehmen und noch in derselben Nacht in die Iller schmeißen. Aber ich hab gesagt, er soll ihn liegen lassen, net dass ihn jemand damit sieht. Und dann ham mir ausgemacht, dass mir getrennt ins Zelt zurückgehen und so tun, als wär nix passiert. Mir waren wirklich ganz sicher, dass der Julian bald wieder aufwacht. Er hat doch noch geatmet.«

»Warum haben Sie das der Polizei nicht erzählt?« Sissi berührte sie an der Schulter. »Hatten Sie Angst?«

»Ich kann's Ihnen net sagen.« Lisa schlug die Hände vors Gesicht. »Erst hab ich gar net glauben können, was passiert ist. Ich war total durcheinander. Der Max hat noch net gewusst, dass ich schwanger bin, der Julian war auf einmal tot, und ... ich weiß es doch selber net. Eigentlich wollt ich mit dem Max gestern Nacht reden, ob wir net doch zur Polizei gehen sollen, aber er ist ja net zum Gschwendner-Hof gekommen.«

»Es wäre klug gewesen, sich uns anzuvertrauen«, tadelte Sissi sie. »Jetzt muss ich Sie bitten, uns zum Revier zu begleiten. Draußen warten die Kollegen von der Streife, die werden Sie nach Memmingen bringen.«

»Muss der Max etwa auch mit?«, fragte Lisa ängstlich. »Ich hab doch zugeschlagen, net er.«

Sissi nickte.

»Warum?«, fragte Lisa. »Er hat doch nix gemacht.«

Sissi gab ihr keine Antwort, sondern führte sie nur sachte am Arm nach draußen.

»Herr Weidner, eine letzte Frage habe ich noch«, wandte sie sich an Max, als sie gemeinsam im Freien standen. »Markus Graf war gestern Mittag bei Ihnen. Was wollte er?«

Max schwieg.

»Was wollte er?«, wiederholte Sissi.

»Geld.« Max senkte den Kopf. »Viel Geld. Weil er mich kurz nach dem Kampf mit dem Krug in der Hand gesehen hat.«

»Dachte ich mir«, sagte Sissi. »Danke.«

»Du kommst bald wieder«, versprach Georg seiner Tochter, ehe sie in den Streifenwagen stieg. »Egal, was es kostet. Und du, Max, brauchst dir keine Sorgen machen. Dein Vieh wird versorgt. Ich kümmere mich.«

»Des ist anständig von dir«, bedankte sich Max.

»Bist der Vater von meinem Enkelkind«, erklärte ihm Georg kurz angebunden. Dann beobachtete er mit unbewegtem Gesicht, wie die Fahrzeuge den Hof verließen. »Warum sind Sie eigentlich noch da?«, beschwerte er sich bei Sissi und Klaus.

»Ihr Ton ist gewöhnungsbedürftig, Herr Maier«, tadelte ihn Sissi. »Wir warten auf einen Anruf und müssen noch ein paar Angestellte von Herrn Weidner befragen.« Sie zeigte auf ein kleines Grüppchen von Menschen am anderen Ende des Hofs, das die Szene mit großen Augen beobachtet hatte. »Anschließend müssen wir die Tante von Herrn Weidner informieren. Aber erst mal befreien wir den armen Schucki.«

Anita und Manni, die neben dem rostigen Jeep miteinander diskutiert hatten, während Schucki im Fond von Anitas rotem Kleinwagen aufgeregt an die Scheibe trommelte, sahen ihnen äußerst interessiert entgegen.

»Lass ihn bitte raus«, verlangte Sissi von Anita, die widerwillig die Autotür entriegelte und dann so abrupt aufriss, dass Schucki beinahe herauspurzelte wäre.

»Es ist vermutlich vergebliche Liebesmüh, von dir zu verlangen, über das, was ihr eben mitbekommen habt, Stillschweigen zu bewahren«, sagte Sissi.

»Als ob ich schon amal jemandem was weitererzählt hätte«, entrüstete sich Anita. »Im Gegenteil, ich geb dir sogar einen Tipp.«

»Schieß los!«, forderte Sissi sie auf.

»Der Schucki ist heut Nacht in die Speichen von einem Radl getreten, des der Lisa gehört«, verriet ihr Anita. »Beim Manni auf dem Hof. Und ihr kaputtes Radl hat sie hinterher in den Schuppen bei sich daheim gestellt. Bloß falls du noch einen Beweis brauchst.«

»Wow, Frau Hoff, Sie sind aber heute großzügig«, entfuhr es Klaus.

»Bin ich doch alleweil.« Anita lächelte ihn an. »Aber nur für Sie. Ham Sie Ihre Freundin noch?«

»Fragen Sie mich das jetzt alle vierundzwanzig Stunden?«, wollte Klaus amüsiert wissen.

Georg hatte eine Weile schweigend dabeigestanden und zugehört. »Des ist ja net zum Aushalten. Auf geht's!«, herrschte er Manni an. »Du wolltest unbedingt Arbeit, ich hab massenhaft davon. Wasch dich, zieh dich um, und in einer Stunde stehst du bei mir auf dem Hof.«

»Aber ich wollte kündigen«, stotterte Manni entsetzt.

»Ich dir aber net«, erklärte ihm Maier barsch. »Jetzt kümmere ich mich erst einmal drum, dass hier auf dem Weidner-Hof das Vieh versorgt wird, dann fahr ich heim. Und wehe, du stehst da net Gewehr bei Fuß.«

Schucki suchte derweil verwirrt seine Bierflasche, weil er vergessen hatte, dass sie sich im Getränkehalter von Anitas Wagen befand. Leer. »Mein Bier ist weg«, jammerte er. »Obwohl ich Geburtstag hab.«

»Armer Teufel.« Georg zog seinen Geldbeutel hervor, entnahm ihm einen braunen Schein und drückte ihn Schucki in die Hand. »Da, alles Gute. Mach dir einen schönen Abend. Aber net alles auf einmal versaufen.«

»Dank schön, Herr Maier.« Schucki strahlte ihn ungläubig an und steckte den Fünfzig-Euro-Schein eilig in die Hosentasche.

»Was schauts ihr denn so deppert?«, fragte Georg Anita und

Manni, die ihn verblüfft beobachtet hatten. »Es hat alles auch was Gutes. Egal, wie es ausgeht, ich werd Opa. Und jetzt ab mit dir, Gschwendner.«

»Anita«, bettelte Manni hilflos, »wollten wir net heut Abend an der Iller was machen? Sag doch was.«

Aber die rümpfte nur ihre Nase und bedeutete Schucki einzusteigen, der zögernd ihrer Aufforderung nachkam.

Manni zupfte unschlüssig an seiner schmutzigen Jeans, an der noch der Stallmist klebte. Dann drehte er sich um und stolperte zum Haupthaus.

»Waren Sie mal Berufssoldat, Herr Maier?«, wandte sich Klaus an Georg. »Nur interessehalber.«

»Waren Sie mal Landwirt?«, knurrte Georg. »Bloß interessehalber. Vom Reden wird kein Stall sauber. Ja, beim Bund war ich. Und jeden Tag anständig rasiert übrigens auch. Wegtreten.«

Mit diesen Worten ließ er Klaus verdattert stehen.

## 32

Das Innere der Pfarrkirche am Marktplatz in Legau war kühl und leer. Wie aus weiter Entfernung konnte man von draußen gelegentlich das Geräusch eines Motors vernehmen, das anschwoll und wieder verebbte. Dann war es wieder still.

Dollinger saß verloren auf einer Bank in der hintersten Reihe und starrte seit einer gefühlten Ewigkeit auf die nüchternen weiß gekalkten Wände aus dem Jahr 1500. Zum hundertsten Mal betrachtete er das Gemälde mit den Credo-Aposteln und die großen Figuren von Gottvater und Gottessohn im Chor und zählte die Kerzen auf dem Altar.

»Es werden einfach net mehr.« Er stöhnte gelangweilt, zog sein Smartphone aus der Brusttasche und googelte. »Die ist ja zum Teil tausendzweihundert Jahre alt«, entfuhr es ihm überrascht. »Und die Madonna am Seitenaltar stammt tatsächlich aus dem Jahr 1683. Hätt ich net gedacht. Dafür sieht die ja wirklich noch super aus.«

Gerade wollte er sein Handy wieder wegstecken, als eine Nachricht auf dem Display aufleuchtete: »Wie läuft's?«

»Das klappt doch nie«, tippte er. »Sitze seit fünfundvierzig Minuten blöd herum. Hätte viel Arbeit im Büro. Bin genervt.«

»Nur Geduld«, lautete die Antwort.

»Klappe, kleiner Grashüpfer«, schrieb Dollinger zurück.

Die Retourkutsche ließ nicht lange auf sich warten. »Wärst du lieber zu Hause bei deiner Frau? Sissi lässt dir ausrichten, du sollst nicht so brummig sein, sonst gibt es keinen Apfelkuchen.«

»Brauchst gar net so angeben, bloß weil du net verheiratet bist, Klaus«, murmelte Dollinger ärgerlich. »Irgendwann erwischt es auch dich, und dann lach ich dich aus. Aber im Büro hätt ich außer Arbeit wenigstens auch was zum Essen.«

»Und wenn es wirklich nicht klappt?«, tippte er. »Sissi ist sich ja selber nicht sicher.«

»Nur ein abschließender Test«, kam von Klaus zurück. »Wir

haben ohnehin bereits genügend Indizien. Müssen hoffen, dass einige Nachrichten gelesen wurden.«

»Und falls nicht?«, tippte Dollinger. »Wissen doch alle, dass Graf und Weidner tot sind.«

»Unwahrscheinlich«, antwortete Klaus. »Da alle anonym sind. Melde dich, falls sich etwas tut.«

»Immer ich«, flüsterte Dollinger grantig. »Bloß weil die Sissi hier bekannt ist wie ein bunter Hund, darf ich stattdessen die Wände anstarren. Auch wenn die Kirche echt schön ist, ist des trotzdem öde. Wenn wenigstens endlich was passieren würde.«

»Meinetwegen«, schrieb er. »Melde mich, wenn ich was weiß.«

»Soll dich von Sissi fragen, ob du auch fromm genug aussiehst«, las er unmittelbar danach.

Verdrossen zog Dollinger einen hölzernen Rosenkranz aus der Hosentasche, legte ihn auf die Ablage vor sich, fotografierte ihn und verschickte das Bild mit den Worten »Gehört meiner Frau«.

Retour kamen ein lachendes Emoji und die Frage: »Hast du nachgesehen, ob was da ist?«

»Nein«, schrieb Dollinger. »Nicht dass ich erwischt werde. Moment.«

Hastig steckte er sein Smartphone ein, denn gerade öffnete sich die Kirchentür und fiel kurz darauf mit einem schweren Klacken wieder ins Schloss.

Ein ungefähr fünfzigjähriger Mann in Jeans und T-Shirt trat ein. Sein schulterlanges graublondes Haar war zu einem losen Pferdeschwanz gebunden. Grinsend tauchte er beide Hände bis zu den Gelenken in das Weihwasserbecken, als würde er ein Armbad nehmen, wie von Pfarrer Kneipp empfohlen, und rieb sie an seiner Jeans trocken. Sein Blick fiel auf Dollinger, der still in der Bank saß und andächtig die Hände gefaltet hatte.

Eine Weile blieb der Grauhaarige zögernd stehen, dann begab er sich gemächlich zu einer Bank im Mittelteil des Kirchenschiffes und setzte sich. Nur ein Mal drehte er sich kurz um, aber Dollinger war augenscheinlich vollständig in Andacht versunken.

Nur wenige Minuten verstrichen, bis sich die große Tür erneut öffnete und zwei junge Männer lässig hereinschlenderten. Sie sahen sich suchend um und steuerten dann auf unterschiedliche Bänke zu, auf denen sie schließlich Platz nahmen.

Eine ganze Weile blieb es still. Bis auf gelegentliches Räuspern war kein Ton zu hören.

Aus der Sakristeitür auf der linken Seite erschien plötzlich klein und zerbrechlich Elvira Weidner, die einen riesigen Staubsauger am Schlauch hinter sich herzog. Sie trug wieder ihre blaue Schürze über der weißen Bluse und bequeme Gesundheitsschuhe. Sogar von Weitem konnte man erkennen, dass sie geweint hatte. Ihre Nase war feuerrot.

Als sie die vier fremden Personen in den Bänken sitzen sah, zögerte sie kurz. Dann stöpselte sie den Staubsauger entschlossen neben dem Rednerpult ein und zerrte ihn über die Stufen hinunter in den Gang zwischen den Sitzreihen. Mit einem tiefen Seufzer schaltete sie das Gerät ein.

»Des kann man ja gar net mit ansehen«, wisperte Dollinger. »Dieses Ding ist beinahe größer als sie. Am Schluss wird die noch eingesaugt.«

Elvira säuberte mit grimmigem Elan den breiten Gang zwischen den Bänken, der mit einem braunen Faserteppich ausgelegt war. Immer wieder fasste sie sich zwischendurch mit schmerzverzerrtem Gesicht ans Steißbein, streckte sich kurz und arbeitete weiter.

Niemand bewegte sich.

Dollinger gab sich Mühe, einen entrückten Eindruck zu erwecken, als Elvira an ihm vorbeikam. Er hoffte, dass er den Rosenkranz sichtbar genug platziert hatte.

Es dauerte eine gefühlte Ewigkeit, bis sie endlich mit ihrer Arbeit fertig war. Das laute Geräusch stoppte abrupt.

Dollinger atmete auf.

Elvira umklammerte das Staubsaugerrohr und schleifte das Gerät zurück zum Altar. Dann verschwand sie links in der Tür, aus der sie gekommen war.

Hab schon gemeint, die hört nie mehr auf, dachte Dollinger.

Der Mann mit dem graublonden Pferdeschwanz, der ein ganzes Stück von ihm entfernt saß, hatte gewartet, bis Elvira außer Sichtweite war. Dollinger beobachtete, wie er sich nun nach vorn beugte, als wäre ihm etwas hinuntergefallen.

In die zwei jungen Männer, die gemeinsam die Kirche betreten und in verschiedenen Bankreihen Platz genommen hatten, kam jetzt ebenfalls Bewegung. Ein blonder Schopf verschwand hinter der Lehne und tauchte nach kurzer Zeit wieder auf. Bedauernd hob der Blonde die Schultern, bückte sich erneut und eilte mit schnellen Schritten aus der Kirche.

Der zweite junge Mann, ein schlaksiger Typ mit verwuschelten braunen Locken, zog sein Handy hervor, checkte etwas und rutschte dann so unauffällig wie möglich einen Meter weiter nach rechts.

Auch der Mann mit dem Pferdeschwanz hatte mittlerweile sein Smartphone zurate gezogen und verdrossen wieder eingesteckt. Unsicher schweifte sein Blick über die leeren Bänke. Außer Dollinger und dem jungen Lockenkopf ein paar Reihen weiter vorn war niemand zu sehen. Dann erhob er sich zögernd und verließ ebenfalls das Gebäude.

Dollinger zwängte sich hurtig aus der Kirchenbank und beeilte sich, den jungen Mann zur Rede zu stellen, der als Einziger noch da war und unter seinem Sitz nach etwas tastete. Er setzte sich neben ihn und deutete nach unten. »Was suchen Sie denn da? Den gestrigen Tag?«

Der junge Mann fuhr überrascht hoch. »Wer sind Sie?« Er war Anfang zwanzig, hatte lockiges braunes Haar und wache grüne Augen. »Lauft des jetzt etwa anders? So was muss man doch seinen Kunden mitteilen.«

Dollinger zückte wortlos seinen Dienstausweis.

»Scheiße«, sagte der Lockenkopf, der eigentlich Lukas Hofmeister hieß und gerade eine Lehre zum Mechatroniker abgeschlossen hatte.

»Sie sind in einer Kirche«, tadelte Dollinger ihn. »Fluchen Sie gefälligst anständig.«

»Das war kein Fluchen, sondern eine Zustandsbeschreibung«, erklärte ihm Lukas frech. »Verhaften Sie mich jetzt?«

»Na, ich hätt bloß ein paar Fragen an Sie«, beruhigte ihn Dollinger.

»Wieso? Ich hab nix gemacht.«

»Ja, und ich weiß sogar, warum Sie nix gemacht ham«, klärte ihn Dollinger auf. »Weil Ihr Lieferant weg ist. Der ist nämlich verstorben, neue Anschrift unbekannt. Wer hat Sie dahingehend instruiert, dass Sie Ihre Ware in der Kirche abholen sollen?«

»Na, der Graf«, eröffnete ihm Lukas freimütig. »Gleich beim ersten Treffen. Man hat sich des merken müssen, er hat's einem bloß ein Mal erklärt.«

»War es jedes Mal derselbe Platz?«

»Nein, immer ein anderer.« Lukas rückte sicherheitshalber ein Stück von Dollinger ab. »Hat auch super funktioniert. Bis auf heute. Wie krieg ich jetzt mein Geld wieder? Und wer hat mich herbestellt? Kommt da noch was?«

»Ihnen wird schon was einfallen«, tröstete ihn Dollinger. »Und einen Code kriegen Sie auch nicht mehr. Weil den von heute sicher net der Herr Graf geschickt hat. Ich glaub net, dass er was zum Schreiben hat, da, wo er jetzt ist. Da schmilzt nämlich jeder Kugelschreiber.«

»Hab schon gehört, dass er gestorben ist«, winkte Lukas gleichmütig ab. »Aber ich hab gedacht, vielleicht hat er eine Vertretung. So eine Schlamperei. Auf nix ist mehr Verlass.«

Gerade wollte Dollinger Lukas um seinen Ausweis bitten, als sich die Kirchentür wieder öffnete.

Hans-Joachim Münnemann trat ein. Er trug wieder sein Shirt mit dem Hanfblatt auf der Vorderseite und stutzte, als er Dollinger erkannte.

Dieser stand auf und ging auf ihn zu. »Ja, der Herr Münnemann«, begrüßte er ihn freundlich. »Sie hätt ich jetzt nicht erwartet. Was ist Ihnen denn passiert?« Er musterte das Pflaster über Münnemanns Augenbraue.

»Interkulturelle Differenzen«, murmelte Münnemann lakonisch. »In Ihrem Habitat heißt das, glaube ich, Brauchtum.«

»Und was führt Sie in diese wunderschöne Kirche?«, wollte Dollinger scheinheilig wissen. »Ich nehm an, Ihr Interesse für

Architektur. Bestimmt waren Sie auch schon amal in Stonedhenge, oder? Hat's Ihnen gefallen?«

»Nettes Wortspiel, aber mich treibt allein das Bedürfnis nach innerer Einkehr hierher«, erklärte ihm Münnemann spöttisch. »Habe ich das Genehmigungsformular in fünfzehnfacher Ausfertigung oder mein polizeiliches Führungszeugnis vergessen?«

Dollinger kraulte sich am Kinn. »Hm, schon komisch, dass Sie hier sind. Herr Münnemann, ich frag mich ernsthaft, wie viele Handys Sie eigentlich besitzen.«

»Immer eines mehr, als ich benötige«, wich Münnemann nonchalant aus.

»Ich vermute, Sie ham heute einen Abhol-Code bekommen?«, riet Dollinger aufs Geratewohl. »Weil Sie wahrscheinlich einen weiteren Account auf Telegram haben, den ich noch net entschlüsselt habe. Ein zweites Smartphone besitzen Sie offenbar auch. Wo war es versteckt?«

»Erstens: Das können Sie nicht beweisen. Und zweitens: Suchen Sie es doch selbst«, schlug Münnemann ihm vor. »Aber räumen Sie hinterher wenigstens auf.«

»Doch, könnt ich beweisen«, informierte ihn Dollinger gelassen. »Übrigens, wenn Sie heut eine Dröhnung brauchen, müssen Sie sich unter eine Glocke stellen.«

Münnemann lehnte sich lässig an das Weihwasserbecken und verschränkte die Arme vor der Brust. »Nicht nötig. Aus Ihrer wahrlich raumfüllenden Anwesenheit schließe ich, dass mich die geballte Kraft der bajuwarischen Exekutive veräppelt hat.«

»Richtig geraten«, verriet ihm Dollinger amüsiert. »Schicht im Schacht. Rauchen Sie doch Sauerampfer. Brennt auch und wächst auf jeder Wiese.«

Gerade kam Elvira mit einem Eimer und einem Schrubber wieder aus dem Nebenraum und hielt abrupt inne, als sie die drei Männer sah. Sie stellte ihre Utensilien ab und kam auf sie zu. »Darf ich fragen, was Sie hier tun? Das ist sehr ungezogen«, schimpfte sie. »Plaudern können Sie in der Kneipe.«

»Ich hab nur gebetet.« Dollinger fieselte als Beweis seinen Rosenkranz aus der Tasche und ließ ihn vor ihrem Gesicht baumeln.»Die beiden anderen Herren hier wollen ihr Bewusstsein erweitern.«

»Also, ich geh besser.« Lukas öffnete blitzschnell die Kirchentür und huschte nach draußen, wo er geradewegs mit Erna Dobler zusammenstieß, die eine große grüne Plastiktüte schleppte.

»Kannst du net aufpassen, du Simpel, des sag ich deinen Eltern!«, schimpfte sie, aber er rannte einfach davon.

»Verflixt«, ärgerte sich Dollinger. »Jetzt ist er mir entwischt. Ist der flink.«

Erna zwängte sich durch die halb geöffnete Tür und trat ein. Als sie Elvira sah, schlug sie die Hand vor den Mund. »Du bist noch da?«, rief sie überrascht. »Die Anita hat mich grad von unterwegs angerufen. Stell dir vor, der Max ist verhaftet worden.«

Elvira schwankte und suchte am Weihwasserbecken Halt. »Max ... verhaftet?«, stammelte sie. »Warum das denn, er hat doch nichts getan?«

»Weiß ich auch net«, bedauerte Erna. »Wird schon einen Grund ham. Umsonst kommt die Elisabeth nicht.«

»Um Gottes willen«, keuchte Elvira kalkweiß. »Wo bringt man ihn hin?«

»Nach Memmingen, glaub ich«, informierte Erna sie. »Aufs Revier.«

»Entschuldigung«, hauchte Elvira. »Lassen Sie mich durch. Ich muss sofort los.« Unsanft zwängte sie sich an Dollinger und Münnemann vorbei und stemmte sich gegen die schwere Kirchentür, bis diese sich öffnete. Ohne ein Wort des Abschieds verschwand sie im Freien.

»Endlich mal eine gute Live-Performance«, lobte Münnemann herablassend. »Dafür hätte ich sogar bezahlt.«

»Was sind Sie denn für einer?« Erna taxierte ihn von oben bis unten. »Sie sind garantiert net von hier.«

»Gott sei Dank nicht«, bejahte Münnemann sarkastisch.

»Find ich auch«, pflichtete Erna ihm ungnädig bei. »Mit Ihrer schlampigen Frisur und so einem gescherten Mundwerk passen Sie net in unser Ortsbild, Sie langhaariger alter Dackel.«

Münnemann blieb vor Überraschung der Mund offen stehen.

Auf derart unverblümt ausgesprochene Gemeinheiten hatte ihn das Leben trotz unzähliger Rhetorikseminare nicht vorbereitet.

»Ach, des meinten Sie mit interkulturellen Differenzen, Herr Münnemann«, gluckste Dollinger schadenfroh.

»Ihr könnt mich alle mal.« Münnemann, dem ums Verrecken keine adäquate Antwort einfallen wollte, gab sich geschlagen und verließ mit wehendem Haupthaar die Kirche.

»Frau Dobler.« Dollinger drohte Erna mit dem Finger und setzte zu einer Strafpredigt an. »Ich muss gleich nach Memmingen zu einem Verhör, aber so viel Zeit hab ich noch, um Ihnen zu sagen, dass Sie grad maximal unsensibel waren. Warum ham Sie das getan?«

»Der hat's doch verdient, so wie der rumlauft, der gschlamperte Hippie«, verteidigte sich Erna empört.

»Des mein ich net«, fiel Dollinger ihr ins Wort. »Sondern dass Sie Frau Weidner verraten ham, dass man ihren Neffen verhaftet hat. So was machen Frau Sommer und Herr Vollmer.«

»Warum ich des gemacht hab? Weil ich's kann.« Erna streckte ihm die grüne Plastiktüte entgegen. »Wollen Sie eins?«

Neugierig fasste Dollinger in die Tüte – sie war voller Baguettes.

## 33

»Darauf freue ich mich nun wirklich nicht.« Klaus steuerte sein Fahrzeug die Altusrieder Straße entlang und überholte mit einem eleganten Schlenker einen riesigen Traktor mit Anhänger. »Normalerweise macht mir so etwas nichts aus, aber sie ist einfach zu niedlich. Man möchte am liebsten eine Käseglocke über sie stülpen, damit ihr niemand etwas zuleide tut.«

»Wenn ich ehrlich bin, hatte ich mir das alles auch etwas anders vorgestellt«, gestand Sissi, die sich gerade das Haar zu einem lockeren Pferdeschwanz zusammenband. »Dollinger ist ein Schatz. Ohne ihn hätten wir das nicht so schnell hinbekommen.«

»Wir sind da.« Klaus stoppte den Wagen hinter Elviras kleinem weißem Auto. »Bringen wir es hinter uns. Ich glaube, ich bin dran.«

Sissi betrachtete bewundernd die blühende Pracht, als sie den liebevoll gepflegten Garten durchquerten. »Sie hat wirklich einen grünen Daumen, man könnte glatt neidisch werden. Sekunde, Klaus.« Vorsichtig trat sie vor eines der Beete, bückte sich und pflückte ein kleines Bündel Kräuter, das sie auf einer Bank neben den Geranien deponierte. Verzückt roch sie an dem Sträußchen. »Ich hatte ganz vergessen, wie gern ich den Geruch von Salbei mag.«

Klaus klingelte, aber nichts passierte.

»Vielleicht hat sie es nicht gehört.« Kurz entschlossen drückte Sissi die Klinke hinunter und ging in den Flur. Im Haus war es gespenstisch ruhig. Nur aus der Küche am Ende der Diele drang ein merkwürdiges Geräusch, das lauter wurde, je näher sie kamen.

Sissi hob den Kopf und schnupperte. Dann betrat sie entschlossen den Raum.

Elvira stand neben ihrer hölzernen Eckbank. Sie hielt einen kleinen Kanister hoch und wollte eben damit beginnen, die verschlissene Polsterung der Eckbank mit Benzin zu tränken.

Mit einem einzigen Satz war Klaus bei ihr, entwand ihr unsanft den Behälter und deponierte ihn in der Spüle.

Sissi deutete auf den Kanister. »Also, ich persönlich putze eigentlich lieber, anstatt alles anzuzünden. Aber so geht es natürlich auch. Man muss halt oft umziehen.«

Elvira ließ die Arme hängen und schwieg.

Klaus schnappte sich das Feuerzeug neben der aufgeschlagenen Bibel und steckte es ein. Er entfernte ein paar staubige Blumentöpfe von der Fensterbank, stellte sie auf der Arbeitsplatte ab und riss beide Fensterflügel bis zum Anschlag auf.

»Schon besser.« Sissi atmete tief ein. »Was für ein Gestank.«

»Ich sehe mich oben um«, verkündete Klaus. »Du kommst klar?«

»Selbstverständlich. Frau Weidner und ich werden uns ein bisschen unterhalten.« Sissi wandte sich an Elvira. »Nehmen Sie doch Platz.« Gelassen setzte sie sich auf einen der Küchenstühle, schlug die Beine übereinander und zeigte auf die Eckbank.

Elvira ließ sich vorsichtig auf dem Polster nieder und sah sie nicht an.

»Wissen Sie, warum wir hier sind?«, erkundigte sich Sissi.

»Egal, ich fange einfach mal an. Ihre Decken nähen und besticken Sie nicht selbst, sondern Sie haben sie in China bestellt und nur der Tarnung halber verkauft.«

»Erna Dobler«, flüsterte Elvira und knetete nervös ihre Hände.

Sissi nickte. »Sie ist versehentlich in Ihre gute Stube geraten und hat dort massenhaft Zierdecken in einem aufgerissenen Versandbeutel aus China entdeckt. Das hat sie uns vorhin erzählt, sie ist deshalb extra aufs Revier gekommen. Obwohl das auf den ersten Blick nicht weiter interessant zu sein scheint, hat unser Kollege trotzdem ein wenig nachgeforscht und sich die Internetseite genauer angesehen, auf der Sie Ihre Ware anbieten. Super Bewertungen übrigens. Zahlungen werden über eine Onlineplattform abgewickelt, offiziell auf Ihren Namen. Inoffiziell führt die Spur zu jemand anderem. Sie sind nur die Sockenpuppe. Darf ich mal Ihr Smartphone und Ihren Computer sehen?«

»Selbstverständlich auf meinen Namen«, empörte sich Elvira.

»Gönnen Sie mir die paar Euro etwa nicht? Ich habe niemandem geschadet, die Decken sind hübsch. Und ich besitze keinen Computer, auch kein Smartphone, nur ein Mobiltelefon mit Tasten.« In diesem Moment kam Klaus zurück. »Schau mal, was mir förmlich entgegengesprungen ist, gleich im ersten Zimmer auf einem Sekretär. Daneben liegen unzählige kleine Plastiktütchen und ein paar Kugelschreiber.« Er stellte eine Briefwaage auf den Tisch, auf deren silberner Oberfläche feiner weißer Staub schimmerte. »Und was haben wir hier? Da wäre ich gestern bei unserem Besuch beinahe drüber gestolpert. Er steht immer noch da.« Er bückte sich zu einem Karton, öffnete ihn und holte eine Handvoll blauer Stifte hervor. »Großraumkugelschreiber, die gleichen, die oben neben der Waage liegen.«

»Die gehören mir nicht …«, begann Elvira und hielt mitten im Satz inne. »Was soll's.« Mutlos ließ sie den Kopf hängen.

Klaus wog einen Kugelschreiber in der Hand. »Die Dinger sind wie geschaffen zum Verpacken von kleineren Mengen Kokain für den Versand. Sehr einfallsreich. Ist das auf Ihrem Mist gewachsen?«

Elvira schüttelte den Kopf.

»Ich sehe mich weiter um«, verkündete Klaus und verschwand wieder.

»War es Ihre Idee, Drogen in der Kirche zwischen Sitzheizung und Bank zu deponieren, damit sie einmal pro Woche abgeholt werden können?«, wollte Sissi wissen. »Darauf sind wir nach einem Telefonat mit meinem Onkel gekommen, denn die Codes, die zur Abholung verschickt wurden, waren identisch mit der Sitzplatzordnung in der Kirche.«

Wieder Kopfschütteln. »Nein, war die von Julian.«

»Ihr Neffe hat Ihnen also die Website eingerichtet, auf der Sie Ihre angebliche Handarbeit verkaufen, und das Geld online kassiert.«

»Ja. Aber er hat mir den Erlös regelmäßig auf mein Konto überwiesen«, verteidigte Elvira ihn. »Es war mehr als genug, ich konnte mir sogar etwas zurücklegen. Julian wollte mir helfen, weil meine Rente hinten und vorne nicht reichte.«

»Nein, wollte er nicht.« Sissi seufzte. »Ihr Neffe führte diverse Onlinekonten bei verschiedenen Plattformen, auf die er sich die Ware jeweils bezahlen ließ. Das fanden wir heraus, weil nicht bei jeder Drogenbestellung dieselbe E-Mail-Adresse zwecks Bezahlung angegeben war. Das Geld landete also auf unterschiedlichen Konten.«

»Bestimmt haben Sie sich das ausgedacht«, warf ihr Elvira vor. »Sie brauchen wohl einen Sündenbock. So war Julian nicht.«

»Und ob er so war«, widersprach Sissi. »Sie selbst bekamen übrigens lediglich einen Bruchteil dessen, was Ihr Neffe tatsächlich eingenommen hat. Über Ihren kleinen Versand hat er nur so viele Zahlungen laufen lassen, dass es nicht auffiel. Denn mit Ihrem Deckengeschäft als Tarnung vermochte er Drogen auch an Personen zu liefern, die weiter entfernt wohnten, zum Beispiel in Kempten, ohne selbst in Erscheinung treten zu müssen. Alle anderen holten ihren Stoff in der Kirche ab.«

Elvira wurde blass.

»Sie selbst erhielten fünfzig Euro pro verkauftem Artikel, der Rest des Kaufpreises ging auf ein anderes Konto«, erklärte ihr Sissi. »Nicht dumm, Drogen mit dem Paketdienstleister zu versenden, um den ganzen Landkreis abzudecken. Ich gehe davon aus, dass Ihr Neffe oder Markus Graf jeden ihrer Kunden persönlich kannten, sonst hätte das nicht funktioniert.«

»Dazu kann ich nichts sagen«, behauptete Elvira.

»Wie viele Decken haben Sie pro Monat an Personen von außerhalb verschickt?«, fragte Sissi geduldig.

Elvira überlegte einen Moment. »Ungefähr fünfundzwanzig bis dreißig.«

»Und wie viel Kokain haben Sie jeweils in einen Kugelschreiber gefüllt?«

»Das kam darauf an. Meistens zwei bis drei Gramm.« Elvira hob die Schultern. »Ist doch keine große Menge.«

»Das sind im Monat immerhin um die achttausend bis neuntausend Euro, mindestens«, rechnete Sissi ihr vor. »Haben Sie die von Ihrem Neffen bekommen?«

Elvira schaute sie mit großen Augen an.

»Dachte ich mir«, sagte Sissi nüchtern. »Obwohl ich nicht verstehe, wie man so blauäugig sein kann. Er hat nur genau so viel Geld auf Ihrem Konto landen lassen, dass es mit dem Preis von fünfzig Euro pro verkaufter Decke übereinstimmte. Hat er Ihnen geraten, ein Gewerbe anzumelden?«

Elvira nickte.

»Aber er hat sie nicht darüber informiert, dass Sie in dem Fall zur Abgabe einer Steuererklärung verpflichtet sind, oder?« Sissi griff nach dem geöffneten Brief vom Finanzamt und hielt ihn Elvira unter die Nase. »Der ist mir gestern schon aufgefallen.«

»Nein«, antwortete Elvira. »Er hätte sich bestimmt noch darum gekümmert.«

»Wenn stimmt, was Sie mir erzählen, haben Sie pro Monat zwischen tausenddreihundert und tausendfünfhundert Euro eingenommen. Offiziell, über Ihren wunderbaren Onlineshop. Zu allem Ärger, den Sie jetzt bekommen, gesellt sich auch noch der mit dem Finanzamt. Steuerschulden verjähren nie.«

»Mir doch egal.« Elvira kniff trotzig die Lippen zusammen. »So alt werde ich ohnehin nicht mehr.«

»Herrje«, entfuhr es Sissi. »Sie wollen nicht begreifen, oder? Ihr Neffe hat Sie nur benutzt. Sehen Sie es endlich ein. Er hat Drogen im gesamten Landkreis verscherbelt und Sie das Risiko tragen lassen.«

»Hören Sie auf, so schlecht über ihn zu reden«, forderte Elvira aufgebracht.

»Ich sage nur die Wahrheit, Frau Weidner. Sie haben hier im Haus das Zeug in Kugelschreiber verpackt und zur Tarnung eine Decke beigelegt, damit niemand misstrauisch wird. Was, wenn sich jemand auf Ihre Website verirrte, der tatsächlich nur Handarbeiten kaufen wollte?«

»Ist so gut wie nie vorgekommen«, behauptete Elvira. »Aber wenn, habe ich eben eine Decke ohne Beigabe weggeschickt.«

»Wusste Ihr anderer Neffe Max davon?«

»Nein. Er hätte uns vermutlich umgebracht«, sagte Elvira.

»Wie lange ging das?«

»Ich glaube, es sind jetzt anderthalb Jahre«, erwiderte Elvira.

»Darum bin ich umgezogen. Julian meinte, wenn ich nicht im Haupthaus wohne, könnte er alles bei mir lagern. Max hat mich ja nie besucht, weil er mich hasst.«

»Wie lief das mit den Bestellungen ab?«

»Julian hat sie angenommen und mir die Adressen gegeben.«

»Wo sind diese Adressen?«, fragte Sissi.

»Habe ich nicht mehr.« Elvira zuckte mit den Achseln. »Julian meinte, ich könne sie wegwerfen, wenn ich alles verschickt habe.«

»Und woher bezog Julian das Zeug?«

»Er hat es Markus Graf abgekauft, soviel ich weiß. Aber sie haben Streit bekommen, weil Graf noch härtere Sachen anbieten wollte, zumindest hat Julian mir das erzählt. Er weigerte sich, da mitzumachen, es war ihm zu gefährlich.«

»Wirklich schlau eingefädelt, das alles. Nicht nur die Geschichte mit den Decken, sondern auch Ihre Verteilmethode. Durch die Bekanntschaft mit meinem Onkel und Ihre ehrenamtlichen Tätigkeiten konnten Sie problemlos in der Kirche ein und aus gehen. Und da Sie die Ware immer am Samstag deponierten, weil Sie da die Kirche putzten oder meinem Onkel halfen, den Gottesdienst vorzubereiten, ist es nicht aufgefallen.«

»Aber in der Kirche war es so gut wie immer Marihuana, bis auf einige wenige Male, also nicht so schlimm«, rechtfertigte sich Elvira.

»Neulich haben Sie sich aber vertan und Kokain statt Gras unter die Bank gelegt, nicht wahr?«

Elvira nickte. »Als ich es zurückholen wollte, fand ich es nicht mehr. Jemand hatte es bereits mitgenommen. Julian war furchtbar sauer, weil er wegen mir Geld verloren hat.«

»Mein armer Onkel«, entfuhr es Sissi. »Er dachte tatsächlich, seine Predigten seien besser geworden, weil plötzlich mehr Leute in seinen Gottesdiensten saßen. Das wird ein Schock für ihn.«

»Ich habe mir Frau Weidners Wagen angesehen.« Klaus kam wieder zur Tür herein und zog einen Trolley hinter sich her. »Sie wollten verreisen?« Geschickt öffnete er den Koffer und sah hinein. Zwischen Unterwäsche und Blusen lag ein Plastikbeutel mit einem Fassungsvermögen von ungefähr einem Liter, der weißes Pulver und ein zerknittertes Kuvert enthielt. Klaus öffnete es und schaute hinein. Es war voller Bargeld.

»Jetzt bin ich erleichtert«, sagte Sissi sarkastisch. »Sie wollten also nicht alles einschließlich sich selbst verbrennen, sondern irgendwo ein neues Leben beginnen, mit einem kleinen Startkapital. Ich bin tatsächlich ein wenig sauer auf Sie, weil Sie mich beinahe reingelegt hätten mit Ihrer niedlichen Art.«

»Die Kollegen sind gleich hier«, informierte Klaus Sissi. »Ich sehe mich noch mal um, mir ist vorhin noch etwas aufgefallen.« Er machte auf dem Absatz kehrt und verschwand.

»Verstehen kann ich es nicht«, wandte sich Sissi an Elvira, nachdem er weg war. »Sie wussten, dass Ihr Verhalten kriminell ist. Brauchten Sie wirklich so dringend Geld?«

»Schätzchen, stellen Sie sich nicht dümmer, als Sie sind«, fiel ihr Elvira ins Wort. »Julian hatte doch recht – wenn er es nicht macht, macht es eben ein anderer.«

Sissi sah die entzückende ältere Dame, deren Ringellöckchen sich in die Stirn kräuselten und die sie durch ihre Brille mit den dicken Gläsern anblinzelte, erstaunt an. »Wow. Man lernt wirklich täglich dazu. In Ihrem Fall trägt der Teufel allerdings Schürze statt Prada.«

»Keine Ahnung, was Sie damit meinen«, behauptete Elvira. »Was regen Sie sich denn so auf? Es war doch kein Heroin oder Crack.«

»Mir fällt auf, dass Sie sich noch kein einziges Mal nach Max erkundigt haben, den wir verhaften mussten«, unterbrach Sissi sie. »Liegt Ihnen sein Wohlergehen gar nicht am Herzen?«

»Mehr, als Sie sich vorstellen können«, behauptete Elvira. »Und mehr, als er sich selbst vorstellen kann.« Sie zeigte auf den geöffneten Koffer. »Nun haben Sie alles und können mich wegen Drogenhandel einsperren. Nehmen Sie mich mit.«

Es klopfte. Zwei uniformierte Beamte betraten die Küche und blieben wartend im Türrahmen stehen.

Sissi bedeutete ihnen, sich noch etwas zu gedulden.

»Wartet! Ich glaube, das könnte es sein, Sissi.« Klaus drängte sich unsanft zwischen den beiden Beamten durch und schwenkte zwei große Plastiktüten über seinem Kopf, aus denen ein aromatischer Duft strömte. »Jede Wette, dass es passt.«

Das war der Augenblick, in dem Elvira in Ohnmacht fiel. Ganz langsam rutschte sie mit ausgestreckten Beinen von der Eckbank und glitt zu Boden.

Sissi ging neben ihr auf die Knie. »Oje, mir scheint, Frau Weidner verträgt den Geruch von Salbei nicht, Klaus. Oder was meinst du?«

## 34

»Grüß Gott, mir zwei kennen uns noch nicht.« Dollinger nahm im Verhörraum gegenüber von Max Weidner Platz, der ihn mit vor der Brust verschränkten Armen wortlos anstarrte. »Ich bin Hans Dollinger vom K1. Ihre Personalien ham mir ja bereits aufgenommen. Unterhalten mir uns doch amal.«

»Ich wüsste net, worüber«, weigerte sich Max. »Hab Ihren Kollegen schon alles erzählt.«

»Wenn des bloß stimmen würde.« Dollinger musterte ihn prüfend. »Wie geht's Ihnen?«

»Passt schon.« Max setzte sich aufrecht hin, um seine Aussage zu unterstreichen, verzog aber das Gesicht. »Jemand war da und hat den Stich versorgt. Hab bloß noch gemeine Schmerzen im Bauch. Und jede Rippe tut mir weh.«

»Glaub ich gern, so wie Sie verprügelt worden sind«, bestätigte Dollinger. »Aber wenigstens ist keine gebrochen.«

»Wie geht's der Lisa?«, wollte Max wissen.

»Besser als Ihnen«, beruhigte ihn Dollinger. »Sie wird grad vom Chef persönlich vernommen. Ich tät mir an Ihrer Stelle keine allzu großen Sorgen um Frau Maier machen. So wie Sie beide zugerichtet worden sind und dank Ihrer beider übereinstimmender Aussagen war des vermutlich Notwehr. Auch stichhaltige Gründe für Untersuchungshaft wie Flucht, Wiederholungs- oder Verdunkelungsgefahr kann man bei Ihnen sehr wahrscheinlich ausschließen. Strafrechtlich in Erscheinung getreten ist Frau Maier bisher auch noch nicht. Schätzungsweise ist sie morgen Vormittag wieder auf freiem Fuß, aber das letzte Wort hat natürlich der Haftrichter.«

Max atmete erleichtert auf. »Gott sei Dank.«

»Fangen mir an.« Dollinger blätterte in seinen Unterlagen. »Laut unseren Aufzeichnungen ham Sie gestern Nachmittag mit Ihrer Tante Elvira Weidner telefoniert.«

»Ja und?«, fragte Max.

»Mir ham rekonstruiert, dass Sie Ihre Tante auch unmittelbar nach Markus Grafs Besuch bei Ihnen angerufen ham. Was gab es so Wichtiges zu besprechen?«

»Des geht Sie gar nix an«, winkte Max ab. »Familiensache.«

»Ich hab die ganze Nacht Zeit.« Dollinger stützte den Kopf auf die Hände und schaute Max aufmunternd an. »Denken Sie drüber nach, ob Sie weiter so unkooperativ sein wollen, Herr Weidner. Sie ham jetzt die Chance, die Wahrheit zu sagen, und sollten sie nutzen. Warum der Anruf?«

»Hab ihr gesagt, dass ich so schnell wie möglich des Grundstück bei Bettrichs verkaufen muss, weil ich dringend Geld brauche«, rückte Max heraus. »Es ist recht groß, und ein Teil davon gehört ihr. Julian und ich ham ihn ihr vor Jahren als Absicherung übertragen, damit sie später das Pflegeheim bezahlen kann.«

»Warum genau dieses Grundstück?«

»Weil ich dafür einen Käufer an der Hand hatte und alles in kürzester Zeit über die Bühne bringen wollte.«

»Das Geld wollten Sie Markus Graf geben?«

Max nickte. »Ich kenn jemanden, der ist schon lang scharf drauf. Hätte genug eingebracht, um den Graf zufriedenzustellen. Und es wäre auch noch was übrig geblieben. Aber Elvira hat Fragen gestellt. Und alleweil wieder mit dem Julian angefangen. Da ist es mir rausgerutscht.«

»Was ist Ihnen rausgerutscht?«

»Dass der Graf Geld von mir will und ich den Grund verkaufen muss, weil ich keine andere Wahl hab«, gab Max widerstrebend zu.

»Wie viel Geld?«, wollte Dollinger wissen.

»Einen ganzen Haufen«, gestand Max leise. »Kurz nachdem ich in dieser furchtbaren Nacht weg war, ist er zum Julian und hat ihn geschüttelt, aber er ist nimmer aufgewacht. Zuvor hat er gesehen, wie ich bei meinem Bruder gekniet bin und den Krug in der Hand gehalten hab, drum war er sich sicher, dass ich's war. Und weil er gewusst hat, dass bald die Erbschaft vom Onkel Matthias ansteht, hat er mich erpresst.«

»Was ham Sie geantwortet?«, fragte Dollinger.

»Dass ich drüber nachdenken muss, wo ich so schnell so viel Geld herkriege. Und dass ich bis nächste Woche Zeit brauch.«

»Sie wollten Frau Maier aus der Angelegenheit raushalten?«, riet Dollinger ins Blaue hinein.

Max nickte.

»Dann ham Sie das also Ihrer Tante erzählt. Ich hab gedacht, das Verhältnis zwischen Ihnen ist net sonderlich gut?«

»Mir wurscht, was Sie von mir halten, aber was hinterm Festzelt passiert ist, war kein Pappenstiel«, erklärte Max. »Himmel noch amal, es war mein eigener Bruder, und ich war komplett durch den Wind. Sonst hätt ich vielleicht anders reagiert.«

»Wir sind zwar net die Telefonseelsorge, hätten uns aber über Ihren Anruf gefreut«, wandte Dollinger ein.

Max schüttelte den Kopf. »Das wollte ich der Lisa net antun. Sie hat so viel mitgemacht in den letzten Monaten, weil der Julian sie wie Freiwild behandelt hat, bloß weil ich Depp Angst davor gehabt hab, dass er seine Hälfte an jemand anderen verkauft.«

Dollinger machte sich Notizen. »Was haben Sie noch besprochen?«

»Hab der Elvira erzählt, dass es ein Unfall war. Dass die Lisa und ich uns bloß verteidigt ham. Sie wollt es ums Verrecken net glauben. Hat die Lisa alles Mögliche geheißen und wollt die Polizei informieren, damit man sie verhaftet. Da hab ich zugeben müssen, dass ich mit der Lisa zusammen bin und auf keinen Fall zulassen werde, dass sie eingesperrt wird. Dass ich für die Lisa notfalls ins Gefängnis gehe, wenn es sein muss.«

»Wie hat Ihre Tante reagiert?«

»Rotz und Wasser hat sie geheult. Wer sich um alles kümmern soll, wenn ich im Gefängnis sitze, hat sie gefragt. Und wer sie in Zukunft unterstützt, weil sie vom Julian ja die ganze Zeit Geld gekriegt hat. Sie hat gemeint, wenn ich mich einsperren lasse, kann sie sich gleich in die Iller werfen. Und wenn ich das Grundstück verkauf wegen dem Graf, ist sie genauso übel dran, weil dann ihre einzige Absicherung für später weg ist. Dann hat sie aufgelegt.«

»Aha, so war des«, sagte Dollinger. »Mir ham rausgefunden,

dass Ihre Tante nach dem Gespräch mit Ihnen beim Markus Graf angerufen hat. Gegen fünfzehn Uhr. Warum?«

»Von diesem Telefonat hab ich erst mitten in der Nacht erfahren«, versicherte ihm Max. »Sie hat ihm erzählt, dass sie von mir alles erfahren hat, und ihm gesagt, dass er sein Geld noch am selben Tag kriegt, weil ich es mir grad bei einem Freund besorge. Sie hat ihn zu sich bestellt auf siebene am Abend. Weil ich die Übergabe angeblich net bei mir auf dem Hof machen wollt, damit keiner was mitkriegt.«

»Ham Sie davon gewusst?«

»Nein, das schwör ich beim Leben von meinem ungeborenen Kind«, beteuerte Max. »Mir hat so der Kopf geschwirrt. Das Einzige, woran ich die ganze Zeit gedacht hab, war, dass ich auf die Lisa aufpassen muss, weil es meine Schuld ist, wie der Julian sie behandelt hat.«

»Was ist dann passiert?«, fragte Dollinger geduldig.

»Ich hab weitergearbeitet. So gut es eben gegangen ist trotz der Schmerzen. Der Graf war ja auf nächste Woche vertröstet, und bis dahin wollt ich das Grundstück loshaben. Aber gestern Nacht gegen halb zehne hat mich die Elvira angerufen und gesagt, sie hat mir geholfen, weil ich ihr Neffe bin, und ich soll sofort vorbeikommen.«

»Ham Sie gewusst, worum es geht?«

»Im ersten Moment hab ich gedacht, die Elvira hat auf die Schnelle Geld aufgetrieben, das ich dem Graf geben könnte. Weil ich total verzweifelt war. Da denkt man so einen Blödsinn.«

»Dann sind Sie zu Ihrer Tante gefahren. Um wie viel Uhr war das?«, unterbrach ihn Dollinger.

Max dachte einen Moment nach. »So gegen zehne.«

»Deckt sich mit dem, was meine Kollegen Sommer und Vollmer bei der Befragung Ihrer Angestellten in Erfahrung gebracht ham«, verkündete Dollinger zufrieden. »Ihre Landwirtschaftshelfer waren gestern alle gemeinsam im Festzelt und ham gefeiert. Aber einer ist früher heimgekommen und hat ausgesagt, dass Sie net auf dem Hof waren. Weiter im Text. Sie sind also zu Ihrer Tante gefahren. Und dann?«

»Der Graf ist auf dem Kanapee gehockt. Seine Augen waren halb offen, er hat nimmer geatmet.« Max würgte an jedem einzelnen Wort und sah aus, als müsste er sich gleich übergeben.

»Was ham Sie gemacht?«

»Ich hab Elvira gefragt, was los ist.« Max war kalkweiß geworden. »Aber sie hat nur gemeint: ›Problem gelöst.‹ Mir hat's die Sicherung rausgehaut. Ich hab mein Handy genommen und wollt die Polizei anrufen. Seit vorgestern ist mir, als ob ich in ein schwarzes Loch gefallen wär und immer noch tiefer fallen würd. Also wollt ich endlich reinen Tisch machen. Aber sie hat mich davon abgehalten und mich beschworen, ich soll net blöd sein, jetzt sei doch alles gut. Dann hat sie mir erzählt, woher sie den Graf kennt und dass sie dem Julian geholfen hat beim Verkaufen von dem Dreckszeug.« Max' Gesicht hatte mittlerweile die Farbe von erkalteter Asche angenommen. »Da ist mir klar geworden, warum der Julian so viel Geld vom Konto gebraucht hat.« Er schloss die Augen. »Ich hab sie gefragt, ob sie den Graf vergiftet hat.«

»Und? Hat sie?«

»Sie hat ihm was zum Trinken gegeben, ihren selbst gemachten Likör«, erzählte Max. »Ist ihm um den Bart gegangen und hat ihm vorgelogen, es dauere noch ein bissle, bis ich komme. Er hat ihr vertraut und das Zeug getrunken.«

»Davon stirbt man net«, sagte Dollinger. »Obwohl, ich kenn da so einen Katastrophensud aus einer Privatbrauerei, der wirkt stark abführend. Aber reden Sie weiter.«

»Die Elvira ist gelernte pharmazeutisch-technische Assistentin«, verriet ihm Max. »Ehe sie zu uns gekommen ist, hat sie in Düsseldorf in einer großen Apotheke gearbeitet. Die kennt sich gut aus. Immer schon hat sie Kräuter gesammelt und getrocknet. Mei, ham mir viel Tee trinken müssen, wenn wir als Kinder krank waren. Auf jeden Fall hat sie ihm heimlich ihre Schlaftabletten in diesen pappsüßen Likör gegeben, grade so viel, dass er müd geworden und eingeschlafen ist. Und dann …« Er stoppte mitten im Satz.

»Was war dann?«, bohrte Dollinger.

»Als ich zu ihr in die Küche gekommen bin, ist überall getrockneter Salbei rumgelegen«, begann Max plötzlich völlig unzusammenhängend. »Auf der Arbeitsplatte, in der Spüle und auf dem Boden. Wenn man draufgetappt ist, hat es geknirscht. Sie war grad dabei, das Zeug einzusammeln und in eine große Tüte zu füllen. Erst hab ich den Salbei gesehen und dann den Graf im Wohnzimmer auf dem Sofa.« Er schlug die Hände vor die Augen und schwieg.

»Mit der Plastiktüte erstickt also«, sagte Dollinger leise. »Wie ham Sie reagiert?«

»Gar net.« Max sah Dollinger nicht in die Augen, als er weiterredete. »Ham Sie schon amal das Gefühl gehabt, dass Sie in einem Alptraum vor was wegrennen und net vom Fleck kommen? So hat es sich angefühlt. Da ist immer noch der Graf gesessen auf dem Kanapee, in Trachtenkleidung, als würd er gleich ins Festzelt gehen. Und die Elvira hat behauptet, dass er nix gemerkt hat, sondern einfach friedlich gestorben ist. Sie hat mir geschworen, dass jetzt alles gut wird.«

»Es wär noch Gelegenheit gewesen, die Polizei zu informieren«, tadelte Dollinger Max. »Warum ham Sie des net gemacht?«

Max ließ den Kopf hängen. »Als sie gesehen hat, wie entsetzt ich bin, hat sie wieder angefangen zu heulen. Dass sie es bloß für mich getan hat und dass den eh keiner vermisst. Dass er irgendwann sowieso alles verraten hätt, wenn ich nimmer zahlen hätt können. Und dass keiner weiß, dass er bei ihr war.«

»Trotzdem hätten Sie uns anrufen müssen«, beharrte Dollinger. »Ihre Verwirrung wegen des Todes Ihres Bruders ist keine Ausrede.«

»Schon, ja«, gab Max zu. »Aber dann hat sie mir vorgehalten, dass sie uns alleweil geholfen hat. Mich gefragt, ob ich verantworten kann, dass sie in ihrem Alter noch ins Gefängnis muss, auch wenn ich sie net leiden kann. Weil sie die Schwester von meiner Mutter ist und ihr ganzes Leben für uns weggeschmissen und sich aufgeopfert hat. Sie war so klein und verhutzelt und wirkte so alt. Ehrlich, mich hat's fast zerrissen. Ham Sie Verwandtschaft, die Ihnen die Haut runterzieht wegen etwas, des Sie eigentlich gar net wollen?«

»Fragen Sie lieber net«, winkte Dollinger ab. »Sie ham also beschlossen, Ihrer Tante zu helfen.«

»In meinem ganzen Leben hab ich noch nie was widerwilliger getan«, gab Max zu. »Sie war sich sicher, wenn ich ihr helfe, kommt nie was raus, weil der Graf fürs Festzelt angezogen war und weil man es so ausschauen lassen könnt, wie wenn er beim Pinkeln besoffen in den Mühlbach gefallen wär.«

»Ihre Tante hat des also genau geplant gehabt.« Dollinger runzelte die Stirn. »Wissen Sie, was Globales Positionsbestimmungssystem bedeutet?«

»Klar kenn ich GPS«, sagte Max verdrossen. »Wenn ich mir einen Traktor anschaffe für zweihunderttausend Euro, installier ich es auch. Weil ich sehen will, wo der unterwegs ist, wenn einer von meinen Leuten ihn fährt.«

»Ich hätt's anders formulieren sollen«, entschuldigte sich Dollinger. »Dann ist Ihnen ja bekannt, dass man zum Teil bis auf den Zentimeter genau sehen kann, wo das Auto um eine gewisse Uhrzeit war. Mir ham Zugriff auf den Laptop von Markus Graf und die Daten von seinem Wagen, der hat in seinem BMW einen GPS-Tracker installiert. Für sein elektronisches Fahrtenbuch.«

»So weit hab ich nimmer gedacht gestern Nacht«, entfuhr es Max. »Genau genommen gar net.«

Es klopfte an der Tür. Eine uniformierte Beamtin trat ein und legte Dollinger schweigend mehrere Blätter auf den Tisch. Er bedankte sich, wartete, bis sich die Tür wieder geschlossen hatte, und überflog kurz die erste Seite.

»Machen mir weiter, Herr Weidner«, bat er schließlich. »Das Auto von Markus Graf ist vor dem Haus Ihrer Tante gestanden. Von achtzehn Uhr zweiunddreißig bis zweiundzwanzig Uhr zweiunddreißig. Dann ist es bewegt worden, zum Mühlbach an der Isnyer Straße, wo man es in der Früh gefunden hat. Sie ham Ihrer Tante geholfen, Markus Graf dorthin zu transportieren.«

Max nickte. »Ich hab sein Auto gefahren«, gab er zu. »Elvira ist mit ihrem eigenen nachgekommen.«

»Herr Graf hat über hundertzwanzig Kilo gewogen«, sagte Dollinger. »Wie ham Sie das denn geschafft?«

»Zu zweit und dann mit dem Schubkarren zum Auto. Die Elvira hat mit angepackt. Er war ziemlich schwer. Am Mühlbach war es schwierig.« Max sah aus, als würde er demnächst anfangen zu weinen. »Aber mir ham ihn irgendwie aus dem Kofferraum gekriegt. Sein Hosenträger ist dabei abgerissen.«

»Ist Ihnen schlecht?« Dollinger musterte ihn besorgt.

»Wird gleich wieder.« Max schluckte. Er beugte sich nach vorn und legte seinen Kopf auf die Tischplatte. »Er hört einfach net auf, dieser Alptraum. Wie ich meine saubere Tante kenne, wird sie mir ohnehin alles in die Schuhe schieben. Meinetwegen können mir jetzt aufhören mit Reden. Ich will nimmer drüber nachdenken und bloß noch, dass des aufhört. Sperren Sie mich einfach ein. Hauptsache, der Lisa geht's gut.«

»Sie unterschätzen uns und unsere Möglichkeiten«, klärte ihn Dollinger auf. »Erstens hat unsere Rechtsmedizin in der Luftröhre von Markus Graf einen Teil von einem Salbeiblatt sichergestellt. Ich vermute, die Tüte, die Ihre Tante für den Mord benutzt hat, war net komplett sauber. Punkt für Sie. Obwohl natürlich der Tatbestand der Strafvereitelung bestehen bleibt.«

Max atmete hörbar auf.

»Und zweitens«, Dollinger tippte auf die Unterlagen, die vor ihm auf dem Tisch lagen, »hat Ihre Tante eben meinen beiden Kollegen alles gestanden. Frau Sommer hat mich umgehend benachrichtigt, weil sie weiß, dass mir zwei uns grad unterhalten. Sie ham doch gemeint, Ihre Tante mag Sie net. Sehen Sie, die mag Sie doch.«

»Und Sie ham einen merkwürdigen Humor«, sagte Max entgeistert.

»Komisch, meine Frau behauptet des auch immer«, brummte Dollinger. »Mir zwei sind, glaub ich, fertig.«

## 35

»Das wäre also erledigt.« Klaus stoppte den Wagen vor dem Einfamilienhaus der Sommers und schaltete den Motor aus. Gerade ging die Sonne unter und tauchte die Straße in ein sanftes goldenes Licht. Aus dem Nachbargarten drang Kinderlachen, und der Geruch nach Gegrilltem hing in der Luft. »Hättest du gedacht, dass sie auspackt?«, wollte er von Sissi wissen, die gerade ihre Tasche schulterte.

»Ich hatte es gehofft«, sagte sie. »Frau Weidner ist eine harte Nuss. Erst als wir sie darauf hinwiesen, dass wir imstande sind, Speichelrückstände oder DNA-Spuren auf der Innenseite der Tüte zu sichern, in der sich vorher der Salbei befand, ist sie eingeknickt.«

»Und dabei wussten wir nicht mal, ob sie die Tüte nach der Tat ausgewaschen hat.« Klaus grinste. »Was hältst du sonst von ihr?«

»Schwer zu sagen. Im oberen Teil ihres Häuschens sieht es aus wie auf einem Flohmarkt. Das vergilbte Poster eines chilenischen Revolutionärs hängt neben einem Muttergottesbild, feministische Kampfschriften aus den Siebzigern lagern unter Gebetsbüchern, und in jedem Raum lachen einen Buddhafiguren an.«

»Als hätte sie sich ihr Leben lang von jeder Weltanschauung oder Religion das herausgepickt, was ihr genehm erschien«, stimmte Klaus ihr zu. »Ich schätze, die Rolle der aufopferungsvollen Tante hat sie überfordert. Warum haben wir sie nicht früher verdächtigt?«

»Bei mir war es Ernas Anzeige wegen der Decken«, verriet ihm Sissi. »Der Rest war gar nicht so schwer. Die Codes, die den Kunden zugeschickt wurden, beschrieben die Sitzplatzverteilung in der Kirche. ›B‹ bedeutete Bank, ›R‹ Reihe, die vierstellige Zahl war die Uhrzeit, ›Sa‹ oder ›So‹ standen für die Wochentage. Dollingers Aktion bewies, dass ich richtiglag. Hinzu kam, dass Frau Weidners Onlineshop nur eine beinahe unbekannte Internetplattform als Zahlungsmöglichkeit akzeptierte. Das ist mehr als ungewöhnlich.«

»Ohne unsere Rechtsmediziner würden wir nach wie vor im Dunkeln tappen und hätten nicht mal ein richtiges Indiz«, wandte Klaus ein. »Erst nachdem der Gegenstand in Grafs Luftröhre als Salbei identifiziert worden war, hatten wir eine heiße Spur. Und das auch nur, weil dir Frau Weidners Kräutergarten wieder eingefallen ist. Aber genug von der Arbeit. Was hast du heute noch vor?«

»Ich hole mir meinen Backofen zurück«, verkündete Sissi entschlossen. »Vielleicht schaue ich später noch im Festzelt vorbei, wenn ich es schaffen sollte, meinen Mann von seinen Topflappen loszueisen. Willst du mit? Das Fest findet nur noch heute und morgen statt.«

»Ob du es glaubst oder nicht, kurzzeitig habe ich mit dem Gedanken gespielt«, gestand Klaus zu ihrer Überraschung.

»Du? Im Festzelt? Freiwillig?«, staunte sie. »Warum das denn? Du hasst doch alles dort. Ich habe nur gescherzt.«

»Ich dachte, ich treibe mich dort mal ein bisschen in meiner Freizeit herum, weil mich dieses Allgäuer Urgestein namens Brandstetter garantiert wieder angreift«, verriet ihr Klaus verlegen. »Und ich kann wirklich Taekwondo, Sissi, der würde dumm aus der Wäsche gucken. Mich wurmt, dass mich fremde Menschen jetzt für ein Weichei halten, nur wegen dieser doofen Bierzelt-Videos.«

»Ich glaube dir, dass du gut in Selbstverteidigung bist, auch ohne dass du mit jemandem raufst«, versicherte ihm Sissi. »Hättest halt auf dem Revier nicht ständig so angeben sollen mit deiner Kampfkunst. Tue ich ja auch nicht.«

Überrascht starrte Klaus sie an. »Du betreibst Kampfsport? Davon hast du nie was gesagt.«

»Weil du mich nie gefragt hast«, lachte sie. »Ich habe den dritten braunen Gürtel in Karate und trainiere regelmäßig.«

»Menno, ich weiß wirklich viel zu wenig über dich«, entfuhr es Klaus. »Einige Male habe ich gesehen, wie du nach der Arbeit mit einer Sporttasche zu deinem Auto gelaufen bist. Aber ich dachte, du gehst zum Yoga.«

»Nein, kleiner Grashüpfer«, kicherte sie. »Und jetzt erobere ich mir meinen Backofen zurück. Viel Spaß auf deinem Sofa.«

Wir sehen uns am Montag.« Sie winkte ihm zum Abschied zu, kletterte aus dem Wagen und huschte eilig ins Haus.

»Ich faule Socke sollte wirklich wieder mal trainieren«, schalt sich Klaus frustriert. Dann startete er seinen Wagen und fuhr nach Hause. Zu seinem Sofa. Auf dem seine Freundin sitzen und auf ihn warten würde. Hoffentlich ohne Theaterkarten und mit etwas zu essen.

»Bar oder Karte?« Die blonde junge Frau hinter der Kasse der Tankstelle in Legau sah Münnemann fragend an. »Brauchen Sie eine Tüte?«

»Bar. Und nein danke, die nehme ich so mit.« Er kramte sein Portemonnaie hervor, um die vier Flaschen Wein auf der Theke vor ihm zu bezahlen. Als die Verkäuferin kassiert hatte, klemmte er sich zwei davon unter die linke Achsel, packte die anderen beiden am Hals und wollte den Laden verlassen.

An der Tür stieß er mit einem kleinen, untersetzten Mann zusammen. Eine der Flaschen entglitt ihm und fiel zu Boden, wo sie mit einem hässlichen Geräusch zersplitterte.

»Ich mach das schon!«, rief die Frau hinter der Kasse und eilte in den Nebenraum.

»Sie schon wieder«, knurrte Münnemann gereizt, als er die Person wiedererkannte, die ihn angerempelt hatte.

»Mit Ihnen hab ich hier auch nicht gerechnet«, antwortete Robert Steinmeier unangenehm berührt. »Gut schauen Sie aber net aus. War noch was gestern?«

»Ob noch etwas war?«, wiederholte Münnemann grantig. »Als ob Sie das nicht wüssten. Übrigens wirken Sie auf mich ebenfalls nicht wie jemand, der eine Frischzellenkur hinter sich hat.« Er deutete auf das Pflaster auf Steinmeiers Wange.

»Arbeitsunfall«, log Steinmeier und verfluchte erneut seine Idee vom Vormittag, auf dem Weidner-Hof spionieren zu wollen. »Ham Sie heute noch was Größeres vor?« Er zeigte auf die Weinflaschen.

»Man zwingt mich de facto dazu«, erklärte ihm Münnemann lakonisch. »Die rothaarige Schreckschraube hat mir das Kiffen untersagt, außerdem habe ich ohnehin keine Ahnung, wo ich hier etwas herbekommen könnte.«

»Auf dem Moserhof? Kiffen?« Steinmeier witterte eine gute Story. »Solche Spaßbremsen. Werden Sie dort eigentlich gut behandelt? Kriegen Sie genug zu essen?«

Münnemann ignorierte die Frage. »Ich bekomme zehn Euro von Ihnen für den Wein«, verlangte er.

»Gern.« Eilfertig zog Steinmeier seinen Geldbeutel hervor. »Oh, Sie ham ja die Hände voll. Ist auch zusätzlich eine Art Schmerzensgeld, wegen gestern im Alpenblick.«

»Wäre nur recht und billig«, stimmte Münnemann ihm zu. »Von Ihnen war nur noch eine Staubwolke zu sehen, so schnell sind Sie verschwunden und haben mich mit diesen Barbaren in schwarzem Leder allein gelassen.«

»Mea culpa«, gab sich Steinmeier zerknirscht. »Aber später hab ich mir deswegen Vorwürfe gemacht. Wie wäre es, wenn wir beide miteinander was trinken gehen und Sie mir ein bisschen von sich erzählen?«

»In dieses stickige Bierzelt etwa? Mit Ihnen? Vergessen Sie es«, lehnte Münnemann ab. »Da besaufe ich mich lieber allein in meinem Appartement. Von Menschen habe ich erst einmal genug. Ihre Polizei ist ja noch penetranter als unsere.«

»Polizei?« Steinmeier horchte auf. »So eine Dunkelhaarige und ein unrasierter Typ, der glaubt, er sieht weiß Gott wie toll aus, aber gar net so schön ist?«

»Kennen Sie die etwa?«, staunte Münnemann. »Den sarkastischen Übergewichtigen auch, der immer so herablassend grinst? Waren Sie etwa heute kurz vor mir in der Kirche? Da haben wir uns ja nur knapp verpasst.«

»Kirche …« Steinmeier nickte. »Stimmt, da war ich heut auch«, log er.

»Dann haben Sie dieses ungenießbare Schreckgespenst vermutlich ebenfalls getroffen, das aussieht, als hätte es seine Kleidung in der ›Twilight Zone‹ gekauft?«, fragte Münnemann. »So eine ausgemergelte ältere Frau mit einem vulgären Wortschatz?«

»Kommt mir bekannt vor.« Steinmeier zwinkerte Münnemann

zu.«Klingt, als hätten Sie einen interessanten Tag gehabt. Was halten Sie von einem späten Abendessen?«

»Ich habe schon gegessen und bin nicht interessiert«, lehnte Münnemann ab.

»Im Gromerhof in Illerbeuren waren Sie aber bestimmt noch net.« Steinmeier schnalzte mit der Zunge. »Ich sag Ihnen, exorbitant. Die ham tolle Desserts. Wie sieht's aus? Ich lad Sie zusätzlich zu einer schönen Flasche Wein ein. Als Wiedergutmachung für den Alpenblick. Und ich weiß übrigens auch, wo Sie was zum Rauchen herkriegen.« Er zwinkerte Münnemann vertraulich zu.

»Klingt akzeptabel«, entschied sich Münnemann. »Freie Auswahl beim Dessert?«

»Aber selbstverständlich«, beeilte sich Steinmeier zu versichern. »Das rechne ich später über Spesen ab. Erzählen Sie mir einfach alles, was Ihnen einfällt. Sie werden weit und breit niemanden finden, der so gut zuhören kann wie ich.«

Die vorletzte Nacht des Musikfests war angebrochen und das Festzelt im Lehenbühl wieder brechend voll. Scharen bunt gekleideter Menschen drängten sich an den Tischen, in einigen Reihen wurde bereits geschunkelt, die Musik spielte, so laut sie konnte, und Bedienungen im schwarzen Dirndl schleppten gefüllte Bierkrüge durch die Reihen.

Pfarrer Sommer, Erna Dobler und Jürgen Reichelt, die einträchtig an einem Tisch saßen und sich angeregt über die jüngsten Ereignisse unterhielten, bekamen gerade von einer gestressten Servicekraft ihre Bestellungen auf radkappengroßen Tellern serviert und begannen genussvoll zu essen.

»Servus miteinander!« Anita quetschte sich rücksichtslos zwischen Erna und Pfarrer Sommer. »Oh, Krautschupfnudeln. Die täten mich jetzt auch anmachen.«

»Da ist anständig Speck drin, die sind richtig gut«, schmatzte Erna verzückt. »Nett schaust du aus.«

»Weiß ich.« Mit einem breiten Lächeln zupfte Anita an ihrem knapp geschnittenen Oberteil herum. »Wer ist alles da?«

»Siehst doch selber«, antwortete Erna zwischen zwei Bissen.

»Der Peter vom Steigerhof hat nach dir gefragt. Ist frisch geschieden und sucht eine Frau.«

»Ach der. Kein Interesse«, lehnte Anita ab. »Der Herbert hat erzählt, dass vor dem Peter seiner Haustür ein Fußabstreifer liegt, wo draufsteht: ›Betteln zwecklos, meine Ex-Frau hat alles mitgenommen.‹ Arm bin ich selber. Gibt's was Neues vom Weidner?«

»Bis jetzt gar nix«, verneinte Erna. »Jürgen, hast du was mitgekriegt?«

Reichelt schüttelte den Kopf. »Sie ham ihn halt verhaftet.«

»Und Sie, Herr Pfarrer?«, wandte sich Anita an Sommer. »Sie sitzen doch an der Quelle.«

»Leider habe ich keine Ahnung, Frau Hoff.« Sommer dachte mit einem ganz miesen Gefühl an den verlassenen Schrubber und den Eimer, die er heute Abend hatte beiseiteräumen müssen, als er gekommen war, um alles für den Gottesdienst am nächsten Tag vorzubereiten. Es sah so aus, als würden harte Zeiten auf ihn zukommen, denn seine offizielle Putzhilfe war nach wie vor krankgeschrieben. Außerdem war er im Herstellen von Altarschmuck total unbegabt. Das würde teuer werden.

»Mei, ist des fad.« Anita verschränkte ohne Rücksicht auf ihr weit ausgeschnittenes Dirndl ihre Arme unter der Brust, was zur Folge hatte, dass zwei Herren vom Nachbartisch rote Köpfe bekamen und sich eilig wieder ihren halben Hähnchen und den neben ihnen sitzenden Ehefrauen zuwandten. »Ich schau mir des jetzt eine Weile an, aber wenn's wieder so ätzend wird wie gestern, geh ich heim«, verkündete sie.

»Heim?« fragte Erna skeptisch.

»Was glaubst du denn?«, brauste Anita auf. »Die Mama hat mir heut einen Vortrag gehalten. Wenn ich in Zukunft net jeden Sonntag mit in den Gottesdienst gehe, schmeißen sie mich raus, so schaut's aus. Nix geht mehr, Frau Stachelbeer.«

»Wohnst immerhin mietfrei«, beschwichtigte Erna sie. »Da muss man halt mal eine Kröte schlucken.«

»Aber doch net gleich eine so große«, schmollte Anita. »Nix für ungut«, beeilte sie sich Pfarrer Sommer zu versichern, der sie vorwurfsvoll anblickte. »Ich schlaf halt gern länger, und Sie schreien alleweil so rum, wenn Sie predigen.«

»Schon gut.« Sommer widmete sich wieder seinem Essen. »Irgendwann werden auch Sie noch katholisch. Ich kann warten.« »Schaden tät's dir überhaupt net«, tadelte Erna sie. »Und lass die Finger von diesem Gschwendner. Der taugt nix.«

»Ist des ein Leben«, beklagte sich Anita. »Jeder hackt auf mir rum.«

»Was Leben ist, kapierst du, wenn du amal so alt bist wie ich«, belehrte Erna sie. »Und dann kannst nix mehr damit anfangen, weil's jeden Tag woanders zwickt.«

»Guten Abend alle miteinander.« Sissi stand plötzlich am Tisch, gemeinsam mit ihrem Ehemann Peter. »Haben Sie noch Platz für uns? Jürgen, mit dir muss ich dringend sprechen.«

»Immer doch, setz dich her zu uns«, lud Reichelt sie ein.

»Hast ja doch ein Kleid im Schrank, Elisabeth.« Erna musterte gnädig Sissis schwarzes Dirndl mit der roten Schürze. »Und einen Ehemann. Grüß dich, Peter, darfst du auch mal wieder raus?«

»Danke für die Einladung.« Sissi setzte sich mit Peter neben ihren Onkel. »Hallo, Anita. Siehst gut aus.«

»Ich hab noch nie schlecht ausgeschaut. Brauchst mich gar net so blöd anreden, heilige Frau Sommer in deinem Kloster-Dirndl«, brauste Anita auf. »Und jetzt geh ich heim.« Ohne eine Erwiderung abzuwarten, zwängte sie sich wutschnaubend aus der Bank und verschwand im Eilschritt in Richtung Ausgang. Etliche verstohlene Blicke folgten ihr, denn sie trug auch heute wieder Größe sechsunddreißig.

»Was hat sie denn?«, wunderte sich Sissi. »Ich war doch eben wirklich nett zu ihr.«

»Des war's ja«, verriet ihr Erna. »›Nett‹ hat die Anita noch nie vertragen. Hättest sie eine blöde Kuh genannt, würd sie noch dasitzen und mit dir streiten. Des liebt sie.«

»Na gut, das merke ich mir fürs nächste Mal«, lachte Sissi. »Und jetzt lasst uns anstoßen. Auf das Leben!«

## 36

Ein paar Monate redete man im Dorf über nichts anderes, aber irgendwann hatte sich die Gerüchteküche in Legau wieder beruhigt, und alles ging seinen gewohnten Gang. Man traf sich auf dem Wochenmarkt am Marktplatz und plauderte ein bisschen über das Wetter, während man Bodenseeobst einkaufte. Man trank gemütlich seine Halbe im »Mohren« und stritt über Politik, bis beinahe die Fäuste flogen, oder man tratschte im EDEKA am Regal mit den Hörnchennudeln darüber, wer tot, verheiratet oder schwanger war, Reihenfolge egal. Alles war wie immer. Und es war gut.

Robert Steinmeier hatte noch am selben Abend, nachdem er sich von Hans-Joachim Münnemann im Gromerhof verabschiedet hatte, in seinem kleinen Reihenhaus in Buxheim bis zum Morgengrauen einen wüsten Artikel zusammengehämmert, der hauptsächlich aus Ungereimtheiten, Spekulationen, Vorwürfen gegen die Polizei und immens vielen Fragezeichen bestand.

Der Boss des K1 bekam diese Suada am nächsten Morgen von Dollinger in Form einer gedruckten Zeitung wortlos überreicht, zog sich eine Weile zurück und griff dann mit zusammengekniffenen Augen zum Telefon. Von diesem Gespräch konnte Dollinger, der verbotenerweise gelauscht hatte, nur erzählen, dass unter anderem die Worte »Revolverblatt« und »Schmierfink« gefallen waren, und zwar äußerst laut.

Keine zwei Tage später richtete Steinmeier sich bereits frustriert in seinem neuen Ressort, dem Feuilleton, ein, obwohl er sich mit Händen und Füßen gegen diese Versetzung gesträubt hatte. Seither war er gezwungen, regelmäßig Bücher für Nachbesprechungen zu lesen, wenn er sich nicht gerade auf Orgelkonzerten oder karitativen Veranstaltungen herumtrieb, auf denen er sich als investigativer Reporter gewaltig unterfordert fühlte. Nächtelang brütete er über Racheplänen, die er allesamt wieder verwarf, weil sie zu anstrengend waren und er zu feige. Als der

Stapel Bücher, über die er Rezensionen schreiben sollte, zu hoch geworden war, kaufte er sich kurz entschlossen ein Billigticket nach Teneriffa und machte erst mal Urlaub. Die Bücher ließ er zu Hause. Aber seine schlechte Laune reiste in den zusammengerollten Socken mit.

Pfarrer Sommer musste sich seit der Verhaftung von Elvira Weidner mit sinkenden Besucherzahlen seiner Gottesdienste arrangieren und wollte sich anfänglich nicht damit abfinden. Ein letztes Mal fütterte er die künstliche Intelligenz mit polemischen Schlagwörtern wie »Hölle« und »Verdammnis«, auf dass sie etwas ausspucken würde, das seine Predigten nachhaltig im Gedächtnis der Zuhörer verankern würde. Irgendwann musste er jedoch verdrossen einsehen, dass der Zuwachs an neuen Schäflein wirklich nur dem Bedürfnis nach bewusstseinserweiternden Substanzen und nicht dem Wunsch nach spiritueller Erlösung geschuldet gewesen war. Also wetterte er von da an jeden Sonntag über den eingezogenen Köpfen seiner eingeschüchterten Gemeinde lautstark in altbewährter Manier. Er konnte nun einmal nicht jeden retten.

Eines Tages fasste er sich ein Herz und erwirkte eine dreißigminütige Besuchserlaubnis bei Elvira Weidner, die bis zum Prozess ihre Untersuchungshaft in der JVA Memmingen verbrachte. Es waren die längsten dreißig Minuten seines Lebens, denn seine ehemalige ehrenamtliche Helferin wollte nicht mit ihm sprechen, zeigte keinerlei Schuldbewusstsein und schwieg ihn eine halbe Stunde lang mit zusammengekniffenen Augen an. Nachhaltig verstört zündete Sommer nach seiner Rückkehr in der Pfarrkirche ein Kerzlein für die verstockte Sünderin an und gönnte sich am Abend einen Schoppen Rotwein mehr als sonst.

Aber nicht nur der liebe Gott sieht alles, sondern auch Erna Dobler, die seit Neuestem gelernt hatte, wie sie mit ihrem Seniorenhandy halbwegs scharfe Fotos knipsen konnte. Diese Fertigkeit nutzte sie aus, als sie Sommer an jenem Abend im Schlingerkurs aus dem »Mohren« kommen und aufs Pfarrhaus zusteuern sah und kichernd beobachtete, wie er versuchte, das

Schlüsselloch zu treffen. Mit einem von Ernas Kugelschreibern, den sie ihm kurz zuvor geschenkt hatte. Sollte Erna jemals Zugang zu Social Media wie Facebook oder X haben, wäre Pfarrer Sommer geliefert. So viel war klar.

Lisa Maier und Max Weidner wurden nach Vorführung vor den Haftrichter gegen Auflagen bis zu ihren jeweiligen Verhandlungen auf freien Fuß gesetzt.

Georg heuerte für seinen künftigen Schwiegersohn Max den bekannten Strafverteidiger Philipp Hammer an – einen kleinen, wortgewaltigen und äußerst kompetenten juristischen Hai, von dem gemunkelt wurde, er verteidige schneller als sein Schatten. Anita hätte ihn wahrscheinlich »Avocado Diaboli« genannt. Dieser konnte – auch dank eines milden Richters – eine Bewährungsstrafe für Lisa herausschlagen, während Max Weidner bei seinem Prozess nach Einbeziehung aller Umstände zur Zahlung einer erheblichen Geldstrafe verurteilt wurde. Er verkaufte das riesige Grundstück bei Bettrichs an Jürgen Reichelt, der sein Glück gar nicht fassen konnte, und plante, da trotz der Strafe noch ein erklecklicher Batzen übrig geblieben war, zusammen mit Lisa die größte Hochzeit des Jahres, irgendwann im Winter natürlich, wenn weniger zu tun war.

Alle waren zufrieden, sogar Georg, der weniger herumbrüllte als sonst, denn immerhin würde er bald Großvater werden. Bei Manni Gschwendner, seinem etwas widerspenstigen Mitarbeiter, der mindestens einmal pro Woche zaghaft versuchte zu kündigen, machte Georg allerdings eine Ausnahme. Seiner Meinung nach brauchte der das.

Anita, nach wie vor laut eigener Aussage sowohl die rechte als auch die linke Hand ihres leidgeprüften Chefs bei der Firma Wohlgeruch, saß seit dem denkwürdigen Gespräch mit ihren Eltern zähneknirschend jeden Sonntag neben ihrer Mutter in der Kirche, und zwar ziemlich weit vorne, damit Pfarrer Sommer ihre Anwesenheit auch bemerkte. Diese Besuche absolvierte sie trotz des Protests ihrer Mutter konsequenterweise niemals passend gekleidet. In ihrer Freizeit rieb sie sich als aufopferungsvolle und selbstlose Seele, die sie nun einmal war, zwischen Manni Gschwendner und ihrem Chef vollkommen auf, selbstverständlich nur so lange, bis sich irgendwann etwas Besseres anbieten würde. Sie war ja nicht dumm.

Da Manni es zu seinem Leidwesen einfach nicht schaffte, bei Georg zu kündigen, konnte er immerhin nach einiger Zeit die aufgelaufene Wasserrechnung für seine verlotterte Eremitage ausgleichen und endlich seine Toilette wieder benutzen – allerdings mit einer Petroleumlampe, denn für die horrende Stromnachzahlung fehlte ihm nach wie vor das Geld.

In jeder freien Minute feierte er mit Schucki und/oder Anita feuchtfröhliche Partys, bei denen der Alkohol in Strömen floss. Elektrisches Licht hätte da ohnehin nur gestört.

Das Aufräumen seines schlampigen Bauernhofs verschob er täglich um einen weiteren Tag, weil er sich sicher war, wenn er nur lange genug wartete, würde über jedes einzelne Teil, das auf dem Hof herumlag, Gras wachsen, genau wie über seinen Knastaufenthalt. Wer ihn besuchte, musste sich graziös wie ein Eiskunstläufer zwischen Autoreifen, Zaunfragmenten und achtlos weggeworfenen Blumenkübeln hindurchwinden, um ins Haus zu gelangen. Aber es kam ohnehin nie jemand außer Anita, Schucki oder dem Gerichtsvollzieher.

Feierte Manni mal nicht in seiner unaufgeräumten Bude, dann saß er mit Schucki und einem großen Joint am Ufer der Iller und beschwerte sich über die Ungerechtigkeiten des Lebens, die einen zwangen, sich mit seiner Hände Arbeit Geld zu verdienen. Im Großen und Ganzen war er aber zufrieden, denn mehr als ein bisschen Bier und etwas Gras brauchte seiner Meinung nach ohnehin keiner.

Klaus absolvierte neuerdings regelmäßig sein Kampfsport-Training und besuchte auf Sissis Rat hin mit seiner Freundin zwei Theatervorführungen, aus denen er verwirrt wieder herausstolperte.

Bei einem klärenden Gespräch gestand er Annalena endlich zerknirscht seine Abneigung gegen die darstellenden Künste, versicherte ihr aber gleichzeitig seine Kompromissbereitschaft, woraufhin sie ihm mit zuckersüßer Miene vorschlug, aus Liebe zu ihm die verhassten Theaterbesuche durch einen Tanzkurs zu ersetzen.

Hocherfreut willigte er ein und fand sich vierzehn Tage darauf zusammen mit acht weiteren Paaren in einem zugigen Saal wieder, um in die Grundlagen des argentinischen Tangos eingeführt zu werden. Als er das freudestrahlende Gesicht seiner Freundin registrierte, das sie kein einziges Mal im dunklen Zuschauerraum eines Theaters gezeigt hatte, dämmerte ihm, dass er reingelegt worden war.

Aber wenigstens war er, wie immer, der Schönste im Raum.

Erna Dobler hatte nach ein paar verschwitzten Tagen in Polyester ihre alte Liebe zu Jerseyhosen mit Gummizug, weiten Blusen aus Baumwolle und ihrem taubenblauen Übergangsmantel, in dessen Saum immer noch zweihundert Reichsmark eingenäht waren, wiederentdeckt. Sie trank regelmäßig Kaffee bei ihrer Freundin Ilse Scharnagel in Maria Steinbach, guckte amerikanische Krimiserien, bis sie vor dem Fernseher selig eindöste, und ruhte sich auf dem roten Bänkchen am Marienbrunnen vom Spionieren aus. Leider war ihre Spezialbank seit einiger Zeit regelmäßig von jemandem besetzt, den sie absolut nicht leiden konnte und den sie bereits mehrmals wortgewaltig des Dorfes verwiesen hatte. Ein offener Revierkrieg drohte auszubrechen, und der ganze Ort wartete gespannt darauf. Die Wetten auf diese Auseinandersetzung standen bei neunundneunzig zu eins für Erna. Logisch.

Hans-Joachim Münnemann kam zu seiner eigenen Überraschung dank Steinmeiers unverbindlichem Tipp tatsächlich als Mitglied in einem der wie Pilze aus dem Boden schießenden Cannabis-Clubs unter. Seine Nachschubprobleme gehörten von da an der Vergangenheit an. Er cancelte seine Umzugspläne in eine andere – wie er es nannte »deutschsprachige« – Seniorenresidenz nahe Hamburg und beschloss, trotz der von ihm bemängelten kulturellen Differenzen seinen restlichen Lebensabend im Allgäu zu verbringen und die Disco Alpenblick künftig zu meiden. Zu seinem Leidwesen stellte er bei seinem nächsten nächtlichen Exkurs in die Küche des Moserhofs fest, dass die Tür mit einem Schloss versehen worden war. Seitdem traf man ihn häufig beim EDEKA am Süßwarenregal, wo er sich körbeweise mit zuckerhaltigem Gebäck eindeckte.

Leider untersagte die Heimleitung des Moserhofs nach wie vor den Konsum bewusstseinserweiternder Substanzen innerhalb der Wohnanlage. Deshalb lungerte Münnemann aus purer Lust an der Provokation und dräuender Langeweile öfters mit einem Joint in der Hand auf der Bank am Marienbrunnen herum und machte damit Erna Dobler ihren Horch- und Beobachtungsposten streitig, den sie seit Jahrzehnten innehatte. Diese Treffen endeten in schöner Regelmäßigkeit mit deftigen Wortgefechten und einer Menge interessierter Zuschauer.

Münnemann nahm sich jedes Mal wieder vor, Erna eines Tages zivilrechtlich zu belangen, und zwar ab dem Zeitpunkt, an dem er verstanden hätte, was sie ihm bei diesen hitzigen Auseinandersetzungen an den Kopf warf. Das konnte allerdings noch eine Weile dauern, denn eine App für Übersetzungen vom Schwäbisch-Bairischen ins Hochdeutsche war nicht in Sicht.

Peter Sommer, Sissis Ehemann, genoss ein paar Wochen nach Abschluss des Falles eines schönen Samstags in der Früh auf der Terrasse seinen Morgenkaffee und las dazu auf einem Tabletcomputer stirnrunzelnd die Nachrichten, als ein großer Transporter direkt an seinem Grundstück hielt, dem drei Männer entstiegen. Einer von ihnen war Jürgen Reichelt, der erstaunlich behände für sein Alter über den Gartenzaun kletterte und auf ihn zukam.

Peter sah ihm neugierig entgegen. »Guten Morgen, Jürgen. Sissi ist bei der Arbeit. Neuer Fall.«

»Servus, Peter, herrlicher Tag, oder?«, grüßte ihn Reichelt. »Die Sissi brauchen mir net. Ich soll hier was anliefern. Fundament machen mir gleich heute. Und am Dienstag oder Mittwoch sind mir fertig.«

»Jetzt schon?« Peter sah ihn mit großen Augen an. »Sissi meinte doch, irgendwann mal. Außerdem wollte ich einen Bausatz für das Ding im Gartencenter kaufen und es selbst machen.«

»Irgendwann ist aber jetzt. Deine Frau will endlich ihren Backofen zurück«, klärte Reichelt ihn auf. »Und von mir kriegst was Gescheites für die Ewigkeit.« Er hielt Peter einen Ausdruck im DIN-A4-Format unter die Nase. »Des ist dein neuer Brotbackofen. Da feuerst du einmal kräftig an und wartest, bis du die richtige Hitze beieinanderhast, dann kannst den ganzen Tag Brot oder Semmeln reinschieben wie blöd. Pizza geht auch.«

»Pizza?«, horchte Peter auf.

Reichelt nickte. »Wie beim Italiener. Der Hefeteig geht super auf da drin.«

»Da muss ich gleich nachlesen«, nahm sich Peter begeistert vor. »Das klingt ja super. Kann ich euch vielleicht helfen?«

Reichelt klopfte ihm väterlich auf die Schulter. »Um Himmels willen, bloß net. Such doch lieber gleich ein paar Rezepte raus.«

»Au ja!«, rief Peter begeistert. »Ich werde mich sofort im Internet schlaumachen. Pizza. Wow, das wird super. Mit Anchovis und Rucola. Oder mit Ananas und Lachs. Wie lange braucht ihr? Ach, ihr macht das schon.« Eilig verschwand er im Inneren des Hauses.

Reichelt wartete, bis er außer Sichtweite war, und zückte dann sein Smartphone.

Sissi, die gerade mit Klaus und Dollinger im Büro saß und einen Obduktionsbericht studierte, horchte auf, als ihr Handy vibrierte, und las die Whatsapp, die nur aus einem hochgereckten Daumen bestand.

»Ich habe eine gute und eine schlechte Nachricht«, verkündete sie. »Welche zuerst?«

»Na, die gute natürlich«, forderte Dollinger sie auf.

»Mein Mann bekommt einen mit Holz betriebenen Brotbackofen im Garten«, verriet Sissi. »Wir haben vereinbart, dass er das

Brennmaterial dafür selbst vorbereitet, nachdem er es im Säge-
werk geholt hat. Wie ich ihn kenne, wird er eine ganze Weile mit
Holzspalten beschäftigt sein, ungefähr bis Oktober. In dieser Zeit
bäckt er nicht, und mein Ofen gehört ab sofort wieder mir.«
»Und ab Oktober?«, erkundigte sich Dollinger vorsichtig.
»Tja, das ist die schlechte Nachricht.« Sie schmunzelte. »Ab
da bringe ich nicht nur Brot, sondern auch kalte Pizza mit. Also
stellt euch drauf ein: Was auf den Schreibtisch kommt, wird gegessen. Aber Peter ist etwas träge und friert schnell. Spätestens
Mitte November geht er nicht mehr freiwillig vor die Tür. Das
bedeutet, wir müssen nur noch durchhalten, bis es schneit.«
Den allgemeinen Aufschrei der Entrüstung überhörte sie geflissentlich.

## 37

Bis auf das beruhigende Plätschern der Iller, das geheimnisvolle Rascheln vereinzelter Laubbäume, die zwischen den hohen Fichten einen Platz gefunden hatten, und das Knacken von brennendem Holz war es an diesem Abend Anfang September recht still im Wald. Gelegentlich huschte eine Maus durchs Unterholz, und einmal hörte man von Weitem den Motor eines Traktors. Dann herrschte wieder himmlische Ruhe.

Am Ufer des Flusses saßen im sanften Schein der untergehenden Sonne zwei betrunkene Männer im Schneidersitz auf einer kiesigen Landzunge, neben sich eine Menge leerer Bierdosen, und hielten grüne Haselnussstecken über ein erlöschendes Lagerfeuer, in das sie wie hypnotisiert starrten. Beide schienen komplett versunken in ihre Tätigkeit.

»Ich glaub, meine ist fertig.« Träge zog Manni Gschwendner seinen Stecken zu sich heran und betrachtete das angespitzte Ende. Es war leer. »Wo ist sie denn?«, wollte er von Schucki wissen.

Der deutete wortlos nach unten.

Inmitten der Glut lag verloren eine verschrumpelte Bratwurst. Sie war an verschiedenen Stellen aufgeplatzt, und das tropfende Fett gab gelegentlich ein leises Zischen von sich.

»Warum sagst du mir so was net, wenn du's weißt? Gib mir deine.« Manni griff nach Schuckis Stecken, aber der wich hastig vor ihm zurück.

»Ich hab selber Hunger«, protestierte er. »Hättest halt besser aufgepasst.«

»Her damit!« Ohne Vorwarnung packte Manni Schuckis Ast und zerrte daran. Der ließ vor Schreck los und landete auf dem Rücken. Durch den heftigen Ruck löste sich die aufgespießte Wurst und fiel mit einem dumpfen Geräusch ins Feuer.

»Zefix!« Hektisch stocherte Manni mit dem Stecken in der Glut, um sein Abendessen zu retten. Aber als er die Wurst endlich an den Rand des Feuers gescharrt hatte, war sie pechschwarz und sichtbar geschrumpft.

»Mir egal.« Er spießte sie wieder auf, hielt sie vor den Mund und blies zur Kühlung darauf. Vorsichtig biss er hinein und spuckte sie sofort wieder aus. »Pfui Teufel!«, rief er.

»Heiß?« Schucki kicherte schadenfroh.

»Na, schlecht«, schimpfte Manni. »Was soll denn des sein? Und von welchem Metzger ist die?«

»Die ist vegan«, informierte ihn Schucki voller Genugtuung. »Meine Mama kauft bloß noch so was. ›Der Hunger wird's schon reintreiben‹, sagt sie.«

»Oh mei, so eine Spinnerei«, stöhnte Manni. »Ich brauch was Richtiges. Ham mir net noch Kartoffelsalat dabei von deiner Mama? Oder ist der etwa auch vegan?«

»Glaub net. Da sind ja Kartoffeln drin.« Schucki kramte in seiner riesigen Tasche und zog einen Plastikbehälter heraus.

Manni betrachtete die Tupperdose eine Weile misstrauisch, dann stellte er sie achtlos auf dem Waldboden ab. »Ich trau der Sache net«, brummte er. »Gib mir ein Bier. Des bissle Essen kann ich auch saufen.«

Schucki reichte ihm eine Dose Pils. »Ist die letzte vom Notvorrat. Alles andere ham mir heut schon leer getrunken. Bin frei ganz schön blau. Du net?«

»Bäh, igitt, Pils.« Manni rümpfte die Nase. »Hast nix Gescheites mehr?«

»Sonderangebot im EDEKA«, erklärte ihm Schucki. »Hast ja nix beigesteuert.«

»Gib her.« Ungeduldig streckte Manni die Hand aus. »Besser als nix.« Er öffnete die Dose, nahm einen tiefen Schluck und wischte sich mit dem Handrücken über den Mund.

»Viel angenehmer, so ganz ohne Weiber«, verkündete er nach einer Weile etwas verwaschen. »Findest net auch? Ständig wollen die, dass man sich ändert oder ihnen hinterherlauft. Namen nenn ich keinen.«

Schucki nickte glücklich. »Stimmt total. Ich hab übrigens heut Geburtstag.«

»Wenn du wirklich Geburtstag hättest, hättest hoffentlich net so eine Zumutung zum Grillen mitgebracht, sondern in der Bauernmetzgerei was Gescheites geholt«, unterbrach ihn Manni. »Horch!« Er setzte sich senkrecht hin. »Was war des?«

»Was war was?«, fragte Schucki verwirrt. »Schreit irgendwo ein Uhu?«

»Da ist doch was.« Alarmiert deutete Manni auf die dunkle Wand aus niederen Fichten hinter sich. »Hast du was an den Ohren?«

Beide lauschten angestrengt. Deutlich war jetzt das Geräusch von brechenden kleinen Ästen zu hören, das sich näherte.

»Der Graf«, hauchte Schucki käseweiß. »Ich schwör bei Gott, des ist der Graf. Der ist wieder da und sucht dich.«

»Schmarrn, der ist schon ewig tot«, widersprach ihm Manni, wurde aber schlagartig genauso blass wie sein Freund.

»Ja, aber wenn net?«, wisperte Schucki. »Oder noch schlimmer – wenn doch? Und wenn er sauer auf dich ist und jetzt sogar fliegen kann? Ich hab Angst.«

Das Geräusch kam immer näher.

Beide schauten sich mit weit aufgerissenen Augen an. Manni ließ seine Bierdose fallen, rappelte sich hoch und sprintete in die entgegengesetzte Richtung, so schnell und so aufrecht, wie sein Rausch es zuließ. Schucki sprang ebenfalls auf und hastete ihm hinterher.

Innerhalb kürzester Zeit waren beide im Wald verschwunden.

»He! Jemand da? Seids ihr beim Pinkeln? Man lasst doch ein Feuer net einfach so brennen. Hallo?«

Anita stakste auf hohen Hacken den Trampelpfad entlang und stoppte, als sie bei dem beinahe erloschenen Feuer angekommen war. Sie trug ein hautenges Etuikleid mit tiefem Ausschnitt und hochhackige Slingpumps. Eine winzige Spinne hatte sich in ihrer Mähne verfangen. »Hallo? Da ist genug Bier drin!«, rief sie und schwenkte eine große Tasche. »Einer da? Wo seids ihr denn? Ich hab doch deinen Jeep stehen sehen, Manni!«

Ratlos bückte sie sich nach einer verbrannten Wurst, in die sie beinahe getreten wäre.

In diesem Moment hörte sie auch schon das hohle Knattern eines kaputten Auspuffs, das sich schnell entfernte. »Deppen, damische!«, schrie sie stinksauer in den Wald. »Ich weiß wirklich net, warum ich schon wieder so blöd gewesen bin.« Behutsam machte sie auf ihren hohen Hacken ein paar Schritte bis zum Ufer der Iller und betrachtete eine Weile die Strömung. Dann streifte sie ihre Schuhe ab, öffnete mit einer einzigen Handbewegung den Reißverschluss ihres Kleides und ließ es achtlos zu Boden gleiten. »Ach, was soll's«, murmelte sie. »Der hätt mich heut Abend eh bloß genervt. Ich brauch doch keinen Kerl. Wer weiß, wofür's gut ist.«

Vorsichtig testete sie mit dem großen Zeh die Temperatur und glitt geschmeidig ins Wasser, um mit kräftigen Zügen zum anderen Ufer und wieder zurück zu kraulen. In der Mitte des Flusses schloss sie kurz die Augen und genoss das silbern schimmernde Mondlicht und die kühle Strömung auf ihrer nackten Haut. Für einen winzigen Augenblick war sie komplett im Reinen mit sich und dem gesamten Universum, Sissi Sommer mit eingeschlossen. Dann kletterte sie graziös ans Ufer und schüttelte sich wie ein nasser Hund, ehe sie sich kurzerhand mit ihrem Kleid abtrocknete, in das sie anschließend wieder hineinschlüpfte. Dazu summte sie leise eine Melodie, die außer ihr niemand kannte.

Wieder einmal hatte Anita aus vergammelten Zitronen Limonade gemacht, diesmal mit einem kleinen Spritzer Fatalismus. Es war eine Gabe.

# Mein ganz besonderer Dank gilt

Herrn Dr. Bock, Leiter der Rechtsmedizin in Memmingen, der all meine Fragen seit Jahren freundlich, überaus kompetent und vor allem mit einer Engelsgeduld beantwortet. Ihre medizinischen Kenntnisse und Erfahrungen sind für mich von unschätzbarem Wert.

Herrn Johann Huber, Kriminalbeamter a. D., für seine tatkräftige Unterstützung, die Vermittlung von Kontakten und die ausführliche Beratung zu jeder Tageszeit.

Herrn Karl Greiff, Kriminalbeamter a. D., für seine fachkundige Hilfe, die er mir dank seiner Tätigkeit und Berufserfahrung bei der Drogenfahndung zuteilwerden ließ.

Meinem Mann, der mir den Rücken freigehalten, mich bekocht und für mich eingekauft hat, weil ich mich vom Notebook nicht loseisen konnte. Der niemals bezweifeln würde, dass mein Backofen mir gehört. Und der jedes Brot, das ich backe, bis zum letzten Krümel aufisst.